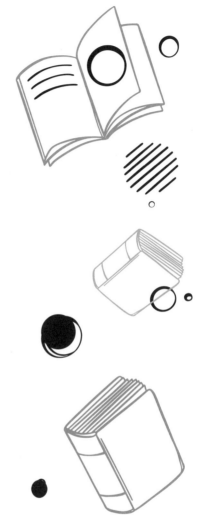

수능 국어,
혼자 할 수 있는 수능 독서

고병길

박영사

들어가며

독서가 문학 작품을 읽는 것을 가리킬 때가 있었다. 그때는 학생들이 학생부의 취미 활동 란에 독서라고 쓸 때이다. 하지만 수능이 도입된 이후, 수능에서 독서는 학습 독서 혹은 학 문을 위한 전공 독서로 그 대상이 바뀌었다. 그 분야는 인문과 예술, 사회와 문화, 과학과 기술 등으로 다양하다. 실용적 목적으로 바뀐 것이다. 그야말로 상전벽해인 셈이다.

학습 독서와 학문 독서의 공통점은 개념을 이해하고 그것을 새로운 상황에 적용하는 능력을 기르는 것이 목적이라는 점이다. 국어에서 '음운', 수학에서 '함수', 영어에서 '동명사', 과학에서 '가속도', 사회에서 '자유' 등 개념어에 대한 개념을 이해하고 상황에 맞게 적용하는 것이 곧 학습 독서의 목적이다.

음운이란 무엇인가? 함수란 무엇인가? 동명사란 무엇인가? 등등에 대한 개념은 정의라는 전개 방식으로 설명한다. 정의를 활용하여 개념이 이해된 독자는 그 개념을 분류한다. 음운: 자음과 모음, 자음: 파열음, 마찰음, …, 비음, 모음: 이중모음, 단모음, 반모음 등으로 분류하여 내용을 체계화한다. 함수: 대수 함수, 삼각 함수, 지수 함수, 로그 함수 등으로 분류한다. 분류한 것을 다시 정의해서 개념을 명료화하고, 예시를 통하여 구체화한다.

이처럼 학습 독서는 전개 방식으로 시작하고, 전개 방식으로 심화된다. 이런 전개 방식은 필자의 의도를 알려 주기도 한다. 필자가 정의의 방식을 사용하면 그의 의도는 개념 설명에 있음을 알 수 있다. 독서는 필자의 의도를 이해하는 것이다. 그런데 의도는 명확하게 서술되지 않는다. 이럴 때 글의 구조에 대한 이해가 필요하다. 전개 방식은 대표적인 글의 구조를 나타내는 장치이다.

수능 독서 지문은 대부분 설명문이다. 설명문은 필자가 설명 대상을 독자에게 이해시키기 위한 글이다. 독자의 처지에서는 모르는 내용이다. 이때 전개 방식을 알고 있으면 전개 목적을 알게 되어, 내용을 어느 정도 가늠하면서 지문을 읽을 수 있을 것이다. 문항에서도 전개 방식에 따라 '보기'와 '선택지'를 배열하게 된다. 따라서 전개 방식으로 지문 읽기가 훈련된 독자는 정답을 찾는 방식으로 적극적으로 문항을 풀게 될 것이다.

이 책으로 학습하는 독자는 전개 방식을 반복, 심화 학습을 통하여 낯선 지문 앞에서 당황하지 않는 능력을 쌓게 될 것임을 확신한다.

목 차

PART 01
독서의 기본 이해

PART **03**

신유형 독해

독서의 기본 이해

"정보화 시대의 문맹(文盲)은 스스로 배울 줄 모르는 사람이다." 미래학자 엘빈 토플러(Alvin Toffler, 1928-2016)의 경고였다. 그가 말한 '스스로 배울 줄 아는' 능력이란 필요한 지식과 정보를 찾아 읽어서 스스로 이해하는 능력, 곧 독서 능력이다. 우리는 남에게 의존하지 않고 혼자서 할 수 있는 독서 능력이 필요한 시대에 살고 있다.

이른바 지금은 독서의 전문화 시대이다. 전문적인 독서는 글을 소리나는 대로 읽는 것을 의미하지는 않는다. 꼼꼼히 읽으라는 주문(呪文)을 넘어서서, 어떤 원리를 어떻게 적용해서 읽는지를 구체적으로 알고 글을 읽는 것이다. 그래야 개념을 다루는 어려운 글을 혼자서도 이해할 수 있을 것이다.

제1부에서는 혼자서 할 수 있는 독서의 기본 원리를 학습하고자 한다.

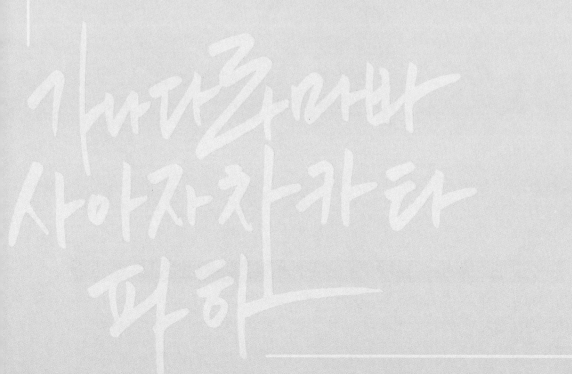

CHAPTER 01 문장 읽기

글을 잘 쓰는 사람을 가리켜 '그 사람은 문장력이 좋다'라고 한다. 여기서 문장력이란 문장 하나에 의미를 담아서 완결하는 능력이다. 그만큼 문장 하나가 중요하다는 말이다. 문장은 의미의 기본 단위이기 때문이다. 글을 읽을 때도 마찬가지이다. 긴 글이라도 그 기본은 문장이다. 문단을 이루고 있는 문장을 이해해야 문단의 의미도 이해하게 되는 것이다. 간혹 독자 가운데는 문장의 의미를 다 아는 것으로 여기고 읽고 지나갔다가 다시 돌아와 읽는 경우가 있다. 문장의 의미는 전제된 의미, 함축된 의미 등을 포함하고 있으므로, 그 의미를 파악하는 것이 결코 쉽지 않기 때문이다.

문장 읽기의 핵심은 문장의 구조를 읽는 것이다. 문장은 주어와 서술어로 이루어지고, 서술어만으로 주어를 설명하기 어려울 때는 목적어, 보어, 부사어, 관형어 등이 서술어를 보충하게 된다. 이 장에서는 문장 구조를 어떻게 읽는지를 자세히 알아보기로 하자.

1절 주어 읽기

주어는 필자가 설명하는 대상을 나타내는 말이다. 즉, 필자가 무엇에 대하여 설명할 때, '무엇'(누구)에 해당하는 말이다. 이를 보통 화제 또는 주제라 부르기도 한다. 독해의 출발은 필자가 '무엇'에 대해 말하는지를 알면서 시작된다.

❶ 주어는 설명 대상을 가리킨다.

아래 <보기> 문장에서 주어를 찾아보자.

> **보 기**
> 음악은 시간 예술이다.

이 문장의 주어는 '음악은'이다. 필자는 이 문장에서 '음악'에 대해서 설명한다는 뜻이다.

❷ **서술어가 의미상의 주어가 될 때도 있다.**

아래 <보기>에서 주어를 찾아보자.

> **보기**
>
> 둘 이상의 기업이 자본과 조직 등을 합하여 경제적으로 단일한 지배를 형성하는 것을 '기업 결합'이라고 한다.
>
> 2010

이 문장의 의미상의 주어는 '기업 결합'이다. 문장의 자연스러운 연결을 위해 어순이 도치된 것으로 볼 수 있다. 필자는 이 문장에서 '기업 결합'의 개념을 설명한다는 뜻이다.

❸ **이어진 문장에서는 주어가 두 개 이상이므로 모두 확인한다.**

> **보기**
>
> 18세기 말에 낭만주의 사조가 등장하면서, 모방론은 쇠퇴하게 된다.
>
> 2021.9

앞의 이어진 문장에는 주어가 둘이다. '낭만주의 사조가', '모방론은'이다. 필자는 두 주어인 '낭만주의 사조'와 '모방론'이 인과 관계임을 설명하고 있다.

❹ **안은문장에서는 안은문장의 주어를 먼저 확인하도록 한다.**

다음 <보기> 문장에서 안은문장의 주어를 찾아보자.

> **보기**
>
> 프리드와 같은 형식주의 비평가들은 작품 속에 표현된 사물, 인간, 풍경 같은 내용보다는 선, 색채, 형태 등의 조형 요소와 비례, 율동, 강조 등과 같은 조형 원리를 예술 작품의 우수성을 판단하는 기준이라고 주장한다.
>
> 2021.9

이 문장은 인용절을 안은문장이다. 주어는 '형식주의 비평가들은'이고, 서술어는 '주장한다'이다. 즉, 이 문장은 형식주의 비평가들의 주장을 인용하고 있음을 알 수 있다.

❺ **이어진 문장과 안은문장이 함께 나타난 문장도 있다.**

> **보기**
>
> 코페르니쿠스는 천체의 운행을 단순하게 기술할 방법을 찾고자 하였고, (코페르니쿠스는) 그것이 일으킬 형이상학적 문제에는 별 관심이 없었다.
>
> 2019

위 문장은 이어진 문장인데, 뒷절에는 안은문장이 나타나 있다. 이어진 문장의 앞절의 주어는 '코페르니쿠스'이고, 뒷절의 주어도 '코페르니쿠스'인데 중복되어 생략된 것이다. 안긴문장의 주어는 '그것이', '관심이' 등이다.

유형 문제

※ 다음 각 문장 ①~⑦에서 주어를 찾아보시오.

① 영화와 만화는 그 이미지의 성격에서도 대조적이다. ② 영화가 촬영된 이미지라면 만화는 수작업으로 만들어진 이미지이다. ③ 빛이 렌즈를 통과하여 필름에 착상되는 사진적 원리에 따른 영화의 이미지 생산 과정은 기술적으로 자동화되어 있다. ④ 그렇기에 영화 이미지 내에서 감독의 체취를 발견하기란 쉽지 않다. ⑤ 그에 비해 만화는 수작업의 과정에서 자연스럽게 세계에 대한 작가의 개인적인 해석을 드러내게 된다. ⑥ 이것은 그림의 스타일과 터치 등으로 나타난다. ⑦ 그래서 만화의 이미지는 '서명된 이미지'이다.

2013

해설 및 예시답

① 영화와 만화는 ② 영화가, 만화는 ③ 영화의 이미지 생산과정은 ④ 발견하기란 ⑤ 만화는 ⑥ 이것은 ⑦ 만화의 이미지는
①~②는 '영화와 만화', ③~④는 '영화의 이미지', ⑤~⑦은 '만화의 이미지'에 대하여 각각 설명하고 있다. 주어를 확인하며 읽는 것만으로도 문장이 진행됨에 따라 내용이 구체화됨을 알 수 있다.

2절 서술어 읽기

서술어는 주어에 대한 필자의 관점과 설명 범위를 나타낸다. 문장의 구조가 복잡하고 긴 문장일수록 주어와 서술어의 거리가 멀다. 그래서 서술어를 지나치기 쉽다. 하지만 서술어는 주어에 대한 설명 관점이나 범위를 나타내기 때문에, 문장의 의미를 이해할 수 있는 소중한 단서가 된다.

❶ 서술어는 설명 내용을 가리킨다. 곧 주어에 대한 설명 관점을 나타낸다.

다음 <보기>에서 서술어를 찾아보자.

> **보기**
>
> 문학은 언어 예술이다.

위의 문장에서 서술어는 '예술이다'이다. 주어인 '문학'을 '예술'이라는 관점에서 설명하고 있다. 우리말에서 서술어는 문장의 마지막에 위치한다. 서술어는 '동사, 형용사, 체언(명사, 대명사, 수사)+이다'로 이루어진다.

유형 문제

※ 다음 문장에서 주어와 서술어를 찾아서, 설명 관점을 제시하여 보시오.

> 일부 현대 학자들은 근대 사상가들이 당시 과학에 기초한 기계론적 모형이 더 설득력을 갖는다는 일종의 교조적 믿음에 의존했을 뿐, 아리스토텔레스의 목적론을 거부할 충분한 근거를 제시하지 못했다고 비판한다.
> 2018

예시답

주어는 '일부 현대 학자들은'이고, 서술어는 '비판한다'이다. 따라서 '비판적 관점'을 설명하고 있음을 알 수 있다. 비판의 대상은 안긴문장인 '근대 사상가들이~못했다'이다. 이 문장은 주어와 서술어의 거리가 멀다.

❷ 안은문장이나 이어진 문장에서는 서술어도 여럿이므로 이를 확인한다.

> **보기**
>
> 이들은 학문적인 성향과 관심에 따라 주목한 영역이 달랐기 때문에 이들의 북학론도 차이를 보였다.
> 2021

위의 이어진 문장의 주어는 '이들은', '북학론도'이고 서술어는 '달랐기 때문에', '보였다'이다.

1. 각 문장 ①~③에서 주어와 서술어를 찾아서 글의 윤곽을 제시해 보시오.

> ① 채권은 정부나 기업이 자금을 조달하기 위해 발행하며 그 가격은 채권이 매매되는 채권 시장에서 결정된다. ② 채권의 발행자는 정해진 날에 일정한 이자와 원금을 투자자에게 지급할 것을 약속한다. ③ 채권을 매입한 투자자는 이를 다시 매도하거나 이자를 받아 수익을 얻는다.
>
> 2019.9

예시답

① 주어는 '정부나 기업이', '가격은'이고, 서술어는 '발행하며', '결정된다'이다. 이 문장에서는 '채권'을 '발행 주체'와 '가격 결정'의 관점에서 설명하고 있다.

② 주어는 '채권의 발행자'이고, 서술어는 '약속한다'이다. 이 문장에서는 '채권 발행자가 투자자에게 약속'의 관점에서 설명하고 있다.

③ 주어는 '채권을 매입한 투자자'이고, 서술어는 '매도하거나', '얻는다'이다. 앞 문장에서 설명한 '채권 발행자의 약속 내용'을 구체화하고 있다.

2. 다음 이어진 문장에서 주어를 찾아서 정리해 보시오.

> 아도르노에게 예술은 사회적 산물이며, 그래서 미학은 작품에 침전된 사회의 고통스러운 상태를 읽기 위해 존재한다.
>
> 2023.9

예시답

① 예술은 ② 미학은

3. 다음 문장에서 주어와 서술어를 찾아서 정리해 보시오.

> ① 우리나라에서 공적 연금 제도를 운영하는 과정에는 사회적 연대를 중시하는 입장과 경제적 성과를 중시하는 입장이 부딪치고 있다. ② 구체적으로 전자는 이 제도를 계층 간, 세대 간 소득 재분배 수단으로 이용해야 한다고 주장한다. ③ 소득이 적어 보험료를 적게 낸 사람에게 보험료를 많이 낸 사람과 비슷한 연금을 지급하고, 자녀 세대의 보험료로 부모 세대의 연금을 충당하는 것은 그러한 관점에서 이해될 수 있다. ④ 하지만 후자는 이처럼 사회 구성원 일부에게 희생을 강요하는 소득 재분배는 물가상승을 반영하여 연금의 실질 가치를 보장할 수 있을 때만 허용되어야 한다고 비판한다.
>
> 2013

예시답

① 주어: 사회적 연대를 중시하는 입장과 경제적 성과를 중시하는 입장이 / 서술어: 부딪치고 있다.
② 주어: 전자(사회적 연대를 중시하는 입장)는 / 서술어: 주장한다.
③ 주어: (~충당하는)것은 / 서술어: 이해될 수 있다.
④ 주어: 후자(경제적 성과를 중시하는 입장)는 / 서술어: 비판한다.

3절 핵심어(Controlling idea) 읽기

문장이 의미의 기본 단위라면, 문장 산의 관계는 의미를 심화시킨다. 동일한 문장이라 하더라도 문장 간의 관계에 따라 그 의미가 다양할 수 있다. 마치 동일한 탄소 원자로 이루어진 물체라 하더라도 그 원자들의 결합 관계에 따라 숯이 되기도 하고 다이아몬드가 되기도 하는 것과 같은 이치이다. 그러므로 문장 간의 관계를 아는 것은 매우 중요하다.

두 문장을 논리적으로 연결해 주는 어휘는 바로 핵심어이다. 핵심어는 주어와 서술어 사이에 있는 필자의 의견이나 태도가 직접적으로 반영된 어휘이다. 어떤 문장의 핵심어는 이어지는 뒤 문장에서 반드시 구체화된다. 독자가 문장에서 핵심어를 찾아서 그 핵심어에 대해서 질문해 보면, 그 답변은 거의 뒤 문장에 나타나 있다. 독자가 핵심어를 찾아서 글을 읽으면, 뒤의 내용을 예상하며 읽을 수 있다. 독자와 필자의 대화를 가능하게 하는 적극적인 독서방법이라 할 수 있다.

❶ 핵심어는 주어 다음에 서술어 앞에 위치한다. 경우에 따라서 서술어가 포함될 때도 있다.

<보기> 문장에서 핵심어를 찾아보자.

> **보 기**
>
> 인간은 이성적 동물이다.

이 문장에서 주어 다음에, 서술어 앞에 위치한 핵심어는 '이성적'이다. 간혹 핵심어가 '인간'이라고 답변하는 경우도 있다. 그러나 핵심어는 필자의 견해가 담긴 어휘이므로, '이성적'이 핵심어가 된다. 어떤 어휘가 핵심어라면 필자는 다음 문장에서 그 핵심어를 반드시 설명하게 된다. 그러므로 핵심어인지 여부는 다음 문장을 통하여 검증할 수 있다.

❷ 핵심어는 이어지는 문장에서 반드시 구체화되어 글의 흐름을 이룬다.

> 인간은 이성적 동물이다. 인간은 욕망을 가진 존재이지만, 그 욕망을 합리적으로 통제하는 능력을 가진 존재이기도 하다.

위의 문장에서 핵심어는 '이성적'이다. 이를 질문해 보자. '이성적'이라는 단어가 어떤 의미로 사용되었을까? 다음 문장에서, '그 욕망을 합리적으로 통제하는 능력'의 의미로 사용되었음을 알 수 있다. 이처럼 핵심어를 찾아서 질문해 보면 그 답변과 연결이 뚜렷해진다. 이 문장에서도 핵심어는 '욕망을 합리적으로 통제하는 능력'이 되고, 바로 이 핵심어는 다음 문장에서 더 구체화되어 글의 흐름을 이루게 된다.

유형 문제

※ 다음 문장에서 핵심어를 찾아서 뒤의 문장과 연결됨을 보이시오.

> ① 독서는 자신을 살피고 돌아볼 계기를 제공함으로써 어떻게 살 것인가를 생각하게 한다.
> ② 책은 인류의 지혜와 경험이 담겨 있는 문화 유산이며, 독서는 인류와의 만남이자 끝없는 대화이다.
>
> 2022

예시답

① 핵심어: '자신을 살피고 돌아볼 계기를 제공함으로써 어떻게 살 것인가' / 이는 어떤 의미로 사용되었을까?
② 핵심어의 이유 설명: 책은 인류의 지혜와 경험이 담겨 있는 문화 유산이며, 독서는 인류와의 만남이자 끝없는 대화이기 때문이다.

4절 제목 붙이기

수능 문항에서는 문단의 제목, 글의 제목(표제, 부제) 등을 묻는 문항이 자주 출제된다. 직접적으로 제목을 묻지 않는 문항들도 제목을 알아야 풀 수 있는 문항들도 많이 출제된다. 제목을 붙이는 것은 결코 쉽지 않은 일이다. 내용을 이해하고, 이해한 내용을 일반화해야 하기 때문이다.

어떤 문장의 제목을 붙이는 것은 그 문장을 사용한 필자의 의도를 '대상+관점'의 구조로 요약하는 것이다. 제목은 필자가 의도한 바의 경계 혹은 범위를 나타낸다. 그러므로 제목을 붙이는 작업은 독해의 통일성을 위해서 반드시 필요한 일이다.

❶ 주어와 서술어를 중심으로 붙인다.

다음 <보기> 문장에 제목을 붙여 보자.

> 보 기
>
> 희곡과 시나리오는 갈등 중심의 문학이라는 점에서 유사하다.

주어는 '희곡과 시나리오'이고 서술어는 '유사하다'이다. 이 둘을 종합하면 제목은 '희곡과 시나리오의 유사성'이 된다. 이 문장은 '희곡과 시나리오'의 유사성을 비교하고 있으므로, '희곡과 시나리오의 비교'라고 제목을 붙일 수 있다.

❷ 서술어가 구체어로 표현되었을 때는 일반화하여 개념어로 제목을 붙인다.

일반화란 귀납 논증의 하나로서, 어떤 개념을 그 개념의 상위 개념으로 나타내는 사고 유형이다. 예를 들어 '시'를 일반화하면 '문학'이 되고, '문학'을 일반화하면 '예술'이 된다. 계속 일반화가 진행되면 '대상'이나 '존재'가 된다. 그러므로 일반화가 가능하기 위해서는 '개념 체계'가 배경 지식으로 미리 준비되어야 한다.

다음 <보기>의 문장에 제목을 붙여 보자.

> 보 기
>
> 시는 운율과 심상, 그리고 의미로 이루어진다.

주어는 '시는'이고, 서술어는 '이루어진다'이다. 서술어가 구체어이므로, 일반화하면 '구성, 구조'가 된다. 이를 종합하면 제목은 '시의 구조(구성 요소)'가 된다.

❸ 서술어만으로 부족할 때는 핵심어를 일반화하여 개념어로 제목을 붙인다.

다음 <보기> 문장에 제목을 붙여 보자.

독서는 자신을 살피고 돌아볼 계기를 제공함으로써 어떻게 살 것인가의 문제를 생각하게 한다.

2022

주어는 '독서'이고, 서술어는 '생각하게 한다'이다. 서술어가 구체어이므로 일반화하면 '기능'이 된다. 이것으로 제목을 붙이면 '독서의 기능'이 되는데, 이는 막연하므로 핵심어를 일반화하여 덧붙이도록 한다. '자신을 살피고 돌아볼 계기를 제공'을 일반화하면 '성찰'이므로 제목은 '독서의 성찰 기능'이 된다.

유형 문제

※ 다음 문장에 제목을 붙여 보시오.

① 음악은 시간 예술이다.
② 영화가 촬영된 이미지라면 만화는 수작업으로 만들어진 이미지이다.   2013
③ 독서는 자신을 둘러싼 현실을 올바로 인식하고 당면한 문제를 해결할 논리와 힘을 지니게 한다.

2022

예시답

① 음악의 개념
② 영화와 만화의 이미지의 차이
③ 독서의 사회 성찰과 문제 해결 기능

적용 연습

※ 다음 문장에서 핵심어를 찾아서 뒤의 문장과 연결됨을 보이시오.

① 적합도는 단어의 빈도, 단어가 포함된 웹 페이지의 수, 웹 페이지의 글자수를 반영한 식을

통해 값이 정해진다. ② 해당 검색어가 많이 나올수록, 그 단어를 포함하는 웹 페이지의 수가 적을수록, 현재 웹 페이지의 글자수가 전체 웹 페이지의 평균 글자수보다 적을수록 적합도가 높아진다.

2023.9

예시답

① 핵심어: '단어의 빈도, 단어가 포함된 웹 페이지의 수, 웹 페이지의 글자수를 반영한 식을 통해'의 의미는 적합도와 어떤 관계가 있을까?

② 핵심어의 의미 설명: 해당 검색어가 많이 나올수록, 그 단어를 포함하는 웹 페이지의 수가 적을수록, 현재 웹 페이지의 글자수가 전체 웹 페이지의 평균 글자수보다 적을수록(적합도가 높아진다.)

5절 문장 읽기의 실제

❶ 주어를 찾아 확인한다.

❷ 서술어를 확인한다.

❸ 주어와 서술어 사이에서 핵심어를 확인한다.

❹ 주어와 서술어 사이에 내용이 길어질 때는 독자가 이해할 수 있는 단위만큼 끊어서 읽는다.

다음 <보기> 문장에 이 방법을 적용해서 읽어 보자.

먼저 주어를 찾아서 //로 표시해 보자. 그다음 서술어를 찾아서 //로 표시해 보자. 그리고 주어와 서술어 사이에 내용이 길므로 독자가 이해할 수 있는 길이만큼 나누어서 /로 표시하면서 읽어 보자.

> **보기**
>
> 이러한 편찬 방식은 국가의 흥망성쇠를 거울삼아 국가를 잘 운영하겠다는 목적 이외에 새 국가의 토대를 마련하려는 의도가 전제된 것이었다.
>
> 2023.6

이 문장의 주어는 '이러한 편찬 방식'이고, 서술어는 '것이었다'이다. 그런데 이 문장은 주어와 서술어 사이에 내용이 길므로, 독자의 이해 수준에 따라 끊어서 읽도록 한다.

처음에는 '국가의 흥망성쇠를 / 거울삼아 / 국가를 잘 운영하겠다는 / 목적 이외에 / 새 국가의 / 토대를 마련하려는 / 의도가 전제된'처럼 짧게 나누어 읽다가, 주어(편찬 방식)를 설명하는 관점(서술어)에 의하여 무엇이 '전제되었'는지 주목하게 되고, 점차 길이를 늘려 나갈 수 있다. 어느 정도 연습이 되면 나누지 않고도 이해할 수 있을 것이다.

이 문장은 '이러한 편찬 방식에 전제된 목적과 의도'에 대하여 쓴 것이다. 핵심어는 '국가를 잘 운영하겠다는 목적 이외에 새 국가의 토대를 마련하려는 의도'이다. 이어지는 문장에서는 이 핵심어를 구체화할 것으로 예상할 수 있다.

유형 문제

※ 다음 문장을 주어와 서술어를 확인하여 표시한 다음, 주어와 서술어 사이를 독자의 이해 단위로 나눠서 표시하면서 읽으시오. 그리고 핵심어를 찾고, 문장을 제목으로 서술하시오.

[1] 광고는 시장의 형태 중 독점적 경쟁 시장에서 그 효과가 크다. 2022.9

[2] 일반적으로 독점적 지위를 누린다는 것은 상품의 가격을 결정할 수 있는 힘이 있다는 의미이다. 2022.9

[3] 과거제는 여러 가지 사회적 효과를 가져 왔는데, 특히 학습에 강력한 동기를 제공함으로써 교육의 확대와 지식의 보급에 크게 기여하였다. 2021.6

[4] 자연 현상과 인간사를 인과 관계로 설명하는 동아시아의 대표적 논의는 재이론(災異論)이다. 2022.6

[5] 송대에 이르러 주희는 천문학의 발달로 예측 가능하게 된 일월식을 재이로 간주하지 않는 경향을 수용하였고, 재이를 근본적으로 이치에 의해 설명되기 어려운 자연 현상으로 간주하였다. 2022.6

예시 답안

[1] 광고는 // 시장의 형태 중 / 독점적 경쟁 시장에서 // 그 효과가 크다. 핵심어: 독점적 경쟁 시장에서 효과, 제목: 광고의 효과

[2] 일반적으로 독점적 지위를 누린다는 것은 // 상품의 가격을 / 결정할 수 있는 / 힘이 있다는 // 의미이다. 핵심어: 상품의 가격을 결정할 수 있는 힘, 제목: 독점적 지위의 의미(개념)

[3] 과거제는 // 여러 가지 사회적 효과를 // 가져 왔는데, / 특히 학습에 / 강력한 동기를 / 제공함으로써 교육의 확대와 / 지식의 보급에 크게 // 기여하였다. 핵심어: 사회적 효과, 교육 확대와 지식 보급, 제목: 과거제의 사회적 효과

[4] 자연 현상과 / 인간사를 / 인과 관계로 설명하는 / 동아시아의 대표적 논의는 // 재이론(災異論)이다. // 핵심어: 자연 현상과 인간사를 인과 관계로 설명, 제목: 재이론의 개념 *재이론이 의미상 주어인데, 도치된 문장이다.

[5] 송대에 이르러 주희는 // 천문학의 발달로 / 예측 가능하게 된 / 일월식을 재이로 / 간주하지 않는 경향을 // 수용하였고, 재이를 / 근본적으로 / 이치에 의해 설명되기 / 어려운 자연 현상으로 // 간주하였다. 핵심어: 이치에 의해 설명되기 어려운 자연 현상, 제목: 주희의 재이론

적용 연습

※ 다음 문장의 주어와 서술어를 표시한 다음 그 사이의 내용을 독자의 이해 단위로 끊어 읽으시오. 그리고 문장의 핵심어와 제목으로 서술해 보시오.

[1] 행정청은 재량으로 재량 행사의 기준을 명확히 정할 수 있는데 이 기준을 재량 준칙이라 한다.
2023

[2] 신체의 세포, 조직, 장기가 손상되어 더 이상 제 기능을 하지 못할 때에 이를 대체하기 위해 이식을 실시한다.
2020

[3] 중국에서 비롯된 유서(類書)는 고금의 서적에서 자료를 수집하고 항목별로 분류, 정리하여 이용에 편리하도록 편찬한 서적이다.
2023

[4] 많은 전통적 인식론자는 임의의 명제에 대해 우리가 세 가지 믿음의 태도 중 하나만을 가질 수 있다고 본다.
2020

[5] 그러나 청의 번영은 지속되지 않았고, 19세기에 접어들 무렵부터는 심각한 내외의 위기에 직면해 급속한 하락의 시대를 겪게 된다.
2021

[6] 계약이란 권리 발생 등에 관한 당사자의 합의로서, 계약이 성립하면 합의 내용대로 권리 발생 등의 효력이 인정되는 것이 원칙이다.
2021

[7] 법령의 조문은 대개 'A에 해당하면 B를 해야 한다.'처럼 요건과 효과로 구성된 조건문으로 규정된다. 2023

[8] 채권의 내용은 민법과 같은 실체법에서 규정하고 있고, 그것을 강제적으로 실현할 수 있도록 민사 소송법이나 민사 집행법 같은 절차법이 갖추어져 있다. 2019

[9] 16세기 말부터 중국에 본격 유입된 서양 과학은, 청 왕조가 1644년 중국의 역법(曆法)을 기반으로 서양 천문학 모델과 계산법을 수용한 시헌력을 공식 채택함에 따라 그 위상이 구체화되었다. 2019

[10] 복잡한 문제를 단순화하여 푸는 수학적 전통을 이어받은 코페르니쿠스는 천체의 운행을 단순하게 기술할 방법을 찾고자 하였고, 그것이 일으킬 형이상학적 문제에는 별 관심이 없었다. 2019

예시 답안

[1] 행정청은 // 재량으로 / 재량 행사의 기준을 / 명확히 정할 수 있는데 / 이 기준을 // 재량 준칙이라 한다. 핵심어: 행정청은 재량으로 재량 행사의 기준을 명확히 정할 수 있음, 제목: 재량 준칙의 개념 *의미상 주어가 도치된 문장이다.

[2] 신체의 세포, / 조직, / 장기가 / 손상되어 / 더 이상 제 기능을 / 하지 못할 때에 / 대체하기 위해 / 이식을 // 실시한다. 핵심어: 신체의 세포, 조직, 장기가 손상되어 제 기능을 하지 못할 때 대체하기 위함, 제목: 이식 실시의 목적

[3] 중국에서 비롯된 유서(類書)는 // 고금의 서적에서 / 자료를 수집하고 / 항목별로 분류, / 정리하여 / 이용에 편리하도록 편찬한 // 서적이다. 핵심어: 고금의 서적에서 자료를 수집하고 항목별로 분류, 정리하여 이용에 편리하도록 편찬, 제목: 유서의 편찬 방법과 목적

[4] 많은 전통적 인식론자는 // 임의의 명제에 대해 / 우리가 세 가지 믿음의 태도 중 / 하나만을 가질 수 있다고 // 본다. 핵심어: 임의의 명제에 대해 세 가지 믿음의 태도 중 하나만 가짐, 제목: 전통적 인식론자의 인식에 대한 관점

[5] 그러나 청의 번영은 // 지속되지 않았고, / 19세기에 접어들 무렵부터는 / 심각한 내외의 위기에 / 직면해 / 급속한 하락의 시대를 // 겪게 된다. 핵심어: 심각한 내외의 위기에 직면해 급속한 하락의 시대를 겪음, 제목: 19세기 초 청나라의 실태

[6] 계약이란 // 권리 발생 등에 관한 // 당사자의 합의로서, / 계약이 성립하면 / 합의 내용대로 / 권리 발생 등의 효력이 / 인정되는 것이 // 원칙이다. 핵심어: 권리 발생 등에 관한 당사자의 합의로서, 계약이 성립하면 합의 내용대로 권리 발생 등의 효력이 인정되는 것, 제목: 계약의 원칙

[7] 법령의 조문은 // 대개 'A에 해당하면 / B를 해야 한다.'처럼 요건과 / 효과로 / 구성된 조건문으로 // 규정된다. 핵심어: 요건과 효과로 구성된 조건문, 제목: 법령의 조문 규정 조건

[8] 채권의 내용은 // 민법과 같은 / 실체법에서 // 규정하고 있고, / 그것을 / 강제적으로 / 실현할 수 있도록 / 민사 소송법이나 / 민사 집행법 같은 / 절차법이 // 갖추어져 있다. 핵심어: 민법과 같은 실체법에서 규정하고 있고, 그것을 강제적으로 실현할 수 있도록 민사 소송법이나 민사 집행법 같은 절차법이 갖추어짐, 제목: 채권의 내용과 실현을 위한 법적 규정

[9] 16세기 말부터 / 중국에 본격 유입된 / 서양 과학은, // 청 왕조가 / 1644년 중국의 / 역법(曆法)을 기반으로 / 서양 천문학 모델과 계산법을 수용한 / 시헌력을 공식 채택함에 따라 / 그 위상이 구체화되었다. 핵심어: 중국의 역법(曆法)을 기반으로 서양 천문학 모델과 계산법을 수용한 시헌력을 공식 채택함에 따라 그 위상이 구체화됨, 제목: 청 왕조에서 서양 과학의 위상

[10] 복잡한 문제를 / 단순화하여 푸는 / 수학적 전통을 이어받은 / 코페르니쿠스는 // 천체의 운행을 / 단순하게 기술할 방법을 // 찾고자 하였고, 그것이 일으킬 / 형이상학적 문제에는 // 별 관심이 없었다. 핵심어: 천체의 운행을 단순하게 기술할 방법을 찾고자 하였고, 그것이 일으킬 형이상학적 문제에는 관심이 없음, 제목: 코페르니쿠스 우주론의 목적

CHAPTER 02

문단 읽기

문단은 의미의 완결된 단위이다. 여기서 의미의 완결이란 중심 문장의 의미를 뒷받침 문장에서 구체화한다는 뜻이다. 즉, 중심 문장에 대한 필자의 의도가 이어지는 뒷받침 문장들로 논리적으로 완성되어 드러난다는 말이다.

문단을 이루고 있는 문장을 모두 알아도, 문단에서 필자의 의도를 알기 위해서는 먼저 구조를 이해해야 한다. 이러한 문단의 구조는 중심 문장과 뒷받침 문장으로 이루어진다.

중심 문장은 문단의 문장 중 가장 포괄적인 의미를 담고 있는 문장이다. 중심 문장을 찾은 후에는 중심 문장의 주어와 서술어 사이에 핵심어를 찾는다. 그리고 그 핵심어가 뒷받침 문장에서 어떤 방식으로 구체화되는지를 알아 본다. 예를 들면, '인간은 이성적 동물이다'라는 중심문장에서 핵심어 '이성'이 '개념'으로 구체화되면 그 문단의 구조는 '정의'라는 전개방식으로, '유형'으로 구체화되면 그 문단의 구조는 '분류'라는 전개방식으로 파악할 수 있다. 전개 방식에 대해서는 제2부에서 자세히 알아보기로 한다.

1절 중심 문장 읽기

중심 문장은 문단의 여러 문장 중에서 가장 포괄적인 문장이다. 여기서 포괄적이라는 말은 나머지 문장을 모두 포함한다는 뜻이다. 일반적인 문장이라는 표현도 사용된다.

그러므로 중심 문장을 찾았다는 말은 독자가 그 문단에서 다룰 대상의 범위를 알았다는 뜻이다. 그런 다음 중심 문장에서 핵심어를 찾는다. 핵심어는 문장에서 필자의 관점이 반영된 어휘이다. 그 핵심어는 뒷받침 문장에서 구체화되는 것이므로 문장의 구조는 중심 문장이 중심이 되는 것이다.

❶ 중심 문장은 문장의 전체 내용을 포괄하는 문장이다.

다음 <보기>에서 중심 문장을 찾아보자.

> **보 기**
>
> 대응설은 어떤 판단이 사실과 일치할 때 그 판단을 진리라고 본다. '내 말을 믿지 못하겠거든 가서 보라'라는 말에는 이러한 대응설의 관점이 잘 나타나 있다. 감각을 사용하여 확인했을 때 그 말이 사실과 일치하면 참이고, 그렇지 않으면 거짓이라는 것이다. 대응설은 일상생활에서 참과 거짓을 구분할 때 흔히 취하고 있는 관점으로 우리가 판단과 사실의 일치 여부를 알 수 있다고 여긴다. 우리는 특별한 장애가 없는 한 대상을 있는 그대로 정확하게 지각한다고 생각한다. 예를 들어 책상이 네모 모양이라고 할 때 감각을 통해 지각된 '네모 모양'이라는 표상은 책상이 지니고 있는 객관적 성질을 그대로 반영한 것이라고 생각한다. 그래서 '그 책상은 네모이다'라는 판단이 지각 내용과 일치하면 그 판단은 참이 되고, 그렇지 않으면 거짓이 된다는 것이다. 이러한 대응설은 새로운 주장의 진위를 판별할 때 관찰이나 경험을 통한 사실의 확인을 중시한다.   2012.9

이 문단의 중심 문장은 첫 문장이다. 가장 포괄적이기 때문이다. 일반적으로 어떤 대상의 개념을 정의하는 문장은 예시보다 그 범위가 넓다. '어떤 판단이 사실과 일치할 때'라는 핵심어가 구체화되면서 문단이 펼쳐지고 있다.

유형 문제

※ 다음 문단에서 중심 문장을 찾고, 그 이유를 서술하시오.

> 부수 현상론은 모든 정신적 사건은 육체적 사건에 의해서 일어나지만 그 역은 성립하지 않는다고 주장하여 두 가지 상식 사이의 조화를 설명하는 이원론이다. 이에 따르면 육체적 사건은 정신적 사건을 일으키고 또 다른 육체적 사건의 원인도 된다. 하지만 정신적 사건은 육체적 사건에 동반되는 부수 현상일 뿐, 정신적 사건이든 육체적 사건이든 어떤 사건에도 영향을 미치지 못한다. 그러나 정신적 사건이 아무 일도 못하면서 따라 나올 뿐이라는 주장은, 아무 일도 하지 못한다면 도대체 왜 정신적 사건이 존재해야 하는가 하는 의문을 불러일으킨다.   2014B

예시답

이 문장의 중심 문장은 첫 문장이다. 첫 문장의 핵심어는 '모든 정신적 사건은 육체적 사건에 의해서 일어나지만 그 역은 성립하지 않는다고 주장'인데, 뒷받침 문장에서 이것에 대해서 구체화하고 있다.

❷ 중심 문장은 필자의 태도가 나타나는 문장이다. 주로 역접 관계인 '그러나, 하지만' 뒤에 나타난다.

다음 <보기> 문단에서 필자의 태도가 나타나는 문장을 찾아보자.

> **보 기**
>
> 철학자들은 과학자들이 귀납을 이용하기 때문에 과학적 지식에 신뢰를 보낼 수 있다고 생각했다. 그러나 모든 귀납에는 논리적인 문제가 있다. 수많은 까마귀를 관찰한 사례에 근거해서 '모든 까마귀는 검다.'라는 지식을 정당화하는 것은 합리적으로 보이지만, 아무리 치밀하게 관찰하여도 아직 관찰되지 않은 까마귀 중에서 검지 않은 까마귀가 있을 수 있기 때문이다. 2013

이 문단에서 중심 문장은 필자의 태도가 드러난 두 번째 문장 '모든 귀납에는 논리적인 문제가 있다.'이다. 이처럼 서로 다른 견해가 서술된 문단에서는 필자의 태도가 드러난 문장이 중심 문장이 된다.

유형 문제

※ 다음 문단에서 필자의 태도가 나타나는 중심 문장을 찾아보시오.

> 미생물의 종 구분에는 외양과 생리적 특성을 이용한 방법이 사용되기도 한다. 하지만 이러한 특성들은 미생물이 어떻게 배양되는지에 따라 변할 수 있으며, 모든 미생물에 적용될 만한 공통적 요소가 되기도 어렵다. 이런 문제를 극복하기 위해 오늘날 미생물 종의 구분에는 주로 유전적 특성을 이용하고 있다. 미생물의 유전체는 DNA로 이루어진 많은 유전자로 구성되는데, 특정 유전자를 비교함으로써 미생물들 간의 유전적 관계를 알 수 있다. 종의 구분에는 서로 간의 차이를 잘 나타내 주는 유전자를 이용한다. 유전자 비교를 통해 미생물들이 유전적으로 얼마나 가깝고 먼지를 확인할 수 있는데, 이를 '유전 거리'라 한다. 유전 거리가 가까울수록 같은 종으로 묶일 가능성이 커진다. 2010

예시답

이런 문제를 극복하기 위해 오늘날 미생물 종의 구분에는 주로 유전적 특성을 이용하고 있다.

❸ 중심 문장이 의문문으로 나타나기도 한다.

중심 문장이 문단의 첫 문장에서 의문문으로 나타나면 독자는 주의를 집중하게 된다. 앞 장에서 중심 문장의 핵심어를 찾아서 질문해 보는 것과 같은 이치이다.

> **보 기**
>
> **무상 처분된 물가의 시가가 변동하면 유류분 부족액을 계산할 때는 언제의 시가를 기준으로 삼아야 할까?** 유류분의 취지에 비추어 상속 개시 당시의 시가를 기준으로 해야 한다. 다만 그 물건의 시가 상승이 무상 취득자의 노력에서 비롯되었으면 이때는 무상취득 당시의 시가를 기준으로 계산해야 한다. 이렇게 정해진 유류분 부족액을 근거로 반환 대상인 지분을 계산할 때는, 시가 상승의 원인이 무엇이든 상속 개시 당시의 시가를 기준으로 해야 한다.
2023.9

이 문단의 중심 문장은 첫 문장인 의문문으로 서술되어 있다. 중심 문장을 의문문으로 서술하면 독자의 주의를 환기할 수 있는 장점이 있다.

유형 문제

※ 다음 문단에서 중심 문장을 찾아보시오.

> 그렇다면 영화는 역사와 어떻게 관계를 맺고 있을까? 역사에 대한 영화의 독해와 영화에 대한 역사적 독해는 영화와 역사에 관한 두 축을 이룬다. 역사에 대한 영화의 독해는 영화라는 매체로 역사를 해석하고 평가하는 작업과 연관된다. (중략) 영화에 대한 역사적 독해는 영화에 담겨 있는 역사적 흔적과 맥락을 검토하는 것과 연관된다. (후략)
2020.9

이 문단의 중심 문장은 첫 문장이다. 긴 문단이기에 독자의 관심을 끌기 위하여 의문문으로 서술한 것으로 보인다.

예시답

그렇다면 영화는 역사와 어떻게 관계를 맺고 있을까?

❹ 중심 문장의 핵심어는 뒷받침 문장에서 구체화된다. 핵심어를 찾아서 질문하고, 뒷받침 문장에서 그 답변을 찾는 과정에서 그 문단의 내용을 이해할 수 있다.

뒷받침 문장은 중심 문장의 의미가 심화된 내용이다. 뒷받침 문장에서 심화된 의미는 중심 문장으로부터 시작된다. 여기서 심화된 의미는 필자의 의도가 구체화되어 담긴 의미라는 뜻이다.

뒷받침 문장은 다음의 세 가지 원리에 따라서 구체화된다. 중심 문장의 핵심어에서 A, B 사항을 강조했다면 뒷받침 문장에서도 A, B 사항이 모두 구체화된다. 완결성의 원리이다. 또한 핵심어의 내용인 A, B만이 구체화된다. 통일성의 원리이다. 구체화된 내용들은 지시어나 접속어, 조사나 어미 등을 사용하여 밀접하게 연결된다. 응집성의 원리이다.

❶ 통일성: 뒷받침 문장은 중심 문장의 범위 안에서 구체화되어야 한다.
❷ 완결성: 뒷받침 문장은 중심 문장의 내용이 모두 구체화되어야 한다.
❸ 응집성: 뒷받침 문장들과 중심 문장은 유기적으로 연결되어야 한다.

다음 <보기> 문단에서 중심 문장을 찾고, 뒷받침 문장의 세 원칙이 적용됨을 찾아보도록 하자.

> **보기**
>
> 우리나라에서 공적 연금 제도를 운영하는 과정에는 사회적 연대를 중시하는 입장과 경제적 성과를 중시하는 입장이 부딪치고 있다. 구체적으로 전자는 이 제도를 계층 간, 세대 간 소득 재분배의 수단으로 이용해야 한다고 주장한다. 소득이 적어 보험료를 적게 낸 사람에게 보험료를 많이 낸 사람과 비슷한 연금을 지급하고, 자녀 세대의 보험료로 부모 세대의 연금을 충당하는 것은 그러한 관점에서 이해될 수 있다. 하지만 후자는 이처럼 사회 구성원 일부에게 희생을 강요하는 소득 재분배는 물가 상승을 반영하여 연금의 실질 가치를 보장할 수 있을 때만 허용되어야 한다고 비판한다. 사회 내의 소득 격차가 커질수록, 자녀 세대의 보험료 부담이 커질수록, 이 비판은 더욱 강해질 수밖에 없다.
>
> 2013

이 문단의 중심 문장은 첫 문장이다. 핵심어는 '사회적 연대를 중시하는 입장과 경제적 성과를 중시하는 입장'이다.

통일성: '사회적 연대를 중시하는 입장'과 '경제적 성과를 중시하는 입장'만을 뒷받침 문장에서 구체화하였다. 즉 중심 문장의 범위를 뒷받침 문장이 벗어나지 않았다.

완결성: '사회적 연대를 중시하는 입장'과 '경제적 성과를 중시하는 입장' 모두를 뒷받침 문장에서 구체화하였다.

응집성: '이 (제도), 그러한 (관점), 하지만, 이처럼 (사회 구성원 일부), 이 (비판)' 등 지시어와 접속어가 사용되어 문장들이 유기적으로 연결되었다.

유형 문제

※ 다음 문단에서 중심 문장과 뒷받침 문장을 찾아 통일성, 완결성, 응집성을 설명하시오.

근대에 접어들어 과학 혁명과 청교도 윤리의 등장으로 활동적 삶과 사색적 삶에 대한 인식은 달라지기 시작했다. 16, 17세기 과학 혁명으로 실험 정신과 경험적 지식이 중시되면서 사색적 삶의 영역에 속한 과학적 탐구와 활동적 삶의 영역에 속한 기술 사이의 거리가 좁혀졌다. 또한 직업을 신의 소명으로 이해하고, 근면과 검약에 의한 개인의 성공을 구원의 징표로 본 청교도 윤리는 생산 활동과 부의 축적에 대한 부정적 인식을 불식하는 계기가 되었다. 이로써 활동적 삶과 사색적 삶이 대등한 위상을 갖게 된 것이다.   2016.9B

예시답

중심 문장: 근대에 접어들어 과학 혁명과 청교도 윤리의 등장으로 활동적 삶과 사색적 삶에 대한 인식은 달라지기 시작했다.
핵심어: 과학 혁명과 청교도 윤리 / '과학 혁명과 청교도 윤리'가 어떤 이유로 삶에 대한 인식을 달라지게 했을까?
통일성: 뒷받침 문장에서 '과학 혁명'과 '청교도 윤리'에 관해서만 설명하였다.
완결성: 뒷받침 문장에서 '과학 혁명'과 '청교도 윤리' 모두를 설명하였다.
응집성: '또한', '이로써' 등의 접속어와 지시어를 사용하여 유기적 연결이 되었다.

적용 연습

※ 다음 문단에서 중심 문장과 핵심어를 찾아서 뒷받침 문장에서 구체화됨을 보이시오.

[1]

차이법은 결과가 나타난 사례와 나타나지 않은 사례를 비교하여 선행하는 요소들 사이의 유일한 차이를 찾아 그것을 원인으로 추론하는 방법이다. 인도네시아의 연구소에 근무하던 에이

크만은 사람의 각기병과 유사한 증상을 보이는 닭의 질병을 연구하고 있었다. 어느 날 그는 병에 걸린 닭들 중에서 병이 호전된 한 마리의 닭을 발견하고는 호전의 원인이 무엇인지를 찾아보고자 하였다. 그 결과 병이 호전된 닭과 호전되지 않은 닭들의 모이에서 나머지는 모두 같았으나 유일한 차이가 현미에 있음을 알게 되었다. 즉 병이 호전되지 않은 닭들은 채소, 고기, 백미를 먹었으나 병이 호전된 닭은 추가로 현미를 먹었던 것이다. 이렇게 모이의 차이를 통해 닭의 병이 호전된 원인을 현미에서 찾은 에이크만의 사례는 바로 차이법을 적용한 예이다.

2012.6

[2]

실용설은 어떤 판단이 유용한 결과를 낳을 때 그 판단을 진리라고 본다. 어떤 판단을 실제 행동으로 옮겨 보고 그 결과가 만족스럽거나 유용하다면 그 판단은 참이고 그렇지 않다면 거짓이라는 것이다. 예를 들어 어떤 사람이 '자기 주도적 학습 방법은 창의력을 기른다'라고 판단하여 그러한 학습 방법을 실제로 적용해 보았다고 하자. 만약 그러한 학습 방법이 실제로 창의력을 기르는 등 만족스러운 결과를 낳았다면 그 판단은 참이 되고, 그렇지 않다면 거짓이 된다. 이러한 실용설은 새로운 주장의 진위를 판별할 때 결과의 유용성을 중시한다.

2012.9

[3]

그러나 단토가 주목하는 것은 이러한 흐름과는 결정적으로 구분되는 20세기만의 질적 차별성이다. 이전 시대까지는 '미술'과 '미술 아닌 것'의 구분은 '무엇을 그리는가?' 또는 '어떻게 그리는가?'의 문제, 곧 내용 형식 재료처럼 지각 가능한 '전시적 요소'에 의존하여 가능했다. 반면, 20세기에는 빈 캔버스, 자연물, 기성품 등도 '작품'으로 인정되는 데에서 보듯, 전시적 요소로는 더 이상 그러한 구분이 불가능해진 것이다. 이제 그러한 구분은 대상이 어떤 것이든 그것에 미술 작품의 자격을 부여하는 지적인 행위, 곧 작품 밖의 '비전시적 요소'에 의존할 따름이다. 현대 미술이 미술의 개념 자체를 묻는 일종의 철학이 되고, 작품의 생산과 감상을 매개하는 이론적 행위로서 비평의 중요성이 부각된 이유가 바로 여기에 있다.

2014.9B

[4]

이들은 대상을 '있는 그대로' 보는 '순수한 눈' 같은 것은 없으며, 따라서 객관적인 사실성이란 없고, 사실적인 그림이란 결국 한 문화나 개인에게 익숙한 재현 체계를 따른 그림일 뿐이라고 주장한다. 이 이론에 따르면 지각은 우리가 속한 관습과 문화, 믿음 체계, 배경 지식의 영향을 받아 구성된다고 한다. 예를 들어 우리가 작가와 작품에 대해 사전 지식을 가지고 있다면 이러한 믿음은 그 작품을 어떻게 지각하느냐에까지도 영향을 준다는 것이다. 이것이 사실이라면, 피카소의 경우에 대해서도, '이 그림이 피카소가 그린 스타인의 초상'이라는 우리의 지식이 종국에는 그림과 실물 사이의 닮음을 발견하는 방식으로 우리의 지각을 형성해 냈을 것이라는 설명이 가능하다. 사실성이라는 것이 과연 재현 체계에 따라 상대적인지는 논쟁의 여지가 많지만 피카소의 수수께끼 같은 답변과 자신감 속에는 회화적 재현의 본성에 대한 이러한 통찰이 깔려 있었다고도 볼 수 있다.

2010.6

[5]

그런데 찬사를 받는 뮤지컬 중에는 전통적 기준의 충족과는 거리가 먼 사례가 적지 않다. 가령 A. L. 웨버는 대표작 <캐츠>의 일차적 목표를 다양한 형식의 볼거리와 들을 거리로 관객을 즐겁게 하는 데 두었다. <캐츠>는 고양이들을 주인공으로 한 T. S. 엘리엇의 우화집에서 소재를 빌렸지만, 이 작품의 핵심은 내용의 충실한 전달에 있는 것이 아니라 어떤 기발한 무대에서 얼마나 다채롭고 완성도 있는 춤과 노래가 펼쳐지는가에 있다. 뮤지컬을 '레뷰(revue)', 즉 버라이어티 쇼로 바라보는 최근의 관점은 바로 이 점에 근거한다.

2011

해설 및 예시답

[1] ① 중심 문장: 차이법은 결과가 나타난 사례와 나타나지 않은 사례를 비교하여 선행하는 요소들 사이의 유일한 차이를 찾아 그것을 원인으로 추론하는 방법이다.
② 핵심어: 선행하는 요소들 사이의 유일한 차이(선행하는 요소들 사이의 유일한 차이는 무엇일까?)
③ 구체화 내용: 현미가 결과의 차이를 만들었다.
④ 제목: 차이법의 개념

[2] ① 중심 문장: 실용설은 어떤 판단이 유용한 결과를 낳을 때 그 판단을 진리라고 본다.
② 핵심어: 유용한 결과(유용한 결과는 무엇을 뜻할까?)
③ 구체화 내용: 그 결과가 만족스럽거나 유용하다, 실제로 창의력을 기르는 등 만족스러운 결과를 낳았다.
④ 제목: 실용설의 개념

[3] ① 중심 문장: 그러나 단토가 주목하는 것은 이러한 흐름과는 결정적으로 구분되는 20세기만의 질적 차별성이다.
② 핵심어: 질적 차별성(질적 차별성은 무엇을 의미할까?)
③ 구체화 내용: 대상이 어떤 것이든 그것에 미술 작품의 자격을 부여하는 지적인 행위에 의존해서 구분한다.
④ 제목: 20세기 미술의 질적 차별성

[4] ① 중심 문장: 이들은 대상을 '있는 그대로' 보는 '순수한 눈' 같은 것은 없으며, 따라서 객관적인 사실성이란 없고, 사실적인 그림이란 결국 한 문화나 개인에게 익숙한 재현 체계를 따른 그림일 뿐이라고 주장한다.

② 핵심어: 한 문화나 개인에게 익숙한 재현 체계를 따른 그림(한 문화나 개인에게 익숙한 재현 체계를 따른 그림이란 무슨 뜻일까?)

③ 구체화 내용: 관습과 문화, 믿음 체계, 배경 지식의 영향, 사전 지식, '이 그림이 피카소가 그린 스타인의 초상'이라는 우리의 지식

④ 제목: 사실적인 그림의 의미

[5] ① 중심 문장: 찬사를 받는 뮤지컬 중에는 전통적 기준의 충족과는 거리가 먼 사례가 적지 않다.

② 핵심어: 전통적 기준의 충족과는 거리가 먼 사례

③ 구체화 내용: 다양한 형식의 볼거리와 들을 거리로 관객을 즐겁게 하는 A. L. 웨버의 <캐츠>

④ 제목: 최근에 찬사를 받는 뮤지컬의 관점

CHAPTER 03

글 읽기

이 책에서 글은 수능 독서 지문으로 출제되는 학습과 학문에 대한 것을 말한다. 따라서 이런 글은 다른 유형에 비해 개념이나 원리를 다루기에 구조와 전개 방식이 뚜렷한 특징이 있다.

독자들이 한 편의 글을 읽을 때에는 먼저 글의 제목을 음미해 본다. 제목은 주제를 요약해 놓은 것이어서 글의 방향을 가늠해 볼 수 있기 때문이다. 그러나 아쉽게도 수능 독서 지문에서는 제목이 주어지지 않는다. 평가 의도를 고려한 것으로 보인다. 제목이 없는 낯선 글을 읽는 것은 훨씬 어려울 것이다.

그래서 유능한 독자는 제목을 만들어 놓고 글을 읽는다. 그것이 어떻게 가능할까? 글의 서두에 도입 문단이 있기에 가능하다. 그럼 도입 문단에 대해 알아보자.

1절 도입 문단 읽기

도입 문단은 글의 첫 문단에 오는 것이 일반적이다. 도입 문단에서 도입의 뜻은 '안내'한다는 뜻이다. 필자가 독자에게 중심 화제와 전개 방식, 집필 목적 등을 안내하는 문단이다. 독자는 낯선 여행길에서 길을 잃지 않기 위해서 필자의 안내를 따라야 한다. 무엇보다도 독자는 중심 화제와 전개 방식을 안내받을 필요가 있다. 그것은 여행의 목적지와 목적지에 이르는 길을 안내하는 지도의 역할을 하기 때문이다.

중요한 것은 도입 문단은 사실 진술이 목적이 아니라 전개 문단에서 구체화할 내용을 안내하는 것이 목적임을 기억해 두기로 하자.

1. 도입(導入) 문단의 기본 이해

① 도입(導入)의 개념

도입은 글의 본문을 시작하기 전에 필자가 독자에게 주제(중심 화제)나 집필 목적 등을 안내(소개)하는 단계이다.

② 도입에서 중심 화제가 나타나는 표지

도입 문단의 마지막 문장에 '-을 알아보자', '-을 이해하자', '-의 까닭은 무엇인가?', '-에는 문제가 있다', '-을 해결할 필요가 있다' 등으로 나타난다.

③ 도입 문단의 중심 화제와 관련한 원칙

통일성: 중심 화제 외의 것을 서술해서는 안 된다는 원칙이다.
완결성: 중심 화제에서 안내한 내용을 모두 서술해야 한다는 원칙이다.
응집성: 지시어나 접속어, 조사나 어미 등을 사용하여 문장이나 문단이 서로 유기적으로 연결되어야 한다는 원칙이다.

2. 도입 문단에서 중심 화제 제시 유형

① 질문으로 제시하기

> **보 기**
>
> 일반적으로 동식물에서 종(種)이란 '같은 개체끼리 교배하여 자손을 남길 수 있는' 또는 '외양으로 구분이 가능한' 집단을 뜻한다. 그렇다면 세균처럼 한 개체가 둘로 분열하여 번식하며 외양의 특징도 많지 않은 미생물에서는 종을 어떤 기준으로 구분할까?
>
> 2010

이 <보기>에서 '그렇다면 ~ 구분할까?'가 중심 화제이다. 지시어의 내용을 대입하여 질문으로 서술해 보면, 글의 방향이 분명해져서 독자의 주의가 환기되는 장점이 있다.

정리

중심 화제: 그렇다면 세균처럼 한 개체가 둘로 분열하여 번식하며 외양의 특징도 많지 않은 미생물에서는 종을 어떤 기준으로 구분할까?
질문으로 서술하기: 기존의 종의 구분 방식인 '같은 개체끼리 교배하여 자손을 남길 수 있는' 또는 '외양으로 구분이 가능한' 집단이 아닌, 세균처럼 한 개체가 둘로 분열하여 번식하며 외양의 특징도 많지 않은 미생물에서는 종을 어떤 기준으로 구분할까?

※ 다음 도입 문단에서 중심 문장을 찾아서 독자의 질문으로 서술해 보시오.

> 연금 제도의 목적은 나이가 많아 경제 활동을 못하게 되었을 때 일정 소득을 보장하여 경제적 안정을 도모하는 것이다. 이를 위해서는 보험 회사의 사적 연금이나 국가가 세금으로 운영하는 공공 부조를 활용할 수 있다. 그럼에도 국가가 이 제도들과 함께 공적 연금 제도를 실시하는 까닭은 무엇일까?
>
> 2013

예시답

① 중심 화제: 그럼에도 국가가 이 제도들과 함께 공적 연금 제도를 실시하는 까닭은 무엇일까?

② 질문으로 서술하기: 연금 제도의 목적과 동일한 사적 연금과 공공 부조를 활용할 수 있음에도 국가가 이 제도들과 함께 공적 연금 제도를 실시하는 까닭은 무엇일까?

② '이해할 필요가 있다', '알아보자'로 제시하기

보기

> 역사가 신채호는 역사를 아(我)와 비아(非我)의 투쟁 과정이라고 정의한 바 있다. 그가 무장 투쟁의 필요성을 역설한 독립 운동가이기도 했다는 사실 때문에, 그의 이러한 생각은 그를 투쟁만을 강조한 강경론자처럼 비춰지게 하곤 한다. 하지만 그는 식민지 민중과 제국주의 국가에서 제국주의를 반대하는 민중 간의 연대를 지향하기도 했다. 그의 사상에서 투쟁과 연대는 모순되지 않는 요소였던 것이다. 이를 바르게 이해하기 위해서는 그의 사상의 핵심 개념인 '아'를 정확하게 이해할 필요가 있다.
>
> 2015B

<보기>에서 중심 화제는 '이를 바르게 이해하기 위해서는 그의 사상의 핵심 개념인 '아'의 개념을 정확하게 이해할 필요가 있다'이다. 여기서는 두 단계로 서술되었다. 첫 단계는 '그의 사상의 핵심 개념인 '아'의 개념을 정확하게 이해할 필요'와 두 번째 단계는 '이를 바르게 이해하기 위해서'이다. 이 중심 화제도 지시어의 내용이 핵심이므로 보완하고 두 단계가 드러나도록 질문으로 서술하면 글의 전체 방향이 선명하게 이해된다.

정리

중심 화제: 이를 바르게 이해하기 위해서는 그의 사상의 핵심 개념인 '아'를 정확하게 이해할 필요가 있다.

질문으로 서술하기: 그의 사상에서 투쟁과 연대는 모순되지 않는 요소였음을 바르게 이해하기 위한, 그의 사상의 핵심 개념인 '아'란 무엇인가?

유형 문제

※ 다음 도입 문단에서 중심 문장을 찾아서 독자의 질문으로 서술해 보시오.

> 용언은 어간과 어미로 이루어진다. 일반적으로 용언이 활용할 때 변하지 않는 부분을 어간이라 하고 변하는 부분을 어미라 한다. 용언은 서술어뿐 아니라 주어, 목적어, 관형어, 부사어 등 여러 문장 성분으로 쓰이면서 다양한 문법적 기능을 한다. 이러한 문법적 기능은 주로 어미에 의하여 나타나게 되므로 국어 문법 연구에서 어미의 특성을 이해하는 것은 매우 중요하다.
>
> 2013

예시답

① 중심 화제: 이러한 문법적 기능은 주로 어미에 의하여 나타나게 되므로 국어 문법 연구에서 어미의 특성을 이해하는 것은 매우 중요하다.

② 질문으로 서술하기: 다양한 문법적 기능을 하는 어미의 특성을 어떻게 이해할 수 있을까?

③ 질문과 답변으로 제시하기

보 기

> 우리는 가끔 평소보다 큰 보름달인 '슈퍼문(supermoon)'을 보게 된다. 실제 달의 크기는 일정한데 이러한 현상이 발생하는 까닭은 무엇일까? 이 현상은 달의 공전 궤도가 타원 궤도라는 점과 관련이 있다.
>
> 2015B

이 <보기>에서는 중심 화제가 질문과 답변으로 나타나 있다. 이런 경우에 답변을 질문으로 서술해 보면, 글의 방향이 선명하게 드러나게 된다.

정리

중심 화제: 실제 달의 크기는 일정한데 이러한 현상이 발생하는 까닭은 무엇일까? 이 현상은 달의 공전 궤도가 타원 궤도라는 점과 관련이 있다.

질문으로 서술하기: 달의 공전 궤도가 타원 궤도인 것이 슈퍼문 현상을 나타나게 하는 까닭은 무엇인가?

유형 문제

※ 다음 도입 문단에서 중심 문장을 찾아서 독자의 질문으로 서술해 보시오.

> 어떤 독서 이론도 이 한 장의 사진만큼 독서의 위대함을 분명하게 말해 주지 못할 것이다. 사진은 제2차 세계 대전 당시 처참하게 무너져 내린 런던의 한 건물 모습이다. 폐허 속에서도 사람들이 책을 찾아 서가 앞에 선 이유는 무엇일까? 이들은 갑작스레 닥친 상황에서 독서를 통해 무언가를 구하고자 했을 것이다.
>
> 2022

예시답

① 중심 화제: 폐허 속에서도 사람들이 책을 찾아 서가 앞에 선 이유는 무엇일까? 이들은 갑작스레 닥친 상황에서 독서를 통해 무언가를 구하고자 했을 것이다.

② 질문으로 서술하기: 폐허 속에서도 사람들이 독서를 통하여 무엇을 구하고자 했을까?

④ 평서문으로 제시하기

> 보 기
>
> 18세기 북학파들은 청에 다녀온 경험을 연행록으로 기록하여 청의 문물제도를 수용하자는 북학론을 구체화하였다. 이들은 개인적인 학문 성향과 관심에 따라 주목한 영역이 서로 달랐기 때문에 이들의 북학론도 차이를 보였다. 이들에게는 동아시아에서 문명의 척도로 여겨진 중화 관념이 청의 현실에 대한 인식에 각각 다르게 반영된 것이다. 1778년 함께 연행길에 올라 동일한 일정을 소화했던 박제가와 이덕무의 연행록에서도 이러한 차이가 확인된다.
>
> 2021

이 <보기>의 중심 화제는 마지막 문장에 평서문으로 제시되어 있다. 중심 화제 앞에서는 중심 화제에 대한 배경 지식이 연역적 전제로 제시되어 있다. 그럼에도 이 문단이 도입 문단이기 때문에 사실 진술이 목적이 아니라, 그런 내용을 전개 문단에서 설명하겠다는 안내가 목적이다. 이런 평서문일수록 질문으로 서술하면, 글의 방향이 선명해진다.

정리

중심 화제: 1778년 함께 연행길에 올라 동일한 일정을 소화했던 박제가와 이덕무의 연행록에서도 이러한 차이가 확인된다.

질문으로 서술하기: 1778년 함께 연행길에 올라 동일한 일정을 소화했던 박제가와 이덕무의 연행록에서는 동아시아에서 문명의 척도로 여겨진 중화 관념이 청의 현실에 대한 인식에서 어떤 차이가 있을까?

※ 다음 도입 문단에서 중심 문장을 찾아서 독자의 질문으로 서술해 보시오.

> 보험은 같은 위험을 보유한 다수인이 위험 공동체를 형성하여 보험료를 납부하고 보험 사고가 발생하면 보험금을 지급받는 제도이다. 보험 상품을 구입한 사람은 장래의 우연한 사고로 인한 경제적 손실에 대비할 수 있다. 보험금 지급은 사고 발생이라는 우연적 조건에 따라 결정되는데, 이처럼 보험은 조건의 실현 여부에 따라 받을 수 있는 재화나 서비스가 달라지는 조건부 상품이다.
>
> 2017

예시답

① 중심 화제: 이처럼 보험은 조건의 실현 여부에 따라 받을 수 있는 재화나 서비스가 달라지는 조건부 상품이다.

② 질문으로 서술하기: 조건부 상품인 보험은 조건의 실현 여부에 따라 받을 수 있는 재화나 서비스가 어떻게 달라질까?

⑤ 문제 해결의 필요성으로 제시하기

> 서양 음악에서 기악은 르네상스 말기에 탄생하였지만 바로크 시대에 이르면 악기의 발달과 함께 다양한 장르를 형성하면서 비약적인 발전을 이루게 된다. 하지만 가사가 있는 성악에 익숙해져 있던 사람들에게 기악은 내용 없는 공허한 울림에 지나지 않았다. 이러한 비난을 면하기 위해 기악은 일정한 의미를 가져야 하는 과제를 안게 되었다.
>
> 2012

이 문단의 앞 부분에는 '문제'를 서술하고, 끝 부분에서 그 문제를 '해결할 필요성'을 서술함으로써 중심 화제를 제시하고 있다. 여기에 '이러한'이 지시하는 내용을 보완하여 질문으로 서술하면 필자의 의도가 선명해진다.

정리

중심 화제: 이러한 비난을 면하기 위해 기악은 일정한 의미를 가져야 하는 과제를 안게 되었다.

질문으로 서술하기: 하지만 가사가 있는 성악에 익숙해져 있던 사람들에게 기악은 내용 없는 공허한 울림에 지나지 않는다는 비난을 면하기 위해 기악은 일정한 의미를 가져야 하는 과제를 어떻게 해결했을까?

유형 문제

※ 다음 도입 문단에서 중심 문장을 찾아서 독자의 질문으로 서술해 보시오.

둘 이상의 기업이 자본과 조직 등을 합하여 경제적으로 단일한 지배 체제를 형성하는 것을 '기업 결합'이라고 한다. 기업은 이를 통해 효율성 증대나 비용 절감, 국제 경쟁력 강화와 같은 긍정적 효과들을 기대할 수 있다. 하지만 기업이 속한 사회에는 간혹 역기능이 나타나기도 하는데, 시장의 경쟁을 제한하거나 소비자의 이익을 침해하는 경우가 그러하다. 가령, 시장 점유율이 각각 30%와 40%인 경쟁 기업들이 결합하여 70%의 점유율을 갖게 될 경우, 경쟁이 제한되어 지위를 남용하거나 부당하게 가격을 인상할 수 있는 것이다. 이 때문에 정부는 기업 결합의 취지와 순기능을 보호하는 한편, 시장과 소비자에게 끼칠 폐해를 가려내어 이를 차단하기 위한 법적 조치들을 강구하고 있다. 하지만 기업 결합의 위법성을 섣불리 판단해서는 안 되므로 여러 단계의 심사 과정을 거치도록 하고 있다.

2010

예시답

① 중심 화제: 하지만 기업 결합의 위법성을 섣불리 판단해서는 안 되므로 여러 단계의 심사 과정을 거치도록 하고 있다.

② 질문으로 서술하기: 하지만 기업 결합의 위법성을 섣불리 판단해서는 안 되므로, 어떤 단계의 심사 과정을 거치는가?

⑥ 두 문단으로 이루어진 도입 문단에서 제시하기

보 기

논증은 크게 연역과 귀납으로 나뉜다. 전제가 참이면 결론이 확실히 참인 연역 논증은 결론에서 지식이 확장되는 것처럼 보이지만, 실제로는 전제에 이미 포함된 결론을 다른 방식으로 확인하는 것일 뿐이다. 반면 귀납 논증은 전제들이 모두 참이라고 해도 결론이 확실히 참이 되는 것은 아니지만 우리의 지식을 확장해 준다는 장점이 있다. 여러 귀납 논증 중에서 가장 널리 쓰이는 것은 수많은 사례들을 관찰한 다음에 그것을 일반화하는 것이다. 우리는 수많은 까마귀를 관찰한 후에 우리가 관찰하지 않은 까마귀까지 포함하는 '모든 까마귀는 검다.'라는 새로운 지식을 얻게 되는 것이다.

철학자들은 과학자들이 귀납을 이용하기 때문에 과학적 지식에 신뢰를 보낼 수 있다고 생각했다. 그러나 모든 귀납에는 논리적인 문제가 있다. 수많은 까마귀를 관찰한 사례에 근거해서 '모든 까마귀는 검다.'라는 지식을 정당화하는 것은 합리적으로 보이지만, 아무리 치밀하게 관찰하여도 아직 관찰되지 않은 까마귀 중에서 검지 않은 까마귀가 있을 수 있기 때문이다.

2013

도입 문단이 두 문단으로 이루어지는 경우가 있다. 이때 첫 문단에는 글 전체를 이해하기 위해 필요한 기본 지식을 설명하는 경우이다. 따라서 첫 문단의 내용을 정확하게 이해해야 중심 화제가 이해되고, 이어지는 전개 문단도 이해될 수 있다.

<보기>의 첫 문단의 중심 내용은 '연역과 귀납의 차이'이다. 이 내용은 중심 화제를 이해하는 데 매우 중요한 역할을 하게 된다. 어떤 문제가 중심 화제로 제시되었으므로 필자의 의도는 이 문제를 해결하는 것이다. 이 내용을 질문으로 서술해 보면, 필자의 의도가 선명해진다.

정리

중심 화제: 그러나 모든 귀납에는 논리적인 문제가 있다.
독자의 질문으로 서술하기: 모든 귀납법의 논리적 문제를 어떻게 해결할까?

유형 문제

※ 다음 도입 문단에서 중심 문장을 찾아서 독자의 질문으로 서술해 보시오.

> 우리 삶에서 운이 작용해서 결과가 달라지는 일은 흔하다. 그러나 외적으로 드러나는 행위에 초점을 맞추는 '의무 윤리'든 행위의 기반이 되는 성품에 초점을 맞추는 '덕의 윤리'든, 도덕의 문제를 다루는 철학자들은 도덕적 평가가 운에 따라 달라져서는 안 된다고 생각한다. 이들의 생각처럼 도덕적 평가는 스스로가 통제할 수 있는 것에 대해서만 이루어져야 한다. 운은 자신의 의지에 따라 통제할 수 없어서, 운에 따라 누구는 도덕적이게 되고 누구는 아니게 되는 일은 공평하지 않기 때문이다.
>
> 그런데 어떤 철학자들은 운에 따라 도덕적 평가가 달라지는 일이 실제로 일어난다고 주장하고, 그런 운을 '도덕적 운'이라고 부른다. 그들에 따르면 세 가지 종류의 도덕적 운이 거론된다. 첫째는 태생적 운이다. 우리의 행위는 성품에 의해 결정되며 이런 성품은 태어날 때 이미 결정되므로, 성품처럼 우리가 통제할 수 없는 요인이 도덕적 평가에 개입되는 불공평한 일이 일어난다는 것이다.
>
> 2016B

예시답

① 중심 화제: 도덕의 문제를 다루는 철학자들은 도덕적 평가가 운에 따라 달라져서는 안 된다고 생각한다. 그런데 어떤 철학자들은 운에 따라 도덕적 평가가 달라지는 일이 실제로 일어난다고 주장하고, 그런 운을 '도덕적 운'이라고 부른다.
② 질문으로 서술하기: '도덕적 운'은 존재하는가?

적용 연습

※ 다음 도입 문단에서 중심 화제를 찾아서 질문으로 서술하고, 전개 문단의 내용을 예측해 보시오.

1 이어폰으로 스테레오 음악을 들으면 두 귀에 약간 차이가 나는 소리가 들어와서 자기 앞에 공연장이 펼쳐진 것 같은 공간감을 느낄 수 있다. 이러한 효과는 어떤 원리가 적용되어 나타난 것일까?
2012

2 전통적인 철학적 미학은 세계관, 인간관, 정치적 이념과 같은 심오한 정신적 내용의 미적 형상화를 예술의 소명으로 본다. 반면 현대의 체계 이론 미학은 내용적 구속성에서 벗어난 예술을 진정한 예술로 여긴다. 이는 예술이 미적 유희를 통제하는 모든 외적 연관에서 벗어나 하나의 자기 연관적 체계로 확립되어 온 과정을 관찰하고 분석함으로써 얻은 결론이다. 이 이론은 자율성을 참된 예술의 조건으로 보는 이들이 선호할 만하다. 그렇다면 현대의 새로운 예술 장르인 뮤지컬은 어떻게 진술될 수 있을까?
2011

3 주차하거나 좁은 길을 지날 때 운전자를 돕는 장치들이 있다. 이 중 차량 전후좌우에 장착된 카메라로 촬영한 영상을 이용하여 차량 주위 360°의 상황을 위에서 내려다본 것 같은 영상을 만들어 차 안의 모니터를 통해 운전자에게 제공하는 장치가 있다. 운전자에게 제공되는 영상이 어떻게 만들어지는지 알아보자.
2022

4 채권은 사업에 필요한 자금을 조달하기 위해 발행하는 유가 증권으로, 국채나 회사채 등 발행 주체에 따라 그 종류가 다양하다. 채권의 액면 금액, 액면 이자율, 만기일 등의 지급 조건은 채권 발행 시 정해지며, 채권 소유자는 매입 후에 정기적으로 이자액을 받고, 만기일에는 마지막 이자액과 액면 금액을 지급받는다. 이때 이자액은 액면 이자율을 액면 금액에 곱한 것으로 대개 연 단위로 지급된다. 채권은 만기일 전에 거래되기도 하는데 이때 채권 가격은 현재 가치, 만기, 지급 불능 위험 등 여러 요인에 따라 결정된다.
2011

5 사회 이론은 사회 구조나 사회적 상호 작용을 연구하는 이론들을 통칭한다. 사회 이론은 과학적 방법을 적용하면서도 연구 대상뿐 아니라 이론 자체가 사회 상황이나 역사적 조건에 긴밀히 연관된다는 특징을 지닌다. 19세기의 시민 사회론을 이야기할 때 그 시대를 함께 살펴보게 되는 것도 바로 이와 같은 이유 때문이다.
2015B

6 정책 수단 선택의 사례로 환율과 관련된 경제 현상을 살펴보자. 외국 통화에 대한 자국 통화의 교환 비율을 의미하는 환율은 장기적으로 한 국가의 생산성과 물가 등 기초 경제 여건을 반영하는 수준으로 수렴된다. 그러나 단기적으로 환율은 이와 괴리되어 움직이는 경우가 있다. 만약 환율이 예상과는 다른 방향으로 움직이거나 또는 비록 예상과 같은 방향으로 움직이더라도

변동 폭이 예상보다 크게 나타날 경우 경제 주체들은 과도한 위험에 노출될 수 있다. 환율이나 주가 등 경제 변수가 단기에 지나치게 상승 또는 하락하는 현상을 오버슈팅(overshooting)이라고 한다. 이러한 오버슈팅은 물가 경직성 또는 금융 시장 변동에 따른 불안 심리 등에 의해 촉발되는 것으로 알려져 있다. 여기서 물가 경직성은 시장에서 가격이 조정되기 어려운 정도를 의미한다.

2018

7 근대 초기의 합리론은 이성에 의한 확실한 지식만을 중시하여 미적 감수성의 문제를 거의 논외로 하였다. 미적 감수성은 이성과는 달리 어떤 원리도 없는 자의적인 것이어서 '세계의 신비'를 푸는 데 거의 기여하지 못한다고 여겼기 때문이다. 이러한 근대 초기의 합리론에 맞서 칸트는 미적 감수성을 '미감적 판단력'이라 부르면서, 이 또한 어떤 원리에 의거하며 결코 이성에 못지않은 위상과 가치를 지닌다는 주장을 펼친다. 이러한 작업에서 핵심 역할을 하는 것이 그의 취미 판단 이론이다.

2015B

8 16세기 전반에 서양에서 태양 중심설을 지구 중심설의 대안으로 제시하며 시작된 천문학 분야의 개혁은 경험주의의 확산과 수리 과학의 발전을 통해 형이상학을 뒤바꾸는 변혁으로 이어졌다. 서양의 우주론이 전파되자 중국에서는 중국과 서양의 우주론을 회통하려는 시도가 전개되었고, 이 과정에서 자신의 지적 유산에 대한 관심이 제고되었다.

2019

예시 답안

1 ㉮ 중심 화제: 이러한 효과는 어떤 원리가 적용되어 나타난 것일까?

㉯ 질문으로 서술하기: 공간감의 효과는 어떤 원리가 적용되어 나타난 것일까?

2 ㉮ 중심 화제: 그렇다면 현대의 새로운 예술 장르인 뮤지컬은 어떻게 진술될 수 있을까?

㉯ 질문으로 서술하기: 전통적 철학적 미학과 현대의 체계 이론 미학이 있다면, 현대의 새로운 예술 장르인 뮤지컬은 어떻게 설명할 수 있을까?

3 ㉮ 중심 화제: 운전자에게 제공되는 영상이 어떻게 만들어지는지 알아보자.

㉯ 질문으로 서술하기: 운전자에게 제공되는 영상이 어떻게 만들어질까?

4 ㉮ 중심 화제: 채권은 만기일 전에 거래되기도 하는데 이때 채권 가격은 현재 가치, 만기, 지급 불능 위험 등 여러 요인에 따라 결정된다.

㉯ 질문으로 서술하기: 만기일 전에 거래되는 채권 가격은 현재 가치, 만기, 지급 불능 위험 등의 요인에 의해 어떻게 결정될까?

5 ㉮ 중심 화제: 19세기의 시민 사회론을 이야기할 때 그 시대를 함께 살펴보게 되는 것도 바로 이와 같은 이유 때문이다.

㉯ 질문으로 서술하기: 과학적 방법을 적용하면서도 연구 대상뿐 아니라 이론 자체가 사회 상황이나 역사적 조건에 긴밀히 연관된다는 특징을 지닌 사회 이론 중 19세기의 시민 사회론을 이야기할 때 그 시대를 함께 살펴보게 되는 예로는 어떤 것들이 있는가?

6 ㉮ 중심 화제: 이러한 오버슈팅은 물가 경직성 또는 금융 시장 변동에 따른 불안 심리 등에 의해 촉발되는 것으로 알려져 있다.

㉯ 질문으로 서술하기: 이러한 오버슈팅은 물가 경직성 또는 금융 시장 변동에 따른 불안 심리 등에 의해 어떻게 촉발되는가?

7 ㉮ 중심 화제: 이러한 근대 초기의 합리론에 맞서 칸트는 미적 감수성을 '미감적 판단력'이라 부르면서, 이 또한 어떤 원리에 의거하며 결코 이성에 못지않은 위상과 가치를 지닌다는 주장을 펼친다.

㉯ 질문으로 서술하기: 이러한 근대 초기의 합리론에 맞서 칸트는 미적 감수성을 '미감적 판단력'이라 부르면서, 이 또한 어떤 원리에 의거하며 결코 이성에 못지않은 위상과 가치를 지닌다는 주장은 어떤 근거로 정당화될까?

8 ㉮ 중심 화제: 16세기 전반에 서양에서 태양 중심설을 지구 중심설의 대안으로 제시하며 시작된 천문학 분야의 개혁은 경험주의의 확산과 수리 과학의 발전을 통해 형이상학을 뒤바꾸는 변혁으로 이어졌다. 서양의 우주론이 전파되자 중국에서는 중국과 서양의 우주론을 회통하려는 시도가 전개되었고, 이 과정에서 자신의 지적 유산에 대한 관심이 제고되었다.

㉯ 질문으로 서술하기: 지구 중심설의 대안으로 태양 중심설로 바뀌게 된 과정은 무엇인가?
   – 경험주의 확산과 수리 과학의 발전으로 어떤 형이상학이 어떻게 변화되었는가?
   – 서양의 우주론이 전파되자 중국에서는 중국과 서양의 우주론을 회통하려는 시도가 어떻게 전개되었을까?
   – 이 과정에서 자신의 지적 유산에 대한 관심이 어떻게 제고되었는가?

2절 전개 문단 읽기

전개 문단에서 '전개'는 구체화한다는 뜻이다. 무엇을 구체화할까? 그것은 도입 문단에서 안내했던 중심 화제를 구체화하게 된다. 어떤 방식으로 전개할까? 그것은 전개 목적에 따라 다르다. 전개 목적이 대상의 종류를 설명하는 것이라면 분류 방식을 사용할 것이고, 개념을 설명하는 것이라면 정의 방식을 사용할 것이다. 독자 입장에서는 전개 방식을 먼저 파악하게 될 것이므로, 그 전개 방식으로 전개 목적을 예상하며 이해할 수 있을 것이다. 즉, 글의 구조를 통해서 필자의 의도를 파악할 수 있다.

1. 전개 문단의 기본 이해

① 전개(展開)의 개념

전개란 접힌 것을 펼치거나 닫힌 것을 열어서 속에 있는 내용물을 보여주는 것이다. 즉 글에서 전개란 주제를 설명, 논증, 서사, 묘사하여 구체화하는 것을 말한다.

② 전개의 대상

전개는 크게 2단계로 이루어진다. 첫 단계는 도입에서 소개한 중심 화제를 전개 문단의 중심 문장으로 구체화하는 것이다. 두 번째 단계는 전개 문단의 중심 문장의 핵심어를 뒷받침 문장으로 구체화하는 것이다.

③ 중심 문장과 핵심어(Controlling Idea)

문단에서 가장 포괄적인 내용을 담은 문장이 중심 문장이다. 그리고 필자의 입장이 담긴 문장이 중심 문장이다. 중심 문장에서 필자의 견해가 담긴 부분을 핵심어라 한다. 핵심어는 주로 중심 문장의 주어와 서술어 사이에 위치하고, 그 핵심어는 반드시 다음 문장에서 구체화된다. 예를 들어, 어떤 문단의 중심 문장이 '인간은 이성적 동물이다.'라면, 이 경우의 핵심어는 '이성적'이 되며, 이어지는 문장에서는 반드시 필자가 생각하는 '이성적'이라는 개념에 대해 서술하게 된다.

④ 문단의 제목 붙이는 방법

중심 문장을 요약해서 붙인다. 다음 <보기>의 경우에는 '어간의 개념'으로 요약된다.

> 보 기
>
> 어간은 일반적으로 용언이 활용할 때 변화하지 않는 부분을 말한다.

⑤ 문단 분석 절차

㉮ 중심 문장을 찾는다.
㉯ 중심 문장에서 핵심어를 찾는다.
㉰ 핵심어를 뒷받침 문장에서 설명하는 방식을 바탕으로 전개 방식을 찾는다.
㉱ 문단에 제목을 붙인다.

2. 전개 방식의 유형과 목적

전개 방식	목 적	읽는 방법
정 의	개념, 속성	개념어, 개념
예 시	구체화	예시 대상, 예시 내용, 예시로 뒷받침 요소
분 류	종류, 유형	분류 대상, 분류 기준, 분류 결과(구분지)
분 석	구조, 성분	분석 대상, 구성 요소, 구성 요소의 기능 및 작용
비 교	공통점	비교 대상, 공통점
대 조	차이점	대조 대상, 대조 기준, 차이점
인 과	현상의 원인이나 결과	인과의 대상, 인과의 원인이나 결과
과 정	단계, 절차	과정의 대상, 과정의 단계, 단계의 기능 및 특징
문제와 해결	문제와 해결	문제와 해결의 대상, 문제의 대상, 해결의 대상
논 증	증명, 정당화	쟁점, 주장, 근거, 이유

3절 정리 문단 읽기

정리 문단은 글의 마지막 문단에 위치하는 것이 일반적이다. 정리란 앞 단계에서 전개한 내용을 요약하고 평가하여 글을 마무리하는 단계이다. 전개한 내용을 종합하거나 일반화하여 요약하고, 의의와 한계, 문제점으로 평가한다. 또는 전망이나 과제 등을 덧붙이는 경우도 있다.

1. 정리 문단의 기본 이해

① 정리의 개념

도입 문단에서 안내한 주제와 전개 문단에서 구체화한 내용을 일목요연하게 요약하고 평가하는 단계이다.

② 정리의 방법

전개한 내용을 일반화하거나 종합하여 요약하고, 의의나 한계, 과제나 전망 등으로 평가한다.

③ 정리 문단의 유형

① 독서는 자기 내면으로의 여행이며 외부 세계로의 확장이다. ② 폐허 속에서도 책을 찾은 사람들은 독서가 지닌 힘을 알고, 자신과 현실에 대한 이해를 구하고자 책과의 대화를 시도하고 있었던 것이다.

2022

이 정리 문단의 첫 문장은 전개 문단을 요약한 것이고, 두 번째 문장은 그것을 평가한 것이다. 제목: 독서의 기능과 의의

유형 문제

※ 다음 정리 문단에서 정리 방법을 살펴보고, 제목을 붙여 보시오.

첨단 과학의 발전에도 불구하고 생명체의 존재 원리와 이유를 정확히 규명하는 과제는 아직 진행 중이다. 자연물의 구성 요소에 대한 아리스토텔레스의 탐구는 자연물이 존재하고 운동하는 원리와 이유를 밝히려는 것이었고, 그의 목적론은 지금까지 이어지는 그러한 탐구의 출발점이라 할 수 있다.

2018

예시답

전개 문단에서 설명했던 아리스토텔레스의 탐구에 대해서 긍정적으로 평가하고 있다.
제목: 아리스토텔레스 탐구와 목적론의 의의

변증법에 충실하려면 헤겔은 철학에서 성취된 완전한 주관성이 재객관화되는 단계의 절대정신을 추가했어야 할 것이다. 예술은 '철학 이후'의 자리를 차지할 수 있는 유력한 후보이다. 실제로 많은 예술 작품은 '사유'를 매개로 해서만 설명되지 않는가. 게다가 이는 풍부한 예술적 체험을 한 헤겔 스스로가 잘 알고 있지 않은가. 이 때문에 방법과 철학 체계 간의 이러한 불일치는 더욱 아쉬움을 준다.

2022

이 정리 문단에서는 전개 문단에서 설명한 헤겔의 변증법에 대하여 부정적 평가를 하고 있다.
제목: 헤겔 변증법의 한계

유형 문제

※ 다음 정리 문단에서 정리 방법을 살펴보고, 제목을 붙여 보시오.

> 그러나 붕괴 이후에도 달러화의 기축 통화 역할은 계속되었다. 그 이유로 규모의 경제를 생각할 수 있다. 세계의 모든 국가에서 어떠한 기축 통화도 없이 각각 다른 통화가 사용되는 경우 두 국가를 짝짓는 경우의 수만큼 환율의 가짓수가 생긴다. 그러나 하나의 기축 통화를 중심으로 외환 거래를 하면 비용을 절감하고 규모의 경제를 달성할 수 있다.
>
> 2022

예시답

전개 문단에서 설명한 달러화에 대해서 평가하고 있다.
제목: 기축 통화로서 달러화의 한계 및 현실적 의의

적용 연습

※ 다음 정리 문단에서 정리 방법을 살펴보고, 제목을 붙여 보시오.

> 1 베이즈주의자는 이렇게 상식적으로 당연하게 여겨지는 생각을 정당화하기 위해 기존의 믿음의 정도를 유지함으로써 얻을 수 있는 실용적 효율성에 호소할 수 있다. 특별한 이유 없이 학교를 옮기는 행위는 어떠한 방식으로든 우리의 에너지를 불필요하게 소모한다. 베이즈주의자는 특별한 이유 없이 기존의 믿음의 정도를 바꾸는 것도 이와 유사하게 에너지를 불필요하게 소모한다고 볼 수 있다. 이 관점에서는 실용적 효율성을 추구한다면, 특별한 이유가 없는 한 기존의 믿음의 정도를 유지하는 것이 합리적이다.
>
> 2020

> 2 그동안의 대체 기술과 관련된 연구 성과를 토대로 이상적인 이식편을 개발하기 위해 많은 연구가 수행되고 있다.
>
> 2020

> 3 바젤위원회에서는 은행 감독 기준을 협의하여 제정한다. 그 헌장에서는 회원들에게 바젤 기준을 자국에 도입할 의무를 부과한다. 하지만 바젤위원회가 초국가적 감독 권한이 없으며 그의 결정도 법적 구속력이 없다는 것 또한 밝히고 있다. 바젤 기준은 100개가 넘는 국가가 채택하여 따른다. 이는 국제기구의 결정에 형식적으로 구속을 받지 않는 국가에서까지 자발적으로 받아들여 시행하고 있다는 것인데, 이런 현실을 말랑말랑한 법(soft law)의 모습이라 설명하기도

한다. 이때 조약이나 국제 관습법은 그에 대비하여 딱딱한 법(hard law)이라 부르게 된다. 바젤 기준도 장래에 딱딱하게 응고될지 모른다.

2020

4 중국 천문학을 중심으로 서양 천문학을 회통하려는 매문정의 입장은 18세기 초를 기점으로 중국의 공식 입장으로 채택되었으며, 이 입장은 중국의 역대 지식 성과물을 망라한 총서인『사고전서』에 그대로 반영되었다. 이 총서의 편집자들은 고대부터 당시까지 쏟아진 천문 관련 문헌들을 정리하여 수록하였다. 이와 같이 고대 문헌에 담긴 우주론을 재해석하고 확인하려는 경향은 19세기 중엽까지 주를 이루었다.

2019

5 가능세계의 개념은 철학에서 갖가지 흥미로운 질문과 통찰을 이끌어 내며, 그에 관한 연구 역시 활발히 진행되고 있다. 나아가 가능세계를 활용한 논의는 오늘날 인지 과학, 언어학, 공학 등의 분야로 그 응용의 폭을 넓히고 있다.

2020

예시 답안

1 제목: 베이즈주의자 인식론의 의의
2 제목: 이식편의 개발의 연구 현실
3 제목: 바젤 기준의 의의와 경계
4 제목: 중국 천문학을 중심으로 서양 천문학을 회통하려는 노력
5 제목: 가능세계 개념의 현재와 전망

PART 02

전개 방식으로 글 읽기

　망망대해에서 어부가 물고기를 잡기 위해서는 그물이 있어야 하듯이, 긴 지문에서 필요한 정보를 파악하기 위해서는 의미를 낚는 글의 전개 방식에 대한 이해가 필요하다. 그물에 따라 잡히는 물고기가 다르듯이, 전개 방식에 따라 전개 내용도 다르다. 전개 방식은 전개하는 목적에 따라서 선택되기 때문이다. 이 단원에서는 이러한 전개 방식의 원리를 학습할 것이다. 앞 문단의 전개 방식을 읽으면서 이어지는 뒤 문단의 전개 방식과 내용을 예측하며 적극적으로 읽어 보도록 하자.

CHAPTER

CHAPTER 04

정의로 전개되는 글 읽기

정의는 추상적이고 애매한 대상의 의미를 명료하게 규정하는 데 사용하는 전개 방식이다. 정의하려는 어떤 대상을 '개념어'라 하고, 그 대상이 의미하는 바를 '개념'이라 한다. 정의를 학습하면서 중요한 것은 개념어와 개념을 구분하는 것이다. 독자 중에는 개념어를 개념으로 혼동하는 경우가 없지 않다. 학습과 학문의 시작은 개념 이해이다. 따라서 개념어와 개념을 구분하여 이해하도록 노력하자. 일반적으로 개념은 추상적이어서 어려운 경우가 있다. 그런 경우에는 개념 서술과 함께 사용된 예시나 대조를 활용하여 그 개념이 명료해질 때까지 이해해 보자.

1절 정의로 전개되는 문장

정의는 개념어와 개념으로 이루어진다. 정의는 주로 '정의하다, 말하다, 뜻하다, 간주하다, 의미하다, 보다, −이다' 등의 서술어로 나타난다. 정의는 개념을 명료하게 하는 것이 목적이다. 개념이 서술되는 문장 형태는 아래에서 볼 수 있는 것처럼 다양하다.

1. 정의 문장의 서술 유형

❶ 개념어가 주어 자리에 오는 것이 일반적이다.

> 보기
>
> 계약이란 권리 발생 등에 관한 당사자의 합의로서, 계약이 성립하면 합의 내용대로 권리 발생 등의 효력이 인정되는 것이 원칙이다.
>
> 2021

이 문장에서 개념어는 '계약'이고, 개념은 '권리 발생 등에 관한 당사자의 합의로서, 계약이 성립하면 합의 내용대로 권리 발생 등의 효력이 인정되는 것이 원칙'이다.

❷ 개념어가 개념과 도치되어 문장의 후반부에 위치하기도 한다.

> **보 기**
>
> 이때 이식으로 옮겨 붙이는 세포, 조직, 장기를 이식편이라 한다.   2020

이 정의 문장에서 개념어는 '이식편'이고, 개념은 '이식으로 옮겨 붙이는 세포, 조직, 장기'이다. 문장의 자연스러운 연결을 위해 어순이 도치된 것으로 보인다.

❸ 개념어와 개념이 다른 문장으로 서술되기도 한다.

> ① 그중 과학적 지식은 과학적 방법에 의해 누적된다고 주장한다. ② 가설은 과학적 지식의 후보가 되는 것인데, 그들은 가설로부터 논리적으로 도출된 예측을 관찰이나 실험 등의 경험을 통해 맞는지 틀리는지 판단함으로써 그 가설을 시험하는 과학적 방법을 제시한다.   2017

이 글에서 개념어는 앞 문장의 '과학적 방법'이고, 개념은 뒤 문장 전체이다.

유형 문제

※ 다음 문항들에서 개념어와 개념을 구분해서 표시해 보시오.

> [1] 환율이나 주가 등 경제 변수가 단기에 지나치게 상승 또는 하락하는 현상을 오버슈팅 (overshooting)이라고 한다.   2018
>
> [2] 관광객처럼 우리 주변에서 흔히 볼 수 있는 것을 대상으로 고르면 현실성이 높다고 하고, 그 대상을 시각적 재현에 기대어 실재와 똑같이 표현하면 사실성이 높다고 한다.   2018.9
>
> [3] 채권은 어떤 사람이 다른 사람에게 특정 행위를 요구할 수 있는 권리이다. 이 특정 행위를 급부라 하고, 특정 행위를 해 주어야 할 의무를 채무라 한다.   2021
>
> [4] 국제법에서 일반적으로 조약은 국가나 국제기구들이 그들 사이에 지켜야 할 구체적인 권리와 의무를 명시적으로 합의하여 창출하는 규범이며, 국제 관습법은 조약 체결과 관계없이 국제 사회 일반이 받아들여 지키고 있는 보편적인 규범이다.   2020

[5] '직관'은 주어진 물질적 대상을 감각적으로 지각하는 지성이고, '표상'은 물질적 대상의 유무와 무관하게 내면에서 심상을 떠올리는 지성이며, '사유'는 대상을 개념을 통해 파악하는 순수한 논리적 지성이다.

2022

예시 답안

[1] 개념어: 오버슈팅(overshooting)
개념: 환율이나 주가 등 경제 변수가 단기에 지나치게 상승 또는 하락하는 현상

[2] 개념어1: 현실성이 높다
개념1: 관광객처럼 우리 주변에서 흔히 볼 수 있는 것을 대상으로 고르면
개념어2: 사실성이 높다
개념2: 그 대상을 시각적 재현에 기대어 실재와 똑같이 표현하면

[3] 개념어1: 채권
개념1: 어떤 사람이 다른 사람에게 특정 행위를 요구할 수 있는 권리
개념어2: 급부
개념2: 특정 행위
개념어3: 채무
개념3: 특정 행위를 해 주어야 할 의무

[4] 개념어1: 조약
개념1: 국가나 국제기구들이 그들 사이에 지켜야 할 구체적인 권리와 의무를 명시적으로 합의
하여 창출하는 규범
개념어2: 국제 관습법
개념2: 조약 체결과 관계없이 국제 사회 일반이 받아들여 지키고 있는 보편적인 규범

[5] 개념어1: 직관
개념1: 주어진 물질적 대상을 감각적으로 지각하는 지성
개념어2: 표상
개념2: 물질적 대상의 유무와 무관하게 내면에서 심상을 떠올리는 지성
개념어3: 사유
개념3: 대상을 개념을 통해 파악하는 순수한 논리적 지성

적용 연습

※ 다음 문장에서 개념어와 개념을 찾아서, 개념어에는 [　]을, 개념에는 밑줄을 그으시오.

[1] 강제성은 정부가 개인이나 집단의 행위를 제한하는 정도로서, 유해 식품 판매 규제는 강제성이 높다.

[2] 유류분은 피상속인의 무상 처분 행위가 없었다고 가정할 때 상속인들이 상속받을 수 있었을 이익 중 법으로 보장된 부분이다.　　　　2023

[3] 사법(私法)은 개인과 개인 사이의 재산, 가족 관계 등에 적용되는 법으로서 이 법의 영역에서는 '계약 자유의 원칙'이 적용된다. 계약의 구체적인 내용 결정 등은 당사자들 스스로 정할 수 있다는 것이다　　　　2019.6

[4] 다음으로는 사람의 조직 및 장기와 유사한 다른 동물의 이식편을 인간에게 이식하는 '이종 이식'이 있다.　　　　2020

[5] 한편 체결된 계약 내용이 법률에 정해진 내용과 어긋날 때 법적 불이익이 있을 뿐 아니라 체결된 계약의 효력 자체도 인정되지 않아 급부 의무가 부정되는 경우가 있다. 이에 해당하는 법조문을 '강행 법규'라고 한다.　　　　2019.6

[6] 법적으로 예약은 당사자들이 합의한 내용대로 권리가 발생하는 계약의 일종으로, 재화나 서비스 제공을 급부 내용으로 하는 다른 계약인 '본계약'을 성립시킬 수 있는 권리 발생을 목적으로 한다.　　　　2021

[7] 이에 따르면, 인식 주체가 특정 시점에 임의의 명제 A가 참이라는 것만을 또는 거짓이라는 것만을 새롭게 알게 됐을 때, 다른 임의의 명제 B에 대한 인식 주체의 기존 믿음의 정도의 변화는 조건화 원리의 적용을 받는다. 이는 믿음의 정도의 변화에 관한 원리로서, 만약 인식 주체가 A가 참이라는 것만을 새롭게 알게 된다면, B가 참이라는 것에 대한 그 인식 주체의 믿음의 정도는 애초의 믿음의 정도에서 A가 참이라는 조건하에 B가 참이라는 것에 대한 믿음의 정도로 되어야 함을 의미한다.　　　　2020

[8] 콰인은 분석 명제와 종합 명제로 지식을 엄격히 구분하는 대신, 경험과 직접 충돌하지 않는 중심부 지식과, 경험과 직접 충돌할 수 있는 주변부 지식을 상정한다.　　　　2017

[9] 존재론의 측면에서 율곡은 '이'를 형체도 없고 시간과 공간의 제약을 받지 않고 존재하는 만물의 법칙이자 원리로 보고, '기'를 시간적인 선후와 공간적인 시작과 끝을 가지면서 끊임없이 변화하며 작동하는 물질적 요소로 본다.　　　　2018.6

[10] 에피쿠로스는 신의 존재는 인정하나 신의 존재 방식이 인간이 생각하는 것과는 다르다고 보고, 신은 우주들 사이의 중간 세계에 살며 인간사에 개입하지 않는다는 이신론(理神論)적 관점을 주장한다.

2020.6

예시 답안

[1] [강제성]은 정부가 개인이나 집단의 행위를 제한하는 정도로서, 유해 식품 판매 규제는 강제성이 높다.

[2] [유류분]은 피상속인의 무상 처분 행위가 없었다고 가정할 때 상속인들이 상속받을 수 있었을 이익 중 법으로 보장된 부분이다.

2023

[3] [사법(私法)]은 개인과 개인 사이의 재산, 가족 관계 등에 적용되는 법으로서 이 법의 영역에서는 [계약 자유의 원칙]이 적용된다. 계약의 구체적인 내용 결정 등은 당사자들 스스로 정할 수 있다는 것이다

2019.6

[4] 다음으로는 사람의 조직 및 장기와 유사한 다른 동물의 이식편을 인간에게 이식하는 [이종 이식]이 있다.

2020

[5] 한편 체결된 계약 내용이 법률에 정해진 내용과 어긋날 때 법적 불이익이 있을 뿐 아니라 체결된 계약의 효력 자체도 인정되지 않아 급부 의무가 부정되는 경우가 있다. 이에 해당하는 법조문을 [강행 법규]라고 한다.

2019.6

[6] 법적으로 [예약]은 당사자들이 합의한 내용대로 권리가 발생하는 계약의 일종으로, 재화나 서비스 제공을 급부 내용으로 하는 다른 계약인 '본계약'을 성립시킬 수 있는 권리 발생을 목적으로 한다.

2021

[7] 이에 따르면, 인식 주체가 특정 시점에 임의의 명제 A가 참이라는 것만을 또는 거짓이라는 것만을 새롭게 알게 됐을 때, 다른 임의의 명제 B에 대한 인식 주체의 기존 믿음의 정도의 변화는 [조건화 원리]의 적용을 받는다. 이는 믿음의 정도의 변화에 관한 원리로서, 만약 인식 주체가 A가 참이라는 것만을 새롭게 알게 된다면, B가 참이라는 것에 대한 그 인식 주체의 믿음의 정도는 애초의 믿음의 정도에서 A가 참이라는 조건하에 B가 참이라는 것에 대한 믿음의 정도로 되어야 함을 의미한다.

2020

[8] 콰인은 분석 명제와 종합 명제로 지식을 엄격히 구분하는 대신, 경험과 직접 충돌하지 않는 [중심부 지식]과, 경험과 직접 충돌할 수 있는 [주변부 지식]을 상정한다.

2017

[9] 존재론의 측면에서 율곡은 ['이']를 형체도 없고 시간과 공간의 제약을 받지 않고 존재하는 만

물의 법칙이자 원리로 보고, ['기']를 시간적인 선후와 공간적인 시작과 끝을 가지면서 끊임없이 변화하며 작동하는 물질적 요소로 본다.

2018.6

[10] 에피쿠로스는 신의 존재는 인정하나 신의 존재 방식이 인간이 생각하는 것과는 다르다고 보고, 신은 우주들 사이의 중간 세계에 살며 인간사에 개입하지 않는다는 [이신론(理神論)적 관점]을 주장한다.

2020.6

2절 앞 문장의 개념어는 뒤 문장에서 구체화되고 명료해진다.

앞 문장에서는 주로 개념어가 제시되고, 뒤 문장에서 개념이 제시되면서 명료화된다. 개념은 명제 형식으로 표현되는데, 명제가 문장으로 표현되는 경우의 수는 다양하다. 우리는 문장을 통해서 개념을 이해하는 방법을 공부하는 것이다.

> **보 기**
>
> ① 20세기 미술의 특징은 무한한 다원성에 있다. ② 어떤 내용을 어떤 재료와 어떤 형식으로 작품화하건 미술적 창조로 인정되고, 심지어 창작 행위가 가해지지 않은 것도 '작품'의 자격을 얻을 수 있어서, '미술'과 '미술 아닌 것'을 객관적으로 구분해 주는 기준이 존재하지 않게 된 것이다.
>
> 2014.9

문장 ①의 핵심어는 '무한한 다원성'이다. '무한한 다원성'의 의미가 무엇일까? 이 핵심어의 의미가 뒤 문장에서 정의된다. 문장이 길고 복잡할 때는 부분으로 나눠 읽도록 한다.

정리

㉮ 핵심어: '무한한 다원성'('무한한 다원성'이란 무슨 뜻일까?)

㉯ 개념어: 무한한 다원성

㉰ 개념: 어떤 내용을 어떤 재료와 어떤 형식으로 작품화하건 미술적 창조로 인정되고, 심지어 창작 행위가 가해지지 않은 것도 '작품'의 자격을 얻을 수 있어서, '미술'과 '미술 아닌 것'을 객관적으로 구분해 주는 기준이 존재하지 않게 된 것이다.

제목: 무한한 다원성의 개념(정의)

※ 다음 첫 문장에서 핵심어를 찾아서, 그 핵심어가 정의로 이어짐을 설명해 보시오.

> ① 음성의 비교는 음소 단위로 이루어지는데 음소 추정 구간에 해당하는 음소를 알아내기 위해서 각 구간에서 '특징 벡터'를 추출한다. ② 각 음소 추정 구간에서 추출하는 특징 벡터는 1개이다. ③ 특징 벡터는 음소를 구별하는 데 필요한 정보를 수치로 나타낸 것으로, 음소 추정 구간의 길이에 상관없이 1개로만 추출된다.
>
> 2013

해설 및 예시답

①에서는 핵심어인 '특징 벡터'가 소개되고 있다. ②·③에서는 '특징 벡터'의 개념이 소개되고 있다.

㉮ 핵심어: '특징 벡터'(특징 벡터란 무엇일까?)

㉯ 개념어: 특징 벡터

㉰ 개념: 음소를 구별하는 데 필요한 정보를 수치로 나타낸 것으로, 음소 추정 구간의 길이에 상관없이 1개로만 추출된다.

제목: 음성 비교의 원리

적용 연습

※ 다음 첫 문장에서 개념어를, 두 번째 문장에서 개념을 찾아 정리하시오.

> 장자는 이 경지를 만물의 상호 의존성으로 설명한다. 자아와 타자는 서로의 존재를 온전히 전제할 때 자신들의 존재가 드러날 수 있다고 그는 말한다.
>
> 2016.6

예시답

① 개념어: 만물의 상호 의존성

② 개념: 자아와 타자는 서로의 존재를 온전히 전제할 때 자신들의 존재가 드러날 수 있다는 태도

③ 전개 방식: 정의

④ 제목: 만물의 상호 의존성의 개념(물아일체의 개념)

3절 정의로 전개되는 문단 읽기

정의로 전개되는 문단에서는 중심 문장의 핵심어에 개념어가 제시되고, 이를 뒷받침 문장에서 개념으로 정의하는 문단이다. 개념은 추상적이어서 대조나 예시로 다시 구체화하며 문단으로 발전하는 경우가 많다.

유형 문제

※ 다음 〈보기〉 문단에서 중심 문장과 핵심어를 찾고, 전개 방식의 유형을 찾아 정리해 보자.

보 기

정부는 국민 생활에 영향을 미치는 활동의 총체인 정책의 목표를 효과적으로 달성하기 위해 정책 수단의 특성을 고려하여 정책을 수행한다. 정책 수단은 강제성, 직접성, 자동성, 가시성의 네 가지 측면에서 다양한 특성을 갖는다. 강제성은 정부가 개인이나 집단의 행위를 제한하는 정도로서, 유해 식품 판매 규제는 강제성이 높다. 직접성은 정부가 공공 활동의 수행과 재원 조달에 직접 관여하는 정도를 의미한다. 정부가 정책을 직접 수행하지 않고 민간에 위탁하여 수행하게 하는 것은 직접성이 낮다. 자동성은 정책을 수행하기 위해 별도의 행정 기구를 설립하지 않고 기존의 조직을 활용하는 정도를 말한다. 전기 자동차 보조금 제도를 기존의 시청 환경과에서 시행하는 것은 자동성이 높다. 가시성은 예산 수립 과정에서 정책을 수행하기 위한 재원이 명시적으로 드러나는 정도이다. 일반적으로 사회 규제의 정도를 조절하는 것은 예산 지출을 수반하지 않으므로 가시성이 낮다.

2018

해설 및 예시답

이 문단에서는 정책 수단의 특성을 네 가지 유형으로 분류한 다음, 각각을 정의하고 있다. 정의는 정의 대상인 개념어, 정의 내용인 개념으로 구분하여 이해하는 것이 중요하다. 특히 정의된 개념은 추상적이어서 위의 〈보기〉와 같이 예시로 뒷받침되는 경우가 많으므로, 예시를 활용하여 개념을 이해하는 것이 필요하다.

① 중심문장: 정책 수단은 강제성, 직접성, 자동성, 가시성의 네 가지 측면에서 다양한 특성을 갖는다.
② 핵심어: 강제성, 직접성, 자동성, 가시성의 네 가지 측면에서 다양한 특성(각각의 개념은 무엇일까?)
③ 개념어와 개념으로 나누어 정리하기

㉮ 개념어 – 강제성, 개념 – 정부가 개인이나 집단의 행위를 제한하는 정도
㉯ 개념어 – 직접성, 개념 – 정부가 공공 활동의 수행과 재원 소날에 직접 관어하는 징도
㉰ 개념어 – 자동성, 개념 – 정책을 수행하기 위해 별도의 행정 기구를 설립하지 않고 기존의 조

직을 활용하는 정도

      ㉔ 개념어 – 가시성, 개념 – 예산 수립 과정에서 정책을 수행하기 위한 재원이 명시적으로 드러나는 정도

④ 제목: 정책 수단의 네 가지 유형의 개념

※ 다음 정의로 전개된 문단에서 개념어와 개념으로 구분하여 정리해 보자

> 암묵지와 명시지의 분류에 기초하여, 노나카는 개인, 집단, 조직 수준에서 이루어지는 지식 변환 과정을 네 가지로 유형화하였다. 암묵지가 전달되어 타자의 암묵지로 변환되는 것은 대면 접촉을 통한 모방과 개인의 숙련 노력에 의해 이루어지는 것으로서 '공동화'라 한다. 암묵지에서 명시지로의 변환은 암묵적 요소 중 일부가 형식화되어 객관화되는 것으로서 '표출화'라 한다. 또 명시지들을 결합하여 새로운 명시지를 형성하는 것은 '연결화'라 하고, 명시지가 숙련 노력에 의해 암묵지로 전환되는 것은 '내면화'라 한다. 노나카는 이러한 변환 과정이 원활하게 일어나 기업의 지적 역량이 강화되도록 기업의 조직 구조도 혁신되어야 한다고 주장하였다.
>
> 2016

예시답

① 중심 문장: 암묵지와 명시지의 분류에 기초하여, 노나카는 개인, 집단, 조직 수준에서 이루어지는 지식 변환 과정을 네 가지로 유형화하였다.

② 핵심어: 지식 변환 과정의 네 가지 유형화(각각의 개념은 무엇일까?)

③ 정의 문단 읽기: 개념어와 개념을 분리해서 정리한다.

      ㉮ 개념어 – 공동화

      개념 – 암묵지가 전달되어 타자의 암묵지로 변환되는 것은 대면 접촉을 통한 모방과 개인의 숙련 노력에 의해 이루어지는 것

      ㉯ 개념어 – 표출화

      개념 – 암묵지에서 명시지로의 변환은 암묵적 요소 중 일부가 형식화되어 객관화되는 것

      ㉰ 개념어 – 연결화

      개념 – 명시지들을 결합하여 새로운 명시지를 형성하는 것

      ㉱ 개념어 – 내면화

      개념 – 명시지가 숙련 노력에 의해 암묵지로 전환되는 것

④ 제목: 지식 변환 과정의 네 가지 유형의 개념

적용 연습

※ 다음 문단에서 중심 문장과 중심 문장의 핵심어를 찾아서 전개 방식으로 정리하시오.

> 생활 환경에서 병원체의 수를 억제하고 전염병을 예방하기 위한 목적으로 사용하는 방역용 화학 물질을 '항(抗)미생물 화학제'라 한다. 항미생물 화학제는 다양한 병원체가 공통으로 갖는 구조를 구성하는 성분들에 화학 작용을 일으키므로 광범위한 살균 효과가 있다. 그러나 병원체의 구조와 성분은 병원체의 종류에 따라 완전히 같지는 않으므로, 동일한 항미생물 화학제라도 그 살균 효과는 다를 수 있다.
>
> 2021.9

예시답

① 중심 문장: 생활 환경에서 병원체의 수를 억제하고 전염병을 예방하기 위한 목적으로 사용하는 방역용 화학 물질을 '항(抗)미생물 화학제'라 한다.
② 핵심어: 방역용 화학 물질
③ 정의 문단 읽기
  ㉮ 개념어: 항(抗)미생물 화학제
  ㉯ 개념: 생활 환경에서 병원체의 수를 억제하고 전염병을 예방하기 위한 목적으로 사용하는 방역용 화학 물질
④ 제목: 항(抗)미생물 화학제의 개념

4절 정의로 이어지는 문단은 개념이 명료화된다.

정의는 개념을 명료화하기 위해 사용되는 전개 방식이다. 개념의 조건들을 정의하는 문단들은 대등한 구조를 이루기도 한다. 이럴 때는 대등한 개념들의 차이점을 통해서 한번 더 개념을 명료화하기도 한다.

보 기

■ 먼저 '정합적이다'를 모순 없음으로 정의하는 경우, 추가되는 명제가 이미 참이라고 인정한 명제와 모순이 없으면 정합적이고, 모순이 있으면 정합적이지 않다. 여기서 모순이란 "은주는 민수의 누나이다."와 "은주는 민수의 누나가 아니다."처럼 동시에 참이 될 수도 없고 또 동시에

거짓이 될 수도 없는 명제들 간의 관계를 말한다. '정합적이다'를 모순 없음으로 정의하는 입장에 따르면, "은주는 민수의 누나이다."가 참일 때 추가되는 명제 "은주는 학생이다."는 앞의 명제와 모순이 되지 않기 때문에 정합적이고, 정합적이기 때문에 참이다. 그런데 '정합적이다'를 모순 없음으로 이해하면, 앞의 예에서처럼 전혀 관계가 없는 명제들도 모순이 발생하지 않는다는 이유 하나만으로 모두 정합적이고 참이 될 수 있다는 문제가 생긴다.

2 이 문제를 해결하기 위해서 '정합적이다'를 함축으로 정의하기도 한다. 함축은 "은주는 민수의 누나이다."가 참일 때 "은주는 여자이다."는 반드시 참이 되는 것과 같은 관계를 이른다. 명제 A가 명제 B를 함축한다는 것은 'A가 참일 때 B가 반드시 참'이라는 의미이다. '정합적이다'를 함축으로 이해하면, 명제 "은주는 민수의 누나이다."가 참일 때 이와 무관한 명제 "은주는 학생이다."는 모순이 없다고 해도 정합적이지 않다. 왜냐하면 "은주는 학생이다."는 "은주는 민수의 누나이다."에 의해 함축되지 않기 때문이다.

2015.6B

이 두 문단은 정의를 중심으로 대등한 관계로 이어지고 있다. 문단별로 정리해 보기로 하자. 정의로 전개하는 문단에서는 개념어와 개념을 분명하게 구별해서 이해할 필요가 있다. 그리고 나서 이어지는 문단과의 관계를 정리해 보자.

1 ① 중심 문장: 먼저 '정합적이다'를 모순 없음으로 정의하는 경우, 추가되는 명제가 이미 참이라고 인정한 명제와 모순이 없으면 정합적이고, 모순이 있으면 정합적이지 않다.
　② 핵심어: 모순
　③ 정의 읽기
　　㉮ 개념어: 모순
　　㉯ 개념: 모순이란 동시에 참이 될 수도 없고 또 동시에 거짓이 될 수도 없는 명제들 간의 관계이다.
　④ 제목: '정합적이다'를 모순 없음으로 정의하는 경우의 개념과 문제점

2 ① 중심 문장: 이 문제를 해결하기 위해서 '정합적이다'를 함축으로 정의하기도 한다.
　② 핵심어: 함축
　③ 정의 문단 읽기
　　㉮ 개념어: 함축
　　㉯ 개념: 명제 A가 명제 B를 함축한다는 것은 'A가 참일 때 B가 반드시 참'이라는 의미이다.
　④ 제목: '정합적이다'를 함축으로 정의하는 경우의 개념

유형 문제

※ 다음 정의로 이어진 문단을 개념과 개념어로 정리하시오.

> **1** 사법(私法)은 개인과 개인 사이의 재산, 가족 관계 등에 적용되는 법으로서 이 법의 영역에서는 '계약 자유의 원칙'이 적용된다. 계약의 구체적인 내용 결정 등은 당사자들 스스로 정할 수 있다는 것이다. 따라서 당사자들이 사법에 속하는 법률의 규정과 어긋난 내용으로 계약을 체결한 경우에 계약 내용이 우선 적용된다. 이처럼 법률상으로 규정되어 있더라도 당사자가 자유롭게 계약 내용을 정할 수 있는 법률 규정을 '임의 법규'라고 한다. 사법은 원칙적으로 임의 법규이므로, 사법으로 규정한 내용에 대해 당사자들이 계약으로 달리 정하지 않았다면 원칙적으로 법률의 규정이 적용된다. 위에서 본 임대인의 수선 의무 조항이 이에 해당한다.
>
> **2** 그러나 법률로 정해진 내용과 어긋나게 계약을 하면 당사자들에게 벌금이나 과태료 같은 법적 불이익이 있거나 계약의 효력이 부정되는 예외적인 경우도 있다. 우선, 체결된 계약 내용이 법률에 정해진 내용과 어긋날 때 법적 불이익이 있지만 계약의 효력 자체는 그대로 두는 경우가 있다. 이에 해당하는 법조문을 '단속 법규'라고 한다. 공인 중개사가 자신이 소유한 부동산을 고객에게 직접 파는 것을 금지하는 규정은 단속 법규에 해당한다. 따라서 이 규정을 위반하여 공인 중개사와 고객이 체결한 매매 계약의 경우 공인 중개사에게 벌금은 부과되지만 계약 자체는 유효이다. 이 경우 계약 내용에 따른 행동인 급부(給付)를 할 의무가 인정되어, 공인 중개사는 매물의 소유권을 넘겨주고 고객은 대금을 지급해야 하는 것이다. 2019.6

예시답

1 ① 중심 문장: 사법(私法)은 개인과 개인 사이의 재산, 가족 관계 등에 적용되는 법으로서 이 법의 영역에서는 '계약 자유의 원칙'이 적용된다.
  ② 핵심어: 계약 자유의 원칙
  ③ 정의 문단 읽기
    ㉮ 개념어: 임의 법규
    ㉯ 개념: 법률상으로 규정되어 있더라도 당사자가 자유롭게 계약 내용을 정할 수 있는 법률 규정
  ④ 제목: 사법의 적용 특성

2 ① 중심 문장: 그러나 법률로 정해진 내용과 어긋나게 계약을 하면 당사자들에게 벌금이나 과태료 같은 법적 불이익이 있거나 계약의 효력이 부정되는 예외적인 경우도 있다.
  ② 핵심어: 당사자들에게 벌금이나 과태료 같은 법적 불이익이 있거나 계약의 효력이 부정되는 예외적인 경우
  ③ 정의 문단 읽기
    ㉮ 개념어: 단속 법규

    ⊕ 개념: 체결된 계약 내용이 법률에 정해진 내용과 어긋날 때 법적 불이익이 있지만 계약
     의 효력 자체는 그대로 두는 경우에 해당하는 법조문
   ④ 제목: 사법의 예외적 적용 법규

※ 다음 정의로 이어진 문단을 정의의 원칙에 따라 정리하시오.

> **1** 이때 채무 불이행은 갑이나 을의 의사 표시가 작용한 것이 아니라, 매매 목적물의 소실에 따른 이행 불능으로 말미암은 것이다. 이러한 사건을 통해서도 법률 효과가 발생한다. 채무 불이행에 대한 책임은 갑으로 하여금 계약을 해제할 수 있는 권리를 갖게 한다. 갑이 계약 해제권을 행사하면 그때까지 유효했던 계약이 처음부터 효력이 없는 것으로 된다. 이때의 계약 해제는 일방의 의사 표시만으로 성립한다. 따라서 갑이 해제권을 행사하는 데에 을의 승낙은 요건이 되지 않는다. 이러한 법률 행위를 단독 행위라 한다.
>
> **2** 갑은 계약을 해제하였다. 이로써 그 계약으로 발생한 채권과 채무는 없던 것이 된다. 당연히 계약의 양 당사자는 자신의 채무를 이행할 필요가 없다. 이미 이행된 것이 있다면 계약이 체결되기 전의 상태로 돌려놓아야 한다. 이를 청구할 수 있는 권리가 원상회복 청구권이다. 계약의 해제로 갑은 원상회복 청구권을 행사할 수 있으며, 이러한 갑의 채권은 결국 을에게 매매 대금을 반환해 달라고 청구할 수 있는 권리가 된다.
>
>   2019

예시답

1 ① 정의 문단 읽기
   ㉮ 개념어: 단독 행위
   ㉯ 개념: 일방적 의사 표시만으로 성립하는 법률 행위
 ② 제목: 단독 행위의 개념

2 ① 정의 문단 읽기
   ㉮ 개념어: 원상 회복 청구권
   ㉯ 개념: 계약 해제 시 이미 이행된 것이 있다면 계약이 체결되기 전의 상태로 돌려놓는 것
    을 청구할 수 있는 권리
 ② 제목: 원상 회복 청구권의 개념

5절 정의(개념)로 전개되는 글 읽기 및 문항 풀이

정의로 전개되는 글은 도입 문단의 중심 화제에서 개념어가 제시되고, 이 개념어에 대한 개념이 전개 문단에서 설명되는 글이다. 전개 문단의 첫 문단에서 개념이 설명되고, 둘째 문단부터는 앞에서 설명한 개념으로 현상을 설명하는 경우가 많다.

또한 정의로 전개한 글에서는 개념을 묻는 문항이 많은 것이 특징이다. 개념을 이해하는지 묻기도 하고, 새로운 상황에 개념을 적용할 수 있는지 묻기도 한다.

1️⃣ 역사가 신채호는 역사를 아(我)와 비아(非我)의 투쟁 과정이라고 정의한 바 있다. 그가 무장 투쟁의 필요성을 역설한 독립 운동가이기도 했다는 사실 때문에, 그의 이러한 생각은 그를 투쟁만을 강조한 강경론자처럼 비춰지게 하곤 한다. 하지만 그는 식민지 민중과 제국주의 국가에서 제국주의를 반대하는 민중 간의 연대를 지향하기도 했다. 그의 사상에서 투쟁과 연대는 모순되지 않는 요소였던 것이다. 이를 바르게 이해하기 위해서는 그의 사상의 핵심 개념인 '아'를 정확하게 이해할 필요가 있다.

2️⃣ 신채호의 사상에서 아란 자기 ㉠본위에서 자신을 ㉡자각하는 주체인 동시에 항상 나와 상대하고 있는 존재인 비아와 마주 선 주체를 의미한다. 자신을 자각하는 누구나 아가 될 수 있다는 상대성을 지니면서 또한 비아와의 관계 속에서 비로소 아가 생성된다는 상대성도 지닌다. 신채호는 조선 민족의 생존과 발전의 길을 모색하기 위해 『조선 상고사』를 저술하여 아의 이러한 특성을 규정했다. 그는 아의 자성(自性), 곧 '나의 됨'은 스스로의 고유성을 유지하려는 항성(恒性)과 환경의 변화에 대응하여 적응하려는 변성(變性)이라는 두 요소로 이루어져 있다고 하였다. 아는 항성을 통해 아 자신에 대해 자각하며, 변성을 통해 비아와의 관계 속에서 자기의식을 갖게 되는 것으로 ㉢설정하였다. 그리고 자성이 시대와 환경에 따라 변화한다고 하였다.

3️⃣ 신채호는 아를 소아와 대아로 구별하였다. 그에 따르면, 소아는 개별화된 개인적 아이며, 대아는 국가와 사회 차원의 아이다. 소아는 자성은 갖지만 상속성(相續性)과 보편성(普遍性)을 갖지 못하는 반면, 대아는 자성을 갖고 상속성과 보편성을 가질 수 있다. 여기서 상속성이란 시간적 차원에서 아의 생명력이 지속되는 것을 뜻하며, 보편성이란 공간적 차원에서 아의 영향력이 ㉣파급되는 것을 뜻한다. 상속성과 보편성은 긴밀한 관계를 가지는데, 보편성의 확보를 통해 상속성이 실현되며 상속성 유지를 통해 보편성이 실현된다. 대아가 자성을 자각한 이후, 항성과 변성의 조화를 통해 상속성과 보편성을 실현할 수 있다. 만약 대아의 항성이 크고 변성이 작으면 환경에 순응하지 못하여 멸절(滅絕)할 것이며, 항성이 작고 변성이 크면 환경에 주체적으로 대응하지 못하여 우월한 비아에게 정복당한다고 하였다.

4️⃣ 이러한 아의 개념을 통해 우리는 투쟁과 연대에 관한 신채호의 인식을 정확히 이해할 수 있

다. 일본의 제국주의 침략에 ⓜ직면하여 그는 신국민이라는 새로운 개념을 제시하고 조선 민족이 신국민이 될 때 민족 생존이 가능하다고 보았다. 신국민은 상속성과 보편성을 지닌 대아로서, 역사적 주체 의식이라는 항성과 제국주의 국가에 대응하여 생긴 국가 정신이라는 변성을 갖춘 조선 민족의 근대적 대아에 해당한다. 또한 그는 일본을 중심으로 서구 열강에 대항하자는 동양주의에 반대했다. 동양주의는 비아인 일본이 아가 되어 동양을 통합하는 길이기에, 조선 민족인 아의 생존이 위협받는다고 보았기 때문이다.

⑤ 식민 지배가 심화될수록 일본에 동화되는 세력이 증가하면서 신채호는 아 개념을 더욱 명료화할 필요가 있었다. 이에 그는 조선 민중을 아의 중심에 놓으면서, 아에도 일본에 동화된 '아 속의 비아'가 있고, 일본이라는 비아에도 아와 연대할 수 있는 '비아 속의 아'가 있음을 밝혔다. 민중은 비아에 동화된 자들을 제외한 조선 민족을 의미한 것이었다. 그는 조선 민중을, 민족 내부의 압제와 위선을 제거함으로써 참된 민족 생존과 번영을 달성할 수 있는 주체이자 제국주의 국가에서 제국주의를 반대하는 민중과의 연대를 통하여 부당한 폭력과 억압을 강제하는 제국주의에 함께 저항할 수 있는 주체로 보았다. 이러한 민중 연대를 통해 '인류로서 인류를 억압하지 않는' 자유를 지향했다.

2015B

지문 읽기

이 글은 도입 문단에서 '아'라는 개념어를 소개하고, 전개 문단에서 '아'의 개념을 설명한 뒤, 마지막 문단에서는 그 '아'의 개념으로 투쟁과 연대에 대한 신채호의 역사관을 설명하고 있다. 투쟁에 대해서는 '대아'의 개념이, 연대에 대해서는 '비아 속의 아' 개념이 사용되고 있다. 이를 바탕으로 자세히 읽어 보도록 하자.

① 도입 문단에서 중심 화제 찾기
   - 중심 화제가 2단계로 이루어져 있다. 1단계는 '아'의 개념을 살펴보는 것이고, 2단계는 신채호의 사상인 '투쟁과 연대가 모순되지 않는 것'을 알아보는 것이다. 이를 질문으로 서술하면 더 선명해진다. '아'의 개념은 무엇인가? '아'의 개념과 '투쟁과 연대가 모순되지 않는 것'은 어떻게 관련되는가?

② 전개 문단 읽기: 아의 개념
   - 아의 자성(自性), 곧 '나의 됨'은 스스로의 고유성을 유지하려는 항성(恒性)과 환경의 변화에 대응하여 적응하려는 변성(變性)이라는 두 요소로 이루어져 있다.

③ 전개 문단 읽기: 소아와 대아의 개념
   - 소아-자성만 있고, 대아-자성과 상속성과 보편성이 있다.

④⑤ 전개 문단 읽기: 투쟁과 연대의 신채호의 역사관
   - 아의 개념을 통해 우리는 투쟁과 연대에 관한 신채호의 인식을 정확히 이해할 수 있다.

④ 신국민이라는 근대적 대아와 비아의 투쟁의 역사관

⑤ 아와 비아 속의 아의 연대의 역사관

이 글은 도입 문단에서 밝혔듯이, '아'의 개념을 설명한 뒤, 이를 바탕으로 신채호의 '투쟁과 연대'의 역사관이 모순되지 않음을 설명하고 있다. 그러므로 이 내용을 확인하고 문항에 접근해야 할 것이다.

문항 풀이

17. 윗글에서 다룬 내용으로 적절하지 <u>않은</u> 것은?

　　① 신채호 사상의 핵심 개념에 대한 이해의 필요성
　　② 신채호 사상에서의 자성의 의미
　　③ 신채호가 밝힌 대아와 소아의 차이
　　④ 신채호 사상에서의 대아의 역사적 기원
　　⑤ 신채호가 지향한 민중 연대의 의의

유형 제목 붙이기

접근 방식 제목은 중심 내용을 일반화하여 붙인다. 일반화는 어떤 어휘의 상위 개념으로 나타내는 사고 과정으로 예를 들면, 사과와 배를 일반화하면 과일이 된다. **정답 ④**

18. 윗글의 자성(自性)에 관한 이해로 가장 적절한 것은?

　　① 자성을 갖춘 모든 아는 상속성과 보편성을 갖는다.
　　② 소아의 항성과 변성이 조화를 이루면, 상속성과 보편성이 모두 실현된다.
　　③ 대아의 항성이 작고 변성이 크면, 상속성은 실현되어도 보편성은 실현되지 않는다.
　　④ 항성과 변성이 조화를 이루지 못하면, 대아의 상속성과 보편성은 실현되지 않는다.
　　⑤ 소아의 항성이 크고 변성이 작으면, 상속성은 실현되어도 보편성은 실현되지 않는다.

유형 개념 이해

접근 방식 소아와 대아 개념의 차이를 이해하면 된다. 소아는 자성만 존재하고, 대아는 자성과 상속성, 보편성이 존재한다. ①, ②, ⑤는 소아의 개념이 잘못되었고, ③은 대아의 개념이 잘못되었다. **정답 ④**

19. 윗글에 대한 이해로 적절하지 <u>않은</u> 것은? [3점]

① 신채호가 『조선 상고사』를 쓴 것은, 대아인 조선 민족의 자성을 역사적으로 어떻게 유지·계승할 수 있는지 모색하기 위한 것이겠군.

② 신채호가 동양주의를 비판한 것은, 동양주의로 인해 아의 항성이 작아짐으로써 아의 자성을 유지하기 어렵게 될 것으로 보았기 때문이겠군.

③ 신채호가 신국민이라는 개념을 설정한 것은, 대아인 조선 민족이 시대적 환경에 대응하여 비아와의 연대를 통해 아의 생존을 꾀할 수 있다고 보았기 때문이겠군.

④ 신채호가 독립 투쟁을 한 것은, 비아인 일본 제국주의의 침략이 아의 상속성과 보편성 유지를 불가능하게 하기에 일본 제국주의와 투쟁해야 한다고 생각했기 때문이겠군.

⑤ 신채호가 제국주의 국가에서 제국주의를 반대하는 민중과 식민지 민중의 연대를 지향한 것은, 아가 비아 속의 아와 연대하여 억압을 이겨 내고 자유를 얻을 수 있다고 생각했기 때문이겠군.

유형 개념 이해

접근 방식 '아'의 개념을 이해한다. 이 개념을 바탕으로 이 문항에 접근한다. 이 문항은 중심 화제인 '투쟁과 연대'에 대한 이해를 묻고 있다. ③은 신채호의 '연대의 역사관'을 나타내는 것으로 신채호는 '아'와 '비아 속의 아'가 연대해야 한다고 했다. **정답** ③

20. ㉠~㉤의 사전적 의미로 적절하지 <u>않은</u> 것은?

① ㉠: 판단이나 행동에서 중심이 되는 기준.

② ㉡: 자기의 처지나 능력 따위를 스스로 깨달음.

③ ㉢: 여럿 가운데서 어떤 것을 뽑아 정함.

④ ㉣: 어떤 일의 여파나 영향이 다른 데로 미침.

⑤ ㉤: 어떠한 일이나 사물을 직접 당하거나 접함

유형 사전적 의미

접근 방식 사전적 의미는 독자의 배경 지식에 속하는 것이다. 하지만 문맥적 의미와 유사하므로, 문맥을 살피는 방법을 사용해 본다. ㉢의 '설정'은 새로 만들어 정함이고, 여럿 가운데서 어떤 것을 뽑아서 정함은 '선정'이다. **정답** ③

정리

문항 중 18번과 19번 두 문항이 글의 중심 화제와 전개 방식과 관련되어 있다. 18번은 '아'의 개념과, 19번은 '투쟁과 연대가 모순되지 않음'과 관련된 문항이다. 따라서 글의 중심 화제와 전개 방식을 파악하고 그에 따라 글을 읽어야 문항을 해결하는 데 직접적으로 도움이 될 수 있다. 중심 화제를 보면, 전개 방식도 파악할 수 있는 경우가 많다.

유형 문제

※ 다음 개념(정의)으로 전개된 글을 읽고, 그 과정에 따라서 정리해 보시오.

1 미술관에서 오랫동안 움직이지 않고 서 있는 관광객 차림의 부부를 본다면 사람들은 다시 한 번 바라볼 것이다. 그리고 그것이 미술 작품이라는 것을 알면 놀랄 것이다. 이처럼 현실에 존재하는 것을 실재라고 믿을 수 있도록 재현하는 유파를 하이퍼리얼리즘이라고 한다.

2 관광객처럼 우리 주변에서 흔히 볼 수 있는 것을 대상으로 고르면 ㉠현실성이 높다고 하고, 그 대상을 시각적 재현에 ⓐ기대어 실재와 똑같이 표현하면 ㉡사실성이 높다고 한다. 대상의 현실성과 표현의 사실성을 모두 추구한 하이퍼리얼리즘은 같은 리얼리즘 경향에 ⓑ드는 팝아트와 비교하면 그 특성이 잘 드러난다. 이들은 1960년대 미국에서 발달하여 현재까지 유행하고 있는 유파로, 당시 자본주의 사회의 일상의 모습으로 삼은 점에서는 공통적이다. 팝아트는 대상을 함축적으로 변형했지만 하이퍼리얼리즘은 대상을 정확하게 재현하려고 하였다. 그래서 팝아트는 주로 대상의 현실성을 추구하지만, 하이퍼리얼리즘은 대상의 현실성뿐만 아니라 트롱프뢰유*의 흐름을 ⓒ이어 표현의 사실성도 추구한다. 팝아트는 대상의 정확한 재현보다는 대중과 쉽게 소통할 수 있는 인쇄 매체를 주로 활용한 반면에, 하이퍼리얼리즘은 새로운 재료나 기계적인 방식을 적극 사용하여 대상을 정확히 재현하는 방법을 추구하였다.

3 자본주의 일상을 사실적으로 표현한 하이퍼리얼리즘의 대표적인 작가에는 핸슨이 있다. 그의 작품 ㉢「쇼핑 카트를 밀고 가는 여자(1969)」는 물질적 풍요함 속에 매몰되어 살아가는 당시 현대인을 비판적 시각에서 표현한 작품으로 해석할 수 있다. 이 작품의 대상은 상품이 가득한 쇼핑 카트와 여자이다. 그녀는 욕망의 주체이며 물질에 대한 탐욕을 상징하고 있고, 상품이 가득한 쇼핑 카트는 욕망의 객체이며 물질을 상징하고 있다. 그래서 여자가 상품이 넘칠 듯이 가득한 쇼핑 카트를 밀고 있는 구도는 물질적 풍요 속에서의 과잉 소비 성향을 보여 준다.

4 이 작품의 기법을 ⓓ보면, 생활공간에 전시해도 자연스럽도록 작품을 전시 받침대 없이 제작하였다. 사람을 보고 찰흙으로 형태를 만드는 방법 대신 사람에게 직접 석고를 덧발라 형태를 뜨는 실물 주형 기법을 사용하여 사람의 형태와 크기를 똑같이 재현하였다. 또한 기존 입체 작품의 재료인 청동의 금속재 대신에 합성수지, 폴리에스터, 유리 섬유 등을 사용하고 에어브러시로 채색하여 사람 피부의 질감과 색채를 똑같이 재현하였다. 여기에 오브제*인 가발, 목걸이, 의상 등을 덧붙이고 쇼핑 카트, 식료품 등을 그대로 사용하여 사실성을 ⓔ높였다.

5 리얼리즘 미술의 가장 큰 목석은 현실을 포착하고 그것을 효과적으로 전달하는 것이다. 작

가가 포착한 현실을 전달하는 표현 방법은 다양하다. 하이퍼리얼리즘과 팝아트 등의 리얼리즘 작가들은 대상들을 그대로 재현하거나 함축적으로 변형하는 등 자신만의 방법으로 현실을 전달하여 감상자와 소통하고 있다.

* 트롱프뢰유(trompe-l'oeil): '속임수 그림'이란 말로 감상자가 실물처럼 착각할 정도로 정밀하게 재현하는 것.
* 오브제(objet): 일상 용품이나 물건을 본래의 용도로 쓰지 않고 예술 작품에 사용하는 기법 또는 그 물체

2018.9

지문 읽기

이 글은 도입 문단에서 하이퍼리얼리즘의 개념을 소개한 다음, 이를 명료화하기 위해 전개 문단에서 '현실성'과 '사실성'이라는 개념어를 개념으로 설명한다. 그리고 이 개념으로 하이퍼리얼리즘과 팝아트, 핸슨의 작품을 설명한 다음, 정리 문단에서 요약하여 마친다.

1 도입 문단: 하이퍼리얼리즘의 개념
  - 질문으로 서술하기: 하이퍼리얼리즘에서 실재처럼 재현하는 목적은 무엇일까?
2 전개 문단: 하이퍼리얼리즘과 팝아트의 공통점과 차이점
  - 현실성과 사실성의 개념: 현실성: 대상이 주변에서 흔히 볼 수 있는 것, 사실성: 대상을 시각적 재현에 기대어 실재와 같이 표현하는 것
  - 공통점: 현실성
  - 차이점: 팝아트는 사실성이 낮다.
3 전개 문단: 대상의 현실성의 예시
  - 하이퍼리얼리즘의 예시 작품: 핸슨의 작품 「쇼핑 카트를 밀고 가는 여자(1969)」
4 전개 문단: 표현의 사실성의 예시
5 정리 문단: 대상의 현실성과 다양한 표현 방법(사실성)

문항 풀이

16. ㉠과 ㉡을 중심으로 윗글을 이해한 내용으로 적절한 것은?

① 팝아트와 하이퍼리얼리즘은 모두 당시 자본주의의 일상을 대상으로 삼아 ㉠을 높였다.
② 팝아트는 대상을 함축적으로 변형했다는 점에서 하이퍼리얼리즘과 달리 ㉡이 높다고 할 수 있다.
③ 하이퍼리얼리즘이 팝아트와 달리 트롱프뢰유의 전통을 이은 것은 ㉠을 추구하기 위해서이다.
④ 팝아트와 하이퍼리얼리즘이 주로 인쇄 매체를 활용한 것은 ㉡을 추구하기 위한 것이다.
⑤ 팝아트와 하이퍼리얼리즘은 모두 ㉠과 ㉡을 동시에 추구한다는 점에서 리얼리즘 유파에 해당한다.

유형 개념 이해

접근 방식 현실성과 사실성의 개념으로 진위 여부를 판별한다. 이를 기준으로 하이퍼리얼리즘과 팝아트를 비교 대조한다. **정답** ①

17. ㉢에 대한 설명으로 적절하지 <u>않은</u> 것은?

① 재현한 인체에 실제 사물인 오브제를 덧붙이고 받침대 없이 전시하여 실재처럼 보이게 하였다.

② 찰흙으로 원형을 만들지 않고 사람에게 석고를 덧발라 외형을 뜨는 기법을 사용하여 형태를 정확히 재현하였다.

③ 현실을 효과적으로 전달하기 위해 욕망의 주체는 실물과 똑같은 크기로, 욕망의 객체는 실재 그대로 제시하였다.

④ 인체의 피부 질감을 재현할 수 있었던 것은 합성수지, 폴리에스터, 유리 섬유 따위의 신재료를 사용했기 때문이다.

⑤ 당시 자본주의 사회에서의 합리적인 소비 성향을 반영하기 위해 주변에서 흔히 볼 수 있는 소비자와 상품을 제시하였다.

유형 개념 이해

접근 방식 선택지는 현실성과 사실성의 예시들이다. ①~④는 사실성이 높은 예시이고, ⑤는 현실성이 높은 예시이다. 그러나 현실성의 내용이 지문과 다르다. **정답** ⑤

18. 윗글의 '핸슨'의 작품과 〈보기〉의 작품을 바탕으로 할 때, 작가들이 자신의 입장에서 상대를 비평하는 말로 가장 적절한 것은? [3점]

> 보 기

쿠넬리스, 『무제』

코수스, 『하나, 그리고 세 개의 의자』

쿠넬리스는 주변에서 흔히 볼 수 있는 살아 있는 말 12마리를 화랑 벽에 매어 놓고, 감상자가 화랑이라는 환경 안에 놓인 실제 말들의 존재와 말들의 온기와 냄새, 그리고 소리를 체험해서 다양하게 작품의 의미를 만들도록 하였다.

코수스는 '의자의 사진', '실제 의자', '의자의 언어적인 개념' 세 가지 모두를 한 공간에 배치하여, 대상을 나타내는 여러 가지 방식이 존재할 수 있음을 보여 주었다.

① 핸슨이 쿠넬리스에게: 미술은 시각적인 체험뿐만 아니라 청각, 후각 등 다양한 체험이 감상의 기준이 되어야 한다.
② 핸슨이 코수스에게: 미술에서 대상은 일상적이고 평범한 것이 아니라 역사적으로나 정치적으로 가치 있어야 한다.
③ 쿠넬리스가 핸슨에게: 미술에서 재현의 가장 효과적인 방법은 실물 주형의 기법보다 대상을 그대로 제시하는 것이어야 한다.
④ 쿠넬리스가 코수스에게: 미술에서 작품의 의미는 감상자가 실제 대상을 대면해서 만들어지는 것이 아니라 작가에 의해서 만들어지는 것이어야 한다.
⑤ 코수스가 쿠넬리스에게: 미술에서 대상을 재현할 때는 대상의 이미지보다 그 대상 자체만을 제시해야 한다.

유형 개념 적용
접근 방식 현실성과 사실성의 개념으로 <보기>를 읽는다, 쿠넬리스의 '말'과 코수스의 '의자'는 현실성이 높은 것이다. 또한 말의 '냄새, 소리, 온기, 모습' 등은 사실성을 높인 것이고, '실제 의자', '의자의 사진', '의자의 언어적 개념' 등은 사실성을 다양화한 것이다. 정답 ③

19. 문맥상 ⓐ~ⓔ와 가장 가까운 의미로 쓰인 것은?

① ⓐ: 누나가 그린 그림을 벽면 한쪽에 기대어 놓았다.
② ⓑ: 그때는 언니도 노래를 잘 부르는 축에 들었다.
③ ⓒ: 1학년이 출발한 데 이어 2학년도 바로 출발했다.
④ ⓓ: 사무실에는 회계를 보는 직원만 혼자 들어갔다.
⑤ ⓔ: 그는 이번 조치에 대해 비판의 목소리를 높였다.

유형 문맥적 의미 파악하기
접근 방식 서술어의 문맥적 의미를 파악하기 위해서는 서술어와 밀접한 관계에 있는 주어를 비롯한 목적어와 부사어 등과 관계를 해석한다.
① ⓐ: '이용하여'의 의미이고, 선택지는 '힘을 지탱하여'의 뜻이다.
② ⓑ: '포함되는'의 의미이고, 선택지도 '포함되다'의 의미이다.
③ ⓒ: '계승하여'의 의미이고, 선택지는 '뒤에'의 의미이다.

④ ⓓ: '감상하면'의 의미이고, 선택지는 '맑은'의 의미이다.
⑤ ⓔ: '가깝게 하다'의 의미이고, 선택지는 '강조하다'의 의미이다. 정답 ②

정리

16-18번 문항은 '현실성'과 '사실성'의 개념에 대해 평가했다. 전개 방식은 전개 목적을 전제하므로, 지문의 전개 방식을 찾아서, 전개 방식에 의해서 지문을 읽도록 하자.

적용 연습

※ 다음 글을 읽고, 글의 전개 방식을 파악한 다음, 절차에 따라 설명하고 문항을 푸시오.

1 유학은 ㉠수기치인(修己治人)을 통해 성인(聖人)이 되기 위한 학문으로 성학(聖學)이라고도 불린다. '수기'는 사물을 탐구하고 앎을 투철히 하고 뜻을 성실하게 하고 마음을 바르게 하여 자신을 닦는 일이며, '치인'은 집안을 바르게 하고 나라를 통치하고 세상을 평화롭게 하는 것을 의미한다. 수기치인을 통해 하늘의 도리인 천도(天道)와 합일되는 경지에 도달한 사람이 바로 '성인'이다. 이러한 유학의 이념을 적극 수용했던 율곡 이이는 수기치인의 도리를 밝힌 『성학집요』(1575)를 지어 이 땅에 유학의 이상 사회가 구현되기를 소망했다.

2 율곡은 수기를 위한 수양론과 치인을 위한 경세론을 전개하는데, 그 바탕은 만물을 '이(理)'와 '기(氣)'로 설명하는 이기론이다. 존재론의 측면에서 율곡은 '이'를 형체도 없고 시간과 공간의 제약을 받지 않고 존재하는 만물의 법칙이자 원리로 보고, '기'를 시간적인 선후와 공간적인 시작과 끝을 가지면서 끊임없이 변화하며 작동하는 물질적 요소로 본다. '이'와 '기'는 사물의 구성 요소로서 서로 다른 성질을 갖지만, '이'는 현실 세계에서 항상 '기'와 더불어 실제로 존재한다. 율곡은 이처럼 서로 구별되면서도 분리됨이 없이 존재하는 '이'와 '기'의 관계를 이기지묘(理氣之妙)라 표현한다.

3 수양론의 한 가지 기반으로, 율곡은 이통기국(理通氣局)을 주장한다. 이것은 만물이 하나의 동일한 '이'를 공유하지만, 다양한 '기'의 성질로 인해 서로 다른 모습으로 나타날 수 있음을 의미한다. 또한 이러한 이통기국론은, 성인과 일반인이 기질의 차이는 있지만 동일한 '이'를 갖기 때문에 일반인이라도 기질상의 병폐를 제거하고 탁한 기질을 정화하면 '이'의 선한 본성이 회복되어 성인의 경지에 이를 수 있다는 기질 변화론으로 이어진다. 율곡은 흐트러진 마음을 거두어들이는 거경(居敬), 경전을 읽고 공부하여 시비를 분별하는 궁리(窮理), 그리고 몸과 마음을 다스려 사욕을 극복하는 역행(力行)을 기질 변화를 위한 중요한 수양 방법으로 제시한다. 인간에게 내재된 천도를 실현하려는 율곡의 수양론은 사회의 폐단을 제거하여 천도를 실현하려는

경세론으로 이어진다.

4 대사상가인 동시에 탁월한 경세가였던 율곡은 많은 논설에서 법제 개혁론을 펼쳤는데, 이는 만언봉사(1574)에서 잘 나타난다. 선조는 "'이'는 빈틈없는 완전함이 있고, '기'는 변화하는 움직임이 있다."라고 말하면서 근래 하늘과 땅에서 일어난 재앙으로부터 깨우쳐야 할 도리를 신하들에게 물었고, 율곡이 그에 대한 답변을 올린 것이 만언봉사이다. 여기서 율곡은 "때에 따라 변할 수 있는 것은 법제이며, 시대를 막론하고 변할 수 없는 것이 왕도요, 어진 정치요, 삼강이요, 오륜입니다."라고 말하면서 법제 개혁의 필요성을 주장한다. 곧, '이'라 할 수 있는 왕도나 오륜을 고치려 하는 것이 아니라, 그것을 구현할 수 있도록 법제를 개혁하여야 한다는 것이다.

5 조선에서 법전의 기본적인 원천은 '수교(受敎)'이다. 어떤 사건이 매우 중대하다고 여겨지면 국왕은 조정의 회의를 열고 처리 지침을 만들어 사건을 해결한다. 이 지침이 앞으로도 같은 종류의 사건을 해결하는 데 적합하겠다고 판단되면, 국왕의 하명 형식을 갖는 법령으로 만들어지는데, 이를 수교라 한다.

그리고 이후의 시행 과정에서 폐단이 없고 유용하다고 확인된 수교들은 다시 다듬어지고 정리되어 '록(錄)'이라는 이름이 붙은 법전에 실린다. 여기에 수록된 규정들 가운데에 지속적인 적용을 거치면서 영구히 시행할 만한 것이라 판정된 것은 마침내 '대전(大典)'이라는 법전에 오르게 된다.

6 성종 때에 확정된 ≪경국대전≫(1485)은 이 과정을 거친 규정들을 체계적으로 집대성한 통일 법전이다. 꾸준한 정련을 거쳐 '대전'에 오른 이 규정들은 '양법미의(良法美意)'라 하였다. 백성들에게 항구히 시행할 만한 아름다운 규범이라는 의미이다. 실제로 이 ≪경국대전≫은 조선 왕조가 끝날 때까지 국가 기본 법전의 역할을 수행해 왔고, 그 안에 실린 규정들은 개정되지 않았다. 선왕들이 심혈을 기울여 만들고 오랜 시행으로 검증하여 영원토록 시행할 것으로 판정된 규범은 '조종성헌(祖宗成憲)'이라 불렸고, 이는 함부로 고칠 수 없다고 생각되었다. 왕도에 근접하였다고 여긴 것이다. '대전'에 실린 규정은 조종성헌으로 받아들여졌고, 따라서 국왕이라 해도 그것을 어길 수 없었다.

7 율곡의 법제 개혁론은 조종성헌을 변혁하자는 것이 아니다. 그는 성종을 이은 연산군 때 제정된 조세 법령이 여전히 백성의 삶을 피폐하게 하는데도 고쳐지지 않는 실정을 지적하는 등 폐단이 있는 여러 법령들을 거론한다. 이런 법령들은 고수할 것이 아니라 바꾸어야만 한다고 역설한다. 그래야 오히려 조종성헌이 회복된다는 것이다. 결국 조종성헌에 해당하지 않는 부당한 법령을 오래된 선왕의 법이라며 고칠 수 없다고 고집하는 권세가들에 대하여, 그런 법령은 변하지 않아야 할 '이'의 영역에 속하는 것이 아니라는 이론적인 공박을 펼친 것이다. 자신의 이기론을 바탕으로 더 나은 세상을 이루려 했던 율곡 이이의 노력은 수기치인의 실천이라 할 만하다.   2018.6

지문 읽기

이 글은 도입 문단의 중심 화제에서 '수기'와 '치인'의 개념을 설명한 뒤, 전개 문단에서는 이 수기치인의 사상을 명료화하기 위해 '이기론'의 개념을 설명하고 있다. 이후 전개 문단에서는 '수기'와 관련된 '수양론'과 '치인'과 관련된 '경세론'을 이기론의 개념으로 명료화하고 있다. 그러므로 이 글을 이해하기 위해서는 '이기론의 개념'을 알아야 한다. 또한 문항들도 이기론의 개념을 직접적 또는 간접적으로 묻고 있다.

1 도입 문단: 율곡의 '수기치인' 사상과 정치적 이상
  (율곡의 '수기치인' 사상은 무엇이고, 정치적 이상의 실현 방안은 무엇일까?)
2 전개 문단: 이기론의 개념
  – 이(理): 형체도 없고 시간과 공간의 제약을 받지 않고 존재하는 만물의 법칙이자 원리
  – 기(氣): 시간적인 선후와 공간적인 시작과 끝을 가지면서 끊임없이 변화하며 작동하는 물질적 요소
  – 이기지묘(理氣之妙): 서로 구별되면서도 분리됨이 없이 존재하는 '이'와 '기'의 관계
3 전개 문단: 수양론 설명
  – 이통기국(理通氣局): 만물이 하나의 동일한 '이'를 공유하지만, 다양한 '기'의 성질로 인해 서로 다른 모습으로 나타날 수 있음.
4 전개 문단: 경세론 설명
  – 법제 개혁론 주장
5 전개 문단: 경세론 설명
  – 대전(大典)의 형성 과정
6 전개 문단: 경세론 설명
  – 대전의 의미
7 정리 문단: 율곡의 경세론의 의의
  – 법제 개혁론의 의미

16. 윗글의 내용과 일치하지 않는 것은?

① 성학은 하늘의 도리와 합일된 사람이 되기 위한 학문이다.
② 『성학집요』에는 유학의 이념이 조선에서 실현되기를 바라는 마음이 담겨 있다.
③ '수교'는 특정한 사안을 해결하는 과정을 거쳐 제정된다.
④ '대전'에 오르는 규정은 지속적으로 시행되면서 폐단이 없었다는 요건을 갖추어야 한다.
⑤ ≪경국대전≫은 확정된 이후에도 시대에 맞게 규정이 개정되면서 기본 법전으로서의 지위를 유지하였다.

유형 사실 확인
접근 방식 골목길도 대로변에서 접어드는 것처럼, '사실 확인'도 전개 방식으로 글의 윤곽을 파악함으로부터 가능하다. ⑤'경국대전'은 '이(理)'에 해당하므로 개정되지 않는다. **정답 ⑤**

17. '율곡'의 관점에서 '이'와 '기'에 대해 설명한 것으로 적절하지 <u>않은</u> 것은?

① 천재지변은 '기'의 현상으로서 여기에도 '이'가 더불어 존재한다.
② '기'는 만물에 내재된 법칙이라는 점에서, 시공을 초월하는 '이'와 대비된다.
③ 법제는 '이'에 속하지 않지만 '이'를 드러낼 수 있도록 다듬어져야 할 대상이다.
④ 탁한 기질을 깨끗하게 변화시켜 '이'라 할 수 있는 선한 본성이 드러나게 할 수 있다.
⑤ 모든 사물들은 동일한 '이'를 갖지만 서로 다른 '기'로 말미암아 다양한 모습으로 나타난다.

유형 개념 이해
접근 방식 개념어와 개념을 구분하여 이해한다. ②만물의 내재하는 법칙은 '이'의 개념이다. **정답** ②

18. ㉠에 관한 이해로 가장 적절한 것은?

① '수기'와 '치인'은 각각 '이'와 '기'의 정화를 통해 '성인'이 됨을 목표로 한다.
② '이기지묘'는 '수기'와 '치인'의 상호 대립적이고 분리 가능한 특징을 설명해 준다.
③ '수기'를 위한 수양론과 '치인'을 위한 경세론은 모두 천도의 실현을 목적으로 한다.
④ '이통기국'은 '수기'와 '치인'을 통해 '성인'이 지닌 기질적 병폐의 극복이 가능함을 말해준다.
⑤ '수기'와 '치인'을 위한 기질 변화 방법으로는 독서와 공부를 통해 시비를 분별하는 '역행'이 있다.

유형 개념 이해
접근 방식 '이기론'의 개념으로부터 수양론을 이해할 수 있다. ①'이'는 정화할 수 없다. ②'이'와 '기'가 구별되면서도 분리되지 않고 존재하는 것이다. ④일반인이 기질적 병폐의 극복이 가능함을 말하는 것이다. 성인은 '이'에 해당하는 것이다. ⑤'수기'를 위한 기질 변화 방법으로 독서와 공부는 궁리(窮理)이다. **정답** ③

19. 윗글의 '율곡'과 〈보기〉의 '플라톤'의 견해를 비교하여 이해한 것으로 가장 적절한 것은?

> **보 기**
>
> 　플라톤은 물질적이고 가변적인 사물들이 존재하는 현실 세계와 비물질적이고 불변적이고 완벽한 이데아들이 존재하는 이상 세계를 구분한다. 이데아는 물질로부터 떨어져 있고 또한 시간과 공간의 제약도 받지 않지만, 마음속의 추상적 개념이 아니라 실제로 존재하는 것이다. 이상 세계에서 영혼으로 존재하면서 이데아를 직접 접했던 인간은, 태어나기 위해 이 땅에 내려오는 과정에서 그에 대한 모든 기억을 상실한다. 물질의 한계로 인해 이데아의 완벽함이 현실 세계에서 똑같이 구현되지는 않지만, 그래도 이데아를 가장 잘 기억하는

사람이 통치자가 되어 그것을 이 땅에서 구현해 내려 한다면 그만큼 좋은 국가를 만들게 될 것이다. 이 통치자가 바로 플라톤이 말하는 '철학자 왕'이다.

① 율곡의 '이'는 플라톤의 '이데아'와 달리 물질과 분리됨이 없이 존재한다.
② 율곡의 '이'는 플라톤의 '이데아'와 달리 시간과 공간의 제약을 받지 않는다.
③ 율곡의 '성인'은 플라톤의 '철학자 왕'과 달리 수양보다는 기억에 의존하여 통치한다.
④ 율곡의 '이'는 플라톤의 '이데아'와 마찬가지로 마음속에 존재하는 추상적 개념이다.
⑤ 율곡이 생각하는 이상 사회는 플라톤의 이상 세계와 마찬가지로 현실에서 완전하게 실현될 수 있다.

유형 개념 적용
접근 방식 율곡의 사상과 유사하지만 차이가 있는 플라톤의 사상의 공통점과 차이점을 묻고 있다. ①율곡은 '이기지묘(理氣之妙)'를 주장했다. 정답 ①

20. 윗글에 나타난 '율곡'의 법제 개혁론에 대한 설명으로 적절하지 <u>않은</u> 것은?

① 이기론을 바탕으로 한 경세론의 실천으로서 법제 개혁을 주장한다.
② '이'와 '기'에 대해 잘못된 견해를 제시하는 국왕에게 선왕의 법을 개혁할 것을 건의한다.
③ 조종성헌 존중의 전통을 악용하는 이들에 의해 법제 개혁이 가로막히는 경향을 비판한다.
④ 삼강과 같은 불변적 가치를 거론하는 까닭은 결국 법제 개혁의 방향을 제시하기 위한 것이다.
⑤ ≪경국대전≫이 확정된 이후 연산군 때 제정된 악법들은 개혁 대상이 되어야 한다고 본다.

유형 개념 이해
접근 방식 '이기론'의 개념으로 선택지를 읽을 수 있어야 선택지가 정확하게 이해된다. ②국왕의 질문에 율곡은 법제 개혁론을 제안한다. 정답 ②

21. 윗글을 바탕으로 〈보기〉의 '숙종'을 이해한 반응으로 가장 적절한 것은? [3점]

> 보 기
>
> 숙종 25년(1699) 회양부사 갑은 자신이 행차하는데 무례했다는 이유로 선비 을을 잡아 곤장을 쳐서 죽게 하였다. 이 사건에 대해 숙종은 사형에 해당하는 죄라고 보았으나, 대신들은 형벌을 집행하다가 일어난 일이니 사형에 해당하지는 않는다는 의견을 올렸다. 이에 숙종은 꾸짖었다. "≪경국대전≫은 역대 선왕들께서 만들어 한결같이 시행해 온 성스러운

규범이다. 결코 멋대로 적용해서는 아니 된다. 국왕에게 법을 잘못 적용하라고 하는가? 갑이 살아서 나가게 되면 무법의 나라가 된다."

여기서 숙종과 대신들은 아래의 규정들 가운데 어느 규정을 적용할지에 대하여 의견 대립을 보이고 있다.

(가) ≪경국대전≫ "≪대명률≫을 형법으로 적용한다."

(나) ≪경국대전≫ "관리가 형벌 집행을 남용하여 죽음에 이르게 한 경우에는 곤장 100대에 처하고 영구히 관리로 임용하지 않는다."

(다) ≪대명률≫ "사람을 죽인 자는 사형에 처한다."

① 숙종은 갑의 행위에 (다)를 적용하는 것이 조종성헌을 존중하는 것이라고 보고 있군.
② 숙종은 완성된 지 200년이 넘었다는 이유로 ≪경국대전≫의 규정을 적용하지 않으려 하는군.
③ 숙종이 ≪대명률≫의 규정인 (다)를 적용하려는 것은 '대전'의 규정을 따르지 않는 태도라 해야겠군.
④ 숙종이 (나)의 적용을 찬성하지 않는 이유는 (나)가 양법미의가 될 수 없다고 생각하기 때문이군.
⑤ 숙종은 선왕의 법을 적용하는 대신들의 방식에는 불만이지만 갑의 행위가 정당한 형벌 집행이라고 보는 데는 동의하는군.

유형 개념 적용
접근 방식 ① 숙종은 갑이 살아서 나가게 하면 안 되고, 그것이 선왕들의 법을 지키는 것으로 보고 있다. 여기서 선왕들의 법이 '조종성헌'이고, '이'에 해당하는 것이다. 정답 ①

문항 정리

개념 적용으로 전개한 글이므로, 문항에서도 '이기론'의 개념을 묻는 문항들이 대부분이었다.

CHAPTER 05

예시로 전개되는 글 읽기

예시란 추상적이고 애매한 개념의 평이성을 높이기 위해 사용한다. 우리가 읽는 독서 지문에도 예시가 많이 사용된다. 그만큼 추상적인 개념이 많이 사용된다는 뜻이다. 그래서 혹자는 예시만 잘 이해해도 독서 지문의 반은 이해된다고 말한다. 그렇게 되기 위해서는 예시를 읽는 방법을 터득해야 한다.

예시에는 크게 두 가지가 있다. 예시가 하나의 문장이나 문단으로 서술될 때와 한 편의 글 전체가 예시로 서술될 때가 있다. 읽는 방식에도 차이가 있다. 전자의 경우에는 예시와 예시로 뒷받침되는 개념이나 원리를 대응시켜서 읽으면 된다. 이와 달리, 후자의 경우에는 전자에서 활용한 방식 외에 한 가지 방식이 추가된다.

1절 예시 문장 읽기

예시란 추상적인 개념을 구체화하는 데 사용하는 전개 방식이다. 예시의 표지어로는 '예를 들면, 예컨대, 가령' 등이 있다. 예시는 예시 자체로 독립적으로 읽어서는 필자의 의도를 파악하기 어렵다. 그러므로 반드시 앞 문장에 나온 개념과 관련지으며 읽을 필요가 있다.

> **보기**
>
> 강제성은 정부가 개인이나 집단의 행위를 제한하는 정도로서, 유해 식품 판매 규제는 강제성이 높다.
>
> 2018

이 문장에는 정의와 예시가 함께 쓰이고 있다. 추상적인 개념이 먼저 서술되고, 구체적인 예시가 다음에 서술되고 있다. 예시는 '유해 식품 판매 규제'이고, 이 예시로 뒷받침하는 요소는 정의된 개념인 '정부가 개인이나 집단의 행위를 제한하는 정도'이다. 예시 중의 '규제'가 뒷받침하는 요소는 '제한하는 정도'이다.

2절 앞 문장의 개념이 구체화되면서 문장의 평이성이 높아진다.

예시란 어려운 대상을 쉽게 설명하는, 즉 평이성을 높이는 전개 방식이다. 예시 자체는 쉬운 편이다. 하지만 예시는 그 자체를 이해하는 데 목적이 있지 않고, 예시로 뒷받침하는 추상적 개념을 이해하는 데 있다. 그러므로 예시로 설명하는 문장은 예시 대상과 예시로 뒷받침되는 요소를 대응시키며 정리해 보자.

> **보 기**
>
> 어떤 경제 주체의 행위가 자신과 거래하지 않는 제3자에게 의도하지 않게 이익이나 손해를 주는 것을 '외부성'이라 한다. 과수원의 과일 생산이 인접한 양봉업자에게 벌꿀 생산과 관련한 이익을 준다든지, 공장의 제품 생산이 강물을 오염시켜 주민들에게 피해를 주는 것이 대표적인 사례이다.
>
> 2012

① 핵심어: '제3자에게 의도하지 않게 이익이나 손해를 주는 것'(각각의 예시에는 어떤 것이 있을까?)

② 예시 대상: '과수원의 과일 생산이 인접한 양봉업자에게 벌꿀 생산과 관련한 이익을 주는 것', '공장의 제품 생산이 강물을 오염시켜 주민들에게 피해를 주는 것'

③ 예시로 뒷받침하는 요소: '과수원의 과일 생산이 인접한 양봉업자에게 벌꿀 생산과 관련한 이익을 주는 것' → '제3자에게 의도하지 않게 이익을 주는 것', '공장의 제품 생산이 강물을 오염시켜 주민들에게 피해를 주는 것'→'의도하지 않게 손해를 주는 것'

제목: 외부성의 개념

유형 문제

※ 다음 첫 문장에서 핵심어를 찾아서, 그 핵심어가 예시로 이어짐을 설명해 보시오.

> 먼저 정신적 사건과 육체적 사건이 서로에게 인과적으로 영향을 주고 받는다는 상호작용론이 있다. 이는 위가 텅 비었다는 육체적 사건이 원인이 되어 고통을 느낀다는 정신적 사건이 결과로 나타나고, 두려움이라는 정신적 사건이 원인이 되어 가슴이 더 빨리 뛰는 육체적 사건이 결과로 일어난다고 설명하고 있다.
>
> 2014

예시답

① 핵심어: '정신적 사건과 육체적 사건이 서로에게 인과적으로 영향을 주고 받는'(각각의 예시는 무엇일까?)

② 예시 대상: '위가 텅 비었다', '가슴이 더 빨리 뛰는', '고통을 느낀다', '두려움'

③ 예시로 뒷받침되는 요소: '위가 텅 비었다'-'고통을 느낀다'(육체적 사건→정신적 사건), '두려움'-'가슴이 더 빨리 뛰는'(정신적 사건→육체적 사건)→'서로에게 인과적으로 영향을 주고 받는'

④ 제목: 상호 작용론의 개념

적용 연습

※ 다음 예시 문단을 읽고 예시 대상과 예시로 뒷받침되는 요소로 정리하시오.

> 하지만 어떤 설명 이론이라도 인과 개념을 도입하는 순간 원인과 결과 사이의 관계가 분명하지 않다는 철학적 문제를 해결해야 한다. 왜냐하면 결과를 일으키는 원인은 무수히 많고 연쇄적으로 서로 얽혀 있기 때문이다. 예를 들어 소크라테스가 죽게 된 원인은 독을 마신 것이지만, 독을 마시게 된 원인은 사형 선고를 받은 것이고, 사형 선고를 받게 된 원인도 여러 가지를 떠올릴 수 있다. 이에 결과를 일으킨 원인을 골라내는 문제는 결국 원인과 결과가 시공간적으로 어떻게 연결되는가에 대한 철학적 분석을 필요로 한다.
>
> 2016.9

예시답

① 예시 대상: 소크라테스가 죽게 된 원인들

② 예시로 뒷받침되는 요소: 원인이 무수히 많고 연쇄적으로 얽혀 있다.

제목: 인과적 설명 이론의 한계

3절 예시로 전개되는 문단

예시로 전개되는 문단은 중심 문장에서 개념이 제시되고, 뒷받침 문장에서 그 개념을 설명하기 위한 예시로 나타나는 경우가 일반적이다. 예시를 이해하기 위해서는 중심 문장의 개념을 염두에 두고 예시를 읽고, 예시를 다 읽은 다음에는 예시와 대응되는 중심 문장의 개념과 관련시키도록 한다.

다음 <보기>의 예시 문단을 절차에 따라 정리하여 보자.

> ### 보 기
>
> 일치법은 어떤 결과가 발생한 여러 경우들에 공통적으로 선행하는 요소를 찾아 그것을 원인으로 간주하는 방법이다. 가령 수학여행을 갔던 ○○ 고등학교의 학생 다섯 명이 장염을 호소하였다고 하자. 보건 선생님이 이 학생들을 불러서 먹은 음식이 무엇인지 조사해 보았다. 다섯 명의 학생들이 제출한 자료를 본 선생님은 이 학생들이 공통적으로 먹은 유일한 음식이 돼지고기라는 사실을 알게 되었다. 이때 선생님이 돼지고기가 장염의 원인이라고 결론을 내리는 것이 바로 일치법을 적용한 예이다.
>
> 2012.6

이 문단은 일치법을 정의하고 예시로 뒷받침하고 있다. 예시 내용으로 뒷받침되는 개념을 찾아 정리하는 것이 필요하다.

① 중심 문장: 일치법은 어떤 결과가 발생한 여러 경우들에 공통적으로 선행하는 요소를 찾아 그것을 원인으로 간주하는 방법이다.
② 핵심어: 공통적으로 선행하는 요소(이것의 예시로 어떤 것이 있을까?)
③ 예시 문단 읽기
   ㉮ 예시 대상: 장염의 원인
   ㉯ 예시 내용: 돼지고기
   ㉰ 예시 내용으로 뒷받침되는 요소: 공통적으로 선행하는 요소를 찾아 그것을 원인으로 간주
④ 제목: 일치법의 개념

유형 문제

※ 다음 예시 문단을 예시 대상, 예시 내용, 예시 내용으로 뒷받침하는 요소, 제목 등으로 정리하시오.

> 그러나 마테존의 진정한 업적은 음악을 구성적 측면에서 논의한 데 있다. 그는 성악곡인 마르첼로의 아리아를 논의하면서 그것이 마치 기악곡인 양 가사는 전혀 언급하지 않은 채, 주제 가락의 착상과 치밀한 전개 방식 등에 집중하였다. 이는 가락, 리듬, 화성과 같은 형식적 요소가 중시되는 순수 기악 음악의 도래가 멀지 않았음을 의미하는 것이었다. 실제로 한 세기 후 음악 미학자 한슬리크는 음악이 사람의 감정을 묘사하거나 표현하는 것이 아니라, 음들의 순수한 결합 그 자체로 깊은 정신세계를 보여 주는 것이라 주장하기에 이른다.
>
> 2012

예시답

① 중심 문장: 그러나 마테존의 진정한 업적은 음악을 구성적 측면에서 논의한 데 있다.
② 핵심어: 구성적 측면(구성적 측면의 예시로 무엇이 있을까?)
③ 예시 문단 읽기
  ㉮ 예시 대상: 성악곡인 마르첼로의 아리아
  ㉯ 예시 내용: 주제 가락의 치밀한 착상과 전개 방식, 가락, 리듬, 화성과 같은 형식적 요소, 음들의 순수한 결합 그 자체
  ㉰ 예시 내용으로 뒷받침되는 요소: 구성적 측면
④ 제목: 마테존의 업적

적용 연습

※ 다음 예시 문단을 읽고 예시의 원리에 따라 정리하시오.

> ① 이중차분법은 1854년에 스노가 처음 사용했다고 알려져 있다. ② 그는 두 수도 회사로부터 물을 공급받는 런던의 동일 지역 주민들에 주목했다. ③ 같은 수원을 사용하던 두 회사 중 한 회사만 수원을 바꿨는데 주민들은 자신의 수원을 몰랐다. ④ 스노는 수원이 바뀐 주민들과 바뀌지 않은 주민들의 수원 교체 전후 콜레라로 인한 사망률의 변화들을 비교함으로써 콜레라가 공기가 아닌 물을 통해 전염된다는 결론을 내렸다. ⑤ 경제학에서는 1910년대에 최저임금제

예시답

① 예시 대상: 콜레라의 전염 원인과 관련한 조사
② 예시로 뒷받침되는 요소: 이중차분법
제목: 이중차분법의 예시

4절 예시로 이어지는 문단은 글의 평이성을 높인다.

앞 문단이 개념이나 원리 중심의 문단이라면 뒤 문단에는 예시 문단이 올 확률이 매우 높다. 독자가 이해할 수준으로 평이성을 높이려는 필자의 의도이다. 예시는 평이성을 높이려는 목적에서 사용되지만, 예시를 이해하는 과정을 정확하게 거쳐야 한다는 점을 기억하자. 왜냐하면 실제 기출 문제 중에는 예시로부터 개념을 정확히 이해했는지를 묻는 문항, 또는 그 개념을 새로운 예시에 적용하는 문항이 자주 출제되기 때문이다. 예시라는 전개 방식을 사용하는 필자의 입장을 생각해보면 설명하고 있는 개념이나 원리를 정확히 이해시키려는 의도가 강하고 그뿐 아니라 실제로 적용할 수 있기를 바라기 때문에 다양한 차원에서 예시를 사용하는 것이다. 과학이나 기술지문에서 개념 못지않게 예시도 쉽지 않았던 경험이 떠오를 것이다.

한편 예시가 두 문단 이상 긴 지문에서는 예시에 대한 사실 확인 문항이 자주 출제된다. 이런 문항을 해결하기 위해서는 예시의 사실을 전개한 문단 내부의 하위 전개 방식을 파악해서 활용해야 한다.

> **보기**
>
> **1** 자본주의 일상을 사실적으로 표현한 하이퍼리얼리즘의 대표적인 작가에는 핸슨이 있다. 그의 작품 「쇼핑 카트를 밀고 가는 여자」(1969)는 물질적 풍요함 속에 매몰되어 살아가는 당시 현대인을 비판적 시각에서 표현한 작품으로 해석할 수 있다. 이 작품의 대상은 상품이 가득한 쇼핑 카트와 여자이다. 그녀는 욕망의 주체이며 물질에 대한 탐욕을 상징하고 있고, 상품이 가득한 쇼핑 카트는 욕망의 객체이며 물질을 상징하고 있다. 그래서 여자가 상품이 넘칠 듯이 가득한 쇼핑 카트를 밀고 있는 구도는 물질적 풍요 속에서의 과잉 소비 성향을 보여 준다.

> ② 이 작품의 기법을 보면, 생활공간에 전시해도 자연스럽도록 작품을 전시 받침대 없이 제작
> 하였다. 사람을 보고 찰흙으로 형태를 만드는 방법 대신 사람에게 직접 석고를 덧발라 형태를
> 뜨는 실물 주형 기법을 사용하여 사람의 형태와 크기를 똑같이 재현하였다. 또한 기존 입체 작
> 품의 재료인 청동의 금속재 대신에 합성수지, 폴리에스터, 유리 섬유 등을 사용하고 에어브러시
> 로 채색하여 사람 피부의 질감과 색채를 똑같이 재현하였다. 여기에 오브제*인 가발, 목걸이,
> 의상 등을 덧붙이고 쇼핑 카트, 식료품 등을 그대로 사용하여 사실성을 높였다.   2018.9

이 두 문단은 '하이퍼리얼리즘의 대표작가 핸슨'의 「쇼핑 카트를 밀고 가는 여자」를 예시
로 하이퍼리얼리즘의 개념을 설명하고 있다. 각각의 문단에서 뒷받침하는 요소를 찾아보도
록 하자.

① ① 중심 문장: 그의 작품 「쇼핑 카트를 밀고 가는 여자」(1969)는 물질적 풍요함 속에 매
　　　몰되어 살아가는 당시 현대인을 비판적 시각에서 표현한 작품으로 해석할 수 있다.
　② 핵심어: 물질적 풍요함 속에 매몰되어 살아가는 당시 현대인
　③ 예시 읽기:
　　㉮ 예시 대상: 「쇼핑 카트를 밀고 가는 여자」의 표현 대상
　　㉯ 예시 내용: 여자가 상품이 넘칠 듯이 가득한 쇼핑 카트를 밀고 있는 구도는 물질
　　　적 풍요 속에서의 과잉 소비 성향을 보여 준다.
　　㉰ 예시로 뒷받침하는 요소: 대상의 현실성
　④ 제목: 핸슨의 「쇼핑 카트를 밀고 가는 여자」에 나타난 대상의 현실성
② ① 중심 문장: 이 작품의 기법을 보면, 생활공간에 전시해도 자연스럽도록 작품을 전시
　　　받침대 없이 제작하였다.
　② 핵심어: 생활공간에 전시해도 자연스럽도록
　③ 예시 읽기:
　　㉮ 예시 대상: 「쇼핑 카트를 밀고 가는 여자」의 표현 기법
　　㉯ 예시 내용: 실물과 똑같이 재현하였다.
　　㉰ 예시로 뒷받침하는 요소: 표현의 사실성
　④ 제목: 핸슨의 「쇼핑 카트를 밀고 가는 여자」에 나타난 표현의 사실성
①에서는 하이퍼리얼리즘의 대표 작품인 「쇼핑 카트를 밀고 가는 여자」를 예로 들어서 표
현된 대상을 설명하고, ②에서는 표현 기법을 설명하고 있다. 하이퍼리얼리즘의 특징인 현
실성과 사실성이라는 개념을 표현 대상과 표현 기법의 구체적 예시를 통해 평이성을 높이는
데 성공하고 있다. 앞 문단을 읽고, 글의 완결성의 원리에 의해 뒤 문단이 사실성의 예시로

이어질 것을 예측할 수 있다.

※ 다음 예시로 이어진 문단을 예시의 원칙에 따라 정리하시오.

> **1** 음성을 인식하려면 입력 패턴의 특징 벡터와 기준 패턴의 특징 벡터를 비교해야 한다. 이를 위해서 음소 추정 구간이 비교하려는 기준 패턴의 음소 개수와 동일한 개수가 되도록 단위 구간을 조합한다. 그리고 각 음소 추정 구간에서 추출된 특징 벡터를 구간 순서대로 배열하여 입력 패턴을 생성한다. 2013
>
> **2** 예를 들어 입력된 음성 신호를 S1, S2, S3 3개의 단위 구간으로 나눈 경우를 생각해 보자. 만일 비교하려는 기준 패턴의 음소가 3개라면 3개의 음소 추정 구간으로부터 입력 패턴이 구성되어야 하므로 [S1, S2, S3]의 음소 추정 구간 배열을 설정하고, 이로부터 입력 패턴을 생성한다. 그런 다음 이것을 순서대로 기준 패턴의 음소와 일대일 대응시키고 각각의 특징 벡터의 차이를 구한 뒤 이것들을 모두 합하여 '패턴 거리'를 구한다. 만일 기준 패턴의 음소가 2개라면 3개의 단위 구간을 조합하여 [S1, S2~S3], [S1~S2, S3]로 2개의 음소 추정 구간 배열을 설정하고, 이로부터 입력 패턴을 생성한다. 이와 같이 1개의 기준 패턴에 대해 여러 개의 입력 패턴이 만들어질 수 있는 경우에는 생성 가능한 입력 패턴과 기준 패턴 사이의 패턴 거리를 모두 구하고, 그중의 최솟값을 그 기준 패턴에 대한 패턴 거리로 정한다. 만일 기준 패턴의 음소가 3개보다 크면 두 패턴을 일대일로 대응시킬 수 없으므로 비교가 불가능하다. 2013

예시답

1 ① 중심 문장: 음성 인식은 다음 두 단계의 과정을 거쳐야 한다.(*필자의 일반화)

② 핵심어: 두 단계

③ 과정 읽기:

㉮ 과정의 대상: 음성 인식 과정

㉯ 과정의 단계: ㉠ 입력 패턴의 특징 벡터와 기준 패턴의 특징 벡터를 비교 ㉡ 입력 패턴 생성

㉰ 단계의 기능: ㉠ 음소 추정 구간이 비교하려는 기준 패턴의 음소 개수와 동일한 개수가 되도록 단위 구간을 조합 ㉡ 각 음소 추정 구간에서 추출된 특징 벡터를 구간 순서대로 배열

④ 제목: 음성 인식 과정

2 ① 중심 문장: 입력된 음성 신호를 S1, S2, S3 3개의 단위 구간으로 나눈 경우를 생각해 보자.

② 핵심어: S1, S2, S3 3개의 단위 구간으로 나눈 경우

③ 예시 읽기:

㉮ 예시 대상: 음성 인식 과정

㉯ 예시 내용: ㉠기준 패턴의 음소 3개인 경우─[S1, S2, S3]의 음소 추정 구간 배열을 설정하고, 이로부터 입력 패턴을 생성─순서대로 기준 패턴의 음소와 일대일 대응시키고 각각의 특징 벡터의 차이를 구한 뒤 이것들을 모두 합하여 '패턴 거리' 구함, ㉡2개인 경우─3개의 단위 구간을 조합하여 [S1, S2~S3], [S1~S2, S3]로 2개의 음소 추정 구간 배열을 설정하고, 이로부터 입력 패턴을 생성─생성 가능한 입력 패턴과 기준 패턴 사이의 패턴 거리를 모두 구하고, 그중의 최솟값을 그 기준 패턴에 대한 패턴 거리로 정함. ㉢3개 이상인 경우─두 패턴을 일대일로 대응시킬 수 없으므로 비교 불가능

㉰ 예시로 뒷받침되는 요소: ㉠음소 추정 구간이 비교하려는 기준 패턴의 음소 개수와 동일한 개수가 되도록 단위 구간을 조합 ㉡각 음소 추정 구간에서 추출된 특징 벡터를 구간 순서대로 배열

④ 제목: 음성 인식 과정의 예

1에서는 '음성 인식 과정'을 원리로 설명하고 있다. 원리는 추상적이어서 2에서 예시로 뒷받침하고 있다. 추상적인 개념이나 원리 다음에 예시로 구체화하는 것도 글의 완결성에 해당한다. 어떤 내용이 추상적일 때는 많은 경우 예시가 이어지므로, 예시를 활용하는 방법을 익히도록 하자.

적용 연습

※ 다음 예시 문단을, 그 절차에 따라 정리하시오.

1 야구공을 던지면 땅 위의 공 그림자도 따라 움직인다. 공이 움직여서 그림자가 움직인 것이지 그림자 자체가 움직여서 그림자의 위치가 변한 것은 아니다. 과정 이론은 이 차이를 다음과 같이 설명한다. 과정은 대상의 시공간적 궤적이다. 날아가는 야구공은 물론이고 땅에 멈추어 있는 공도 시간은 흘러가고 있기에 시공간적 궤적을 그리고 있다. 공이 멈추어 있는 상태도 과정인 것이다. 그런데 모든 과정이 인과적 과정은 아니다. 어떤 과정은 다른 과정과 한 시공간적 지점에서 만난다. 즉, 두 과정이 교차한다. 만약 교차에서 표지, 즉 대상의 변화된 물리적 속성이 도입되면 이후의 모든 지점에서 그 표지를 전달할 수 있는 과정이 인과적 과정이다.

2 가령 바나나가 a지점에서 b지점까지 이동하는 과정을 과정 1이라고 하자. a와 b의 중간 지점에서 바나나를 한 입 베어 내는 과정 2가 과정 1과 교차했다. 이 교차로 표지가 과정 1에 도

입되었고 이 표지는 b까지 전달될 수 있다. 즉, 바나나는 베어 낸 만큼이 없어진 채로 줄곧 b까지 이동할 수 있다. 따라서 과정 1은 인과적 과정이다. 바나나가 이동한 것이 바나나가 b에 위치한 결과의 원인인 것이다. 한편, 바나나의 그림자가 스크린에 생긴다고 하자. 바나나의 그림자가 스크린상의 a′ 지점에서 b′ 지점까지 움직이는 과정을 과정 3이라 하자. 과정 1과 과정 2의 교차 이후 스크린상의 그림자 역시 변한다. 그런데 a′과 b′ 사이의 스크린 표면의 한 지점에 울퉁불퉁한 스티로폼이 부착되는 과정 4가 과정 3과 교차했다고 하자. 그림자가 그 지점과 겹치면서 일그러짐이라는 표지가 과정 3에 도입되지만, 그 지점을 지나가면 그림자는 다시 원래대로 돌아오고 스티로폼은 그대로이다. 이처럼 과정 3은 다른 과정과의 교차로 도입된 표지를 전달할 수 없다.

2022.6

예시답

① 중심 문장: 만약 교차에서 표지, 즉 대상의 변화된 물리적 속성이 도입되면 이후의 모든 지점에서 그 표지를 전달할 수 있는 과정이 인과적 과정이다.
② 핵심어: 대상의 변화된 물리적 속성이 도입되면 이후의 모든 지점에서 그 표지를 전달할 수 있는 과정
③ 예시 읽기:
　㉮ 예시 대상: **1** 야구공과 야구공의 그림자 **2** 바나나와 스크린에 비친 바나나 그림자
　㉯ 예시 내용: **1** 야구공과 야구공 그림자의 교차 **2** 바나나 한 입 무는 과정이 교차
　㉰ 예시로 뒷받침되는 요소: **1** **2** 교차로 표지가 과정 1에 도입되었고 이 표지는 b까지 전달될 수 있다. – 인과적 과정
④ 제목: 인과적 과정의 개념
인과적 과정의 개념을 예시로 설명하고 있는 문단들이다. 앞 문단에서 야구공에 대한 예시만으로 쉽지 않으므로, 독자에게 쉽게 전달하기 위해 바나나의 예를 다시 들어 설명하고 있다.

5절　예시로 전개되는 글 읽기 및 문항 풀이

　논리학이나 과학 분야의 글에서는 개념이나 원리가 추상적이어서 예시를 사용하는 경우가 많다. 이런 글에서 문항은 개념이나 원리를 이해했는지를 지문에서 사용한 것과 유사한 예시를 선택하는 유형이 출제된다. 또한 지문과는 거리가 있어 보이는 새로운 예시를 제시하고 지문에서 개념이나 원리를 적용하는 유형이 출제된다. 어떤 경우이든 예시의 의미는 독자의

머릿속에 있는 개념이나 원리에 의해 이해된다는 점이다.

한편 예시로 전개된 글에서는 예시 자체의 사실 확인을 요구하는 문항이 출제되기도 한다. 이런 유형의 지문에서는 예시가 배열된 하위 전개 방식을 파악하여 읽도록 한다. 예시의 하위 전개 방식으로는 대조, 문제와 해결, 분석 등 다양한 방식이 사용된다.

하나의 개념이나 원리를 구체화하기 위해서 한 문장이나 한 문단이 예시인 경우와는 달리, 글 한 편 전체가 예시로 서술되는 경우가 있다. 후자의 경우에는 도입 문단이나 정리 문단에 개념이나 원리를 담은 주제가 제시되므로, 전체 글을 이해하는 바탕으로 삼아야 한다. 또한 후자의 경우에는 사실 확인 문항이 출제되므로, 예시한 내용을 배열한 하위 전개 방식을 활용하면 긴 예시문도 예측하며 읽을 수 있다.

※ 다음 예시로 전개된 글을 정리하고, 주어진 문항을 푸시오.

1 사회 이론은 사회 구조나 사회적 상호 작용을 연구하는 이론들을 통칭한다. 사회 이론은 과학적 방법을 적용하면서도 연구 대상뿐 아니라 이론 자체가 사회 상황이나 역사적 조건에 긴밀히 연관된다는 특징을 지닌다. 19세기의 시민 사회론을 이야기할 때 그 시대를 함께 살펴보게 되는 것도 바로 이와 같은 이유 때문이다.

2 시민 사회라는 용어는 17세기에 등장했지만, 19세기 초에 이를 국가와 구분하여 개념적으로 정교화한 인물이 헤겔이다. 그가 활동하던 시기에 유럽의 후진국인 프로이센에는 절대주의 시대의 잔재가 아직 남아 있었다. 산업 자본주의도 미성숙했던 때여서, 산업화를 추진하고 자본가들을 육성하며 심각한 빈부 격차나 계급 갈등 등의 사회 문제를 해결해야 하는 시대적 과제가 있었다. 그는 사익의 극대화가 국부(國富)를 증대해 준다는 점에서 공리주의를 긍정했으나, 그것이 시민 사회 내에서 개인들의 무한한 사익 추구가 일으키는 빈부 격차나 계급 갈등을 해결할 수는 없다고 보았다. 그는 시민 사회가 개인들이 사적 욕구를 추구하며 살아가는 생활 영역이자 그 욕구를 사회적 의존 관계 속에서 추구하게 하는 공동체적 윤리성의 영역이어야 한다고 생각했다. 특히 시민 사회 내에서 사익 조정과 공익 실현에 기여하는 ㉠직업 단체와 복지 및 치안 문제를 해결하는 복지 행정 조직의 역할을 설정하면서, 이 두 기구가 시민 사회를 이상적인 국가로 이끌 연결 고리가 될 것으로 기대했다. 하지만 빈곤과 계급 갈등은 시민 사회 내에서 근원적으로 해결될 수 없는 것이었다. 따라서 그는 국가를 사회 문제를 해결하고 공적 질서를 확립할 최종 주체로 설정하면서 시민 사회가 국가에 협력해야 한다고 생각했다.

3 한편 1789년 프랑스 혁명 이후 프랑스 사회는 혁명을 이끌었던 계몽주의자들의 기대와는 다른 모습을 보이고 있었다. 사회는 사익을 추구하는 파편화된 개인들의 각축장이 되어 있었고 빈부 격차와 계급 갈등은 격화된 상태였다. 이러한 혼란을 극복하기 위해 노동자 단체와 고용주 단체 모두를 불법으로 규정한 르 샤플리에 법이 1791년부터 약 90년간 시행되었으나, 이 법

은 분출되는 사익의 추구를 억제하지도 못하면서 오히려 프랑스 시민 사회를 극도로 위축시켰다. 뒤르켐은 이러한 상황을 아노미, 곧 무규범 상태로 파악하고 최대 다수의 최대 행복을 표방하는 공리주의가 사실은 개인의 이기심을 전제로 하고 있기에 아노미를 조장할 뿐이라고 생각했다. 그는 사익을 조정하고 공익과 공동체적 연대를 실현할 도덕적 개인주의의 규범에 주목하면서, 이를 수행할 주체로서 ⓒ직업 단체의 역할을 강조하였다. 국가의 역할을 강조한 헤겔의 영향을 받았음에도 불구하고, 뒤르켐은 직업 단체가 정치적 중간 집단으로서 구성원의 이해관계를 국가에 전달하는 한편 국가를 견제해야 한다고 보았던 것이다.

④ 헤겔과 뒤르켐은 시민 사회를 배경으로 직업 단체의 역할과 기능을 연구했다는 공통점이 있었다. 하지만 직업 단체에 대한 두 사람의 생각은 달랐다. 이러한 차이는 두 학자의 시민 사회론이 철저하게 시대의 산물이라는 점을 보여 준다. 이들의 이론은 과학적 연구로서 객관적으로 타당하다는 평가를 받기도 하지만, 이론이 갖는 객관적 속성은 그 이론이 마주 선 현실의 문제 상황이나 이론가의 주관적인 문제의식으로부터 근본적으로 자유로울 수는 없는 것이다. 2015b

지문 읽기

위의 글은 사회 이론의 특성을 설명하기 위해 '19세기 시민 사회론'을 예시로 들고 있다. 그러므로 예시인 '19세기 시민 사회론'을 읽으면서 그것으로 뒷받침하는 사회 이론의 특성을 이해해야 한다. 두 학자는 동일한 연구 대상인 '직업 단체의 역할'을 연구했지만, '시대적 상황' 때문에 서로 다른 시민 사회론이 도출되었음을 예시하고 있다.

① 도입 문단: 사회 이론과 19세기 시민 사회론
  - 중심 화제: 19세기의 시민 사회론을 이야기할 때 그 시대를 함께 살펴보게 되는 것도 사회 이론은 과학적 방법을 적용하면서도 연구대상뿐 아니라 이론 자체가 사회 상황이나 역사적 조건에 긴밀히 연관된다는 특징을 지니는 바로 이와 같은 이유 때문이다.
  - 질문으로 서술하기: 19세기의 시민 사회론에서 그 시대가 어떻게 나타날까?
② 전개 문단: 헤겔의 시민 사회론
  - 시대적 상황: 프러시아의 정치적 경제적 후진성
  - 시민 사회론: 사익 조정과 공익 실현에 기여하는 직업 단체와 복지 및 복지 행정 조직의 역할을 설정하면서, 국가를 사회 문제 해결의 최종 주체로 봄.
③ 전개 문단: 뒤르켐의 시민 사회론
  - 시대적 상황: 프랑스 혁명 후 아노미 상태
  - 시민 사회론: 사익을 조정하고 공익과 공동체적 연대를 실현할 주체로서 직업 단체의 역할을 강조
④ 정리 문단: 사회 이론의 일반적 특징
  - 사회 이론은 시대의 산물이다(사회 이론은 현실의 문제 상황과 이론가의 주관적인 문제 의식의 산물이다).

문항 풀이

21. 윗글의 내용 전개 방식에 대한 설명으로 가장 적절한 것은?

① 논지를 제시한 후, 대표적인 사례를 검토하는 과정을 통해 주제를 명료화하고 있다.
② 화제를 소개한 후, 예외적인 사례를 배제하는 과정을 통해 주제를 일반화하고 있다.
③ 주장을 제시한 후, 예상되는 반증 사례를 검토하는 과정을 통해 주제를 강화하고 있다.
④ 쟁점을 도출한 후, 각 주장의 근거 사례를 비교 평가하는 과정을 통해 주제를 정당화하고 있다.
⑤ 주제를 제시한 후, 동일한 사례를 다른 관점에서 분석하는 과정을 통해 주제를 초점화하고 있다.

유형 논지 전개 방식
접근 방식 논지를 찾고, 논지와 전개한 내용 간의 관계를 이해한다. 이 글의 논지는 도입 문단의 '사회 이론의 특징'이고, 이를 '19세기 시민 사회론'으로 예시로 설명하고 있다. '논지'는 주제, 중심 화제와 같은 뜻이다. **정답** ①

22. 윗글을 통해 알 수 있는 내용으로 적절하지 <u>않은</u> 것은?

① 19세기 초 프러시아에는 절대주의의 잔재와 미성숙한 산업 자본주의가 혼재하였다.
② 프랑스 혁명 후 수십 년간 프랑스는 개인들의 사익 추구가 불가능한 상황이었다.
③ 헤겔은 국가를 빈곤 문제나 계급 갈등과 같은 사회 문제를 해결할 최종 주체라고 생각하였다.
④ 뒤르켐은 혁명 이후의 프랑스 사회를 이기적 욕망이 조정되지 않은 아노미 상태로 보았다.
⑤ 헤겔과 뒤르켐은 공리주의가 시민 사회의 문제를 해결하지 못할 것으로 보았다.

유형 사실과 일치 여부
접근 방식 지문의 사실과 일치 여부를 묻고 있다. 지문의 많은 사실 중에서 선택지의 사실을 확인하는 것은 쉽지 않다. 이런 경우에는 전개 방식을 활용하면 필요한 정보를 쉽게 확인할 수 있다. 이 지문의 예시가 문제와 해결로 전개하고 있으므로 선택지의 내용이 '문제의 대상'인지 '해결의 대상'인지를 확인하면 좀 쉽게 확인할 수 있다. *'문제와 해결'은 이 책의 뒤 장(章)에서 설명할 것이다. **정답** ②

23. ㉠과 ㉡의 공통점으로 가장 적절한 것은?

① 사익을 조정하고 공익 실현을 추구한다.
② 국가를 견제하는 정치적 기능을 수행한다.
③ 치안 및 복지 문제 해결의 기능을 담당한다.
④ 공리주의를 억제하고 도덕적 개인주의를 수용한다.
⑤ 시민 사회 외부에서 국가와의 연결 고리로 작용한다.

유형 두 관점의 공통점 파악하기
접근 방식 서로 다른 두 관점에서 공통점을 파악하는 문제이다. '해결'에 해당하는 부분이므로 그 기능을 고려해 보면 된다. **정답** ①

24. 윗글의 글쓴이의 관점으로 가장 적절한 것은?

① 사회 문제에 대해서는 과학적 연구를 수행할 수 없다.
② 객관적 사회 이론은 이론가의 주관적 문제의식과 무관하다.
③ 시 공간을 넘어 보편타당하게 적용할 수 있는 객관적 사회 이론이 성립할 수 있다.
④ 과학적 연구 방법에 의거한 사회 이론은 사회 현실의 문제 상황과 무관하게 성립할 수 있다.
⑤ 사회 이론을 이해하는 데에는 그 이론이 만들어진 당시의 시대적 배경에 대한 이해가 도움이 된다.

유형 관점 파악하기
접근 방식 관점이란 어떤 대상에 대한 필자의 태도이다. 따라서 이 글의 대상은 '사회 이론'이고, 필자의 태도는 '연구 방법은 과학적이지만 연구 결과는 시대에 따라 다르다는 것'이다. 이를 종합한 것이 필자의 관점이다.
정답 ⑤

21, 24번 문항

예시의 전개 방식을 사용했다는 전체적 관점에서 출제한 문항이다.

22, 23번 문항

예시 부분에서 사실적 이해의 관점에서 출제한 문항이다.
후자의 경우에는 예시를 배열한 하위 전개 방식에 따라 읽도록 한다. 이 글에서 하위 전개 방식은 '문제와 해결' 방식이다. 이에 대해서는 이 책의 후반부 제12장 문제와 해결로 전개되는 글 읽기에서 자세히 알아볼 것이다.

유형 문제

※ 다음 예시로 전개된 글을 정리하고, 주어진 문항을 푸시오.

1️⃣ 우주에서 지구의 북쪽을 내려다보면 지구는 시계 반대 방향으로 빠르게 자전하고 있지만 우리는 그 사실을 잘 인지하지 못한다. 지구의 자전 때문에 일어나는 현상 중 하나는 지구상에서 운동하는 물체의 운동 방향이 편향되는 것이다. 이러한 현상의 원인이 되는 가상적인 힘을 전향력이라 한다.

2️⃣ 전향력은 지구가 자전하기 때문에 나타난다. 구 모양인 지구의 둘레는 적도가 가장 길고 위도가 높아질수록 짧아진다. 지구의 자전 주기는 위도와 상관없이 동일하므로 자전하는 속력은 적도에서 가장 빠르고, 고위도로 갈수록 속력이 느려져서 남극과 북극에서는 0이 된다.

3️⃣ 적도 상의 특정 지점에서 동일한 경도상에 있는 북위 30도 지점을 목표로 어떤 물체를 발사했다고 하자. 이때 물체에 영향을 주는 마찰력이나 다른 힘은 없다고 가정한다. 적도상의 발사 지점은 약 1,600km/h의 속력으로 자전하고 있다. 북쪽으로 발사된 물체는 발사 속력 외에 약 1,600km/h로 동쪽으로 진행하는 속력을 동시에 갖게 된다. 한편 북위 30도 지점은 약 1,400km/h의 속력으로 자전하고 있다. 목표 지점은 발사 지점보다 약 200km/h가 더 느리게 동쪽으로 움직이고 있는 것이다. 따라서 발사된 물체는 겨냥했던 목표 지점보다 더 동쪽에 있는 지점에 도달하게 된다. 이때 지구 표면의 발사 지점에서 보면, 발사된 물체의 이동 경로는 처음에 목표로 했던 북쪽 방향의 오른쪽으로 휘어져 나타나게 된다.

4️⃣ 이번에는 북위 30도에서 자전 속력이 약 800km/h인 북위 60도의 동일 경도상에 있는 지점을 목표로 설정하고 같은 실험을 실행한다고 하자. 두 지점의 자전하는 속력의 차이는 약 600km/h이므로 이 물체는 적도에서 북위 30도를 향해 발사했을 때보다 더 오른쪽으로 떨어지게 된다. 이렇게 운동 방향이 좌우로 편향되는 정도는 저위도에서 고위도로 갈수록 더 커진다, 결국 위도에 따른 자전 속력의 차이가 고위도로 갈수록 더 커지기 때문에 좌우로 편향되는 정도는 북극과 남극에서 최대가 되고 적도에서는 0이 된다. 이러한 편향 현상은 북쪽뿐 아니라 다른 방향으로 운동하는 모든 물체에 마찬가지로 나타난다.

5️⃣ 전향력의 크기는 위도뿐만 아니라 물체의 이동하는 속력과도 관련이 있다. 지표를 기준으로 한 이동 속력이 빠를수록 전향력이 커지며, 지표상에 정지해 있는 물체에는 전향력이 나타나지 않는다. 한편, 전향력은 운동하는 물체의 진행 방향이 북반구에서는 오른쪽으로, 남반구에서는 왼쪽으로 편향되게 된다.

2014.B

1 도입 문단

  − 중심 화제: 지구의 자전 때문에 일어나는 현상 중 하나인, 지구상에서 운동하는 물체의 운동 방향이 편향 현상의 원인이 되는 가상적인 힘이 전향력이다.

  − 질문으로 서술하기: 전향력은 지구 자전과 어떤 관계에 있을까?

2 전개 문단: 전향력의 발생 원인−지구의 자전

3 전개 문단: 적도상에서 북위 30도 지점을 목표로 발사한 물체의 전향력 예시

  − 전향력의 편향 정도는 위도에 따른 자전 속력의 차이만큼 나타난다.

4 전개 문단: 북위 30도에서 북위 60도 지점을 목표로 발사한 물체의 전향력 예시

  − 전향력의 편향 정도는 위도에 따른 지구 자전 속력의 차이에 비례한다.

5 정리 문단: 전향력의 다른 원인: 물체의 이동 속력

문항 풀이

26. 윗글을 통해 알 수 있는 내용으로 적절하지 <u>않은</u> 것은?

① 북위 30도 지점과 북위 60도 지점의 자전 주기는 동일하다.

② 운동장에 정지해 있는 축구공에는 위도에 상관없이 전향력이 나타나지 않는다.

③ 남위 50도 지점은 남위 40도 지점보다 자전 방향으로 움직이는 속력이 더 빠르다.

④ 남위 30도에서 정남쪽의 목표 지점으로 발사한 물체는 목표 지점보다 동쪽으로 떨어진다.

⑤ 우리나라의 야구장에서 타자가 쳐서 날아가는 공의 이동 방향은 전향력에 의해 영향을 받는다.

유형 추론하기

접근 방식 추론이란 기지의 정보를 근거로 미지의 정보를 미루어 아는 사고이다. 그러므로 선택지의 오류를 판정하기 위해서는 그 근거를 지문에서 가져와야 한다.

① 지구 상의 모든 지점에서 자전 주기는 동일하다.

② 전향력은 운동하는 물체에서만 발생한다.

③ 지구의 둘레가 길수록 자전 속력이 빠르다. 남위 40도 지점이 남위 50도 지점보다 지구의 둘레가 길어서 속력이 더 빠르다.

④ 지구의 자전 방향이 남반구나 북반구에서 동쪽으로 일정하므로, 항상 목표 지점보다 동쪽에 떨어진다.

⑤ 우리나라는 북위도상에 위치한 나라여서 날아가는 야구공에도 전향력의 영향력을 받는다. 정답 ③

27. 윗글을 바탕으로 〈보기〉를 이해한 내용으로 적절하지 않은 것은?

보 기

　　전향력은 1851년 프랑스의 과학자 푸코가 파리의 팡테옹 사원에서 실시한 진자 실험을 통해서도 확인할 수 있다. 푸코는 길이가 67m인 줄의 한쪽 끝을 천장에 고정하고 다른 쪽 끝에 28kg의 추를 매달아 진동시켰는데, 시간이 지남에 따라 진자의 진동면이 시계 방향으로 회전한다는 사실을 발견하였다. 이는 추가 A에서 B로 이동할 때, 전향력에 의해 C쪽으로 미세하게 휘어져 이동하고, 되돌아올 때는 D쪽으로 미세하게 휘어져 이동한다는 사실과 관련이 있다.

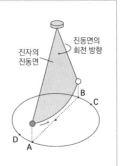

① 남반구에서 실험을 할 경우 진자의 진동면은 시계의 반대 방향으로 회전하겠군.
② 파리보다 고위도에서 동일한 실험을 할 경우 진자의 진동면은 더 느리게 회전하겠군.
③ 북극과 남극에서 이 실험을 할 경우 진자의 진동면의 회전 주기는 동일하겠군.
④ 적도 상에서 동서 방향으로 진자를 진동시킬 경우 진자의 진동면은 회전하지 않겠군.
⑤ 남위 60도에서 이 진자 실험을 할 경우 움직이는 추는 이동 방향의 왼쪽으로 편향되겠군.

유형 원리 적용
접근 방식 전향력의 편향 원리를 적용해서 해결하는 문제이다. 그러므로 <보기>의 진자의 운동을 전향력의 원리로 설명할 수 있어야 한다. 먼저 진자의 운동은 움직이는 물체를, 다음으로 진동면의 회전 방향은 물체의 편향을 나타낸다. 그리고 진동면의 회전 거리는 편향 거리를 나타낸다. 끝으로 진동면의 회전 속력은 회전 주기를 거리로 나누어야 한다.
① 진자의 진동면은 물체의 편향 방향을 나타낸다. 그러므로 북반구와 남반구에서 편향 방향은 서로 반대가 된다.
② 진동면의 회전 거리는 물체의 편향 거리와 같다. 고위도로 갈수록 편향 거리는 커지고, 진동면의 회전 주기는 동일하므로, 회전 속력은 더 빨라질 것이다.
③ 진동면의 회전 주기는 지구의 자전 주기와 같이 어디서나 동일하다.
④ 전향력은 위도 상의 차이에 의해 발생하므로, 동서 방향은 위도의 차이가 없어 전향력은 나타나지 않는다.
⑤ 남반구에서는 북반구와 편향이 반대로 일어난다. **정답 ②**

※ 다음 예시로 전개된 글을 정리하고, 주어진 문항을 푸시오.

1 사람은 살아가는 동안 여러 약속을 한다. 계약도 하나의 약속이다. 하지만 이것은 친구와 뜻이 맞아 주말에 영화 보러 가자는 약속과는 다르다. 일반적인 다른 약속처럼 계약도 서로의 의사 표시가 합치하여 성립하지만, 이때의 의사는 일정한 법률 효과의 발생을 목적으로 한다는 점에서 차이가 있다. 한 예로 매매 계약은 '팔겠다'는 일방의 의사 표시와 '사겠다'는 상대방의 의사 표시가 합치함으로써 성립하며, 매도인은 매수인에게 매매 목적물의 소유권을 이전하여야 할 의무를 짐과 동시에 매매 대금의 지급을 청구할 권리를 갖는다. 반대로 매수인은 매도인에게 매매 대금을 지급할 의무가 있고 소유권의 이전을 청구할 권리를 갖는다. 양 당사자는 서로 권리를 행사하고 서로 의무를 이행하는 관계에 놓이는 것이다.

2 이처럼 의사 표시를 필수적 요소로 하여 법률 효과를 발생시키는 행위들을 법률 행위라 한다. 계약은 법률 행위의 일종으로서, 당사자에게 일정한 청구권과 이행 의무를 발생시킨다. 청구권을 내용으로 하는 권리가 채권이고, 그에 따라 이행을 해야 할 의무가 채무이다. 따라서 채권과 채무는 발생한 법률 효과가 동전의 양면처럼 서로 다른 방향에서 파악되는 것이라 할 수 있다. 채무자가 채무의 내용대로 이행하여 채권을 소멸시키는 것을 변제라 한다.

3 갑과 을은 을이 소유한 그림 A를 갑에게 매도하는 것을 내용으로 하는 매매 계약을 체결하였다. ㉠을의 채무는 그림 A의 소유권을 갑에게 이전하는 것이다. 동산인 물건의 소유권을 이전하는 방식은 그 물건을 인도하는 것이다. 갑은 그림 A가 너무나 마음에 들었기 때문에 그것을 인도받기 전에 대금 전액을 금전으로 지급하였다. 그런데 갑이 아무리 그림 A를 넘겨달라고 청구하여도 을은 인도해 주지 않았다. 이런 경우 갑이 사적으로 물리력을 행사하여 해결하는 것은 엄격히 금지된다.

4 채권의 내용은 민법과 같은 실체법에서 규정하고 있고, 그것을 강제적으로 실현할 수 있도록 민사 소송법이나 민사 집행법 같은 절차법이 갖추어져 있다. 갑은 소를 제기하여 판결로써 자기가 가진 채권의 존재와 내용을 공적으로 확정받을 수 있고, 나아가 법원에 강제 집행을 신청할 수도 있다. 강제 집행은 국가가 물리적 실력을 행사하여 채무자의 의사에 구애받지 않고 채무의 내용을 실행시켜 채권이 실현되도록 하는 제도이다.

5 을이 그림 A를 넘겨주지 않은 까닭은 갑으로부터 매매 대금을 받은 뒤에 을의 과실로 불이 나 그림 A가 타 없어졌기 때문이다. ㉮결국 채무는 이행 불능이 되었다. 소송을 하더라도 불능의 내용을 이행하라는 판결은 ⓐ나올 수 없다. 그림 A의 소실이 계약 체결 전이었다면, 그 계약은 실현 불가능한 내용을 담고 있기 때문에 체결할 때부터 계약 자체가 무효이다. 이행 불능이 채무자의 과실 때문에 일어난 것이라면 채무자가 채무 불이행에 대한 책임을 져야 한다.

6 이때 채무 불이행은 갑이나 을의 의사 표시가 작용한 것이 아니라, 매매 목적물의 소실에 따

른 이행 불능으로 말미암은 것이다. 이러한 사건을 통해서도 법률 효과가 발생한다. 채무 불이행에 대한 책임은 갑으로 하여금 계약을 해제할 수 있는 권리를 갖게 한다. 갑이 계약 해제권을 행사하면 그때까지 유효했던 계약이 처음부터 효력이 없는 것으로 된다. 이때의 계약 해제는 일방의 의사 표시만으로 성립한다. 따라서 갑이 해제권을 행사하는 데에 을의 승낙은 요건이 되지 않는다. 이러한 법률 행위를 단독 행위라 한다.

7 갑은 계약을 해제하였다. 이로써 그 계약으로 발생한 채권과 채무는 없던 것이 된다. 당연히 계약의 양 당사자는 자신의 채무를 이행할 필요가 없다. 이미 이행된 것이 있다면 계약이 체결되기 전의 상태로 돌려놓아야 한다. 이를 청구할 수 있는 권리가 원상회복 청구권이다. 계약의 해제로 갑은 원상회복 청구권을 행사할 수 있으며, 이러한 ⓒ갑의 채권은 결국 을에게 매매 대금을 반환해 달라고 청구할 수 있는 권리가 된다.

2019

지문 읽기

이 글은 계약과 관련된 법률 개념들을 예시를 중심으로 설명하고 있다.

1 법률 효과의 예시 – 매매 계약
2 법률 행위의 개념 및 법률 효과의 유형
    채권, 채무, 변제
3 매매 계약의 예시
4 강제 집행의 법적 근거와 절차
5 채무 불이행의 예시
6 채무 불이행과 법률 효과 및 단독 행위의 예시
7 원상회복 청구권의 예시

문제 풀이

16. 윗글의 내용과 일치하지 <u>않는</u> 것은?

① 실체법에는 청구권에 관한 규정이 있다.
② 절차법에 강제 집행 제도가 마련되어 있다.
③ 법률 행위가 없으면 법률 효과가 발생하지 않는다.
④ 법원을 통하여 물리력으로 채권을 실현할 수 있다.
⑤ 실현 불가능한 것을 내용으로 하는 계약은 무효이다.

유형 사실 확인
접근 방식 매매 계약과 관련한 법률 효과에 대한 설명으로 적절하지 않은 것을 선택한다. **정답** ③

17. ㉠, ㉡에 대한 이해로 가장 적절한 것은?

① ㉠은 매도인의 청구와 매수인의 이행으로 소멸한다.
② ㉡은 채권자와 채무자의 의사 표시가 작용하여 성립한 것이다.
③ ㉠과 ㉡은 ㉠이 이행되면 그 결과로 ㉡이 소멸하는 관계이다.
④ ㉠과 ㉡은 동일한 계약의 효과를 서로 다른 측면에서 바라본 것이다.
⑤ ㉠에는 물건을 인도할 의무가 있고, ㉡에는 금전의 지급을 청구할 권리가 있다.

유형 개념 이해
접근 방식 법률 효과의 예시를 개념으로 이해하는 것이다. **정답 ⑤**

18. ㉮의 상황에 대한 설명으로 적절한 것은?

① '을'의 과실로 이행 불능이 되어 '갑'의 계약 해제권이 발생한다.
② '갑'은 소를 제기하여야 매매의 목적이 된 재산권을 이전받을 수 있다.
③ '갑'은 원상회복 청구권을 행사하여야 '그림 A'의 소유권을 회복할 수 있다.
④ '갑'과 '을'은 애초부터 실현 불가능한 내용의 계약을 체결하였기 때문에 이행 불능이 되었다.
⑤ '을'이 '갑'에게 '그림 A'를 인도하는 것은 불가능해졌지만 '을'은 채무 불이행에 대한 책임을 지지 않는다.

유형 개념 이해
접근 방식 채무 불이행에 관련해 채권자의 단독 행위가 성립한다. **정답 ①**

19. 윗글을 바탕으로 할 때, 〈보기〉에 대한 분석으로 적절하지 <u>않은</u> 것은? [3점]

> **보 기**
>
>   증여는 당사자의 일방이 자기의 재산을 무상으로 상대방에게 줄 의사를 표시하고 상대방이 이를 승낙함으로써 성립하는 계약이다. 증여자만 이행 의무를 진다는 점이 특징이다. 유언은 유언자의 사망과 동시에 일정한 법률 효과를 발생시키려는 것을 목적으로 하는데, 유언자의 의사 표시만으로 유효하게 성립하고 의사 표시의 상대방이 필요 없다는 점에서 증여와 차이가 있다.

① 증여, 유언, 매매는 모두 법률 행위로서 의사 표시를 요소로 한다.
② 증여와 유언은 법률 효과를 발생시키려는 목적이 있다는 점이 공통된다.

③ 증여는 변제의 의무를 발생시키지 않는다는 점에서 매매와 차이가 있다.

④ 증여는 당사자 일방만이 이행한다는 점에서 양 당사자가 서로 이행하는 관계를 갖는 매매와 차이가 있다.

⑤ 증여는 양 당사자의 의사 표시가 서로 합치하여 성립한다는 점에서 의사 표시의 합치가 필요 없는 유언과 차이가 있다.

유형 개념의 비교와 대조

접근 방식 증여와 유언, 매매 계약의 법률 행위로서 법률 효과의 차이를 묻고 있다. 증여는 증여자만 채무 의무가 있다. 채무의 의무를 변제라 한다. **정답 ③**

20. 문맥상 의미가 ⓐ와 가장 가까운 것은?

① 오랜 연구 끝에 만족할 만한 실험 결과가 <u>나왔다.</u>

② 그 사람이 부드럽게 <u>나오니</u> 내 마음이 누그러졌다.

③ 우리 마을은 라디오가 잘 안 <u>나오는</u> 산간 지역이다.

④ 이 책에 <u>나오는</u> 옛날이야기 한 편을 함께 읽어 보자.

⑤ 그동안 우리 지역에서는 걸출한 인물들이 많이 <u>나왔다.</u>

유형 문맥적 의미

접근 방식 서술어와 문맥을 형성하는 주어, 목적어, 부사어 등과 연관지어 본다. ⓐ(판결이)나오다: 논리적 절차를 거쳐 도출되다. ①도출되다. ②반응하다. ③잡히다. ④실리다. ⑤배출되다. **정답 ①**

대형마트나 백화점에 가면 수많은 상품 중에서도 자기가 의도한 상품을 큰 실수 없이 찾을 수 있다. 상품을 체계적으로 분류해서 진열하기 때문이다. 이에 비해 사람의 기억 속에 저장해 놓은 지식은 많지만 정작 필요할 때는 잘 떠오르지 않는다. 그 이유 중 하나는 많은 지식들이 체계화되어 있지 않기 때문이다.

분류는 많은 대상을 체계적으로 정리하고, 기준에 따라 편리하게 사용할 수 있는 장점이 있다. 가령 시계를 놓인 위치에 따라 분류하면 탁상시계, 손목시계, 벽시계와 탑시계 등이 있고 심지어 배고픔을 알리는 배꼽시계도 여기에 해당한다.

짐작하겠지만 <분류로 전개되는 글 읽기>의 어려움은 분류하기 어려운 추상적인 개념들을 기준에 따라 분류해서 체계화하기 때문이다. 분류로 전개되는 글은 분류 대상, 분류 기준, 분류 결과(구분지)로 나누어서 이해한다.

1절 분류 문장 읽기

분류란 어떤 대상들을 기준에 따라 나누거나 묶는 전개 방식이다. 대상들을 묶어서 상위 개념으로 표현하는 것을 분류, 하위 개념으로 나누는 것을 구분이라 한다. 통상 넓은 의미의 분류는 이 둘을 모두 가리킨다. 분류를 나타내는 표지어로는 '나뉘다, 분류하다, 구분하다, 유형화하다' 등이 있다.

> **보기**
>
> 시는 형식에 따라 정형시, 자유시, 산문시로 나뉜다.

이 <보기>는 '시'를 분류한 예이다. 분류 대상인 '시'를, 분류 기준인 '형식'에 의해 분류 결과인 '정형시, 자유시, 산문시'로 나눈 것이다.

2절 앞 문장이 구체화되면서 체계화된다.

분류는 어떤 대상들을 기준에 따라 상위 개념으로 묶거나 하위 개념으로 나누어 체계적으로 전개하는 방식이다. 주로 앞 문장에서는 분류 대상이 제시되고, 뒤 문장에서는 분류 기준과 분류 결과가 제시되어 설명 대상을 체계화하게 된다. 뒤 문장에서 분류가 거듭되어 체계가 심화되기도 한다.

보 기

① 사회 구성원들이 경제적 이익을 추구하는 과정에서 불법 행위를 감행하기 쉬운 상황일수록 이를 억제하는 데에는 금전적 제재 수단이 효과적이다. ② 현행법상 불법 행위에 대한 금전적 제재 수단에는 민사적 수단인 손해 배상, 형사적 수단인 벌금, 행정적 수단인 과징금이 있으며, 이들은 각각 피해자의 구제, 가해자의 징벌, 법 위반 상태의 시정을 목적으로 한다.   2016.6

①문장의 핵심어는 '금전적 제재 수단'이고, ②문장에서는 그것을 '목적'에 따라 나누고 있다.

정리

① 핵심어: 금전적 제재 수단(금전적 제재 수단에는 어떤 종류가 있을까?)
② 분류 대상: 금전적 제재 수단
③ 분류 기준: 목적
④ 분류 결과: 피해자의 구제를 목적으로 민사적 수단인 손해 배상, 가해자의 징벌을 목적으로 형사적 수단인 벌금, 법 위반 상태의 시정을 목적으로 행정적 수단인 과징금
⑤ 제목: 목적에 따른 금전적 제재 수단의 유형

유형 문제

※ 다음 분류로 전개된 문단을 분류대상, 분류기준, 분류결과로 정리하시오.

① 예약은 예약상 권리자가 가지는 권리의 법적 성질에 따라 두 가지 유형으로 나뉜다. ② 첫째는 채권을 발생시키는 예약이다. ③ 이 채권의 급부 내용은 '예약상 권리자의 본계약 성립 요구에 대해 상대방이 승낙하는 것'이다. ④ 회사의 급식 업체 공모에 따라 여러 업체가 신청한 경우 그중 한 업체가 선정되었다고 회사에서 통지하면 예약이 성립한다. ⑤ 이에 따라 선정된 업체가 급식을 제공하고 대금을 받기로 하는 본계약 체결을 요청하면 회사는 이에 응할 의무를

진다. ⑥ 둘째는 예약 완결권을 발생시키는 예약이다. ⑦ 이 경우 예약상 권리자가 본계약을 성립시키겠다는 의사를 표시하는 것만으로 본계약이 성립한다. ⑧ 가족 행사를 위해 식당을 예약한 사람이 식당에 도착하여 예약 완결권을 행사하면 곧바로 본계약이 성립하므로 식사 제공이라는 급부에 대한 계약상의 채권이 발생한다.

2021

해설 및 예시답

①에서는 분류 대상인 '예약'과 분류 기준인 '권리자가 가지는 권리의 법적 성질' 그리고 분류 결과인 '두 가지 유형' 등을 밝히고 있다. ②에서는 첫 번째 분류 결과를 소개한다. ③·④·⑤는 첫 번째 분류 결과(채권을 발생시키는 예약)를 설명하고 있다. ⑥에서는 두 번째 분류 결과(예약 완결권을 발생시키는 예약)를 소개한다. ⑦·⑧은 두 번째 분류 결과를 설명한다.

① 분류 대상: 예약
② 분류 기준: 예약상 권리자가 가지는 권리의 법적 성질
③ 분류 결과: '채권을 발생시키는 예약', '예약 완결권을 발생시키는 예약'
④ 제목: 권리자가 가지는 권리의 법적 성질에 따른 예약의 종류

적용 연습

※ 다음 분류로 전개된 문단을 분류의 원리에 따라 정리하시오.

> 언어 지도는 자료를 기입해 넣는 방식에 따라 몇 가지로 나누는데, 그 중 한 분류법이 진열지도와 해석 지도로 나누는 방식이다. 전자가 원자료를 해당 지점에 직접 기록하는 기초지도라면, 후자는 원자료를 언어학적 관점에 따라 분석, 가공하여 지역적인 분포 상태를 제시하고 설명하는 지도를 말한다.
>
> 2010.6

예시답

① 분류 대상: 언어 지도
② 분류 기준: 자료 기입 방식
③ 구분지: 진열 지도 – 원자료를 해당 지점에 직접 기록하는 기초 지도, 해석 지도 – 원자료를 언어학적 관점에 따라 분석, 가공하여 지역적인 분포 상태를 제시하고 설명하는 지도
④ 제목: 언어 지도의 유형

3절 분류로 전개되는 문단 읽기

분류로 전개되는 문단은 중심 문장에서 분류 대상이 제시되고, 뒷받침 문장에서는 분류 기준과 분류 결과가 망라된다. 간혹 분류 기준이 생략되어 서술되는 경우에는 분류 결과를 바탕으로 추론해서 파악할 수 있다. 분류 기준에 의해 분류 결과를 이해할 때, 대상들이 체계적으로 이해되고 기억될 수 있다.

다음 <보기>의 분류 문단을 절차에 따라 정리해 보자.

보 기

공인 IP 주소에는 동일한 번호를 지속적으로 사용하는 고정 IP 주소와 번호가 변경되기도 하는 유동 IP 주소가 있다. 유동 IP 주소는 DHCP라는 프로토콜에 의해 부여된다. DHCP는 IP 주소가 필요한 컴퓨터의 요청을 받아 주소를 할당해 주고, 컴퓨터가 IP 주소를 사용하지 않으면 주소를 반환받아 다른 컴퓨터가 그 주소를 사용할 수 있도록 해 준다. 한편, 인터넷에 직접 접속은 안 되고 내부 네트워크에서만 서로를 식별할 수 있는 사설 IP 주소도 있다.   2018.6

---

① 분류 대상: IP 주소

② 분류 기준: 사용 범위, 주소와 번호의 변경 유무

③ 분류 결과(구분지): 공인 IP주소와 사설 IP 주소, 유동 IP 주소와 고정 IP 주소

④ 제목: IP 주소의 종류

유형 문제

※ 다음 문단을 분류의 절차에 따라 정리하시오.

암세포에서는 변형된 유전자가 만들어 낸 비정상적인 단백질이 세포 분열을 위한 신호 전달 과정을 왜곡하여 과다한 세포 증식을 일으킨다. 암세포가 종양으로 자라려면 종양 속으로 연결되는 새로운 혈관의 생성이 필수적이다. 표적 항암제는 암세포가 증식하고 종양이 자라는 과정에서 어느 단계에 개입하느냐에 따라 신호 전달 억제제와 신생 혈관 억제제로 나뉜다.   2016.9

예시답

① 분류 대상: 표적 항암제

② 분류 기준: 암세포가 증식하고 종양이 자라는 과정에서 개입하는 단계
③ 구분지: 신호 전달 억제제, 신생 혈관 억제제
④ 제목: 표적 항암제의 종류

적용 연습

※ 다음 분류 문단을 분류의 원리에 따라 정리하시오.

> 물건을 빌려 쓰거나 보관하고 있는 것을 포함하여 물건을 물리적으로 지배하는 상태를 직접 점유라고 한다. 이에 비해 어떤 물건을 빌려 쓰거나 보관하는 사람에게 그 물건의 반환을 청구할 수 있는 권리를 가진 사람도 사실상의 지배를 한다고 볼 수 있다. 이와 같이 반환청구권을 가진 상태를 간접점유라고 한다. 직접점유와 간접점유는 모두 점유에 해당한다. 점유는 소유자를 공시하는 기능도 수행한다. 공시란 물건에 대해 누가 어떤 권리를 가지고 있는지를 알려 주는 것이다. 물건 중에서 피아노, 금반지, 가방 등과 같은 대부분의 동산은 점유에 의해 소유권이 공시된다.
>
> 2020.9

예시답

① 분류 대상: 점유
② 분류 기준: 지배 상태
③ 분류 결과: 직접 점유 – 물건을 물리적으로 지배하는 상태, 간접 점유 – 어떤 물건을 빌려 쓰거나 보관하는 사람에게 그 물건의 반환을 청구할 수 있는 권리를 가진 상태
④ 제목: 점유의 종류와 기능

4절 분류로 이어지는 문단은 체계를 바탕으로 내용을 예측할 수 있다.

분류로 이어지는 문단은 분류 대상을 체계화한다. 또한 분류 결과를 망라해야 하기 때문에 이어지는 문단의 내용을 예측할 수 있다. 낯선 글을 처음 대하는 시험장에서는 이어지는 내용을 예측하며 읽을 수 있는 능력이 더 요긴하게 사용될 것이다.

분류로 이어지는 문단은 분류 기준으로 나열되므로 형식적인 문단 관계는 대등 관계이다.

보기

1 오늘날 행해지고 있는 여러 광고 규제는 이런 공감대 속에서 나온 것인데, 이는 크게 보아 법적 규제와 자율 규제로 나눌 수 있다. 구체적인 법 조항을 통해 광고를 규제하는 법적 규제는 광고 또한 사회적 활동의 일환이라는 점에 근거한다. 특히 자본주의 사회에서는 기업이 시장 점유율을 높여 다른 기업과의 경쟁에서 승리하기 위하여 사실에 반하는 광고나 소비자를 현혹하는 광고를 할 가능성이 높다. 법적 규제는 허위 광고나 기만 광고 등을 불공정 경쟁의 수단으로 간주하여 정부 기관이 규제를 가하는 것이다.

2 자율 규제는 법적 규제에 대한 기업의 대응책으로 등장했다. 법적 규제가 광고의 역기능에 따른 피해를 막기 위한 강제적 조치라면, 자율 규제는 광고의 순기능을 극대화하기 위한 자율적 조치이다. 여기서 광고는 기업의 마케팅 활동으로 한정되지 않고 사회의 가치와 문화에 영향을 끼치는 활동으로 간주된다. 그래서 광고주, 광고업계, 광고 매체사 등이 광고 집행 기준이나 윤리 강령 등을 정하고 이를 준수하고자 한다. 광고에 대한 기업의 책임감에서 비롯된 자율 규제는 법적 규제를 보완하는 효과가 있다.

2015.6

지문읽기

이 두 문단은 기업의 책임 주체로 하는 광고 규제의 종류를 분류하고 있다. 법적 규제와 자율 규제가 구분지이다. 그 기능을 정리하도록 한다.

1 ① 분류 대상: 기업 책임 주체의 광고 규제
② 분류 기준: 강제성 여부
③ 분류 결과(구분지): 법적 규제(개념어) 광고 또한 사회적 활동의 일환이라는 점에 근거(개념), 자율 규제
④ 제목: 기업 책임 주체의 광고 규제의 종류
2 ① 대조 대상: 법적 규제와 자율 규제
② 대조 기준: 규제의 목적
③ 차이점: 법적 규제–광고의 역기능에 따른 피해를 막기 위한 강제적 조치, 자율 규제–광고의 순기능을 극대화하기 위한 자율적 조치
④ 제목: 법적 규제와 자율 규제의 차이점

1에서는 광고 규제를 분류한 구분지 중의 하나인 '법적 규제'를, **2**에서는 나머지 구분지인 '자율 규제'를 설명하여 완결성이 이루어졌다.

※ 다음 분류로 이어진 문단을 분류의 원칙에 따라 정리하시오.

1 한편 실내에서 위치 측정에 사용 가능한 방법으로는 블루투스 기반의 비콘을 활용하는 기술이 있다. 비콘은 실내에 고정 설치되어 비콘마다 정해진 식별 번호와 위치 정보가 포함된 신호를 주기적으로 보내는 기기이다. 비콘들은 동일한 세기의 신호를 사방으로 보내지만 비콘으로부터 거리가 멀어질수록, 벽과 같은 장애물이 많을수록 신호의 세기가 약해진다. 단말기가 비콘 신호의 도달 거리 내로 진입하면 단말기 안의 수신기가 이 신호를 인식한다. 이 신호를 이용하여 2차원 평면에서의 위치를 측정하는 방법으로는 다음과 같은 것들이 있다.

2 근접성 기법은 단말기가 비콘 신호를 수신하면 해당 비콘의 위치를 단말기의 위치로 정한다. 여러 비콘 신호를 수신했을 경우에는 신호가 가장 강한 비콘의 위치를 단말기의 위치로 정한다.

3 삼변측량 기법은 3개 이상의 비콘으로부터 수신된 신호 세기를 측정하여 단말기와 비콘 사이의 거리로 환산한다. 각 비콘을 중심으로 이 거리를 반지름으로 하는 원을 그리고, 그 교점을 단말기의 현재 위치로 정한다. 교점이 하나로 모이지 않는 경우에는 세 원에 공통으로 속한 영역의 중심점을 단말기의 위치로 측정한다.

4 위치 지도 기법은 측정 공간을 작은 구역들로 나누어 각 구역마다 기준점을 설정하고 그 주위에 비콘들을 설치한다. 그리고 나서 비콘들이 송신하여 각 기준점에 도달하는 신호의 세기를 측정한다. 이 신호 세기와 비콘의 식별 번호, 기준점의 위치 좌표를 서버에 있는 데이터베이스에 위치 지도로 기록해 놓는다. 이 작업을 모든 기준점에서 수행한다. 특정한 위치에 도달한 단말기가 비콘 신호를 수신하면 신호 세기를 측정한 뒤 비콘의 식별 번호와 함께 서버로 전송한다. 서버는 수신된 신호 세기와 가장 가까운 신호 세기를 갖는 기준점을 데이터베이스에서 찾아 이 기준점의 위치를 단말기에 알려 준다.

2020.9

1 ① 분류 대상: 블루투스 기반의 비콘 활용 기술
  ② 분류 기준: 신호를 이용하여 2차원 평면에서의 위치를 측정하는 방법
  ③ 분류 결과(구분지): 2 근접성 기법 3 삼변 측량 기법 4 위치 지도 기법
     – 구분지의 기능: 2 근접성 기법 – 단말기가 비콘 신호를 수신하면 해당 비콘의 위치를 단말기의 위치로 정한다. 3 삼변 측량 기법 – 3개 이상의 비콘으로부터 수신된 신호 세기를 측정하여 단말기와 비콘 사이의 거리로 환산한다. 4 위치 지도 기법 – 측정 공간을 작은 구역들로 나누어 각 구역마다 기준점을 설정하고 그 주위에 비콘들을 설치한다. 그리고 나서 비콘들이 송신하여 각 기준점에 도달하는 신호의 세기를 측정한다.
  ④ 제목: 블루투스 기반의 비콘 활용 기술 종류

적용 연습

※ 다음 문단을 분류의 절차에 따라 정리하시오.

▧ 그렇다면 실제 대화에서 한국어 높임 표현의 선택을 결정하는 사회적 요인으로는 어떤 것들을 들 수 있을까? 여기에는 대화 참가자들 사이의 '서열'이나 '친분', 또는 대화가 이루어지는 상황의 '격식성' 등이 중요한 요인으로 작용한다.

▨ 일반적으로 '서열'이란 화자와 청자의 나이나 직위, 친족 항렬 등의 차이를 말하는데, 이러한 서열에 따라 높임 표현의 선택이 달라진다. 가령 사과나 부탁을 하는 상황에서 쓰는 '미안하다'와 '죄송하다'의 경우, 상위자에게는 '죄송하다'를, 하위자에게는 '미안하다'를 쓰는 것이 더 적절하다. 이러한 언어적 사실을 뒷받침해 주는 것 가운데 하나로, 두 단어가 쓰일 수 있는 높임의 등급에 상당한 차이가 있다는 점을 들 수 있다. 즉 '미안하다'는 '하십시오체'에서부터 '해라체'까지 특별한 제약 없이 자연스럽게 쓰이는 반면, '죄송하다'는 '하십시오체'나 '해요체'에서는 많이 쓰이지만, '하오체' 이하에서는 거의 쓰이지 않는 제약이 있다. 이와 같은 높임의 차이는 '죄송하다'의 쓰임 영역이 주로 상위자를 대상으로 하는 것인 반면, '미안하다'는 하위자에게도 쓰일 수 있음을 의미한다. 많은 한국인 화자들이 사회적 신분이 더 높은 사람에 대한 사과의 표현으로 '미안하다'보다 '죄송하다'를 쓰는 것이 더 적절하다고 보는 것도 바로 이러한 이유에서이다.

▩ 그러나 사람들은 대부분 서열상으로 높은 신분에 속하는 사람이라고 하더라도 상대와의 '친분', 곧 상대와 얼마나 가까운 사이인가에 따라 높임 표현을 달리 선택한다. 따라서 윗사람에게는 '죄송하다'를 쓰는 것이 더 적절하지만 같은 윗사람이더라도 친밀감을 갖는 사람에게는 '미안하다'를 쓸 수 있다. 또한 아랫사람이더라도 별로 친하지 않거나 심리적으로 거리감을 느끼는 사람에게는 '죄송하다'를 쓸 수 있는 것이다.

▤ 또한 높임 표현의 선택은 대화가 이루어지는 상황의 '격식성'에 의해 결정되기도 한다. 즉 평소에는 친밀감을 느끼는 사람에게 '미안하다'를 쓰더라도, 회의석상이나 법정에서와 같은 격식적인 상황에서는 '죄송하다'를 선택하는 것이 더 적절한 표현이다.

2012.6

예시답

▧ 분류 대상: 한국어 높임 표현의 선택을 결정하는 사회적 요인
 – 분류 기준: 사회적 요인
 – 분류 결과: 서열, 친분, 격식성
▨ 서열을 기준으로 한국어 높임 표현의 선택을 결정하는 예
▩ 친분을 기준으로 한국어 높임 표현의 선택을 결정하는 예
▤ 격식성을 기준으로 한국어 높임 표현의 선택을 결정하는 예

5절 분류로 전개되는 글 읽기 및 문항 풀이

분류로 전개된 글은 도입 문단에서 중심 화제로서 분류 대상, 분류 기준, 분류 결과 등을 제시하고, 이어지는 전개 문단에서는 분류 결과 각각을 문단으로 설정해서 정의하고 예시해서 명료화하는 경우가 많다. 분류로 전개되는 문단에서는 분류 결과들을 망라해서 설명한다는 완결성의 원칙이 있어 도입 문단에서 소개한 대로 설명하게 될 것이다. 그러므로 앞으로 전개될 내용을 예측하며 읽을 수 있다. 또한 분류로 전개되는 글은 분류 결과들의 관계를 묻는 문항이 자주 출제되므로 이를 염두에 두고 글을 읽도록 하자.

특히 분류 대상이 추상적인 개념인 경우에는 분류 기준이 중요하다. 분류로 전개되는 문단에서는 분류 대상을 정의하고, 예시하며, 대조하여 분류 결과를 명료화하는 경우가 있다.

■1 우리는 일상생활이나 학문 활동에서 '진리' 또는 '참'이라는 말을 자주 사용한다. 예를 들어 '그 이론은 진리이다'라고 말하거나 '그 주장은 참이다'라고 말한다. 그렇다면 우리는 무엇을 '진리'라고 하는가? 이 문제에 대한 대표적인 이론에는 대응설, 정합설, 실용설이 있다.

■2 대응설은 어떤 판단이 사실과 일치할 때 그 판단을 진리라고 본다. '내 말을 믿지 못하겠거든 가서 보라'라는 말에는 이러한 대응설의 관점이 잘 나타나 있다. 감각을 사용하여 확인했을 때 그 말이 사실과 일치하면 참이고, 그렇지 않으면 거짓이라는 것이다. 대응설은 일상생활에서 참과 거짓을 구분할 때 흔히 취하고 있는 관점으로 ㉠우리가 판단과 사실의 일치 여부를 알 수 있다고 여긴다. 우리는 특별한 장애가 없는 한 대상을 있는 그대로 정확하게 지각한다고 생각한다. 예를 들어 책상이 네모 모양이라고 할 때 감각을 통해 지각된 '네모 모양'이라는 표상은 책상이 지니고 있는 객관적 성질을 그대로 반영한 것이라고 생각한다. 그래서 '그 책상은 네모이다'라는 판단이 지각내용과 일치하면 그 판단은 참이 되고, 그렇지 않으면 거짓이 된다는 것이다. 이러한 대응설은 새로운 주장의 진위를 판별할 때 관찰이나 경험을 통한 사실의 확인을 중시한다.

■3 정합설은 어떤 판단이 기존의 지식 체계에 부합할 때 그 판단을 진리라고 본다. 진리로 간주하는 지식 체계가 이미 존재하며, 그것에 판단이나 주장이 들어맞으면 참이고 그렇지 않으면 거짓이라는 것이다. 예를 들어 어떤 사람이 '물체의 운동에 관한 그 주장은 뉴턴의 역학의 법칙에 어긋나니까 거짓이다'라고 말했다면, 그 사람은 뉴턴의 역학의 법칙을 진리로 받아들여 그것을 기준으로 삼아 진위를 판별한 것이다. 이러한 정합설은 새로운 주장의 진위를 판별할 때 기존의 이론 체계와의 정합성을 중시한다.

■4 실용설은 어떤 판단이 유용한 결과를 낳을 때 그 판단을 진리라고 본다. 어떤 판단을 실제

행동으로 옮겨 보고 그 결과가 만족스럽거나 유용하다면 그 판단은 참이고 그렇지 않다면 거짓이라는 것이다. 예를 들어 어떤 사람이 '자기 주도적 학습 방법은 창의력을 기른다'라고 판단하여 그러한 학습 방법을 실제로 적용해 보았다고 하자. 만약 그러한 학습 방법이 실제로 창의력을 기르는 등 만족스러운 결과를 낳았다면 그 판단은 참이 되고, 그렇지 않다면 거짓이 된다. 이러한 실용설은 새로운 주장의 진위를 판별할 때 결과의 유용성을 중시한다.

2012.9

지문 읽기

1 도입 문단: 중심 화제 소개 – 진리설인 대응설, 정합설, 실용설
2 대응설의 개념 및 예시
3 정합설의 개념 및 예시
4 실용설의 개념 및 예시

문항 풀이

17. 위 글의 전개 방식으로 가장 적절한 것은? [1점]

① 구체적인 예를 들어 추상적인 개념을 설명하고 있다.
② 기존 이론의 문제점을 밝히고 새로운 이론을 제시하고 있다.
③ 현상의 원인을 다양한 측면에서 심층적으로 분석하고 있다.
④ 시대적 흐름에 따른 핵심 개념의 변천 과정을 규명하고 있다.
⑤ 다양한 관점들을 소개하면서 이를 변증법적으로 절충하고 있다

유형 전개 방식
접근 방식 중심 화제를 먼저 찾은 다음, 그 중심 화제를 어떻게 구체화했는지를 파악한다. 이 글에서는 진리설의 하위 개념인 대응설, 정합설, 실용설로 분류한 다음, 각각을 정의하고 예시하였다.
예시로 대응설, 정합설, 실용설 등의 추상적 개념을 설명하고 있다. **정답** ①

18. ㉠의 전제로 가장 적절한 것은?

① 우리의 지식이나 판단은 항상 참이다.
② 우리의 감각은 대상을 있는 그대로 반영한다.
③ 우리는 사물의 전체를 알면 부분을 알 수 있다.
④ 우리의 주관은 서로 다른 인식 구조를 갖고 있다.
⑤ 우리의 감각적 지각 능력은 대상을 변화시킬 수 있다.

유형 전제 추론
접근 방식 어떤 명제의 전제란, 그 명제가 참이기 위해 필요한 조건을 뜻한다. 대응설에서 시각적으로 '우리가 판단과 사실의 일치 여부를 알 수 있다'는 명제가 참이기 위해서는 '시각 혹은 감각'이 대상을 있는 그대로 인식해야 한다는 전제가 필요하다. **정답** ②

---

19. 위 글에서 〈보기〉의 ⓐ와 ⓑ에 각각 관련되는 것은?

> **보기**
>
> • 17세기에 스테노는 관찰을 통해 상어의 이빨과 설석(舌石)이라는 화석이 구조적으로 매우 유사하다는 점을 확인했다. 이 사실을 근거로 그는 화석이 유기체에서 기원했다고 보는 것이 옳다는 ⓐ판단을 내렸다.
> • 20세기 초에 베게너는 지질학적 조사 결과를 근거로 아프리카와 남아메리카가 과거에 한 대륙이었다가 나중에 분리되었다는 주장을 했다. 하지만 당시의 지질학자들은 대륙은 이동하지 않는다는 통설을 근거로 그의 주장이 틀렸다는 ⓑ판단을 내렸다.

	ⓐ	ⓑ
①	대응설	정합설
②	대응설	실용설
③	정합설	대응설
④	정합설	실용설
⑤	실용설	정합설

유형 개념 적용
접근 방식 <보기>의 예시를 뒷받침할 수 있는 개념으로 바꿀 수 있어야 한다. ⓐ는 판단과 사실의 일치를 근거로 참임을 밝히는 '대응설'이고, ⓑ는 판단과 통설의 일치 여부이므로 '정합설'이 된다. **정답** ①

---

20. 위 글에서 언급한 여러 진리론에 대한 비판으로 적절하지 않은 것은? [3점]

① 수학이나 논리학에는 경험적으로 확인하기 어렵지만 참인 명제도 있는데, 그 명제가 진리임을 입증하기 힘들다는 문제가 대응설에서는 발생한다.

② 판단의 근거가 될 수 있는 이론 체계가 아직 존재하지 않을 경우에 그 판단의 진위를 판별하기 어렵다는 문제가 정합설에서는 발생한다.

③ 새로운 주장의 진리 여부를 기존의 이론 체계를 기준으로 판단한다면, 기존 이론 체계의 진리 여부는 어떻게 판단할 수 있는지의 문제가 정합설에서는 발생한다.

④ 감각으로 검증할 수 없는 존재에 대한 관념은 그것의 실체를 확인할 수 없기 때문에 거짓으

로 보아야 하는 문제가 실용설에서는 발생한다.

⑤ 실제 생활에서의 유용성은 사람이나 상황에 따라 다르기 때문에 어떤 지식의 진리 여부가 사람이나 상황에 따라 달라지는 문제가 실용설에서는 발생한다.

유형 개념 이해

접근 방식 각각의 개념어인 진리설의 한계를 이해하는지를 묻고 있다. 즉 진리설의 개념을 벗어나는 것이 곧 한계가 된다. **정답** ④

유형 문제

※ 다음 분류 문단을 절차에 따라 정리하고, 주어진 문항을 푸시오.

1️⃣ 어떤 명제가 참이라는 것은 무슨 뜻인가? 이 질문에 대한 답변 중 하나가 정합설이다. 정합설에 따르면, 어떤 명제가 참인 것은 그 명제가 다른 명제와 정합적이기 때문이다. 그러면 '정합적이다'는 무슨 의미인가? 정합적이라는 것은 명제들 간의 특별한 관계인데, 이 특별한 관계가 무엇인지에 대해 전통적으로는 '모순 없음'과 '함축', 그리고 최근에는 '설명적 연관' 등으로 정의해 왔다.

2️⃣ 먼저 '정합적이다'를 모순 없음으로 정의하는 경우, 추가되는 명제가 이미 참이라고 ㉠인정한 명제와 모순이 없으면 정합적이고, 모순이 있으면 정합적이지 않다. 여기서 모순이란 "은주는 민수의 누나이다."와 "은주는 민수의 누나가 아니다."처럼 ㉮동시에 참이 될 수도 없고 또 동시에 거짓이 될 수도 없는 명제들 간의 관계를 말한다. '정합적이다'를 모순 없음으로 정의하는 입장에 따르면, "은주는 민수의 누나이다."가 참일 때 추가되는 명제 "은주는 학생이다."는 앞의 명제와 모순이 되지 않기 때문에 정합적이고, 정합적이기 때문에 참이다. 그런데 '정합적이다'를 모순 없음으로 이해하면, 앞의 예에서처럼 전혀 관계가 없는 명제들도 모순이 ㉡발생하지 않는다는 이유 하나만으로 모두 정합적이고 참이 될 수 있다는 문제가 생긴다.

3️⃣ 이 문제를 ㉢해결하기 위해서 '정합적이다'를 함축으로 정의하기도 한다. 함축은 "은주는 민수의 누나이다."가 참일 때 "은주는 여자이다."는 반드시 참이 되는 것과 같은 관계를 이른다. 명제 A가 명제 B를 함축한다는 것은 'A가 참일 때 B가 반드시 참'이라는 의미이다. '정합적이다'를 함축으로 이해하면, 명제 "은주는 민수의 누나이다."가 참일 때 이와 무관한 명제 "은주는 학생이다."는 모순이 없다고 해도 정합적이지 않다. 왜냐하면 "은주는 학생이다."는 "은주는 민수의 누나이다."에 의해 함축되지 않기 때문이다.

4️⃣ 그런데 '정합적이다'를 함축으로 정의할 경우에는 참이 될 수 있는 명제가 ㉣과도하게 제한된다. 그래서 '정합적이다'를 설명적 연관으로 정의하기도 한다. 명제 "민수는 운동 신경이 좋

다.”는 “민수는 농구를 잘한다.”는 명제를 함축하지는 않지만, 민수가 농구를 잘하는 이유를 그럴듯하게 설명해 준다. 그 역의 관계도 마찬가지이다. 두 경우 각각 설명의 대상이 되는 명제와 설명해 주는 명제 사이에는 서로 설명적 연관이 있다고 말한다. 설명적 연관이 있는 두 명제는 서로 정합적이기 때문에 그중 하나가 참이면 추가되는 다른 하나도 참이다. 설명적 연관으로 ‘정합적이다’를 정의하게 되면 함축 관계를 이루는 명제들까지도 ⓜ포괄할 수 있는 장점이 있다. 함축 관계를 이루는 명제들은 필연적으로 설명적 연관이 있기 때문이다. ‘정합적이다’를 설명적 연관으로 정의하면, 함축으로 이해하는 것보다는 많은 수의 명제를 참으로 추가할 수 있다. 그러나 설명적 연관이 정확하게 어떤 의미인지, 그리고 그 연관의 긴밀도가 어떻게 측정될 수 있는지는 아직 완전히 해결되지 않은 문제이다. 이 문제와 관련된 최근 연구는 확률 이론을 활용하여 정합설을 발전시키고 있다.

2015.6B

지문 읽기

이 글은 정합설의 하위 개념을 ‘특별한 관계’를 기준으로 ‘모순 없음’, ‘함축’, ‘설명적 연관’ 등으로 분류한 다음, 전개 문단에서는 각각을 정의와 예시로 개념을 명료화하고 있다.

1 도입 문단: 중심 화제인 정합설의 하위 개념을 분류 – ‘모순 없음’, ‘함축’, ‘설명적 연관’
2 전개 문단: ‘모순 없음’의 개념 및 한계
3 전개 문단: ‘함축’의 개념 및 의의
4 전개 문단: ‘함축’ 개념의 한계 및 ‘설명적 연관’의 개념

문항 풀이

21. 윗글의 내용과 일치하지 <u>않는</u> 것은?

① 정합설에서 참 또는 거짓을 판단하는 기준은 명제들 간의 관계이다.
② 정합설에서 이미 참이라고 인정한 명제와 어떤 새로운 명제가 정합적이면, 그 새로운 명제도 참이다.
③ ‘정합적이다’를 모순 없음으로 이해했을 때 참이 아닌 명제는 함축으로 이해했을 때에도 참이 아니다.
④ 함축 관계에 있는 명제들은 설명적 연관이 있는 명제들일 수는 있지만 모순 없는 명제들일 수는 없다.
⑤ ‘정합적이다’를 설명적 연관으로 이해한다고 해도 연관의 긴밀도 문제 때문에 정합설은 아직 한계가 있다.

유형 개념 간의 관계
접근 방식 정합설의 개념 및 하위 개념 간의 관계에 대해 물은 문항이다. 세 개념 간의 관계는 ‘함축 ⊂ 설명적 연관 ⊂ 모순 없음’이다. **정답** ④

22. ㉮의 사례로 적절한 것은?

① 민수는 은주보다 키가 크다. ― 민수는 은주보다 키가 크지 않다.

② 민수는 농구를 좋아한다. ― 민수는 농구보다 축구를 좋아한다.

③ 그것은 민수에게 이익이다. ― 그것은 민수에게 손해이다.

④ 오늘은 화요일이 아니다. ― 오늘은 수요일이 아니다.

⑤ 민수의 말이 옳다. ― 은주의 말이 틀리다.

유형 개념 이해

접근 방식 예시는 개념을 충족시켜야 하므로, 먼저 개념을 이해해야 한다. 또한 지문에서는 개념 바로 앞에 예시가 서술되어 있으므로, 예시와 개념을 서로 대응시키며 읽어야 한다. ③은 반대 개념에 해당한다. 반대 개념이란 중간항이 존재하는 개념 간의 관계를 말한다. 손해와 이익 간에는 손해도 이익도 아닌 '본전'이 존재하기 때문이다. **정답** ①

23. 〈보기〉의 명제를 참이라고 할 때, 윗글을 바탕으로 추론한 내용으로 적절하지 <u>않은</u> 것은? [3점]

> 보 기
>
> • 우리 동네 전체가 정전되었다.

① '정합적이다'를 모순 없음으로 이해하면, "우리 동네에는 솔숲이 있다."를 참인 명제로 추가할 수 있다.

② '정합적이다'를 함축으로 이해하면, "우리 집이 정전되었다."를 참인 명제로 추가할 수 있다.

③ '정합적이다'를 설명적 연관으로 이해하면, "예비 전력의 부족으로 전력 공급이 중단됐다."를 참인 명제로 추가할 수 있다.

④ '정합적이다'를 함축으로 이해하면, "우리 동네에는 솔숲이 있다."를 참인 명제로 추가할 수 없다.

⑤ '정합적이다'를 설명적 연관으로 이해하면, "우리 집이 정전되었다."를 참인 명제로 추가할 수 없다.

유형 개념 적용

접근 방식 개념으로 예시를 설명하는 능력을 평가하는 문항이다. 먼저 개념을 정확하게 이해한 후 그 개념을 예시에 적용해 보는 것이다. 설명적 연관이란 '인과 관계'에 있는 명제를 참으로 보는 정합설이다. 따라서 '우리 동네 전체가 정전이 되었다.'와 '우리 집이 정전되었다.'는 인과 관계에 있으므로 참인 명제로 추가할 수 있다. **정답** ⑤

24. 문맥상 ㉠~㉤을 바꿔 쓰기에 적절하지 않은 것은?

① ㉠: 받아들인
② ㉡: 일어나지
③ ㉢: 밝혀내기
④ ㉣: 지나치게
⑤ ㉤: 아우를

적용 연습

※ 다음 분류 문단을 절차에 따라 정리하고, 주어진 문항을 푸시오.

1 국가, 지방 자치 단체와 같은 행정 주체가 행정 목적을 ⓐ실현하기 위해 국민의 권리를 제한하거나 국민에게 의무를 부과하는 '행정 규제'는 국회가 제정한 법률에 근거해야 한다. 그러나 국회가 아니라, 대통령을 수반으로 하는 행정부나 지방 자치 단체와 같은 행정 기관이 제정한 법령인 행정입법에 의한 행정 규제의 비중이 커지고 있다. 드론과 관련된 행정 규제 사항들처럼, 첨단 기술과 관련되거나, 상황 변화에 즉각 대처해야 하거나, 개별적 상황을 ⓑ반영하여 규제를 달리해야 하는 행정 규제 사항들이 늘어나고 있기 때문이다. 행정 기관은 국회에 비해 이러한 사항들을 다루기에 적합하다.

2 행정입법의 유형에는 위임명령, 행정규칙, 조례 등이 있다. 헌법에 따르면, 국회는 행정 규제 사항에 관한 법률을 제정할 때 특정한 내용에 관한 입법을 행정부에 위임할 수 있다. 이에 따라 제정된 행정입법을 위임명령이라고 한다. 위임명령은 제정주체에 따라 대통령령, 총리령, 부령으로 나누어진다. 이들은 모두 국민에게 적용되기 때문에 입법예고, 공포 등의 절차를 거쳐야 한다. 위임명령은 입법부인 국회가 자신의 권한의 일부를 행정부에 맡겼기 때문에 정당화될 수 있다. 그래서 특정한 행정 규제의 근거 법률이 위임명령으로 제정할 사항의 범위를 정하지 않은 채 위임하는 포괄적 위임은 헌법상 삼권 분립 원칙에 저촉된다. 위임된 행정 규제 사항의 대강을 위임 근거 법률의 내용으로부터 ⓒ예측할 수 있어야 한다는 것이다. 다만 행정 규제 사항의 첨단 기술 관련성이 클수록 위임 근거 법률이 위임할 수 있는 사항의 범위가 넓어진다. 한편, ㉠위임 명령이 이러한 제한을 위반하여 제정되면 효력이 없다.

③ 행정규칙은 원래 행정부의 직제나 사무 처리 절차에 관한 행정입법으로서 고시(告示), 예규 등이 여기에 속한다. 일반 국민에게는 직접 적용되지 않기 때문에, 법률로부터 위임받지 않아도 유효하게 제정될 수 있고 위임명령 제정 시와 동일한 절차를 거칠 필요가 없다. 그러나 행정 규제 사항에 관하여 행정규칙이 제정되는 예외적인 경우도 있다. 위임된 사항이 첨단 기술과의 관련성이 매우 커서 위임명령으로는 ⓓ대응하기 어려워 불가피한 경우, 위임 근거 법률이 행정 입법의 제정 주체만 지정하고 행정입법의 유형을 지정하지 않았다면 위임된 사항이 고시나 예 규로 제정될 수 있다. 이런 경우의 행정규칙은 위임명령과 달리, 입법예고, 공포 등을 거치지 않고 제정된다.

④ 조례는 지방 의회가 제정하는 행정입법으로 지역의 특수성을 반영하여 제정되고 지역에서 발생하는 사안에 대해 적용된다. 제정 주체가 지방 자치 단체의 기관인 지방 의회라는 점에서 행정부에서 제정하는 위임명령, 행정규칙과 ⓔ구별된다. 조례도 행정 규제 사항을 규정하려면 법률의 위임에 근거해야 한다. 또한 법률로부터 포괄적 위임을 받을 수 있지만 위임 근거 법률 이 사용한 어구의 의미를 다르게 사용할 수 없다. 조례는 입법예고, 공포 등의 절차를 거쳐 제 정된다.

2021.9

지문 읽기

① 도입 문단: 행정 입법의 배경
② ③ ④ 행정 입법의 유형
  - 분류 기준: 제정 주체, 적용 대상, 절차
  - 분류 결과(구분지): 위임 명령, 행정 규칙, 조례
  - 구분지의 기능: ② 위임 명령 - ㉮ 헌법에 따라 제정된 행정 입법으로 대통령령, 총리령, 부령 등이 있다. ㉯ 행정부가 제정하여 모든 국민에게 적용하는 것이기에 입법 예고, 공포의 절차가 필요하다.

③ 행정 규칙 - ㉮ 원래 행정부의 직제나 사무 처리 절차에 관한 행정입법으로서 고시(告示), 예규 등이 여기에 속한다. ㉯ 행정부가 제정하지만 일반 국민이 대상이 아니어서 절차가 동일하지 않다.

④ 조례 - ㉮ 지방 의회가 제정하는 행정입법으로 지역의 특수성을 반영하여 제정되고 지역에서 발생하는 사안에 대해 적용된다. ㉯ 제정 주체가 지방 자치 단체 의회이고 지역 주민 모두가 적용 대상이어서 입법 예고, 공포 등의 절차가 있다.

문항 풀이

26. 윗글의 내용과 일치하는 것은?

① 행정입법에 속하는 법령들은 제정 주체가 동일하다.
② 행정입법에 속하는 법령들은 모두 개별적 상황과 지역의 특수성을 반영한다.
③ 행정입법에 속하는 법령들은 모두 정당성을 확보하기 위하여 국회의 위임에 근거한다.

④ 행정 규제 사항에 적용되는 행정입법은 모두 포괄적 위임이 금지되어 있다.

⑤ 행정부가 국회보다 신속히 대응할 수 있는 행정 규제 사항은 행정입법의 대상으로 적합하다.

유형 사실과 일치 여부

접근 방식 전개 방식에 의해 글을 구조적으로 이해할 때 정보들이 체계적으로 정리될 수 있다. 이 문항의 경우에는 분류 대상, 분류 기준, 분류 결과, 결과에 대한 기능들을 중심으로 지문의 전체 내용을 정리할 수 있을 것이다.

① 행정입법에 속하는 법령들은 제정 주체에 따라 유형이 분류된다.

② 행정입법에 속하는 법령들 중에서 조례만이 개별적 상황과 지역의 특수성을 반영한다.

③ 행정 규칙은 국회의 위임에 근거하지 않는다.

④ 행정 규제 사항에 적용되는 행정입법 중 첨단 기술 관련된 것들은 위임의 범위가 넓다.

⑤ 행정 입법의 본래 취지이다. **정답** ⑤

27. ㉠의 이유로 가장 적절한 것은?

① 그 위임명령이 법률의 근거 없이 행정 규제 사항을 규정했기 때문이다.

② 그 위임명령이 포괄적 위임을 받아 제정된 경우에 해당하기 때문이다.

③ 그 위임명령이 첨단 기술에 대한 내용을 정확히 반영하지 않았기 때문이다.

④ 그 위임명령이 국민의 권리를 제한하는 권한을 행정 기관에 맡겼기 때문이다.

⑤ 그 위임명령이 구체적 상황의 특성을 반영한 융통성 있는 대응을 하지 못했기 때문이다.

유형 전제 찾기

사고 과정: 논증의 전제를 찾기 위해서는 결론을 분석하여 단서를 얻을 수 있다. 결론인 ㉠은 '위임 명령이 이러한 제한을 위반하여 제정되면 효력이 없다'이다. 따라서 이 결론의 전제는 '이러한 제한'이 가리키는 내용이다. 이유(전제)는 '위임명령이 법률로부터 위임받은 범위를 벗어나서 제정되거나, 위임 근거 법률이 사용한 어구의 의미를 확대하거나 축소하여 제정되어서는 안 된다.'이다. **정답** ①

28. 행정규칙에 관한 설명 중 적절하지 <u>않은</u> 것은?

① 행정부의 직제나 사무 처리 절차를 규정하는 경우, 법률의 위임이 요구되지 않는다.

② 행정부의 직제나 사무 처리 절차를 규정하는 경우, 일반 국민에게 직접 적용되지 않는다.

③ 행정 규제 사항을 규정하는 경우, 위임명령의 제정 절차를 따르지 않는다.

④ 행정 규제 사항을 규정하는 경우, 위임 근거 법률의 위임을 받은 제정 주체에 의해 제정된다.

⑤ 행정 규제 사항을 규정하는 경우, 위임 근거 법률로부터 위임받을 수 있는 사항의 범위가 위임명령과 같다.

유형 개념 이해

접근 방식 개념어인 행정 규칙의 개념을 이해하는 것이 중요하다. 행정 규칙은 '일반 국민에게는 직접 적용되지 않기 때문에, 법률로부터 위임받지 않아도 유효하게 제정될 수 있고...'라는 특성이 있다.

⑤ '위임 근거 법률로부터 위임받을 수 있는 사항의 범위가 위임명령과 같다.'는 내용이 오류이다. **정답 ⑤**

29. 윗글을 바탕으로 〈보기〉의 ㉮~㉰에 대해 이해한 내용으로 가장 적절한 것은? [3점]

> **보기**
>
> 갑은 새로 개업한 자신의 가게 홍보를 위해 인근 자연공원에 현수막을 설치하려고 한다. 현수막 설치에 관한 행정 규제의 내용을 확인하기 위해 ○○시청에 문의하고 아래와 같은 회신을 받았다.
>
> > 문의하신 내용에 대해 다음과 같이 알려 드립니다. ㉮「옥외광고물 등의 관리와 옥외광고산업 진흥에 관한 법률」 제3조(광고물 등의 허가 또는 신고)에 따른 허가 또는 신고 대상 광고물에 관한 사항은 대통령령인 ㉯「옥외 광고물 등의 관리와 옥외광고산업 진흥에 관한 법률 시행령」 제5조에 규정되어 있습니다. 이에 따르면 문의하신 규격의 현수막을 설치하시려면 설치 전에 신고하셔야 합니다.
> >
> > 또한 위 법률 제16조(광고물 실명제)에 의하면, 신고 번호, 표시 기간, 제작자명 등을 표시하도록 규정하고 있습니다. 표시하는 방법에 대해서는 ㉰○○시 지방 의회에서 제정한 법령에 따르셔야 합니다.

① ㉮의 제3조의 내용에서 ㉯의 제5조의 신고 대상 광고물에 관한 사항의 구체적 내용을 확인할 수 있겠군.

② ㉯의 제5조는 ㉮의 제16조로부터 제정할 사항의 범위가 정해져 위임을 받았겠군.

③ ㉯는 ㉰와 달리 입법 예고와 공포 절차를 거쳤겠군.

④ ㉯에 나오는 '광고물'의 의미와 ㉰에 나오는 '광고물'의 의미는 일치하겠군.

⑤ ㉰를 준수해야 하는 국민 중에는 ㉯를 준수하지 않아도 되는 국민이 있겠군.

유형 개념 적용

접근 방식 개념 적용은 〈보기〉의 예시를 개념으로 해석하여 개념어로 바꿔 놓는다는 뜻이다. 〈보기〉의 경우에는 ㉮는 국회가 입법한 법률을, ㉯는 그 권한을 행정부에 위임한 위임 명령을, ㉰는 조례를 각각 뜻한다. 각각의 개념으로 선택지를 판단하도록 한다.

① 대상 광고물에 대한 구체적 상황은 ㉰의 조례에서 확인할 수 있다.

② ㉯의 위임 명령은 ㉮의 제3조로부터 위임 받은 것이다.

③ 위임 명령과 조례의 제정 절차는 동일하다.

④ 위임 명령과 조례에 의미하는 광고물은 동일하다.

⑤ 위임 명령은 모든 국민이 준수해야 한다. **정답 ④**

30. 문맥상 @~@와 바꿔 쓰기에 가장 적절한 것은?

① @: 나타내기
② ⓑ: 드러내어
③ ©: 헤아릴
④ ⓓ: 마주하기
⑤ ⓔ: 달라진다

유형 문맥적 의미

접근 방식 문맥은 서술어와 밀접한 관계에 있는 목적어나 보어, 부사어, 주어로 형성된다. 따라서 이들 위치에 사용된 체언의 성질을 살펴본다.

① @실현하기: 목적어인 '목적'은 추상명사이기 때문에 '나타내기'가 어렵다.
② ⓑ반영하여: 목적어인 '상황'이 추상명사이기 때문에 '드러내어'가 적절하지 않다.
③ ©예측할: 목적어인 '대강'을 부사어인 '내용'으로 '헤아릴'수 있다.
④ ⓓ대응하기: 주어인 '위임명령'으로는 '해결하기'가 적절하다.
⑤ ⓔ구별된다: 부사어인 '행정규칙'과 '다르다'가 적절하다. **정답** ③

CHAPTER 07

분석으로 전개되는 글 읽기

　분석이란 하나의 대상을 구성 요소로 쪼갠 다음, 그 구성 요소의 기능과 구성 요소 간의 작용을 설명하는 전개 방식이다. 분석은 주로 과학 지문에서 사용되지만, 인문 분야에서도 개념 분석에 사용되는 등 폭넓게 사용된다. 분석은 여러 전개 방식 중에서 대상의 내적 구조를 밝히는 방식이므로 어려운 전개 방식에 속한다. 그 중에서도 구성 요소의 기능과 구성 요소 간의 관계 및 작용은 이해하는 데 집중력을 요구한다. 분석으로 전개한 글을 읽을 때는 분석 대상, 구성 요소, 구성 요소의 개념 및 기능, 구성 요소 간의 관계나 작용 등을 구별해서 이해할 필요가 있다.

1절 　분석 문장 읽기

　분석이란 하나의 대상을 구성 요소로 나누면서 시작된다.

> **보 기**
>
> 국가는 국민, 국토, 주권으로 이루어진다.

　이 <보기>는 대상인 '국가'를 분석하고 있다. 분석된 구성 요소 '국민, 국토, 주권'은 이어지는 문장에서 각각 구체화될 것이다.

2절 　앞 문장이 구체화되면서 차츰 심화된다.

　분석은 하나의 대상을 그 구성 요소로 나눈 다음, 그 구성 요소의 기능과 구성 요소 간의 작용을 구체화한다. 앞의 <보기>에서는 분석 대상인 '국가'와 구성 요소인 '국민, 국토, 주권' 등으로 나누었으므로, 이어지는 문장에서는 구성 요소의 기능과 구성 요소 간의 관계 및 작용 등을 설명하면서 의미가 차츰 심화될 것으로 예측할 수 있다.

아래의 <보기>에서 중심 문장은 첫 문장이다. 중심 문장에서 핵심어가 뒷받침 문장에서 구체화되는 내용과의 관계를 살펴보자.

보 기

① 본래 보험 가입의 목적은 금전적 이득을 취하는 데 있는 것이 아니라 장래의 경제적 손실을 보상받는 데 있으므로 위험 공동체의 구성원은 자신이 속한 위험 공동체의 위험에 상응하는 보험료를 납부하는 것이 공정할 것이다. ② 따라서 공정한 보험에서는 구성원 각자가 납부하는 보험료와 지급 받는 보험금에 대한 기댓값이 일치해야 하며 구성원 전체의 보험료 총액과 보험금 총액이 일치해야 한다.

2017

---

① 핵심어: '자신이 속한 위험 공동체의 위험에 상응하는 보험료 납부'(이에 대한 요소와 요소들 간의 관계에는 어떤 것들이 있을까?)

② 분석 대상: 공정한 보험료

③ 구성 요소: 보험료, 보험금에 대한 기댓값, 보험금 총액, 보험료 총액

④ 구성 요소 간의 관계: 보험료＝보험금에 대한 기댓값, 구성원 전체의 보험료 총액＝보험금 총액

제목: 공정한 보험의 조건

유형 문제

※ 다음 분석으로 전개된 문단에서 핵심어를 찾고 분석원리에 따라 정리하시오.

---

① 모델링은 3차원 가상 공간에서 물체의 모양과 크기, 공간적인 위치, 표면 특성 등과 관련된 고유의 값을 설정하거나 수정하는 단계이다. ② 모양과 크기를 설정할 때 주로 3개의 정점으로 형성되는 삼각형을 활용한다. ③ 작은 삼각형의 조합으로 이루어진 그물과 같은 형태로 물체 표면을 표현하는 방식이다. 이 방법으로 복잡한 굴곡이 있는 표면도 정밀하게 표현할 수 있다. ④ 이때 삼각형의 꼭짓점들은 물체의 모양과 크기를 결정하는 정점이 되는데, 이 정점들의 개수는 물체가 변형되어도 변하지 않으며, 정점들의 상대적 위치는 물체 고유의 모양이 변하지 않는 한 달라지지 않는다. ⑤ 물체가 커지거나 작아지는 경우에는 정점 사이의 간격이 넓어지거나 좁아지고, 물체가 회전하거나 이동하는 경우에는 정점들이 간격을 유지하면서 회전축

을 중심으로 회전하거나 동일 방향으로 동일 거리만큼 이동한다. ⑥ 물체 표면을 구성하는 각 삼각형 면에는 고유의 색과 질감 등을 나타내는 표면 특성이 하나씩 지정된다.

2021

예시답

① 핵심어: 3차원 가상 공간에서 물체의 모양과 크기, 공간적인 위치, 표면 특성 등과 관련된 고유의 값을 설정하거나 수정(구성 요소의 기능과 작용은 무엇일까?)
② 분석 대상: 모델링
③ 구성 요소: 3차원 가상 공간에서 물체의 모양과 크기, 공간적인 위치, 표면 특성
④ 구성 요소의 기능 및 작용: ②~③에서는 '물체의 모양과 크기', ④~⑤에서는 '모양과 크기'와 '공간적 위치'의 관계, ⑥에서는 '표면 특성'이라는 구성 요소의 기능이 설명된다.
제목: 모델링의 원리

적용 연습

※ 다음 분석으로 이어진 문장을 읽고, 정리하시오.

이러한 점탄성을 잘 보여 주는 물리적 현상으로 응력 완화와 크리프를 들 수 있다. 응력 완화는 변형된 상태가 고정되어 있을 때, 물체가 받는 힘인 응력이 시간에 따라 감소하는 현상이다. 그리고 크리프는 응력이 고정되어 있을 때 변형이 서서히 증가하는 현상이다.

2015.9B

예시답

① 핵심어: 응력 완화와 크리프(두 요소는 어떤 기능이 있고, 서로 어떤 관계에 있을까?)
② 전개 내용: 응력 완화는 변형된 상태가 고정되어 있을 때, 물체가 받는 힘인 응력이 시간에 따라 감소하는 현상. 크리프는 응력이 고정되어 있을 때 변형이 서서히 증가하는 현상.
③ 전개 방식: 분석
④ 제목: 점탄성의 성질

3절 분석 문단 읽기

분석 문단은 중심 문장에서 분석 대상과 구성 요소를 소개한 다음, 뒷받침 문장에서는 구성 요소의 기능과 구성 요소 간의 관계를 설명한다. 그러므로 분석으로 전개된 글은 분석 대상, 구성 요소, 구성 요소의 기능 및 작용으로 나누어 이해하도록 한다. 분석의 표지어로는 '나뉘다, 구성되다, 이루어지다' 등이 있다.

다음 <보기>의 분석 문단을 절차에 따라 정리해 보자.

> **보 기**
>
> 바실리카식 성당의 평면을 살펴보면, 초기에는 동서 방향으로 긴 직사각형의 모습을 하고 있다. 서쪽 끝 부분에는 일반인들의 출입구와 현관이 있는 나르텍스가 있다. 나르텍스를 지나면 일반 신자들이 예배에 참여하는 네이브가 있고, 네이브의 양 옆에는 복도로 활용되는 아일이 붙어 있다. 동쪽 끝 부분에는 신성한 제단이 자리한 앱스가 있는데, 이곳은 오직 성직자만이 들어갈 수 있다. 이처럼 나르텍스로부터 네이브와 아일을 거쳐 앱스에 이르는 공간은 세속에서 신의 영역에 이르기까지의 위계를 보여 준다.
>
> 2013.9

이 문단은 성당의 평면 구조를 분석하고 있다. 이를 분석 대상, 구성 요소, 구성 요소의 기능, 구성 요소들 간의 작용 등으로 정리해 보자.

① 중심 문장: 바실리카식 성당의 평면을 살펴보면, 초기에는 동서 방향으로 긴 직사각형의 모습을 하고 있다.

② 핵심어: 동서 방향으로 긴 직사각형의 모습(구성 요소는 무엇일까?)

③ 분석 문단 읽기:

   ㉮ 분석 대상: 동서 방향으로 긴 직사각형의 모습

   ㉯ 구성 요소: 나르텍스, 네이브, 아일, 앱스

   ㉰ 구성 요소의 기능: 나르텍스—서쪽 끝 부분에는 일반인들의 출입구와 현관이 있는 곳, 네이브—일반 신자들이 예배에 참여하는 곳, 아일—네이브의 양 옆에는 복도로 활용되는 곳, 앱스—동쪽 끝 부분에는 오직 성직자만이 들어갈 수 있는 신성한 제단이 자리한 곳

   ㉱ 구성 요소들 간의 관계: 나르텍스로부터 네이브와 아일을 거쳐 앱스에 이르는 공간은 세속에서 신의 영역에 이르기까지의 위계가 드러남.

④ 제목: 바실리카 성당의 평면 구조

유형 문제

※ 다음 분석 문단을 분석 대상, 구성 요소, 구성 요소의 기능 및 작용, 제목으로 정리하시오.

> 전통적 공리주의는 세 가지 요소에 기초하여 성립하는 대표적 윤리 이론이다. 첫째, 공리주의는 행동의 윤리적 가치가 행동의 결과에 의존한다는 결과주의이다. 행동은 전적으로 예상되는 결과에 의해서 선하거나 악한 것으로 판단된다. 둘째, 행동의 결과를 평가할 때의 유일한 기준은 바로 행동의 결과가 산출할, 계산 가능한 '행복의 양'이다. 이에 따르면 불행과 대비하여 행복의 양을 많이 산출할수록 선한 행동이 되며, 가장 선한 행동은 최대 다수의 최대 행복을 산출하는 것이다. 셋째, 행동을 하기 전 발생할 행복의 양을 계산할 때 개개인의 행복을 모두 동일하게 중요한 것으로 간주하므로 어느 누구의 행복도 다른 누구의 행복보다 더 중요하지는 않다. 그래서 두 사람의 행복을 비교할 때 오로지 그 둘에게 산출될 행복의 양들만을 고려한다. 이는 공리주의가 전형적인 공평주의라는 사실을 보여 준다.
>
> 2011.9

예시답

① 중심 문장: 전통적 공리주의는 세 가지 요소에 기초하여 성립하는 대표적 윤리 이론이다.

② 핵심어: 세 가지 요소에 기초(세 가지 요소는 어떤 것들일까?)

③ 분석 문단 읽기:

   ㉮ 분석 대상: 전통적 공리주의 윤리 이론

   ㉯ 구성 요소: ㉠ 공리주의는 행동의 윤리적 가치가 행동의 결과에 의존한다는 결과주의이다. ㉡ 행동의 결과를 평가할 때의 유일한 기준은 바로 행동의 결과가 산출할, 계산 가능한 양이다. ㉢ 행동을 하기 전 발생할 행복의 양을 계산할 때 개개인의 행복을 모두 동일하게 중요한 것으로 간주하므로 어느 누구의 행복도 다른 누구의 행복보다 더 중요하지는 않다.

   ㉰ 구성 요소의 기능: ㉠ 행동의 결과 ㉡ 행복의 양 ㉢ 개인의 동일한 행복

   ㉱ 구성 요소들 간의 작용: 전형적인 공평주의

④ 제목: 전통적 공리주의 윤리 이론의 구조

※ 다음 문단을 분석의 원리에 따라 정리하시오.

> ① 1993년 노벨 화학상은 중합 효소 연쇄 반응(PCR)을 개발한 멀리스에게 수여된다. ② 염기 서열을 아는 DNA가 한 분자라도 있으면 이를 다량으로 증폭할 수 있는 길을 열었기 때문이다. ③ PCR는 주형 DNA, 프라이머, DNA 중합 효소, 4종의 뉴클레오타이드가 필요하다. ④ 주형 DNA란 시료로부터 추출하여 PCR에서 DNA 증폭의 바탕이 되는 이중 가닥 DNA를 말하며, 주형 DNA에서 증폭하고자 하는 부위를 표적 DNA라 한다. ⑤ 프라이머는 표적 DNA의 일부분과 동일한 염기 서열로 이루어진 짧은 단일 가닥 DNA로, 2종의 프라이머가 표적 DNA의 시작과 끝에 각각 결합한다. ⑥ DNA 중합 효소는 DNA를 복제하는데, 단일 가닥 DNA의 각 염기 서열에 대응하는 뉴클레오타이드를 순서대로 결합시켜 이중 가닥 DNA를 생성한다.   2022.6

예시답

① 분석 대상: 중합 효소 연쇄 반응(PCR)
② 구성 요소: 주형 DNA, 프라이머, DNA 중합 효소, 4종의 뉴클레오타이드
③ 구성 요소의 기능 및 작용

주형 DNA - 시료로부터 추출하여 PCR에서 DNA 증폭의 바탕이 되는 이중 가닥 DNA를 말하며, 주형 DNA에서 증폭하고자 하는 부위를 표적 DNA라 한다.

프라이머 - 표적 DNA의 일부분과 동일한 염기 서열로 이루어진 짧은 단일 가닥 DNA로, 2종의 프라이머가 표적 DNA의 시작과 끝에 각각 결합한다.

DNA 중합 효소 - DNA를 복제하는데, 단일 가닥 DNA의 각 염기 서열에 대응하는 뉴클레오타이드를 순서대로 결합시켜 이중 가닥 DNA를 생성한다.

④ 제목: 중합 효소 연쇄 반응(PCR)의 원리 분석

4절 분석으로 전개되는 문단은 글의 의미가 심화된다.

분석이란 어떤 하나의 대상을 구성 요소로 나눈 다음, 그 구성 요소의 기능과 구성 요소 간의 관계를 설명하는 전개 방식이다. 그런데 각각의 구성 요소를 다시 분석하게 되면 전체가 체계화되며 의미가 심화된다. 심화된 내용을 이해하기 위해서는 분석 절차에 따라서 나누도록 한다.

보 기

1 어떤 물체가 물이나 공기와 같은 유체 속에서 자유 낙하할 때 물체에는 중력, 부력, 항력이 작용한다. 중력은 물체의 질량에 중력 가속도를 곱한 값으로 물체가 낙하하는 동안 일정하다. 부력은 어떤 물체에 의해서 배제된 부피만큼의 유체의 무게에 해당하는 힘으로, 항상 중력의 반대 방향으로 작용한다. 빗방울에 작용하는 부력의 크기는 빗방울의 부피에 해당하는 공기의 무게이다. 공기의 밀도는 물의 밀도의 1,000분의 1 수준이므로, 빗방울이 공기 중에서 떨어질 때 부력이 빗방울의 낙하 운동에 영향을 주는 정도는 미미하다. 그러나 스티로폼 입자와 같이 밀도가 매우 작은 물체가 낙하할 경우에는 부력이 물체의 낙하 속도에 큰 영향을 미친다.

2 물체가 유체 내에 정지해 있을 때와는 달리, 유체 속에서 운동하는 경우에는 물체의 운동에 저항하는 힘인 항력이 발생하는데, 이 힘은 물체의 운동 방향과 반대로 작용한다. 항력은 유체 속에서 운동하는 물체의 속도가 커질수록 이에 상응하여 커진다. 항력은 마찰 항력과 압력 항력의 합이다. 마찰 항력은 유체의 점성 때문에 물체의 표면에 가해지는 항력으로, 유체의 점성이 크거나 물체의 표면적이 클수록 커진다. 압력 항력은 물체가 이동할 때 물체의 전후방에 생기는 압력 차에 의해 생기는 항력으로, 물체의 운동 방향에서 바라본 물체의 단면적이 클수록 커진다.

2016B

지문읽기

이 글은 '유체 속에서 자유 낙하 운동'을 그것의 구성 요소인 '중력, 부력, 항력'으로 나눈 다음, 그 것들의 기능과 작용을 설명하는 분석 방법을 사용하고 있다. 이를 정리해 보자.

1 ① 중심 문장: 어떤 물체가 물이나 공기와 같은 유체 속에서 자유 낙하할 때 물체에는 중력, 부력, 항력이 작용한다.
  ② 핵심어: 중력, 부력, 항력이 작용
  ③ 분석 읽기
    ㉮ 분석 대상: 유체 속에서 자유 낙하 운동
    ㉯ 구성 요소: 중력, 부력, 항력
    ㉰ 구성 요소의 기능: 중력 – 물체의 질량에 중력 가속도를 곱한 값으로 물체가 낙하하는 동안 일정하다. 부력 – 어떤 물체에 의해서 배제된 부피만큼의 유체의 무게에 해당하는 힘
    ㉱ 구성 요소 간의 작용: 부력은 항상 중력의 반대 방향으로 작용
  ④ 제목: 유체 속에서 자유 낙하 운동할 때 작용하는 중력, 부력
2 ① 중심 문장: 물체가 유체 내에 정지해 있을 때와는 달리, 유체 속에서 운동하는 경우에는 물체의 운동에 저항하는 힘인 항력이 발생하는데, 이 힘은 물체의 운동 방향과 반대로 작용한다.
  ② 핵심어: 물체의 운동에 저항하는 힘
  ③ 분석 읽기:
    ㉮ 분석 대상: 유체 속에서 자유 낙하 운동
    ㉯ 분석된 요소: 항력

㉰ 구성 요소의 기능: 항력 – 물체의 운동 방향과 반대로 작용, 유체 속에서 운동하는 물체
　　　　의 속도가 커질수록 이에 상응하여 커진다.
④ 2차 분석
　　㉮ 분석 대상: 항력
　　㉯ 분석된 구성 요소: 마찰 항력, 압력 항력
　　㉰ 구성 요소의 기능: 마찰 항력 – 유체의 점성 때문에 물체의 표면에 가해지는 항력으로,
　　　　유체의 점성이 크거나 물체의 표면적이 클수록 커진다. 압력 항력 – 물체가 이동할 때
　　　　물체의 전후방에 생기는 압력 차에 의해 생기는 항력으로, 물체의 운동 방향에서 바라
　　　　본 물체의 단면적이 클수록 커진다.
　　㉱ 구성 요소의 작용: 항력은 마찰 항력과 압력 항력의 합이다.
⑤ 제목: 항력의 기능 및 구성 요소와 작용

■에서는 '유체 속의 자유 낙하 운동'을 분석으로 설명하고 있다. 그 구성 요소로는 '중력, 부력, 항
력'으로 나뉘는데 **■**에서는 그 중에서 '중력, 부력'의 기능과 작용을 설명하고 있다. **■**에서는 남은
구성 요소인 '항력'의 기능과 작용을 설명함으로써, '유체 속의 자유 낙하 운동'에 대한 분석이 완결
된 것이다. 이처럼 분석 문단을 읽을 때는 구성 요소를 염두에 두고 이어지는 문단을 예측하며 읽
을 수 있다.

유형 문제

※ 다음 분석으로 이어진 문단을 분석의 원칙에 따라 정리하시오.

■ 율곡은 수기를 위한 수양론과 치인을 위한 경세론을 전개하는데, 그 바탕은 만물을 '이(理)'
와 '기(氣)'로 설명하는 이기론이다. 존재론의 측면에서 율곡은 '이'를 형체도 없고 시간과 공간
의 제약을 받지 않고 존재하는 만물의 법칙이자 원리로 보고, '기'를 시간적인 선후와 공간적인
시작과 끝을 가지면서 끊임없이 변화하며 작동하는 물질적 요소로 본다. '이'와 '기'는 사물의 구
성 요소로서 서로 다른 성질을 갖지만, '이'는 현실 세계에서 항상 '기'와 더불어 실제로 존재한
다. 율곡은 이처럼 서로 구별되면서도 분리됨이 없이 존재하는 '이'와 '기'의 관계를 이기지묘(理
氣之妙)라 표현한다.
■ 수양론의 한 가지 기반으로, 율곡은 이통기국(理通氣局)을 주장한다. 이것은 만물이 하나의
동일한 '이'를 공유하지만, 다양한 '기'의 성질로 인해 서로 다른 모습으로 나타날 수 있음을 의
미한다. 또한 이러한 이통기국론은, 성인과 일반인이 기질의 차이는 있지만 동일한 '이'를 갖기
때문에 일반인이라도 기질상의 병폐를 제거하고 탁한 기질을 정화하면 '이'의 선한 본성이 회복
되어 성인의 경지에 이를 수 있다는 기질 변화론으로 이어진다. 율곡은 흐트러진 마음을 거두
어들이는 거경(居敬), 경전을 읽고 공부하여 시비를 분별하는 궁리(窮理), 그리고 몸과 마음을

다스려 사욕을 극복하는 역행(力行)을 기질 변화를 위한 중요한 수양 방법으로 제시한다. 인간에게 내재된 천도를 실현하려는 율곡의 수양론은 사회의 폐단을 제거하여 천도를 실현하려는 경세론으로 이어진다.

2018.6

예시답

▣ ① 중심 문장: 율곡은 수기를 위한 수양론과 치인을 위한 경세론을 전개하는데, 그 바탕은 만물을 '이(理)'와 '기(氣)'로 설명하는 이기론이다.

② 핵심어: 만물을 '이(理)'와 '기(氣)'로 설명

③ 분석 읽기:

㉮ 분석 대상: 이기론

㉯ 분석된 요소: 이(理), 기(氣)

㉰ 구성 요소의 기능: 이(理) – 형체도 없고 시간과 공간의 제약을 받지 않고 존재하는 만물의 법칙이자 원리, 기(氣) – 시간적인 선후와 공간적인 시작과 끝을 가지면서 끊임없이 변화하며 작동하는 물질적 요소

㉱ 구성 요소 간의 작용: '이'와 '기'는 사물의 구성 요소로서 서로 다른 성질을 갖지만, '이'는 현실 세계에서 항상 '기'와 더불어 실제로 존재한다. 율곡은 이처럼 서로 구별되면서도 분리됨이 없이 존재하는 '이'와 '기'의 관계를 이기지묘(理氣之妙)라 표현

④ 제목: 율곡의 이기론 개념

▤ ① 중심 문장: 수양론의 한 가지 기반으로, 율곡은 이통기국(理通氣局)을 주장한다.

② 핵심어: 수양론의 한 가지 기반으로 이통기국(理通氣局)

③ 분석 읽기

㉮ 분석 대상: 이통기국(理通氣局)

㉯ 분석된 요소: 이(理), 기(氣)

㉰ 구성 요소의 기능: 이(理) – 만물이 동일하게 공유, 성인과 일반인이 동일한 이를 가짐. 기(氣) – 서로 다른 모습으로 나타남, 성인과 일반인이 기질상의 차이가 있음.

㉱ 구성 요소 간의 작용: 일반인이라도 기질상의 병폐를 제거하고 탁한 기질을 정화하면 '이'의 선한 본성이 회복되어 성인의 경지에 이를 수 있다는 기질 변화론. 거경(居敬), 궁리(窮理), 역행(力行)이 매개체이다.

④ 제목: 율곡의 수양론으로서 이통기국 개념

▣의 중심 문장 '율곡은 수기를 위한 수양론과 치인을 위한 경세론을 전개하는데, 그 바탕은 만물을 '이(理)'와 '기(氣)'로 설명하는 이기론이다.'에서 글의 전개 순서를 안내하고 있다. 그것은 '첫째는 이기론이고, 둘째는 수양론이며, 셋째는 경세론'임을 알 수 있다. ▣에서는 '이기론'을 분석하고 있고, ▤에서는 '수양론'을 분석하고 있다. 이어진 문단에서는 '경세론'을 설명할 것으로 예측할 수 있다.

※ 다음 분석 문단을 분석의 원리에 따라 정리하시오.

사진은 19세기 초까지만 해도 근대 문명이 만들어 낸 기술적 도구이자 현실 재현의 수단으로 인식되었다. 하지만 점차 여러 사진작가들이 사진을 연출된 형태로 찍거나 제작함으로써 자기의 주관을 표현하고자 하는 시도를 하였다. 이들은 빛의 처리, 원판의 합성 등의 기법으로 회화적 표현을 모방하여 예술성 있는 사진을 추구하였다. 이러한 흐름 속에서 만들어진 사진 작품들을 회화주의 사진이라고 부른다.

스타이컨의 <빅토르 위고와 생각하는 사람과 함께 있는 로댕>(1902년)은 회화주의 사진을 대표하는 것으로 평가된다. 이 작품에서 피사체들은 조각가 '로댕'과 그의 작품인 <빅토르 위고>와 <생각하는 사람>이다. 스타이컨은 로댕을 대리석상 <빅토르 위고> 앞에 두고 찍은 사진과, 청동상 <생각하는 사람>을 찍은 사진을 합성하여 하나의 사진 작품으로 만들었다. 이렇게 제작된 사진의 구도에서 어둡게 나타난 근경에는 로댕이 <생각하는 사람>과 서로 마주 보며 비슷한 자세로 앉아 있고, 반면 환하게 보이는 원경에는 <빅토르 위고>가 이들을 내려다보는 모습으로 배치되어 있다. 단순히 근경과 원경을 합성한 것이 아니라, 두 사진의 피사체들이 작가가 의도한 바에 따라 하나의 프레임 속에서 자리 잡을 수 있도록 당시로서는 고난도인 합성 사진 기법을 동원한 것이다. 또한 인화 과정에서는 피사체의 질감이 억제되는 감광액을 사용하였다.

예시답

1 ① 분석 대상: 회화주의 사진의 창작 원리
  ② 구성 요소: 빛의 처리, 원판의 합성
2 ① 분석 대상: 스타이컨의 <빅토르 위고와 생각하는 사람과 함께 있는 로댕>의 창작 원리
  ② 구성 요소: 원판 합성 − 로댕을 대리석상 <빅토르 위고> 앞에 두고 찍은 사진과 청동상 <생각하는 사람>을 찍은 사진, 빛의 처리 − 피사체의 질감 억제하기 위해 감광액 사용
  ③ 구성 요소 간의 관계: 어둡게 나타난 근경에는 로댕이 <생각하는 사람>과 서로 마주 보며 비슷한 자세로 앉아 있고, 반면 환하게 보이는 원경에는 <빅토르 위고>가 이들을 내려다보는 모습으로 배치되어 있다.
  ④ 제목: 스타이컨의 <빅토르 위고와 생각하는 사람과 함께 있는 로댕> 창작 원리 분석

5절 분석으로 전개되는 글 읽기 및 문항 풀어

분석으로 전개되는 글은 도입 문단에서 분석 대상이 소개되고, 전개 문단에서 구성 요소와 구성 요소의 기능, 구성 요소 간의 작용이 설명된다. 분석으로 전개된 글은 구성 요소의 기능과 구성 요소 간의 관계(작용)를 이해하는 데에 집중을 요한다. 특히, 분석된 구성 요소가 다시 분석되어 심화되는 경우도 있으니 주의가 필요하다.

아래의 글은 베토벤의 교향곡이 걸작으로 평가받은 까닭을 몇 가지 요소로 분석한 글이다. 먼저 내적인 원리와 외적인 여건으로 분석한 다음, 외적인 여건을 청중의 음악관, 음악 비평가의 음악관, 그리고 천재성 담론의 요소로 나누어 설명했다. 이를 좀더 자세히 살펴 보자.

※ 다음 분석으로 전개된 글을 정리하고, 주어진 문항을 푸시오.

> **1** 베토벤의 교향곡은 서양 음악사에 한 획을 그은 걸작으로 평가된다. 그 까닭은 음악 소재를 개발하고 그것을 다채롭게 처리하는 창작 기법의 탁월함으로 설명될 수 있다. 연주 시간이 한 시간 가까이 되는 제3번 교향곡 '영웅'에서 베토벤은 으뜸 화음을 펼친 하나의 평범한 소재를 모티브로 취하여 다양한 변주와 변형 기법을 통해 통일성을 유지하면서도 가락을 다채롭게 들리게 했다. 이처럼 단순한 소재에서 착상하여 이를 다양한 방식으로 가공함으로써 성취해 낸 복잡성은 후배 작곡가들이 본받을 창작 방식의 전형이 되었으며, 유례없이 늘어난 교향곡의 길이는 그들이 넘어야 할 산이었다.
>
> **2** 그렇다면 오로지 작품의 내적인 원리만이 베토벤의 교향곡을 19세기의 중심 레퍼토리로 자리매김하게 했을까? 베토벤의 신화를 이해하기 위해서는 19세기초 음악사의 중심에 서고자 했던 독일 민족의 암묵적 염원을 들여다볼 필요가 있다. 그것은 1800년을 전후하여 뚜렷하게 달라진 빈(Wien) 청중의 음악관, 음악에 대한 독일 비평가들의 새로운 관점, 그리고 당시에 유행한 천재성 담론에 반영되었다.
>
> **3** 빈의 새로운 ㉠청중의 귀는 유럽의 다른 지역 청중과는 달리 순수 기악을 향해 열려 있었다. 순수 기악이란 악기에서 나오는 소리 외에는 다른 어떤 것과도 연합되지 않는 음악을 뜻한다. 당시 청중은 언어가 순수 기악이 주는 의미를 담기에 부족하다고 생각했기 때문에 제목이나 가사 등의 음악 외적 단서를 원치 않았다. 그들이 원했던 것은 말로 형용할 수 없는, 무한을 향해 열려 있는 '음악 그 자체'였다.
>
> **4** 또한 당시 음악 비평가들은 음악을 앎의 방식으로 이해하기를 원했다. 이는 음악을 정서의 촉진자로 본 이전 시대와 달리 음악을 감상자가 능동적으로 이해해야 할 대상으로 인식하기 시작했음을 뜻한다. 슐레겔은 모든 순수 기악이 철학적이라고 보았으며, 호프만은 베토벤의 교향

곡이 '보편적 진리를 향한 문'이라고 주장하였다. 요컨대 당시의 빈의 청중과 음악 비평가들은 베토벤이 음악의 독립적 가치를 극대화한 음악이자 독일 민족의 보편적 가치를 실현해 주는 순수 기악의 정수라 여겼다.

⑤ 더욱이 당시 독일 지역에서 유행했던 천재성 담론도 베토벤의 교향곡이 특별한 지위를 얻는 데 한 몫 했다. 그 시대가 요구하는 천재상은 타고난 재능으로 기존의 관습에서 벗어나 새로운 전통을 창조하는 자였다. 베토벤은 이전의 교향곡의 전통을 수용하면서도 자신만의 독창적인 색체를 더하여 교향곡의 새로운 지평을 열었다고 여겨졌다. 베토벤이야말로 이러한 천재라는 인식이 널리 받아들여지면서 그의 교향곡은 더욱 주목받았다.

2014B

지문읽기

① 분석 대상: 베토벤의 교향곡이 걸작으로 평가받은 까닭
② 구성 요소: 창작 기법의 탁월함(내적인 원리), 빈 청중의 음악관, 비평가들의 음악관, 천재성 담론(외적인 여건)
③ 구성 요소의 기능: 창작 기법의 탁월함 – 단순한 소재에서 착상하여 다양한 방법으로 이룬 복잡성, 빈 청중의 음악관 – 언어를 넘어선 무한을 표현한 순수 기악 선호, 비평가들의 음악관 – 앞의 방식을 선호함, 천재성 담론(외적인 여건) – 전통 수용하고 독창적 색채 가미
④ 제목: 베토벤 음악이 걸작으로 평가받은 까닭

정리

이 글은 분석으로 이루어졌다. 베토벤의 교향곡이 걸작으로 평가된 원인을 분석하고 있다. 구성 요소는 크게 내적인 원리와 외적인 여건으로 나뉘고, 다시 외적인 여건은 청중의 음악관, 비평가의 음악관, 당시의 천재성 담론으로 분석된다. 그리고 각 요소들의 개념이 정의되고 있다.

문항 풀이

28. 윗글의 내용과 일치하지 <u>않는</u> 것은?

① 베토벤 신화 형성 과정에는 독일 민족의 음악적 이상이 반영되었다.
② 베토벤 교향곡의 확대된 길이는 후대 작곡가들이 극복해야 할 과제였다.
③ 베토벤 교향곡에서 복잡성은 단순한 모티브를 다양하게 가공하는 창작 방식에 기인한다.
④ 베토벤 교향곡 '영웅'의 변주와 변형 기법은 통일성 속에서도 다양성을 구현하게 해 주었다.
⑤ 베토벤의 천재성은 기존의 음악적 관습을 부정하고 교향곡이라는 새로운 장르를 창시한 데에서 비롯된다.

유형 사실의 일치 여부
접근 방식 사실의 내용을 문맥적 의미로 서술하고 있다.

① '베토벤의 신화 형성', '19세기 중심 레퍼토리', '걸작'의 문맥적 의미는 같다. 또한 '독일 민족의 음악적 이상', '음악사의 중심에 서고자 했던'도 문맥적으로 같다. 그래서 맞는 말이다.
② '과제'와 '산'의 의미는 같다.
③ '단순한 소재에서 착상하여 이를 다양한 방식으로 가공함으로써 성취해 낸 복잡성'에서 확인할 수 있다.
④ '다양한 변주와 변형 기법을 통해 통일성을 유지하면서도 가락을 다채롭게 들리게 했다.'에서 확인할 수 있다.
⑤ '기존의 음악적 관습을 부정'하지 않고, '계승한 것'이라고 했다. **정답 ⑤**

29. ㉠의 관점에 가장 가까운 것은?

① 음악은 소리를 다양하게 변형시켜 그것을 듣는 인간의 정서를 순화시킨다.
② 음악은 인간의 구체적인 감정을 전달하는 수단이라는 점에서 그 자체가 언어이다.
③ 가사는 가락을 통해 전달되는 메시지라는 점에서 언어는 음악의 본질적 요소이다.
④ 음악은 언어가 표현할 수 없는 것을 보여 준다는 점에서 언어를 초월하는 예술이다.
⑤ 창작 당시의 시대상이 음악에 반영된다는 점에서 음악 외적 상황은 음악 이해에 중요한 단서가 된다.

유형 관점 이해
접근 방식 관점이란 대상에 대한 주체의 태도를 말한다. 여기서 대상은 '순수 기악'이고, 주체는 '빈 청중'이며, 태도는 '말로 형용할 수 없는 음악 그 자체'이다. **정답 ④**

30. 〈보기〉와 윗글을 이해한 내용으로 가장 적절한 것은?

> **보 기**
>
> 로시니는 베토벤과 동시대인으로 당대 최고의 인기를 누리던 오페라 작곡가였다. 당시 순수 기악이 우세했던 빈과는 달리 이탈리아와 프랑스에서는 오페라가 여전히 음악의 중심에 있었다. 당대의 소설가이자 음악 비평가인 스탕달은 로시니가 빈의 현학적인 음악가들과는 달리 유려한 가락에 능하다는 이유를 들어 그를 최고의 작곡가로 평가하였다.

① 슐레겔은 로시니를 '순수 기악의 정수'를 보여준 베토벤만큼 높이 평가하지 않았겠군.
② 호프만은 당시의 이탈리아와 프랑스에서 유행하던 음악이 '새로운 전통'을 창조했다고 보았겠군.
③ 음악을 '앎의 방식'으로 보는 관점을 가진 사람들에게 오페라는 교향곡보다 우월한 장르로 평가받았겠군.
④ 스탕달에 따르면, 로시니의 음악은 베토벤이 세운 '창작 방식의 새로운 전형'을 따름으로써 빈의 현학적인 음악가들을 뛰어넘은 것이겠군.
⑤ 당시 오페라가 여전히 인기를 얻을 수 있었던 것은 음악을 '정서의 촉발자'가 아닌 '능동적 이해의 대상'으로 보려는 청중의 견해 때문이었겠군.

접근 방식 두 음악관을 대조하는 문항이다. 음악관은 음악이란 무엇인가에 대한 답변이다. 스탕달은 오페라를 음악다운 음악이라고 보고 로시니를 최고의 음악가로 평가했다. 이와 달리, 슐레겔과 호프만은 순수 기악인 교향곡을 음악다운 음악으로 보고 베토벤을 최고의 음악가로 평가한 것이다. 스탕달이 '빈의 현학적인 음악가'로 지칭한 사람에는 베토벤이 포함된다.

① 슐레겔은 오페라 작곡가인 로시니를 교향곡 작곡가인 베토벤보다 낮게 평가했을 것이다. 정답 ①

정리

28번은 내적인 원리와 천재성 담론에서, 29번은 청중의 음악관에서, 30번은 비평가의 음악관에서 각각 출제되었다. 즉, 분석된 구성 요소의 개념들을 평가한 것이다.

유형 문제

※ 다음 분석으로 전개된 글을 정리하고, 주어진 문항을 푸시오.

1 일반 사용자가 디지털 카메라를 들고 촬영하면 손의 미세한 떨림으로 인해 영상이 번져 흐려지고, 걷거나 뛰면서 촬영하면 식별하기 힘들 정도로 영상이 흔들리게 된다. 흔들림에 의한 영향을 최소화하는 기술이 영상 안정화 기술이다.

2 영상 안정화 기술에는 빛을 이용하는 광학적 기술과 소프트웨어를 이용하는 디지털 기술 등이 있다. 광학 영상 안정화(OIS) 기술을 사용하는 카메라 모듈은 렌즈 모듈, 이미지 센서, 자이로 센서, 제어 장치, 렌즈를 움직이는 장치로 구성되어 있다. 렌즈 모듈은 보정용 렌즈들을 포함한 여러 개의 렌즈들로 구성된다. 일반적으로 카메라는 렌즈를 통해 들어온 빛이 이미지 센서에 닿아 피사체의 상이 맺히고, 피사체의 한 점에 해당하는 위치인 화소마다 빛의 세기에 비례하여 발생한 전기 신호가 저장 매체에 영상으로 저장된다. 그런데 카메라가 흔들리면 이미지 센서 각각의 화소에 닿는 빛의 세기가 변한다. 이때 OIS 기술이 작동되면 자이로 센서가 카메라의 움직임을 감지하여 방향과 속도를 제어 장치에 전달한다. 제어 장치가 렌즈를 이동시키면 피사체의 상이 유지되면서 영상이 안정된다.

3 렌즈를 움직이는 방법 중에는 보이스코일 모터를 이용하는 방법이 많이 쓰인다. 보이스코일 모터를 포함한 카메라 모듈은 중앙에 위치한 렌즈 주위에 코일과 자석이 배치되어 있다. 카메라가 흔들리면 제어 장치에 의해 코일에 전류가 흘러서 자기장과 전류의 직각 방향으로 전류의 크기에 비례하는 힘이 발생한다. 이 힘이 렌즈를 이동시켜 흔들림에 의한 영향이 상쇄되고 피사체의 상이 유지된다. 이외에도 카메라가 흔들릴 때 이미지 센서를 움직여 흔들림을 감쇄하는 방식도 이용된다.

4 OIS 기술이 손 떨림을 훌륭하게 보정해 줄 수는 있지만 렌즈의 이동 범위에 한계가 있어 보정할 수 있는 움직임의 폭이 좁다. 디지털 영상 안정화(DIS) 기술은 촬영 후에 소프트웨어를 사용해 흔들림을 보정하는 기술로 역동적인 상황에서 촬영한 동영상에 적용할 때 좋은 결과를 얻을 수 있다. 이 기술은 촬영된 동영상을 프레임 단위로 나눈 후 연속된 프레임 간 피사체의 움직임을 추정한다. 움직임을 추정하는 한 방법은 특징점을 이용하는 것이다. 특징점으로는 피사체의 모서리처럼 주위와 밝기가 뚜렷이 구별되며 영상이 이동하거나 회전해도 그 밝기 차이가 유지되는 부분이 선택된다.

5 먼저 k번째 프레임에서 특징점들을 찾고, 다음 k+1번째 프레임에서 같은 특징점들을 찾는다. 이 두 프레임 사이에서 같은 특징점이 얼마나 이동하였는지 계산하여 영상의 움직임을 추정한다. 그리고 흔들림이 발생한 곳으로 추정되는 프레임에서 위치 차이만큼 보정하여 흔들림의 영향을 줄이면 보정된 동영상은 움직임이 부드러워진다. 그러나 특징점의 수가 늘어날수록 연산이 더 오래 걸린다. 한편 영상을 보정하는 과정에서 영상을 회전하면 프레임에서 비어 있는 공간이 나타난다. 비어 있는 부분이 없도록 잘라내면 프레임들의 크기가 작아지는데, 원래의 프레임 크기를 유지하려면 화질은 떨어진다.

2021.6

지문 읽기

영상 안정화 기술을 광학 영상 안정화 기술(OIS)과 디지털 영상 안정화 기술(DIS)로 먼저 분석했다.
① 분석 대상: 광학 영상 안정화(OIS)기술 카메라 모듈의 구성
② 구성 요소: 렌즈 모듈, 이미지 센서, 자이로 센서, 제어 장치, 렌즈를 움직이는 장치
③ 구성 요소의 기능:
  ㉮ 렌즈 모듈－보정용 렌즈들을 포함한 여러 개의 렌즈들로 구성된다.
  ㉯ 이미지 센서－일반적으로 카메라는 렌즈를 통해 들어온 빛이 이미지 센서에 닿아 피사체의 상이 맺히고, 피사체의 한 점에 해당하는 위치인 화소마다 빛의 세기에 비례하여 발생한 전기 신호가 저장 매체에 영상으로 저장된다. 그런데 카메라가 흔들리면 이미지 센서 각각의 화소에 닿는 빛의 세기가 변한다.
  ㉰ 자이로 센서－이때 OIS 기술이 작동되면 자이로 센서가 카메라의 움직임을 감지하여 방향과 속도를 제어 장치에 전달한다.
  ㉱ 제어 장치－제어 장치가 렌즈를 이동시키면 피사체의 상이 유지되면서 영상이 안정된다.
  ㉲ 렌즈를 움직이는 장치－보이스코일 모터를 포함한 카메라 모듈은 중앙에 위치한 렌즈 주위에 코일과 자석이 배치되어 있다. 카메라가 흔들리면 제어 장치에 의해 코일에 전류가 흘러서 자기장과 전류의 직각 방향으로 전류의 크기에 비례하는 힘이 발생한다. 이 힘이 렌즈를 이동시켜 흔들림에 의한 영향이 상쇄되고 피사체의 상이 유지된다.
④ 디지털 영상 안정화(DIS) 기술의 작동 원리－촬영 후에 소프트웨어를 사용해 흔들림을 보정하는 기술로 역동적인 상황에서 촬영한 동영상에 적용할 때 좋은 결과를 얻을 수 있다.

프레임 단위로 나눈다.—특징점을 이용하여 피사체 움직임을 추정한다.—움직인 만큼 위치 차이를 보정한다.

⑤ 제목: 영상 안정화 기술의 작동 원리

문항 풀이

25. 윗글을 이해한 내용으로 적절하지 <u>않은</u> 것은?

① 디지털 영상 안정화 기술은 소프트웨어를 이용하여 이미지 센서를 이동시킨다.
② 광학 영상 안정화 기술을 사용하지 않는 디지털 카메라에도 이미지 센서는 필요하다.
③ 연속된 프레임에서 동일한 피사체의 위치 차이가 작을수록 동영상의 움직임이 부드러워진다.
④ 디지털 카메라의 저장 매체에는 이미지 센서 각각의 화소에서 발생하는 전기 신호가 영상으로 저장된다.
⑤ 보정 기능이 없다면 손 떨림이 있을 때 이미지 센서 각각의 화소에 닿는 빛의 세기가 변하여 영상이 흐려진다.

유형 사실 여부 확인
접근 방식 전개 방식에 따라 큰 지식의 줄기를 알아야 세부 정보를 알아내기에 수월하다. 이 글의 경우에는 OIS 기술과 DIS 기술의 차이, OIS 기술의 작동 원리를 아는 것이 필요하다.
① 디지털 영상 안정화 기술은 촬영 후에 보정하는 기술이다. 따라서 디지털 영상 안정화 기술에서는 이미지 센서를 이동시키지 않는다.
② '이외에도 카메라가 흔들릴 때 이미지 센서를 움직여 흔들림을 감쇄하는 방식도 이용된다.'를 통해서 확인할 수 있다.
③ '흔들림이 발생한 곳으로 추정되는 프레임에서 위치 차이만큼 보정하여 흔들림의 영향을 줄이면 보정된 동영상은 움직임이 부드러워진다.'로부터 추론할 수 있다.
④ '피사체의 한 점에 해당하는 위치인 화소마다 빛의 세기에 비례하여 발생한 전기 신호가 저장 매체에 영상으로 저장된다.'라고 서술하고 있다.
⑤ '카메라가 흔들리면 이미지 센서 각각의 화소에 닿는 빛의 세기가 변한다.'에서 확인할 수 있다. **정답** ①

26. 윗글의 'OIS 기술'에 대한 설명으로 적절하지 <u>않은</u> 것은?

① 보이스코일 모터는 카메라 모듈에 포함되는 장치이다.
② 자이로 센서는 이미지 센서에 맺히는 영상을 제어 장치로 전달한다.
③ 보이스코일 모터에 흐르는 전류에 의해 발생한 힘으로 렌즈의 위치를 조정한다.
④ 자이로 센서가 카메라 움직임을 정확히 알려도 렌즈 이동의 범위에는 한계가 있다.
⑤ 흔들림에 의해 피사체의 상이 이동하면 원래의 위치로 돌아오도록 렌즈나 이미지 센서를 이동시킨다.

유형 각 요소의 기능 이해 여부
접근 방식 지문에서는 OIS기술을 분석하여 각 요소의 기능을 설명하고 있다.
① '보이스코일 모터를 포함한 카메라 모듈은 중앙에 위치한 렌즈 주위에 코일과 자석이 배치되어 있다'에서 확인할 수 있다.
② 자이로 센서는 영상 자체를 전달하지 않고, 방향과 속도를 감지하여 제어 장치로 전달한다.
③ 보이스코일의 기능이다.
④ OIS기술의 한계이다.
⑤ 렌즈 이동 방식과 이미지 이동 방식이 있다. **정답** ②

27. 윗글을 참고할 때, 〈보기〉의 A~C에 들어갈 말을 바르게 짝지은 것은?

> **보 기**
>
> 특징점으로 선택되는 점들과 주위 점들의 밝기 차이가 (A), 영상이 흔들리기 전의 밝기 차이와 후의 밝기 차이 변화가 (B) 특징점의 위치 추정이 유리하다. 그리고 특징점들이 많을수록 보정에 필요한 (C)이/가 늘어난다.

	A	B	C
①	클수록	클수록	프레임의 수
②	클수록	작을수록	시간
③	클수록	작을수록	프레임의 수
④	작을수록	클수록	시간
⑤	작을수록	작을수록	프레임의 수

유형 기능 이해
접근 방식 DIS 기술의 기능을 이해할 필요가 있다.
: A-특징점으로는 피사체의 모서리처럼 주위와 밝기가 뚜렷이 구별된다. B-영상이 이동하거나 회전해도 그 밝기 차이가 유지되는 부분이 선택된다. C-특징점의 수가 늘어날수록 연산이 더 오래 걸린다. **정답** ②

28. 윗글을 읽고 〈보기〉를 이해한 반응으로 가장 적절한 것은? [3점]

> **보 기**
>
> 새로 산 카메라의 성능을 시험해 보고 싶어서 OIS 기능을 켜고 동영상을 촬영했다. 빌딩을 찍는 순간, 바람에 휘청하여 들고 있던 카메라가 기울어졌다. 집에 돌아와 촬영된 영상을 확인하고 소프트웨어로 보정하려 한다.

[촬영한 동영상 중 연속된 프레임]

㉠ k 번째 프레임 　　　㉡ k+1 번째 프레임

① ㉠에서 프레임의 모서리 부분으로 특징점을 선택하는 것이 움직임을 추정하는 데 유리하겠군.

② ㉡을 DIS 기능으로 보정하고 나서 프레임 크기가 변했다면 흔들림은 보정되었으나 원래의 영상 일부가 손실되었겠군.

③ ㉠에서 빌딩 모서리들 간의 차이를 특징점으로 선택하고 그 차이를 계산하여 ㉡을 보정하겠군.

④ ㉠은 OIS 기능으로 손 떨림을 보정한 프레임이지만, ㉡은 OIS 기능으로 보정해야 할 프레임이겠군.

⑤ ㉡을 보면 ㉠이 촬영된 직후 카메라가 크게 움직여 DIS 기능으로는 완전히 보정되지 않았다는 것을 알 수 있겠군.

유형 기능의 적용
접근 방식 OIS 기술과 DIS 기술의 작동 원리의 이해 여부를 묻고 있다.
① 특징점은 피사체의 모서리가 적절하다.
② 회전한 부분만큼 빈 자리가 잘린 것으로 볼 수 있다.
③ ㉠에서 빌딩 모서리 한 곳을 특징점으로 정하고, ㉡에서 위치 차이를 계산하여 보정할 수 있다.
④ ㉡은 OIS 기술로 보정한 사진이고, DIS 기술로 보정할 예정이다.
⑤ ㉡은 OIS 기술로는 보정되지 않았음을 나타낸다. 정답 ②

적용 연습

※ 다음 분석으로 전개된 글을 정리하고, 주어진 문항을 푸시오.

미켈란젤로는 타원형의 ㉠칸피돌리오 광장을 설계하여 로마의 중심부에 새로운 공간을 만들었다. 광장 중앙에는 옛 로마 황제의 기마상이 놓여 있고 기마상 밑의 바닥에는 12개의 꼭짓점을 지닌 별 모양의 장식이 있다. 광장의 바닥은 기마상에서 뻗어 나온 선들이 교차하여 ⓐ만들어진 문양으로 잘게 나누어져 있다. 이러한 광장의 구성은 기하학적 도형들이 대칭적으로 조합되어 정제된 조형미를 표현하고 있다.

광장의 타원형은 고대 그리스 신전에 놓여 있었던 신성한 돌인 옴팔로스의 형태를 본뜬 것이라 한다. 옴팔로스는 형태가 달걀형이고 그 표면은 여러 선들이 교차하여 만들어진 독특한 다각형 면으로 이루어져 있다. 옴팔로스는 '배꼽'을 ⓑ가리키는 말로 인체의 중심, 나아가 '세계의 중심'을 뜻한다. 광장의 전체적인 형태가 옴팔로스와 같은 타원형이고 광장 바닥의 다각형이 옴팔로스 표면의 다각형과 유사하다는 점에서 캄피돌리오 광장은 그 자체가 세계의 중심이라는 의미를 지닌다.

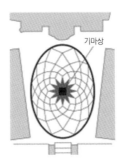

기마상

캄피돌리오 광장은 원이 갖는 고유의 특성이 구현된 공간이기도 하다. 원은 중심과 둘레로 이루어져 있어 중심을 향하는 집중성과 둘레를 향하는 확산성이라는 두 가지 속성을 동시에 갖고 있다. 그런데 이 광장은 확산성이 아닌 집중성을 강조한 공간이다. 광장의 실제 경계는 타원이지만, 사람들이 광장의 어느 곳에 서 있든 시선은 가운데에 있는 기마상으로 집중하게 되므로 기마상을 광장의 중심으로 인식하게 된다. 광장의 가운데에 배치된 기마상은 타원이 지닌 두 개의 초점을 ⓒ사라지게 하는 효과를 나타내어 광장을 하나의 중심을 가진 원형 공간처럼 변모시킨 것이다. 타원형의 광장이 집중성을 가진 공간으로 전환되면서 광장에는 중심과 주변이라는 위계가 생기게 된다. 위계의 정점은 기마상이다. 주변을 압도하는 세계 지배자의 기마상을 올려다보는 순간 그 위계감은 한층 더 고조된다.

이렇게 광장을 원형으로 새롭게 인식하면서, 광장의 기마상 아래 놓여 있는 별 장식에 주목하게 되면 광장의 확장된 의미를 읽어 낼 수 있다. 고대인들은 우주를 북극성을 중심으로 별이 회전하며 12개의 구역으로 ⓓ나누어진 원형의 공간으로 인식했다. 이런 인식은 캄피돌리오 광장에 계승되어 북극성은 기마상이 서 있는 별 장식으로, 하늘의 12개 구역은 별 장식의 꼭짓점 개수로 표현된 것이다. 이로써 로마 황제의 기마상은 우주의 중심에 ⓔ서게 된다. 2014.6B

지문 읽기

이 글은 캄피돌리오 광장의 구조를 분석한 뒤, 그 구성 요소 하나하나의 상징적 의미를 설명하고 있다.
① 분석 대상: 캄피돌리오 광장의 구조
② 구성 요소: 기마상, 기마상 바닥에 12개의 꼭짓점을 가진 별 모양의 장식, 광장의 바닥에 기마상

에서 뻗어 나온 선들이 교차하여 만든 문양

③ 구성 요소의 기능: 기마상-위계의 정점, 별 모양의 장식-우주의 중심, 광장 바닥 문양-세계의 중심

④ 캄피돌리오 광장 구조의 상징적 의미

문항 풀이

24. 윗글을 이해한 내용으로 가장 적절한 것은?

① 타원과 원의 조합은 광장 주변의 위상을 높인다.

② 미켈란젤로는 신성한 돌인 옴팔로스를 광장에 배치했다.

③ 두 개의 초점을 가진 타원은 옴팔로스의 확산성을 드러낸다.

④ 기마상은 잘게 나뉜 기하학적 문양의 비대칭성을 강조해 준다.

⑤ 광장 중심에 놓인 별 장식은 그곳이 우주의 중심임을 의미한다.

유형 사실 확인
접근 방식 이 글은 분석으로 전개된 글이므로, 구성 요소로 나누어서 부분별로 읽으면 세부 사항도 기억될 것이다. **정답 ⑤**

25. 캄피돌리오 광장에 구현된 상징적 의미로 보기 어려운 것은?

① 옴팔로스가 나타내는 상징적 의미

② 타원형의 두 초점이 갖는 상징적 의미

③ 원의 중심이 가지고 있는 상징적 의미

④ 고대인이 생각한 북극성의 상징적 의미

⑤ 광장의 기마상이 나타내는 상징적 의미

유형 개념 이해
접근 방식 캄피돌리오 광장을 분석한 구성 요소의 상징적 의미와 그 원리를 묻고 있다. 실제 광장은 타원이지만 기마상 때문에 원형으로 인식된다고 했다. **정답 ②**

26. 윗글의 ⊙과 〈보기〉의 ㉔에 대한 설명으로 적절하지 <u>않은</u> 것은?

> **보 기**
>
> 뉴욕의 ㉔구겐하임 미술관의 외부는 위로 올라갈수록 넓어지는 원통형 모양을 하고 있으며, 건물의 내부는 가운데가 텅 비어 있고 둘레에 나선형 경사로가 있다. 관람객은 입구에서 엘리베이터로 최상층까지 올라간 뒤 경사로를 따라 내려오면서 작품을 감상하는데, 사람들의 시선은 자연스럽게 원통형 공간의 벽면에 전시된 작품으로 향하게 된다. 이것은 둘레를 향하는 원의 확산적 속성을 이용한 것으로 볼 수 있다. 경사로에서 바라보이는 원의 중심에 해당하는 원통형 공간은 비어 있으므로 중심을 향하는 위계감은 없다.

① ⊙은 ㉔와 달리, 보는 사람의 시선 방향이 중심을 향한다.
② ⊙은 ㉔와 달리, 원의 중심에서 형성되는 위계감이 강조된다.
③ ㉔는 ⊙과 달리, 원의 주변이 중앙 공간의 집중성을 강화한다.
④ ㉔는 ⊙과 달리, 원의 중심보다 둘레를 강조한 공간 구성을 보인다.
⑤ ⊙과 ㉔는 모두 원의 속성을 바탕으로 한 형상을 채택하였다.

유형 개념 적용
접근 방식 캄피돌리오 광장과 구겐하임 미술관을 비교하는 문항이다. 두 대상의 공통점은 원형이다. 차이점으로는 캄피돌리오 광장은 원의 집중성을, 구겐하임 미술관은 확장성을 형상화한 것으로 보고 있다. 원의 중심보다 둘레를 강조한 공간 구성은 확산성을 말한다. **정답 ③**

27. 문맥상 ⓐ~ⓔ를 바꿔 쓰기에 가장 적절한 것은?

① ⓐ: 제조(製造)된   ② ⓑ: 지적(指摘)하는
③ ⓒ: 소진(消盡)되게   ④ ⓓ: 분할(分割)된
⑤ ⓔ: 기립(起立)하게

유형 문맥적 의미
접근 방식 서술어와 문맥을 형성하는 주어, 목적어, 부사어와 관계를 바탕으로 추론한다.
ⓐ형성(形成)된, ⓑ지시(指示)하는, ⓒ소실(消失)되는, ⓔ위치(位置)하게 **정답 ④**

CHAPTER 08

대조로 전개되는 글 읽기

대조란 여러 대상을 기준에 따라 견주어서 차이점을 설명하는 전개 방식이다. 대조는 유사한 대상들의 차이점을 설명함으로써 대상의 의미를 심화하는 데 사용된다. 대조로 전개되는 글은 대조 대상, 대조 기준, 차이점 등으로 나누어서 이해하도록 한다. 대조의 표지어로는 '이에 비해, 이와 달리, 반면, 하지만, 대조적이다, 다르다, 차이가 있다' 등이 있다.

1절 대조 문장 읽기

다음 <보기>는 '차이점'으로 미루어 볼 때, 대조로 전개된 문장임을 알 수 있다.

보 기

전통적 의미에서 영화적 재현과 만화적 재현의 큰 차이점 중 하나는 움직임의 유무일 것이다.

2013

앞의 <보기>는 대조 대상인 '영화적 재현과 만화적 재현'을 '움직임의 유무'를 기준으로 대조하고 있다.

2절 앞 문장을 구체화하면서 차이점이 분명해진다.

다음 <보기>에서는 문장이 이어지면서 차이점이 분명해짐을 확인할 수 있다.

보 기

① 이전 시대까지는 '미술'과 '미술 아닌 것'의 구분은 '무엇을 그리는가?' 또는 어떻게 그리는가의

문제, 곧 내용·형식·재료처럼 지각 가능한 '전시적 요소'에 의존해서 가능했다. ② 반면, 20세기에는 빈 캔버스, 자연물, 기성품 등도 작품으로 인정되는 데에서 보듯, 전시적 요소로는 더 이상 그러한 구분이 불가능해진 것이다. ③ 이제 그러한 구분은 대상이 어떤 것이든 그것에 미술 작품의 자격을 부여하는 지적인 행위, 곧 '작품 밖의 비전시적 행위'에 의존할 따름이다.
2014.9

① 핵심어: 전시적 요소(이것을 기준으로 할 때, 차이점은 무엇일까?)
② 대조 대상: 미술과 미술 아닌 것
③ 대조 기준: 전시적 요소 유무
④ 차이점: 이전 시대 – 전시적 요소
　　　　　　20세기 – 비전시적 행위
⑤ 제목: 20세기 미술의 특징

유형 문제

※ 다음 대조 문단의 첫 문장에서 핵심어를 찾아서, 대조로 이어짐을 설명하시오.

① 이 두 입장은 요사이 연금 기금의 투자 방향에 관해서도 대립하고 있다. ② 이에 대해서는 원래 후자의 입장에서 연금 기금을 가입자들이 노후의 소득 보장을 위해 맡긴 신탁 기금으로 보고, 안정된 금융시장을 통해 대기업에 투자함으로써 수익률을 극대화하려는 태도가 지배적이었다. ③ 그러나 최근에는 전자의 입장에서 연금 기금을 국민 전체가 사회 발전을 위해 조성한 투자 자금으로 보고, 이를 일자리 창출에 연계된 사회 경제적 분야에 투자해야 한다는 주장이 힘을 얻고 있다.
2013

예시답

① 핵심어: 연금 기금의 투자 방향에 관해서도 대립(두 입장의 투자 방향에서 차이는 무엇일까?)
② 대조의 대상: 두 입장
③ 대조의 기준: 연금 기금의 투자 방향
④ 차이점: 전자 – 신탁 기금, 후자 – 투자 자금
⑤ 제목: 연금 기금의 투자 방향에 대한 두 입장의 차이점

※ 다음 첫 문장에서 핵심어를 찾아 대조로 이어짐을 설명하시오.

> 놀이가 상품 소비의 형식을 띠면서 놀이를 즐기는 방식도 변화한다. 과거의 놀이가 주로 직접 참여하는 형식으로 이루어졌다면, 자본주의 사회의 놀이는 대개 참여가 아니라 구경이나 소비의 형태로 이루어진다.

예시답

① 핵심어: 놀이를 즐기는 방식의 변화(놀이를 즐기는 방식이 시대에 따라 어떤 차이점이 있을까?)
② 대조 대상: 놀이의 변화
③ 대조 기준: 즐기는 방식
④ 차이점: 과거의 놀이 – 직접 참여 형식, 자본주의 사회의 놀이 – 구경이나 소비의 형태
⑤ 제목: 자본주의 사회와 과거의 놀이 방식의 차이점

3절 대조로 전개되는 문단 읽기

대조로 전개되는 문단은 중심 문장에서 대조 대상과 대조 기준이 소개된다. 뒷받침 문장에서는 차이점이 설명되는 경우가 일반적이다. 따라서 대조로 전개되는 문단은 대조 기준을 바탕으로 차이점을 구체적으로 이해하도록 한다.

다음 <보기>의 대조 문단을 읽고, 절차에 따라 정리해 보자.

> **보기**
>
> 전통적 의미에서 영화적 재현과 만화적 재현의 큰 차이점 중 하나는 움직임의 유무일 것이다. 영화는 사진에 결여되었던 사물의 운동, 즉 시간을 재현한 예술 장르이다. 반면 만화는 공간이라는 차원만을 알고 있다. 정지된 그림이 의도된 순서에 따라 공간적으로 나열된 것이 만화이기 때문이다. 만일 만화에도 시간이 존재한다면 그것은 읽기의 과정에서 독자에 의해 사후에 생성된 것이다. 독자는 정지된 이미지에서 상상을 통해 움직임을 끌어낸다. 그리고 인물이나 물체의 주변에 그어져 속도감을 암시하는 효과선은 독자의 상상을 더욱 부추긴다.   2013

이 문단은 영화적 재현과 만화적 재현의 차이점을 움직임의 유무를 기준으로 대조로 설명

하고 있다.

① 중심 문장: 전통적 의미에서 영화적 재현과 만화적 재현의 큰 차이점 중 하나는 움직임의 유무일 것이다.

② 핵심어: 움직임의 유무(이를 기준으로 어떤 차이가 있을까?)

③ 대조 대상: 영화적 재현과 만화적 재현

④ 대조 기준: 움직임의 유무

⑤ 차이점: 영화적 재현－시간의 재현(사물의 움직임), 만화적 재현－공간의 재현(정지)

⑥ 제목: 전통적 의미에서 영화적 재현과 만화적 재현의 차이점

유형 문제

※ 다음 문단을 읽고 대조의 절차에 의해 정리하시오.

> 신채호는 아를 소아와 대아로 구별하였다. 그에 따르면, 소아는 개별화된 개인적 아이며, 대아는 국가와 사회 차원의 아이다. 소아는 자성은 갖지만 상속성(相續性)과 보편성(普遍性)을 갖지 못하는 반면, 대아는 자성을 갖고 상속성과 보편성을 가질 수 있다. 여기서 상속성이란 시간적 차원에서 아의 생명력이 지속되는 것을 뜻하며, 보편성이란 공간적 차원에서 아의 영향력이 파급되는 것을 뜻한다. 상속성과 보편성은 긴밀한 관계를 가지는데, 보편성의 확보를 통해 상속성이 실현되며 상속성의 유지를 통해 보편성이 실현된다. 대아가 자성을 자각한 이후, 항성과 변성의 조화를 통해 상속성과 보편성을 실현할 수 있다. 만약 대아의 항성이 크고 변성이 작으면 환경에 순응하지 못하여 멸절(滅絕)할 것이며, 항성이 작고 변성이 크면 환경에 주체적으로 대응하지 못하여 우월한 비아에게 정복당한다고 하였다.
>
> 2015B

예시답

① 중심 문장: 신채호는 아를 소아와 대아로 구별하였다.

② 핵심어: 소아와 대아의 구별(소아와 대아는 차이점이 무엇일까?)

③ 대조 대상: 신채호 사상에서 소아와 대아

④ 대조 기준: 상속성과 보편성의 유무

⑤ 차이점: 소아는 '자성'만 있고, 대아는 '자성'과 '상속성과 보편성'도 있다.

⑥ 제목: 신채호의 소아와 대아의 차이점

※ 다음 문단을 대조의 원리에 따라 정리하시오.

> 그렇다면 첫째 이야기에서는 온전하게 회복해야 할 '참된 자아'를 잊은 것이고 둘째 이야기에서는 세상을 기웃거리면서 시비를 따지려 드는 '편협한 자아'를 잊은 것이라고 볼 수 있다. 참된 자아를 잊은 채 대상에 탐닉하는 식으로 자아와 세계가 관계를 맺게 되면 그 대상에 꼼짝없이 종속되어 괴로움이 증폭된다고 장자는 생각한다. 한편 편협한 자아를 잊었다는 것은 편견과 아집의 상태에서 벗어나 세계와 자유롭게 소통하는 합일의 경지에 도달할 수 있음을 의미한다.
>
> 2016.6

예시답

① 대조 대상: 첫째 이야기와 둘째 이야기
② 대조 기준: 잊은 것
③ 차이점: 첫째 이야기 – 참된 자아, 둘째 이야기 – 편협한 자아
④ 제목: 두 이야기에서 잊은 자아의 차이

4절 대조로 전개되는 문단은 차이를 구체화한다.

대조란 어떤 대상을 일정한 기준에 따라 차이점을 설명하는 전개 방식으로, 기준에서 필자의 의도를 읽을 수 있다. 그런데 대조 문단에 대조 기준이 생략되는 경우가 있다. 이럴 때는 차이점들을 일반화하여 기준을 추론할 수 있다. 기준이 설정되었을 때, 차이점이 온전히 이해될 수 있다.

> **보기**
>
> **1** 촬영된 이미지와 수작업에 따른 이미지는 영화와 만화가 현실과 맺는 관계를 다르게 규정한다. 영화는 실제 대상과 이미지가 인과 관계로 맺어져 있어 본질적으로 사물에 대한 사실적인 기록이 된다. 이 기록의 과정에는 촬영장의 상황이나 촬영 여건과 같은 제약이 따른다. 그러나 최근에는 촬영된 이미지들을 컴퓨터상에서 합성하거나 그래픽 이미지를 활용하는 디지털 특수 효과의 도움을 받는 사례가 늘고 있는데, 이를 통해 만화에서와 마찬가지로 실재하지 않는 대

상이나 장소도 만들어 낼 수 있게 되었다.

2 만화의 경우는 구상을 실행으로 옮기는 단계가 현실을 매개로 하지 않는다. 따라서 만화 이미지는 그 제작 단계가 작가의 통제에 포섭되어 있는 이미지이다. 이 점은 만화적 상상력의 동력으로 작용한다. 현실과 직접적으로 대면하지 않기에 작가의 상상력에 이끌려 만화적 현실로 향할 수 있는 것이다.

2013

이 글에서는 영화와 만화의 이미지가 현실과 맺는 관계를 기준으로 차이점이 있음을 설명하고 있다. 이 글을 읽고 대조의 전개 방식에 알맞게 정리해 보도록 하자.

1 **2**

① 중심 문장: 영화는 실제 대상과 이미지가 인과 관계로 맺어져 있어 본질적으로 사물에 대한 사실적인 기록이 된다.

② 핵심어: 실제 대상과 이미지가 인과 관계로 맺어짐

③ 대조 대상: 영화의 이미지와 만화의 이미지

④ 대조 기준: 영화의 이미지와 만화의 이미지가 현실과 맺는 관계

⑤ 차이점: 영화−현실과 인과 관계로 맺어짐, 만화−작가의 통제에 포섭됨

⑥ 제목: 영화의 이미지와 만화 이미지의 현실과 맺는 관계의 차이

유형 문제

※ 다음 대조로 이어지는 문단을 예측하며 읽어 보시오.

1 서로 다른 개체를 동일한 종류의 것이라고 판단하고 의사 소통에 성공하기 위해서는 개체들이 공유하는 무엇인가가 필요하다. 본질주의는 그것이 우리와 무관하게 개체 내에 본질로서 존재한다고 주장한다. 반면에 반(反)본질주의는 그런 본질이란 없으며, 인간이 정한 언어 약정이 본질주의에서 말하는 본질의 역할을 충분히 달성할 수 있다고 주장한다. 이른바 본질은 우리가 관습적으로 부여하는 의미를 표현한 것에 불과하다는 것이다.

2 '본질'이 존재론적 개념이라면 거기에 언어적으로 상관하는 것은 '정의'이다. 그런데 어떤 대상에 대해서 약정적이지 않으면서 완벽하고 정확한 정의를 내리기 어렵다는 사실은 반본질주의의 주장에 힘을 실어 준다. 사람을 예로 들어 보자. 이성적 동물은 사람에 대한 정의로 널리 알려져 있다. 그러면 이성적이지 않은 갓난아이를 사람의 본질에 반례로 제시할 수 있다. 이번에

는 '사람은 사회적 동물이다.'라고 정의를 제시할 수도 있다. 그러나 사회를 이루고 산다고 해서 모두 사람인 것은 아니다. 개미나 벌도 사회를 이루고 살지만 사람은 아니다.

2014.6

예시답

1 ① 대조 대상: 본질주의와 반본질주의

② 대조 기준: '의사 소통에 필요로 하는 개체들이 공유하는 무엇'이 무엇인가?

③ 차이점: 본질주의–그것이 개체 내에 본질로서 존재한다.

반본질주의–언어 약정이 본질의 역할을 충실히 달성할 수 있다.

2 ① 대조 대상: 본질주의와 반본질주의

② 대조 기준: 약정적이지 않으면서 정확한 정의가 가능한가?

③ 차이점: 반본질주의–약정적이지 않으면서 정확한 정의를 내리기 어렵다.

적용 연습

※ 다음 문단이 대조로 이어짐을 설명하시오.

1 또한 통화 정책은 민간의 신뢰가 없이는 성공을 거둘 수 없다. 따라서 중앙은행은 정책 신뢰성이 손상되지 않게 유의해야 한다. 그런데 어떻게 통화 정책이 민간의 신뢰를 얻을 수 있는지에 대해서는 견해 차이가 있다. 경제학자 프리드먼은 중앙은행이 특정한 정책 목표나 운용 방식을 '준칙'으로 삼아 민간에 약속하고 어떤 상황에서도 이를 지키는 '준칙주의'를 주장한다. 가령 중앙은행이 물가 상승률 목표치를 민간에 약속했다고 하자. 민간이 이 약속을 신뢰하면 물가 불안 심리가 진정된다. 그런데 물가가 일단 안정되고 나면 중앙은행으로서는 이제 경기를 부양하는 것도 고려해 볼 수 있다. 문제는 민간이 이 비일관성을 인지하면 중앙은행에 대한 신뢰가 훼손된다는 점이다. 준칙주의자들은 이런 경우에 중앙은행이 애초의 약속을 일관되게 지키는 편이 바람직하다고 주장한다.

2 그러나 민간이 사후적인 결과만으로는 중앙은행이 준칙을 지키려 했는지 판단하기 어렵고, 중앙은행에 준칙을 지킬 것을 강제할 수 없는 것도 사실이다. 준칙주의와 대비되는 '재량주의'에서는 경제 여건 변화에 따른 신축적인 정책 대응을 지지하며 준칙주의의 엄격한 실천은 현실적으로 어렵다고 본다. 아울러 준칙주의가 최선인지에 대해서도 물음을 던진다. 예상보다 큰 경제 변동이 있으면 사전에 정해 둔 준칙이 장애물이 될 수 있기 때문이다. 정책 신뢰성은 중요하지만, 이를 위해 중앙은행이 반드시 준칙에 얽매일 필요는 없다는 것이다.

2018.6

예시답

① 대조 대상: 통화 정책의 정책 신뢰성을 위한 준칙주의와 재량주의

② 대조 기준: 약속의 일관성

③ 차이점:

　　1 준칙주의─중앙은행이 특정한 정책 목표나 운용 방식을 준칙으로 삼아 민간에 약속하고 어떠한 상황에서도 이를 지킨다는 입장

　　2 재량주의─경제 여건 변화에 따른 신축적인 정책 대응을 지지하며 준칙주의의 엄격한 실천은 현실적으로 어렵다는 입장

④ 제목: 통화 정책의 정책 신뢰성을 위한 준칙주의와 재량주의의 차이점

5절　**대조로 전개되는 글 읽기 및 문항 풀이**

　대조는 전개되는 글은 도입 문단에서 대조 대상과 대조 기준이 제시되고, 전개 문단에서는 차이점이 구체화되는 것이 일반적이다. 그러므로 대조로 전개되는 글은 대조 대상과 대조 기준을 확인하는 것이 중요하다. 간혹 대조 기준이 생략된 경우에는 대조 결과를 근거로 대조 기준을 추론해 낼 수 있다.

※ 다음 대조로 전개된 글을 읽고 주어진 문항을 푸시오.

> **1** ㉠논리실증주의자와 포퍼는 지식을 수학적 지식이나 논리학 지식처럼 경험과 무관한 것과 과학적 지식처럼 경험에 의존하는 것으로 구분한다. 그중 과학적 지식은 과학적 방법에 의해 누적된다고 주장한다. 가설은 과학적 지식의 후보가 되는 것인데, 그들은 가설로부터 논리적으로 도출된 예측을 관찰이나 실험 등의 경험을 통해 맞는지 틀리는지 판단함으로써 그 가설을 시험하는 과학적 방법을 제시한다. 논리실증주의자는 예측이 맞을 경우에, 포퍼는 예측이 틀리지 않는 한, 그 예측을 도출한 가설이 하나씩 새로운 지식으로 추가된다고 주장한다.
>
> **2** 하지만 ㉡콰인은 가설만 가지고서 예측을 논리적으로 도출할 수 없다고 본다. 예를 들어 ⓐ새로 발견된 금속 M은 열을 받으면 팽창한다는 가설만 가지고는 ⓑ열을 받은 M이 팽창할 것이라는 예측을 이끌어낼 수 없다. 먼저 지금까지 관찰한 모든 금속은 열을 받으면 팽창한다는 기존의 지식과 M에 열을 가했다는 조건 등이 필요하다. 이렇게 예측은 가설, 기존의 지식들, 여러 조건 등을 모두 합쳐야만 논리적으로 도출된다는 것이다. 그러므로 예측이 거짓으로 밝혀

지면 정확히 무엇 때문에 예측에 실패한 것인지 알 수 없다는 것이다. 이로부터 콰인은 개별적인 가설뿐만 아니라 ⓒ기존의 지식들과 여러 조건 등을 모두 포함하는 전체 지식이 경험을 통한 시험의 대상이 된다는 총체주의를 제안한다.

③ 논리실증주의자와 포퍼는 수학적 지식이나 논리학 지식처럼 경험과 무관하게 참으로 판별되는 분석 명제와, 과학적 지식처럼 경험을 통해 참으로 판별되는 종합 명제를 서로 다른 종류라고 구분한다. 그러나 콰인은 총체주의를 정당화하기 위해 이 구분을 부정하는 논증을 다음과 같이 제시한다. 논리실증주의자와 포퍼의 구분에 따르면 "총각은 총각이다."와 같은 동어 반복 명제와, "총각은 미혼의 성인 남성이다."처럼 동어 반복 명제로 환원할 수 있는 것은 모두 분석 명제이다. 그런데 후자가 분석 명제인 까닭은 전자로 환원할 수 있기 때문이다. 이러한 환원이 가능한 것은 '총각'과 '미혼의 성인 남성'이 동의적 표현이기 때문인데 그게 왜 동의적 표현인지 물어보면, 이 둘을 서로 대체하더라도 명제의 참 또는 거짓이 바뀌지 않기 때문이라고 할 것이다. 하지만 이것만으로는 두 표현의 의미가 같다는 것을 보장하지 못해서, 동의적 표현은 언제나 반드시 대체 가능해야 한다는 필연성 개념에 다시 의존하게 된다. 이렇게 되면 동의적 표현이 동어 반복 명제로 환원 가능하게 하는 것이 되어, 필연성 개념은 다시 분석 명제 개념에 의존하게 되는 순환론에 빠진다. 따라서 콰인은 종합 명제와 구분되는 분석 명제가 존재한다는 주장은 근거가 없다는 결론에 ⓒ도달한다.

④ 콰인은 분석 명제와 종합 명제로 지식을 엄격히 구분하는 대신, 경험과 직접 충돌하지 않는 중심부 지식과, 경험과 직접 충돌할 수 있는 주변부 지식을 상정한다. 경험과 직접 충돌하여 참과 거짓이 쉽게 바뀌는 주변부 지식과 달리 주변부 지식의 토대가 되는 중심부 지식은 상대적으로 견고하다. 그러나 이 둘의 경계를 명확히 나눌 수 없기 때문에, 콰인은 중심부 지식과 주변부 지식을 다른 종류라고 하지 않는다. 수학적 지식이나 논리학 지식은 중심부 지식의 한가운데에 있어 경험에서 가장 멀리 떨어져 있지만 그렇다고 경험과 무관한 것은 아니라는 것이다. 그런데 주변부 지식이 경험과 충돌하여 거짓으로 밝혀지면 전체 지식의 어느 부분을 수정해야 할지 고민하게 된다. 주변부 지식을 수정하면 전체 지식의 변화가 크지 않지만 중심부 지식을 수정하면 관련된 다른 지식이 많기 때문에 전체 지식도 크게 변화하게 된다. 그래서 대부분의 경우에는 주변부 지식을 수정하는 쪽을 선택하겠지만 실용적 필요 때문에 중심부 지식을 수정하는 경우도 있다. 그리하여 콰인은 중심부 지식과 주변부 지식이 원칙적으로 모두 수정의 대상이 될 수 있고, 지식의 변화도 더 이상 개별적 지식이 단순히 누적되는 과정이 아니라고 주장한다. 2017

지문읽기

이 글은 지식의 특성을 대조로 설명하고 있다. 먼저 논리실증주의자와 포퍼는 콰인과 과학적 방법에서 차이를 보이고 있고, 다음에는 지식 중에 경험과 무관한 지식의 존재에 대하여 서로 차이를 보이고 있다.

① ② ① 대조 대상: 논리실증주의자, 포퍼와 콰인의 과학적 방법
　　　 ② 대조 기준: 가설만으로 예측을 논리적으로 도출할 수 있는가?

③ 차이점: 논리실증주의자와 포퍼 – 있다, 콰인 – 없다.

④ 제목: 논리실증주의자와 포퍼, 콰인의 과학적 방법의 차이

3 ① 대조 대상: 논리실증주의자, 포퍼와 콰인의 지식의 유형

② 대조 기준: 경험과 무관한 지식의 존재 유무

③ 차이점:

논리실증주의자, 포퍼 – 논리학 지식처럼 경험과 무관하게 참임이 밝혀지는 분석 명제가 존재한다.

콰인 – 분석 명제의 존재는 증명될 수 없다. 모든 지식은 경험적이다.

④ 제목: 논리실증주의자, 포퍼와 콰인의 지식관의 차이

4 콰인의 지식관: 경험과 직접 충돌하지 않는 중심부 지식과, 경험과 직접 충돌할 수 있는 주변부 지식을 상정한다.

문항 풀이

16. 윗글을 바탕으로 할 때, ㉠과 ㉡이 모두 '아니요'라고 답변할 질문은?

① 과학적 지식은 개별적으로 누적되는가?

② 경험을 통하지 않고 가설을 시험할 수 있는가?

③ 경험과 무관하게 참이 되는 지식이 존재하는가?

④ 예측은 가설로부터 논리적으로 도출될 수 있는가?

⑤ 수학적 지식과 과학적 지식은 종류가 다른 것인가?

유형 관점 이해

접근 방식 두 유형의 이론가들의 공통점을 묻고 있다. 두 유형의 학자들의 쟁점은 가설만으로 예측을 논리적으로 도출할 수 있는가에 있었다. 두 유형의 학자들의 공통 전제는 가설을 예측과 함께 경험적으로 검증해야 한다는 것이다.

② 가설을 검증해야 하고, 검증 방법은 경험적이어야 한다. **정답** ②

17. 윗글에 대해 이해한 내용으로 가장 적절한 것은?

① 포퍼가 제시한 과학적 방법에 따르면, 예측이 틀리지 않았을 경우보다는 맞을 경우에 그 예측을 도출한 가설이 지식으로 인정된다.

② 논리실증주의자에 따르면, "총각은 미혼의 성인 남성이다."가 분석 명제인 것은 총각을 한 명 한 명 조사해 보니 모두 미혼의 성인 남성으로 밝혀졌기 때문이다.

③ 콰인은 관찰과 실험에 의존하는 지식이 관찰과 실험에 의존하지 않는 지식과 근본적으로 다르다고 한다.

④ 콰인은 분석 명제가 무엇인지는 동의적 표현이란 무엇인지에 의존하고, 다시 이는 필연성 개념에, 필연성 개념은 다시 분석 명제 개념에 의존한다고 본다.

⑤ 콰인은 어떤 명제에, 의미가 다를 뿐만 아니라 서로 대체할 경우 그 명제의 참 또는 거짓이 바뀌는 표현을 사용할 수 있으면, 그 명제는 동어 반복 명제라고 본다.

유형 관점 이해

접근 방식 하나의 지문에 여러 관점이 서술될 때에는 관점의 차이를 명확히 이해할 필요가 있다.

① 포퍼는 예측이 틀리지 않았을 경우에 지식으로 인정한다. 반증되지 않았을 경우에 지식으로 인정한다.

② 분석 명제는 경험과 무관한 것이기에 '조사'를 통해 밝히기란 불가능하다.

③ 콰인은 모든 지식은 경험적이라고 보았다. 관찰과 실험은 경험의 한 방법이다.

④ 순환론을 설명하고 있다.

⑤ 의미가 같은 경우를 말했다. **정답** ④

18. 윗글을 바탕으로 총체주의의 입장에서 ⓐ~ⓒ에 대해 평가한 것으로 적절하지 <u>않은</u> 것은? [3점]

① ⓑ가 거짓으로 밝혀지더라도 그것이 ⓐ때문이라고 단정하지 못하겠군.

② ⓑ가 거짓으로 밝혀지면 ⓒ의 어느 부분을 수정하느냐는 실용적 필요에 따라 달라지겠군.

③ ⓑ는 ⓐ와 ⓒ로부터 논리적으로 도출된다고 하겠군.

④ ⓑ가 거짓으로 밝혀지면 ⓑ는 ⓒ의 주변부에서 경험과 직접 충돌한 것이라고 하겠군.

⑤ ⓑ가 거짓으로 밝혀지면 ⓒ를 수정하는 방법으로는 ⓐ를 받아들일 수 없다고 하겠군.

유형 관점 이해

접근 방식 과학적 지식이 형성되는 총체주의의 관점이다. 과학적 지식은 콰인의 관점에서는 주변부 지식에 속한다는 점을 유의할 필요가 있다.

① ⓐ만으로는 ⓑ가 도출되지 않기 때문이다.

② ⓒ에는 중심부 지식과 주변부 지식이 있고, 일반적으로는 주변부 지식을 수정하지만, 실용적 필요에 따라 중심부 지식도 수정할 수 있다.

③ 그래서 총체주의라고 했다.

④ 주변부 지식만이 경험과 직접 충돌한다.

⑤ ⓑ는 주변부 지식에 해당하고 ⓒ는 주변부 지식과 중심부 지식 중 실용성에 따라 수정 대상이 선택된다. ② 번 선택지와 모순 관계에 있다. **정답** ⑤

19. 윗글의 총체주의에 대한 비판으로 가장 적절한 것은?

① 가설로부터 논리적으로 도출된 예측이 경험과 충돌하더라도 그 충돌 때문에 가설이 틀렸다고 할 수 없다.

② 논리학 지식이나 수학적 지식이 중심부 지식의 한가운데에 위치한다고 해서 경험과 무관한 것은 아니다.

③ 전체 지식은 어떤 결정적인 반박일지라도 피할 수 있기 때문에 수정 대상을 주변부 지식으로 한정하는 것은 잘못이다.

④ 중심부 지식을 수정하면 주변부 지식도 수정해야 하겠지만, 주변부 지식을 수정한다고 해서 중심부 지식을 수정해야 하는 것은 아니다.

⑤ 중심부 지식과 주변부 지식 간의 경계가 불분명하다 해도 중심부 지식 중에는 주변부 지식들과 종류가 다른 지식이 존재한다.

유형 관점 비판
접근 방식 주어진 관점을 비판하기 위해서는 먼저 주어진 관점을 이해해야 하고, 그 관점에 대해서만 모순이나 한계를 지적해야 한다.
①, ②, ③, ④는 총체주의 관점이고, ⑤가 그 관점을 비판하고 있다. **정답 ⑤**

20. 문맥상 ⓒ과 바꿔 쓰기에 가장 적절한 것은?

① 잇따른다
② 다다른다
③ 봉착한다
④ 회귀한다
⑤ 기인한다

유형 문맥적 의미
접근 방식 서술어의 문맥은 서술어를 제외한 문장 성분이 형성한다.
② '결론에'라는 부사어가 문맥을 형성한다. '결론'은 논증자가 목적한 지점에 도달하게 되었으므로, 긍정적인 문맥을 형성하고 있다. **정답 ②**

정리

16번 문항은 과학적 방법에 대한 공통점을, 17번 문항은 각각의 지식관을, 18번 문항은 총체주의를, 19번 문항도 총체주의를 각각 평가했다. 대조로 전개한 글이어서 차이점을 명확히 이해하는지를 평가했다고 할 수 있다.

※ 다음 대조로 전개한 글을 읽고 주어진 문항을 푸시오.

1 고대 중국에서 '대학'은 교육 기관을 가리키는 말이었다. 이 '대학'에서 가르쳐야 할 내용을 전하고 있는 책이 『대학』이다. 유학자들은 『대학』의 '명명덕(明明德)'과 '친민(親民)'을 공자의 말로 여기지만, 그 해석에 있어서는 차이가 있다. 경문 해석의 차이는 글자와 문장의 정확성을 따지는 훈고(訓詁)가 다르기 때문이기도 하지만 해석자의 사상적 관심이 다르기 때문이기도 하다.

2 주희와 정약용은 ⓐ'명명덕'과 '친민'에 대해 서로 다르게 해석한다. 주희는 '명덕(明德)'을 인간이 본래 지니고 있는 마음의 밝은 능력으로 해석한다. 인간이 올바른 행동을 할 수 있는 것은 명덕을 지니고 있어서인데 기질에 가려 명덕이 발휘되지 못하게 되면 잘못된 행동을 하게 된다. 따라서 도덕 실천을 위해서는 명덕이 발휘되도록 기질을 교정하는 공부가 필요하다. '명명덕'은 바로 명덕이 발휘되도록 공부한다는 뜻이다. 반면, 정약용은 명덕을 '효(孝)', '제(弟)', '자(慈)'의 덕목으로 해석한다. 명덕은 마음이 지닌 능력이 아니라 행위를 통해 실천해야 하는 구체적 덕목이다. 어떤 사람을 효자라고 부르는 것은 그가 효를 실천할 수 있는 마음의 능력을 가지고 있어서가 아니라 실제로 효를 실천했기 때문이다. '명명덕'은 구체적으로 효, 제, 자를 실천하도록 한다는 뜻이다.

3 유학자들은 자신이 먼저 인격자가 될 것을 강조하지만 궁극적으로는 자신뿐 아니라 백성 또한 올바른 행동을 할 수 있도록 ㉠이끌어야 한다는 생각을 원칙으로 삼는다. 주희도 자신이 명덕을 밝힌 후에는 백성들도 그들이 지닌 명덕을 밝혀 새로운 사람이 될 수 있도록 ㉡가르쳐야 한다고 본다. 백성을 가르쳐 그들을 새롭게 만드는 것이 바로 ⓑ'신민(新民)'이다. 주희는 『대학』을 새로 편찬하면서 고본(古本) 『대학』의 '친민'을 '신민'으로 ㉢고쳤다. '친(親)'보다는 '신(新)'이 '백성을 새로운 사람으로 만든다'는 취지를 더 잘 표현한다고 보았던 것이다. 반면, 정약용은 친민을 신민으로 고치는 것은 옳지 않다고 본다. 정약용은 '친민'을 백성들이 효, 제, 자의 덕목을 실천하도록 이끄는 것이라 해석한다. 즉 백성들로 하여금 자식이 어버이를 사랑하여 효도하고 어버이가 자식을 사랑하여 자애의 덕행을 실천하도록 이끄는 것이 친민이다. 백성들이 이전과 달리 효, 제, 자를 실천하게 되었다는 점에서 새롭다는 뜻은 있지만 본래 글자를 고쳐서는 안 된다고 보았다.

4 주희와 정약용 모두 개인의 인격 완성과 인륜 공동체의 실현을 이상으로 하였다. 하지만 그 이상의 실현 방법에 있어서는 생각이 달랐다. 주희는 개인이 마음을 어떻게 수양하여 도덕적 완성에 ㉣이를 것인가에 관심을 둔 반면, 정약용은 당대의 학자들이 마음 수양에 치우쳐 개인과 사회를 위한 구체적인 덕행의 실천에는 한 걸음도 나아가지 못하는 문제를 ㉤바로잡고자 하는데 관심이 있었다.

2014.9B

지문읽기

① 도입 문단:
- 중심 화제: 유학자들은 『대학』의 '명명덕(明明德)'과 '친민(親民)'을 공자의 말로 여기지만, 그 해석에 있어서는 차이가 있다. 경문 해석의 차이는 글자와 문장의 정확성을 따지는 훈고(訓詁)가 다르기 때문이기도 하지만 해석자의 사상적 관심이 다르기 때문이기도 하다.
- 질문으로 서술하기: 훈고는 어떻게 다르고, 사상적 관심은 어떻게 다를까?

② ① 대조 대상: 주희와 정약용의 '명명덕'에 대한 해석 차이
② 대조 기준: 사상적 관심
③ 차이점:
   주희 – '명명덕'은 바로 명덕이 발휘되도록 공부한다는 뜻
   정약용 – '명명덕'은 구체적으로 효, 제, 자를 실천하도록 한다는 뜻

③ ① 주희와 정약용의 '친민'에 대한 해석 차이
② 대조 기준: 훈고의 차이
③ 차이점:
   주희 – 백성을 가르쳐 그들을 새롭게 만드는 것이 바로 '신민(新民)'이다.
   정약용 – 친민을 신민으로 고치는 것은 옳지 않다고 본다.

④ 주희와 정약용의 해석상의 공통점 및 차이점의 배경

문항 풀이

17. 윗글을 읽고 추론한 내용으로 가장 적절한 것은?

① '대학'은 백성을 가르치기 위해 공자가 건립한 교육 기관이다.
② 주희는 사람들이 명덕을 교정하지 못하여 잘못된 행위를 한다고 보았다.
③ 주희와 정약용의 경전 해석에서 글자의 훈고에 대해서는 언급되지 않았다.
④ 주희와 정약용 모두 도덕 실천이 공동체 차원으로 확장되어야 한다고 보았다.
⑤ 정약용의 『대학』 해석에는 마음 수양의 중요성에 대한 그의 관심이 반영되었다.

유형 추론
접근 방식 추론이란 알고 있는 지식으로부터(전제) 아직 모르는 지식을 이끌어 내는(결론) 사고 과정이다. 그러므로 지문의 내용을 전제로 이끌어 낸 결론(선택지)을 찾는다.
① 지문에 전제할 내용이 없다.
② 기질에 가려 잘못된 행동을 한다는 전제로부터 잘못 도출된 결론이다.
③ 3문단은 훈고의 차이에 대해 서술하고 있다.
④ 두 학자는 모두 개인의 인격 완성과 인륜공동체 실현을 이상으로 삼았다는 전제로부터 도출한 타당한 결론이다.
⑤ 정약용은 실천을 강조하였다. **정답** ④

18. ⓐ, ⓑ에 대한 설명으로 적절한 것은?

① ⓐ에 대한 주희와 정약용의 해석은 일치한다.
② 주희와 정약용 모두 ⓐ를 이루기 위한 수단으로 ⓑ를 강조하였다.
③ 주희는 ⓐ를 '효', '제', '자'라는 구체적 덕목을 실천하는 것으로 보았다.
④ ⓑ에는 백성 또한 도덕적 존재가 될 수 있다는 주희의 생각이 반영되어 있다.
⑤ 정약용은 ⓑ가 고본 『대학』의 '친민'의 본래 의미를 잘 나타내었다고 보았다.

유형 관점 이해
접근 방식 관점이란 어떤 대상에 대한 주체의 인식 태도를 말한다. ⓐ, ⓑ는 대상에 해당하므로 그에 대한 두 학자의 해석을 이해하면 된다.
① 대조로 설명하고 있다.
② 정약용만 그렇다.
③ 정약용의 관점이다.
④ 주희의 생각이 전제되어 있다.
⑤ 정약용은 글자를 고치는 것에 반대했다. **정답** ④

19. 윗글과 〈보기〉를 근거로 판단한 내용으로 적절한 것은? [3점]

> 보 기
>
> 왕양명은 당시에 통용되던 『대학』의 '신민'을 고본 『대학』에 따라 '친민'으로 고쳤다. 그는 백성이 가르쳐야 할 대상인 동시에 사랑해야 할 대상이라는 점에서 가르침에 치중한 '신'보다는 '친'이 적합하다고 보았다. 그러나 정약용은 왕양명이 '명덕'을 마음의 밝은 능력으로 해석한 점을 지적하면서, 왕양명이 '명덕'을 바르게 이해하지 못해 '친민' 또한 바르게 해석하지 못했다고 하였다.

① 왕양명과 정약용은 '명덕'을 동일한 의미로 해석하였다.
② 정약용은 왕양명의 '명덕' 해석이 주희와 다르다고 보았다.
③ 왕양명의 '친민' 해석은 주희가 아닌 정약용의 해석과 일치한다.
④ 왕양명과 정약용은 고본 『대학』의 '친민'을 수정해야 한다고 보았다.
⑤ 왕양명은 '친민'을 '신민'으로 고친 주희의 해석이 백성을 가르침의 대상으로 한정한 문제가 있다고 보았다.

유형 관점 적용
접근 방식 지문에서 두 관점을 대조하였고, 〈보기〉에서 하나의 관점을 더 합하여 세 개의 관점을 대조하는 문항이다. 대조 기준은 이전과 동일하다.

① 왕양명과 주희가 '명덕'을 밝은 능력으로 해석하였다.
② 정약용은 주희와 왕양명이 '명덕'의 해석이 같다고 보았다.
③ 왕양명의 해석을 정약용이 반대했다.
④ 정약용과 왕양명은 고본 대학의 '신민'을 수정해야 한다고 보았다.
⑤ '신'은 가르침에 치중한 표현이고, '친'이 사랑도 포함한 개념으로 보았다. **정답 ⑤**

20. 문맥상 ㉠~㉤을 바꿔 쓰기에 가장 적절한 것은?

① ㉠: 인도(引導)해야   ② ㉡: 지시(指示)해야
③ ㉢: 개편(改編)했다   ④ ㉣: 도착(到着)할
⑤ ㉤: 쇄신(刷新)하고자

유형 문맥적 의미
접근 방식 서술어의 문맥을 이루는 문장 성분은 주어, 목적어, 부사어 등이다.
① 백성을 인도하다의 뜻
② 명덕을 교육해야의 뜻
③ 개편하다는 책을 다시 엮다는 뜻
④ 도덕적 완성에 도달할의 뜻
⑤ 문제를 해결하고자의 뜻 **정답 ①**

> **적용 연습**

※ 다음 대조로 전개된 글을 읽고 주어진 문항을 푸시오.

1 나비가 되어 자신조차 잊을 만큼 즐겁게 날아다니는 꿈을 꾸다 깨어난 장자(莊子)는 자신이 나비가 되는 꿈을 꾼 것인지 나비가 자신이 된 꿈을 꾸고 있는 것인지 의아해한다. 이 호접몽 이야기는 나를 잊은 상태를 묘사함으로써 '물아일체(物我一體)' 사상을 그 결론으로 제시하고 있다. 이 이야기 외에도 『장자』에는 '나를 잊는다'는 구절이 나오는 일화 두 편이 있다.
2 하나는 장자가 타인의 정원에 넘어 들어갔다는 것도 모른 채, 기이한 새의 뒤를 ㉠홀린 듯 쫓는 이야기이다. 여기서 장자는 바깥 사물에 마음을 통째로 **빼앗겨** 자신조차 잊어버리는 고의 몰입을 대상에 사로잡혀 끌려 다니는 꼴에 불과한 것으로 보았다. 이때 마음은 자신이 원하는 하나의 대상에만 과도하게 집착하여 그 어떤 것도 돌아보지 못한다. 이런 마음은 맹목적 욕망일 뿐이어서 감각적 체험을 있는 그대로 받아들이지 못하고 자신에게 이롭다거나 좋다고 생각하는 것만을 과장하거나 왜곡해서 ㉡받아들이고 그렇지 않은 것들은 배격하게 된다.

③ 다른 하나는 "스승님의 마음은 불 꺼진 재와 같습니다."라는 말을 제자에게 들은 남곽자기(南郭子綦)라는 사람이 "나는 나 자신을 잊었다."라고 대답한 이야기이다. 여기서 '나 자신'은 마음을 가리키며, 마음을 잊었다는 것은 불꽃처럼 마음속에 치솟던 분별 작용이 사라졌음을 뜻한다. 달리 말해, 이는 텅 빈 마음이 되었다는 말이며 흔히 명경지수(明鏡止水)의 비유로 표현되는 정적(靜寂)의 상태를 뜻한다. 이런 고요한 마음을 유지해야 천지만물을 있는 그대로 받아들일 수 있다.

④ 그렇다면 첫째 이야기에서는 온전하게 회복해야 할 '참된 자아'를 잊은 것이고 둘째 이야기에서는 세상을 기웃거리면서 시비를 따지려 드는 '편협한 자아'를 잊은 것이라고 볼 수 있다. 참된 자아를 잊은 채 대상에 탐닉하는 식으로 자아와 세계가 관계를 맺게 되면 그 대상에 꼼짝없이 종속되어 괴로움이 증폭된다고 장자는 생각한다. 한편 편협한 자아를 잊었다는 것은 편견과 아집의 상태에서 ⓒ벗어나 세계와 자유롭게 소통하는 합일의 경지에 도달할 수 있음을 의미한다.

⑤ 장자는 이 경지를 만물의 상호 의존성으로 설명한다. 자아와 타자는 서로의 존재를 온전히 전제할 때 자신들의 존재가 ⓔ드러날 수 있다고 그는 말한다. 예컨대, 내가 편견 없는 눈의 감각으로 꽃을 응시하면 그 꽃으로 인해 나의 존재가 성립되고 나로 인해 그 꽃 또한 존재의 의미를 획득하게 된다는 것이다. 이런 관계가 성립되기 위해서는 끊임없이 타자를 위해 마음의 공간을 비워 두는 수행이 필요하다. 장자는 이런 수행을 통해서 개체로서의 자아를 ⓜ뛰어넘어 세계의 모든 존재와 일체를 이루는 자아에 도달할 수 있다고 주장한다. 장자가 나비가 되어 자신조차 잊은 채 자유롭게 날 수 있었던 것은 나비를 있는 그대로 온전하게 받아들일 수 있었기 때문에 가능했다. 만물과 조화롭게 합일한다는 '물아일체'로 호접몽 이야기를 끝맺는 까닭이 여기에 있다.

2016.6B

지문 읽기

이 글은 장자의 물아일체 사상과 관련하여 두 일화를 대조를 사용하여 설명하고 있다.
① 중심 화제: 장자의 '물아일체(物我一體) 사상'과 '두 편의 일화'는 어떤 관계에 있을까?
② 장자의 일화 '하나'
   – '자신을 잊고' 기이한 새를 홀린 듯 뒤쫓았다는 행동의 의미
③ 장자의 일화 '다른 하나'
   – '나 자신을 잊었다'는 행동의 의미
④ 두 일화의 대조
   ① 대조 대상: 두 일화
   ② 대조 기준: 잊은 대상
   ③ 차이점: 첫 번째 이야기–참된 자아, 두 번째 이야기–편협한 자아
⑤ 물아일체 사상의 의미
   – 만물의 상호의존성

문항 풀이

17. 윗글의 중심 화제로 가장 적절한 것은?

① 고도의 몰입을 통한 소통과 합일의 의의
② 장자의 호접몽 이야기에 담긴 물아일체의 진정한 의미
③ 정신과 육체의 조화를 위해 장자가 제시한 수행의 방법
④ 자아와 세계의 상호 의존적 관계를 위한 정적 상태의 극복
⑤ 마음의 두 가지 상태와 그 상보적 관계에 대한 장자의 견해

유형 화제(주제) 이해
접근 방식 글의 화제(중심 화제, 주제)는 도입 문단과 정리 문단에 서술되는 것이 일반적이다. **정답 ②**

18. 윗글을 읽고 추론한 내용으로 적절하지 <u>않은</u> 것은?

① 불 꺼진 재와 같은 마음의 소유자라면 만물과 자유롭게 소통하겠군.
② 참된 자아가 세계와 관계를 맺으려면 감각적 체험을 배제해야 하겠군.
③ 마음을 바깥 사물에 빼앗긴다는 것은 참된 자아를 잊는다는 것과 같겠군.
④ 편협한 자아를 잊는 것은 타자와의 상호 의존적 관계 형성을 위한 바탕이 되겠군.
⑤ 장자가 꿈속에서 나비가 되어 자신조차 잊었다는 것은 마음이 명경지수와 같은 상태였다는 말이군.

유형 추론
접근 방식 추론이란 기지의 지식을 전제로 미지의 지식을 미루어 아는 것이다. 이 문항에서 기지의 지식은 지문 내용이고, 미지의 지식은 선택지의 내용이다. 그러므로 지문의 내용으로부터 알아낼 수 없는 선택지가 정답이 된다. **정답 ②**

19. 〈보기〉에 나타난 순자의 입장에서 윗글의 장자 사상을 비판한 내용으로 적절하지 <u>않은</u> 것은?

> **보기**
>
> 순자는 자연과 인간을 구별하면서 인간 우위의 문명 건설에 중점을 둔다. 그는 인간의 질서와 혼란이 자연 세계가 아니라 인간 세상의 문제로부터 비롯된다고 본다. 인간의 현실 문제를 해결하기 위해 그는 인간과 인간을 둘러싼 세계에 대한 지속적인 학습을 강조한다. 또한 인간은 만물의 변화에 주도적으로 참여하여 만물을 이끌고 길러 주어야 한다고 주장한다. 장자의 말처럼 자연 세계와 온전하게 합일하는 것으로는 인간 사회의 제도적 질서를 세울 수 없다고 본다.

① 마음의 공간을 비우는 수행은 현실 문제 해결에 도움이 되지 않는다.

② 자아를 잊고 만물과 소통하는 것으로는 인간 사회의 제도를 세울 수 없다.

③ 만물과 상호 의존적 관계를 맺는 것은 만물을 이끌고 길러 주는 바탕이 된다.

④ 만물에 대한 분별 작용이 사라지는 것은 인간 우위의 문명 건설에 도움이 되지 않는다.

⑤ 세계의 존재와 일체를 이루는 자아에 도달하는 것으로는 만물의 변화에 주도적으로 참여할 수 없다.

유형 개념 적용

접근 방식 이 문항은 순자의 자연관과 노자의 자연관을 대조하는 문항이다. 두 사상가의 자연관을 오늘날의 개념어로 표현하면 순자의 인간 중심적 자연관, 노자의 자연 중심적 자연관이라 할 수 있다. '만물을 이끌어 주는 것'은 인간 중심적 자연관, '만물과 상호의존적 관계'는 자연 중심적 자연관이다. **정답 ③**

20. 문맥상 ㉠~㉢과 바꿔 쓰기에 적절하지 <u>않은</u> 것은?

① ㉠: 미혹(迷惑)된   ② ㉡: 수용(受容)하고

③ ㉢: 탈피(脫皮)하여   ④ ㉣: 출현(出現)할

⑤ ㉤: 초월(超越)하여

유형 문맥적 의미

접근 방식 문맥적 의미를 한자어로 바꿔쓰는 문항이다. **정답 ④**

CHAPTER 09

비교로 전개되는 글 읽기

　비교란 여러 대상들을 기준에 따라 견주어서 공통점을 설명하는 전개 방식이다. 비교는 넓은 의미와 좁은 의미의 두 가지가 있다. 넓은 의미의 비교는 공통점과 차이점을 모두 설명하는 방식이고, 좁은 의미의 비교는 공통점만을 설명하는 방식이다. 수능 국어에서도 두 가지 의미가 함께 사용되고 있으므로 주의를 요한다. 비교로 전개되는 글은 비교 대상, 비교 기준, 공통점으로 나눠서 이해하도록 한다. 비교의 표지어로는 '공통적이다. 마찬가지이다, 비슷하다, 유사하다, 비교하면, 공통점을 견주자면' 등이 있다.

1절　비교 문장 읽기

> **보기**
>
> 희곡과 시나리오는 서술자가 없다는 점이 공통적이다.

　이 <보기>는 비교 대상인 '희곡과 시나리오'를 '서술자가 없다'는 공통점으로 설명하는 좁은 의미의 비교이다.

2절　앞 문장이 구체화되면서 공통점과 차이점이 드러난다.

　다음 <보기>의 앞 문장에서는 '공통점'과 '차이'로 넓은 의미의 비교가 사용되었음을 알 수 있다. 뒤 문장에서는 '반면에'를 사용하여 차이점을 구체화하고 있다.

> **보기**
>
> 한용운과 이육사는 광복을 노래했다는 공통점이 있지만 노래하는 방식에는 차이가 있다. 한용

운은 대화체로 조국에 대한 절대적인 사랑을 노래한 반면에 이육사는 의지적 어조로 일제를 어떻게 극복할 것인가를 노래했다.

이 <보기>에서는 '한용운'과 '이육사'의 시적 경향을 비교하고 있다. 비교 기준은 '주제와 형식'이다. 주제는 두 시인이 '광복'이라는 측면에서 같지만, 형식은 '다른 점'을 소개하고 있다. 한용운은 '조국에 대한 절대적인 사랑을 대화체'로, 이육사는 '일제에 대한 극복을 의지적 어조'로 노래한 점이 다르다는 설명이다.

유형 문제

※ 다음 비교 문단의 첫 문장에서 핵심어를 찾아서, 비교로 이어짐을 설명하시오.

> ① 모든 판단은 'S는 P이다.'라는 명제 형식으로 환원되는데, 그 가운데 이성이 개념을 통해 지식이나 도덕 준칙을 구성하는 '규정적 판단'에서는 술어 P가 보편적 개념에 따라 객관적 성질로서 주어 S에 부여된다. ② 이와 유사하게 취미 판단에서도 P, 즉 '미' 또는 '추'가 마치 객관적 성질인 것처럼 S에 부여된다.
>
> 2015

해설

문장 ②에 '이와 유사하게'를 통하여 두 문장이 비교로 전개됨을 알 수 있다. ①에는 비교 대상인 '규정적 판단'이 소개되어 있고, ②에서는 나머지 비교 대상인 '취미 판단'이 소개되고 있다.

예시답

① 핵심어: 'S는 P이다.'라는 명제 형식, 술어 P가 보편적 개념에 따라 객관적 성질로서 주어 S에 부여(규정적 판단과 취미 판단의 공통점은 무엇일까?)
② 비교 대상: 규정적 판단과 취미 판단
③ 비교 기준: 명제 형식
④ 공통점: '술어 P가 보편적 개념에 따라 객관적 성질로서 주어 S에 부여'가 공통점으로 설명되고 있다.
⑤ 제목: 규정적 판단과 취미 판단의 공통점

적용 연습

※ 두 문장이 비교로 이어짐을 설명하시오.

> ① 대상의 현실성과 표현의 사실성을 모두 추구한 하이퍼리얼리즘은 같은 리얼리즘 경향에 드는 팝아트와 비교하면 그 특성이 잘 드러난다. ② 이들은 1960년대 미국에서 발달하여 현재까지 유행하고 있는 유파로, 당시 자본주의 사회의 일상의 모습을 대상으로 삼은 점에서는 공통적이다.
>
> 2018.9

①에서는 '비교하면', ②에서는 '공통적이다'를 근거로 이 두 문장이 비교로 전개되었음을 알 수 있다. ①에서는 비교 대상인 '하이퍼리얼리즘'과 '팝아트'와 비교 기준인 '현실성'과 '사실성'이 소개되고 있다. ②에서는 공통점을 설명하고 있다.

예시답

① 핵심어: 하이퍼리얼리즘의 특성(하이퍼리얼리즘과 팝아트의 공통점은 무엇일까?)
② 비교 대상: 하이퍼리얼리즘과 팝아트
③ 비교 기준: 현실성
④ 공통점: 1960년대 미국에서 발달하여 현재까지 유행하고 있는 유파로, 당시 자본주의 사회의 일상의 모습을 대상으로 삼은 점
⑤ 제목: 하이퍼리얼리즘과 팝아트의 공통점

3절 비교로 전개되는 문단 읽기

비교는 넓은 의미로 사용될 때는 비교와 대조를 포함하는 뜻으로, 좁은 의미로 쓰일 때는 비교만을 가리킨다. 좁은 의미의 비교는 비교 대상, 비교 기준, 공통점을 구별해서 이해한다. 비교로 전개되는 문단의 중심 문장에서는 비교 대상과 비교 기준이 주로 소개되고, 뒷받침 문장에서는 공통점이 설명된다.

※ 다음 〈보기〉의 비교 문단을 읽고, 절차에 따라 정리해 보자.

① 관광객처럼 우리 주변에서 흔히 볼 수 있는 것을 대상으로 고르면 현실성이 높다고 하고, 그 대상을 시각적 재현에 기대어 실재와 똑같이 표현하면 사실성이 높다고 한다. ② 대상의 현실성과 표현의 사실성을 모두 추구한 하이퍼리얼리즘은 같은 리얼리즘 경향에 드는 팝아트와 비교하면 그 특성이 잘 드러난다. ③ 이들은 1960년대 미국에서 발달하여 현재까지 유행하고 있는 유파로, 당시 자본주의 사회의 일상의 모습을 대상으로 삼은 점에서는 공통적이다. ④ 팝아트는 대상을 함축적으로 변형했지만 하이퍼리얼리즘은 대상을 정확하게 재현하려고 하였다. ⑤ 그래서 팝아트는 주로 대상의 현실성을 추구하지만, 하이퍼리얼리즘은 대상의 현실성뿐만 아니라 트롱프뢰유*의 흐름에 이어 표현의 사실성도 추구한다. ⑥ 팝아트는 대상의 정확한 재현보다는 대중과 쉽게 소통할 수 있는 인쇄 매체를 주로 활용한 반면에, 하이퍼리얼리즘은 새로운 재료나 기계적인 방식을 적극 사용하여 대상을 정확히 재현하는 방법을 추구하였다.

2018.9

이 문단에서는 '비교하면, 공통적이다, 추구하지만, 반면에' 등을 근거로 볼 때, 넓은 의미의 비교임을 알 수 있다. ①에서 비교와 대조의 기준인 '현실성'과 '사실성'의 개념이 서술되어 있고, ②에서 비교와 대조의 기준이 제시되고, ③에서는 공통점으로서 '대상의 현실성'이, ④~⑥에서는 차이점으로서 '재현의 사실성'이 제시되고 있다.

예시답

① 중심 문장: 대상의 현실성과 표현의 사실성을 모두 추구한 하이퍼리얼리즘은 같은 리얼리즘 경향에 드는 팝아트와 비교하면 그 특성이 잘 드러난다.
② 핵심어: 하이퍼리얼리즘과 팝아트의 특성(두 사조의 공통점과 차이점은 무엇일까?)
③ 비교 대상: 하이퍼리얼리즘과 팝아트
④ 공통점: 현실성이 높다.
⑤ 대조 기준: 사실성 여부
⑥ 차이점: 하이퍼리얼리즘은 사실성이 높으나, 팝아트는 사실성이 낮다.
⑦ 제목: 하이퍼리얼리즘과 팝아트의 공통점과 차이점

유형 문제

※ 다음 비교 문단을 읽고, 비교 대상의 공통점을 정리해 보시오.

> 사실 사회 분화와 개체화는 자본주의적 산업화 이래로 지속된 현상이다. 그런데 20세기 중반 이후부터는 세계화를 계기로 개체화 현상이 과거와는 질적으로 달라진 양상을 보여 주고 있다. 교통과 통신 수단의 발달에 따라 국경을 넘나드는 자본과 노동의 이동이 가속화되었고, 개인에 대한 국가의 통제력도 현저하게 약화되고 있다. 또한 전 세계적인 노동 시장의 유연화 경향에 따라 정규직과 비정규직, 생산직과 사무직 등 다양한 형태로 분절화된 노동자들이 이제는 계급적 연대 속에서 이해관계를 공유하지 못하게 되었다. 핵가족화 추세에 더하여 일인 가구가 급속도로 늘어나는 등 가족의 해체 현상도 많이 나타나고 있다. 벡과 바우만은 개체화의 이러한 가속화 추세에 대해서 인식의 차이를 보이지 않는다.
>
> 2016.6B

이 문단의 마지막 문단에서 '차이를 보이지 않는다'라는 근거를 통하여 좁은 의미의 비교임을 알수 있다. 벡과 바우만은 비교 대상이고, 공통점은 '이러한 가속화 추세'이다.

예시답

① 중심 문장: 벡과 바우만은 개체화의 이러한 가속화 추세에 대해서 인식의 차이를 보이지 않는다.
② 핵심어: 개체화의 가속화에 대한 인식의 차이가 없음(두 학자의 개체화에 대한 인식의 공통점은 무엇일까?)
③ 비교 대상: 20세기 개체화 현상에 대한 벡과 바우만의 관점
④ 공통점:
　㉠ 교통과 통신 수단의 발달에 따라 국경을 넘나드는 자본과 노동의 이동이 가속화되었고, 개인에 대한 국가의 통제력 현저하게 약화.
　㉡ 전 세계적인 노동 시장의 유연화 경향에 따라 정규직과 비정규직, 생산직과 사무직 등 다양한 형태로 분절화된 노동자들이 이제는 계급적 연대 속에서 이해관계 단절.
　㉢ 핵가족화 추세에 더하여 일인 가구가 급속도로 늘어나는 등 가족의 해체 현상 증가
⑤ 제목: 벡과 바우만의 20세기 개체화에 대한 공통적인 인식

※ 다음 비교 문단을 비교의 원리에 의해 정리해 보시오.

뒤르켐은 현대 사회의 집합 의례가 기존 도덕 공동체의 재생으로 끝나지 않고 새로운 도덕 공동체를 창출할 것이라고 본다. 예를 들어, 프랑스 혁명은 자유, 평등, 우애와 같은 새로운 성스러움을 창출하고 이를 중심으로 새로운 도덕 공동체를 구성한 집합 의례다. 뒤르켐은 새로 창출된 성스러움이 자기 이해관계를 추구하며 속된 세계에서 살아가는 개인들에게 서로 결속할 수 있는 도덕적 의미를 제공할 것이라 여긴다.

파슨스와 스멜서는 이러한 이론적 통찰을 기능주의 이론으로 구체화한다. 그들은 성스러움을 가치라는 말로 바꿔 표현한다. 현대 사회에서는 가치가 평상시 사회적 삶 아래에 잠재되어 있다가, 그 도덕적 의미가 뿌리부터 뒤흔들리는 위기 시기에 위로 올라와 전국적으로 일반화된다. 속된 일상에서 사람들은 가치를 추구하기보다는 자기 이해관계를 구체화한 목표와 이의 실현을 안내하는 규범에 따라 살아간다. 하지만 위기 시기에는 사람들의 관심이 자신들의 특수한 이해관계에서 보편적인 가치로 상승한다. 사람들은 가치에 기대어 위기가 주는 심리적 긴장과 압박을 해소하는 집합 의례를 행한다. 그 결과 사회의 통합이 회복된다. 파슨스와 스멜서는 이것이 마치 유기체가 환경의 압박으로 인해 흐트러진 항상성의 기능을 생리 작용을 통해 회복하는 과정과 유사하다고 본다.

2018.9

예시답

① 비교 대상: 집합 의례에 대한 뒤르켐, 파슨스와 스멜서의 관점
② 공통점: 집합 의례는 사회의 통합을 회복한다.
③ 대조 기준: 사회통합회복의 근원
④ 차이점:
   뒤르켐 — 참여한 개인들의 자유의지로 새로운 공동체가 창출된다.
   파슨스와 스멜서 — 사회 통합이 유기체가 환경의 압박으로 흐트러진 항상성의 기능을 회복하는 과정과 유사하다. 사회＝유기체.
⑤ 제목: 집합 의례에 대한 뒤르켐, 파슨스와 스멜서의 공통점과 차이점

4절 비교로 전개되는 문단은 공통점과 차이점을 구체화한다.

인문 분야의 사상이나 철학, 사회 과학 분야의 제도 등은 시대가 흐르면서 변천하게 된다. 이러한 변천의 대상들은 변천 이전과 이후의 공통점과 차이점이 있게 마련이다. 그리고 그것을 이해하는 것이 독서의 핵심이라고 할 수 있다. 다음 <보기>는 '재이론'의 한대 동중서 이후, 송대 주희 이후의 차이점을 중심으로 설명하고 있다.

보기

1 양면적 성격의 재이론은 신하가 정치적 논의에 참여할 수 있는 명분을 제공하였고, 재이가 발생하면 군주가 직언을 구하고 신하가 이에 응하는 전통으로 구체화되었다. 하지만 동중서 이후, 원인으로서의 인간사와 결과로서의 재이를 일대일로 대응시켜 설명하는 개별적 대응 방식은 억지가 심하다는 평가를 받았다. 이 방식은 오히려 예언화 경향으로 이어져 재이를 인간사의 징조로, 인간사를 재이의 결과로 대응시키는 풍조를 낳기도 하였고, 요망한 말로 백성을 미혹시켰다는 이유로 군주가 직언을 하는 신하를 탄압하는 빌미가 되기도 하였다.

2 이후 재이에 대한 예언적 해석은 비판의 대상이 되었고, 천인 감응론 또한 부정되기도 하였다. 하지만 재이론은 여전히 정치 현장에서 사라지지 않았다. 송대(宋代)에 이르러, 주희는 천문학의 발달로 예측 가능하게 된 일월식을 재이로 간주하지 않는 경향을 수용하였고, 재이를 근본적으로 이치에 의해 설명되기 어려운 자연 현상으로 간주하였다. 하지만 당시까지도 재이에 대해 군주의 적극적인 대응을 유도하며 안전한 언론 활동의 기회를 제공했던 재이론이 폐기되는 것은, 신하의 입장에서 유용한 정치적 기제를 잃는 것이었다. 이 때문에 그는 군주를 경계하는 적절한 방법을 찾고자 재이론을 고수하였다. 그는 재이에 대한 개별적 대응 대신 군주에게 허물과 잘못이 쌓이면 이에 하늘이 감응하여 변칙적인 자연 현상이 일어날 것이라는 전반적 대응설을 제시하고, 재이를 군주의 심성 수양 문제로 귀결시키며 재이론의 역사적 수명을 연장하였다.

2022.6

---

① 비교의 대상: 한대 동중서 이후의 재이론과 송대 주희의 재이론

② 공통점: 정치적 목적으로 존재하였다.

③ 대조 기준: 재이에 대한 대응방식

④ 차이점:

  동중서 이후의 재이론 – 예언화 경향으로 이어져 재이를 인간사의 징조로, 인간사를 재이의 결과로 보는 풍조가 있었고, 군주가 직언하는 신하를 탄압하는 빌미로 삼았다.

  송대 주희의 재이론 – 일월식은 재이로 간주하지 않았고, 재이를 근본적으로 이치에 의

해 설명하기 어려운 자연 현상으로 간주하였다. 그는 군주를 경계할 수단으로서 전반적 대응설을 제시하고 군주의 심성 수양 문제로 귀결시켰다.

⑤ 제목: 한대(漢代) 동중서 이후와 송대(宋代) 주희의 재이론의 공통점과 차이점

유형 문제

※ 다음 비교로 이어진 문단을 예측하며 읽어 보시오.

> ❶ 바로크 시대의 음악가들은 이러한 과제에 대한 해결의 실마리를 '정서론'과 '음형론'에서 찾으려 했다. 이 두 이론은 본래 성악 음악을 배경으로 태동하였으나 점차 기악 음악에도 적용되었다. 정서론에서는 웅변가가 청중의 마음을 움직이듯 음악가도 청자들의 정서를 움직여야 한다고 본다. 그렇게 하기 위해서는 한 곡에 하나의 정서만이 지배적이어야 한다. 그것은 연설에서 한 가지 논지가 일관되게 견지되어야 설득력이 있는 것과 같은 이유에서였다.
>
> ❷ 한편 음형론에서는 가사의 의미에 따라 그에 적합한 음형을 표현 수단으로 삼는데, 르네상스 후기 마드리갈이나 바로크 초기 오페라 등에서 그 예를 찾을 수 있다. 바로크 초반의 음악 이론가 부어마이스터는 마치 웅변에서 말의 고저나 완급, 장단 등이 호소력을 이끌어 내듯 음악에서 이에 상응하는 효과를 낳는 장치들에 주목하였다. 예를 들어, 가사의 뜻에 맞춰 가락이 올라가거나, 한동안 쉬거나, 음들이 딱딱 끊어지게 연주하는 방식 등이 이에 해당한다. 2012

위의 글은 두 측면에서 비교라고 할 수 있다. 하나는 '정서론과 음형론'의 공통점으로서 '이러한 과제의 실마리를 찾는' 방법이고, 다른 하나는 각 문단에서 웅변과 비교하는 방식이다. 첫 문단에서 '정서론과 음형론'을 소개하고 실제로는 '정서론'만 설명하였으므로, 다음 문단에서는 '음형론'을 설명할 것을 예측하며 읽을 수 있다. 여기서는 각 문단에 사용된 비교를 분석해 보기로 하자.

예시답

❶ ① 중심 문장: 정서론에서는 웅변가가 청중의 마음을 움직이듯 음악가도 청자들의 정서를 움직여야 한다고 본다.
  ② 핵심어: 청자들의 정서를 움직여야 한다.
  ③ 비교 대상: 음악가와 웅변가
  ④ 공통점: 청자들의 정서를 움직여야 한다.
  ⑤ 제목: 정서론에서 문제 해결 방법
❷ ① 중심 문장: 음형론에서는 가사의 의미에 따라 그에 적합한 음형을 표현 수단으로 삼는데, 르네상스 후기 마드리갈이나 바로크 초기 오페라 등에서 그 예를 찾을 수 있다.

② 핵심어: 가사의 의미에 따라 그에 적합한 음형을 표현 수단

③ 비교 대상: 음악과 웅변

④ 공통점: 가사의 뜻에 맞춰 연주하는 방식

⑤ 제목: 음형론에서 문제 해결 방식

적용 연습

※ 다음 비교 문단을 비교의 원리에 따라 정리하시오.

1 작품의 형식과 내용이 전적으로 예술가의 주체적 선택에 달려 있다는 관점에서만 보면, 20세기 미술의 양상은 아주 낯선 것은 아니라고 할 수 있다. 르네상스 때 시작된 화가의 서명은 작품이 외부의 주문에 따라 제작되더라도 그것의 정신적 저작권만큼은 예술가에게 있음을 알리는 행위였다. 이는 창조의 자유가 예술의 필수 조건이 되는 시대를 앞당겼다. 즉 미켈란젤로가 예수를 건장한 이탈리아 남성의 모습으로 그렸던 사례에서 보듯, 르네상스 화가들은 주문된 내용도 오직 자신만의 방식으로 이미지화했다.

2 형식의 이러한 자율화는 내용의 자기 중심화로 이어졌다. 17세기의 네덜란드 화가들은 신이나 성인(聖人)을 그리던 오랜 관행에서 벗어나 친근한 일상을 집중적으로 그리기 시작했고, 19세기 낭만주의에 와서는 내면의 무한한 표출이 예술의 생명이 되기에 이르렀다. 이런 관점에서 보면 20세기 미술은 예술적 주체성과 자율성의 발휘라는 일관된 흐름의 정점이라고 할 수 있다.

2014.9B

이 글은 전개 방식을 알려주는 표지가 보이지 않는 난해한 글이다. 이런 글은 일단 전체를 훑어보면 글의 윤곽을 잡을 수 있다. 이 글은 20세기 미술의 양상을 설명하고 있다. 첫 문단에서는 형식의 자율화라는 공통점을, 둘째 문단에서는 내용의 자기 중심화라는 공통점을 예시로 구체화하고 있다.

예시답

① **1** 비교 대상: 르네상스 화가와 20세기 미술의 형식

② 공통점: 형식의 자율화

③ **2** 비교 대상: 17세기 네덜란드 화가와 20세기 미술의 내용

④ 공통점: 내용의 자기 중심화

⑤ 제목: 20세기 미술의 특징

5절 비교로 전개되는 글 읽기 및 문항 풀이

비교로 전개되는 글은 도입 문단의 중심 화제에서 비교 대상이 소개되는 것이 일반적이다. 이어지는 전개 문단에서는 비교 기준과 공통점이 설명된다. 비교에는 넓은 의미의 비교와 좁은 의미의 비교, 두 가지 의미가 있음도 기억하도록 하자.

1️⃣ 용언은 어간과 어미로 이루어진다. 일반적으로 용언이 활용할 때 변하지 않는 부분을 어간이라 하고 변하는 부분을 어미라 한다. ㉠용언은 서술어뿐 아니라 주어, 목적어, 관형어, 부사어 등 여러 문장 성분으로 쓰이면서 다양한 문법적 기능을 한다. 이러한 문법적 기능은 주로 어미에 의하여 나타나게 되므로 국어 문법 연구에서 어미의 특성을 이해하는 것은 매우 중요하다.

2️⃣ 어미의 특성을 이해하기 위해서는 어미를 그와 유사한 것들과 함께 살펴볼 필요가 있다. 먼저, 조사와 비교해 볼 때 어미와 조사는 모두 홀로 쓰일 수 없다는 공통점이 있다. 그런데 ㉡어미는 항상 어간과 결합하여 쓰이므로 그 선행 요소인 어간도 독립적으로 쓰일 수 없다. 이러한 점을 고려하여 학교 문법에서는 어미를 단어로 인정하지 않고 그에 따라 별도의 품사로 설정하지 않는다. 따라서 '어간+어미' 전체가 한 단어로 취급된다. 이에 반해 조사는 홀로 쓰이지는 못하지만 ㉢조사의 앞에 결합하는 요소(주로 체언)가 단독으로 쓰일 수 있고 문맥에 따라 조사의 생략도 가능하므로 선행 요소와 분리되기가 쉽다. 이 점을 고려하여 조사는 단어로 인정하여 별도의 품사로 설정한다.

3️⃣ 홀로 쓰이지 못한다는 공통점은 어미와 접미사 사이에서도 발견된다. 더욱이 접미사 중에는 어간 뒤에 결합하는 것들이 있어 어미와 혼동을 불러일으키기도 한다. 그러나 어미와 접미사는 새로운 단어를 생성하는지 여부로 구별할 수 있다. '읽었고, 읽겠습니다, 읽었느냐, ……'와 같이 용언 어간 '읽-'에 어떤 어미들이 결합하더라도 그것은 '읽다'라는 한 단어의 활용형일 뿐 새로운 단어가 만들어지는 것은 아니다. 활용형들은 별도의 단어가 아니므로 일일이 사전에 등재하지 않으며, 활용형 중 어간에 평서형 종결 어미 '-다'를 결합한 것을 기본형이라 하여 이것만을 사전에 표제어로 등재한다. 이에 반해 접미사는 어미와 달리 새로운 단어를 파생시키며 이 단어는 사전에 등재한다. ㉣파생된 단어의 품사가 파생 이전과 달라지는 경우도 있다. 가령 동사 어간 '먹-'에 사동 접미사 '-이-'가 결합하면 '먹이다'라는 새로운 동사가 만들어지는데, 이때는 파생 전과 후가 모두 동사여서 품사가 바뀌지 않는다. 하지만 명사 파생 접미사 '-이'가 결합하면 '먹이'라는 명사가 되어 품사가 바뀐다. 또한 ㉤어미는 대부분의 용언 어간과 결합할 수 있는데 비해 접미사는 결합할 수 있는 대상이 제한된다는 점에서도 차이를 보인다. 2013

지문 읽기

이 글은 어미의 특성을 비교와 대조로 설명하고 있다. '어미와 조사'의 공통점과 차이점, '어미와 접미사'의 공통점과 차이점을 각각 설명하고 있다.

1 도입 문단:
- 중심 화제: 이러한 문법적 기능은 주로 어미에 의하여 나타나게 되므로 국어 문법 연구에서 어미의 특성을 이해하는 것은 매우 중요하다.
- 질문으로 서술하기: 어미에는 어떤 특성이 있을까?

2 전개 문단: 어미와 조사의 공통점과 차이점
- 공통점: 홀로 쓰일 수 없다.
- 차이점: 어미 – 선행하는 어간이 홀로 쓰일 수 없음
    조사 – 선행하는 체언이 홀로 쓰일 수 있어서 단어로 인정

3 전개 문단: 어미와 접미사의 공통점과 차이점
- 공통점: 홀로 쓰이지 못함
- 차이점: 어미 – 새로운 단어를 만들지 못한다, 결합의 범위가 넓다.
    접미사 – 새로운 단어를 파생시킨다, 결합의 범위가 제한되어 있다.

지문 정리

어미와 조사는 홀로 쓰일 수 없는 의존형태소라는 공통점이 있다. 어미는 독립된 단어로 인정하지 않는 반면, 조사는 앞에 오는 형태소가 분리되어 홀로 쓰일 수 있어서 단어로 인정한다. 한편 어미와 접미사도 홀로 쓰일 수 없는 공통점이 있다. 어미는 새로운 단어를 파생시키지 못하는 반면, 접미사는 새로운 단어를 파생시키는 차이점이 있다. 또한 어미의 결합 범위는 자유로운데 비해, 접미사의 결합 범위는 제한되어 있다는 점도 차이점이다.

문항 풀이

36. 윗글의 설명 방식으로 가장 적절한 것은?

① 여러 대상의 역사적 변천 과정을 설명하고 있다.
② 어려운 개념들을 익숙한 대상에 비유하여 설명하고 있다.
③ 전문가의 견해를 인용하여 대상의 특성을 설명하고 있다.
④ 대상과 관련한 다양한 이견들을 대립시켜 설명하고 있다.
⑤ 중심 대상과 다른 대상들의 공통점과 차이점을 대비하여 설명하고 있다.

유형 논지 전개 방식
접근 방식 논지를 먼저 파악하고, 그 논지가 어떻게 구체화되었는지 파악한다. 논지, 중심 화제, 주제 비슷한 용어들이다.
⑤ 이 글은 넓은 의미의 비교로 좁은 의미의 비교와 대조를 사용하고 있다. **정답 ⑤**

37. 윗글을 통해 알 수 있는 내용으로 적절하지 <u>않은</u> 것은?

    ① 용언은 어간에 어미가 결합해야만 문장 성분이 될 수 있다.

    ② 어미는 조사와 마찬가지로 선행 요소와 분리되어 쓰일 수 있다.

    ③ 어미는 학교 문법에서 품사로 분류되지 않는다.

    ④ 용언은 특정한 어미가 결합한 활용형만 사전에 표제어로 등재한다.

    ⑤ 어미는 접미사와 달리 새로운 단어를 파생시키지 않는다.

유형 개념 이해

접근 방식 전개 방식에 따라 내용을 정리한다. 이 글의 경우, 어미와 조사의 공통점과 차이점, 어미와 접미사의 공통점과 차이점으로 정리한다.

① 어간과 어미 모두 홀로 쓰일 수 없는 형태소이기 때문이다.

② 어미는 조사와 달리 선행 요소와 분리되어 쓰일 수 없다.

③ 어미는 홀로 쓰이지 않고, 기본형만 사전에 등재한다.

④ 어미는 평서형 종결어미가 결합한 경우에만 사전에 표제어로 등재한다.

⑤ 어미는 새로운 단어를 파생시키지 않는다. **정답 ②**

38. 〈보기〉의 ⓐ~ⓔ를 ㉠~㉤의 예로 들어 설명할 때, 적절하지 <u>않은</u> 것은?

> **보기**
>
> 지훈: 어제 집 앞에서 ⓐ<u>지나가는</u> 선우를 ⓑ<u>만났어</u>. ⓒ<u>병원에</u> 가는 길이라고 하더라.
>   많이 좋아졌대.
> 수진: 정말? 이제 마음이 ⓓ<u>놓이네</u>. 계속 ⓔ<u>걱정하고</u> 있었거든.

    ① ⓐ: 문장 내에서 '선우'를 꾸며 주는 관형어로 기능하고 있으므로 ㉠의 예로 들 수 있다.

    ② ⓑ: 어간인 '만나–'와 어미인 '–았–', '–어'가 모두 문장 내에서 독립적으로 쓰일 수 없으므로 ㉡의 예로 들 수 있다.

    ③ ⓒ: 조사 '에'는 생략 가능하므로 ㉢의 예로 들 수 있다.

    ④ ⓓ: 동사 어간 '놓이–'는 '놓–'에 피동 접미사 '–이–'가 결합하여 만들어진 것이므로 ㉣의 예로 들 수 있다.

    ⑤ ⓔ: '걱정하–'에 어미 '–고'가 결합한 '걱정하고'는 쓰일 수 있으나 피동 접미사 '–이–'가 결합한 '걱정하이–'는 쓰일 수 없으므로 ㉤의 예로 들 수 있다.

유형 개념의 적용

접근 방식 〈보기〉의 예시를 개념어로 옮길 수 있을 정도로 개념을 정확히 이해할 필요가 있다.

④ '놓다'와 '놓이다' 모두 동사이므로, 품사가 바뀌지는 않았다. **정답 ④**

정리

36번 문항은 전개 방식인 비교와 대조를, 37번 문항은 비교와 대조의 내용 이해를, 38번 문항은 비교와 대조의 내용 적용을 각각 평가하고 있다. 지문은 전개 방식으로 구체화하고, 문항은 전개 방식을 바탕으로 평가한다는 것을 알 수 있다.

유형 문제

※ 다음 비교(비교와 대조)로 전개된 글을 읽고 절차에 따라 정리해 보시오.

1️⃣ 산업화에 따라 사회가 분화되고 개인이 공동체적 유대로부터 벗어나게 되는 현상을 '개체화'라고 한다. 울리히 벡과 지그문트 바우만은 현대의 개체화 현상을 사회적 위험 문제와 연관시켜 진단한 대표적인 학자들이다.

2️⃣ 사실 사회 분화와 개체화는 자본주의적 산업화 이래로 지속된 현상이다. 그런데 20세기 중반 이후부터는 세계화를 계기로 개체화 현상이 과거와는 질적으로 달라진 양상을 보여 주고 있다. 교통과 통신 수단의 발달에 따라 국경을 넘나드는 자본과 노동의 이동이 가속화되었고, 개인에 대한 국가의 통제력도 현저하게 약화되고 있다. 또한 전 세계적인 노동 시장의 유연화 경향에 따라 정규직과 비정규직, 생산직과 사무직 등 다양한 형태로 분절화된 노동자들이 이제는 계급적 연대 속에서 이해관계를 공유하지 못하게 되었다. 핵가족화 추세에 더하여 일인 가구가 급속도로 늘어나는 등 가족의 해체 현상도 많이 나타나고 있다. 벡과 바우만은 개체화의 이러한 가속화 추세에 대해서 인식의 차이를 보이지 않는다.

3️⃣ 그런데 현대의 위기와 관련해서 그들이 개체화를 바라보는 시선은 사뭇 다르다. 먼저 벡은 과학 기술의 의도하지 않은 결과로 나타난 현대의 위기가 개체화와는 별개로 진행된 현상이라고 본다. 벡은 핵무기와 원전 누출 사고, 환경 재난 등 예측 불가능한 위험이 현실화될 가능성이 있는데도 삶의 편의와 풍요를 위해 이를 ⓐ방치(放置)함으로써 위험이 체계적이고도 항시적으로 존재하게 된 현대 사회를 ㉠'위험 사회'라고 규정한 바 있다. 현대의 위험은 과거와 달리 국가와 계급을 가리지 않고 파괴적으로 영향을 미친다는 것이 벡의 관점이다. 그런데 벡은 현대인들이 개체화되어 있다는 바로 그 조건 때문에 오히려 전 지구적 위험에 의한 불안에 대응하기 위해 초계급적, 초국가적으로 ⓑ연대(連帶)할 가능성이 있다고 보았다. 특히 벡은 그들이 과학 기술의 발전뿐 아니라 그 파괴적 결과까지 인식하여 대안을 모색하는 '성찰적 근대화'의 실천 주체로서 일상생활에서의 요구를 모아 정치적으로 ⓒ표출(表出)하는 등 행동에 나서야 한다고 주장한다.

4️⃣ 한편 바우만은 개체화된 개인들이 삶의 불확실성 속에서 생존을 모색하게 된 현대를 ㉡'액

체 시대'로 정의하였다. 현대인의 삶과 사회 전체가, 형체는 가변적이고 흐르는 방향은 유동적인 액체와 같아졌다고 보았던 것이다. 그런데 그는 액체 시대라는 개념을 통해 핵 확산이나 환경 재앙 등 예측 불가능한 전 지구적 위험 요인의 항시적 존재만이 아니라 삶의 조건을 불확실하게 만드는 개체화 현상 자체를 위험 요인으로 본다는 점에서 벡과 달랐다. 바우만은 우선 세계화의 흐름 속에서 소수의 특권 계급을 제외한 대다수의 사람들이 무한 경쟁에 내몰리고 빈부 격차에 따라 생존 자체를 위협받는 등 잉여 인간으로 ⓓ전락(轉落)하고 있다고 본다. 그러나 그가 더 치명적으로 본 것은 협력의 고리를 찾지 못하게 된 현대인들이 개인 수준에서 위기에 대처해야 하는 상황에 빠져 버렸다는 점이다. 더구나 그는 위험에 대한 공포가 내면화되면 사람들은 극복 의지도 잃고 공포로부터 도피하거나 소극적 자기 방어 행동에 ⓔ몰두(沒頭)하게 된다고 보았다. 그렇기 때문에 바우만은 일상생활에서의 정치적 요구를 담은 실천 행위도 개체화의 흐름에 놓여 있기 때문에 현대의 위기에 대한 해결책이 될 수 없다고 판단하고 있다.

지문 읽기

1 도입 문단:
   - 중심 화제: 울리히 벡과 지그문트 바우만은 현대의 개체화 현상을 사회적 위험 문제와 연관시켜 진단한 대표적인 학자들이다.
   - 질문으로 서술하기: 울리히 벡과 지그문트 바우만은 현대의 개체화 현상과 사회적 위험 문제를 어떻게 연관시켰을까?
2 전개 문단: 현대의 개체화 현상에 대한 울리히 벡과 지그문트 바우만의 견해의 공통점
   - 공통점: ㉮ 자본과 노동의 이동이 가속화, 개인에 대한 국가의 통제력도 현저하게 약화
     ㉯ 노동 시장의 유연화 경향에 따라 정규직과 비정규직, 생산직과 사무직 등 다양한 형태로 분절화된 노동자들이 이제는 계급적 연대 속에서 이해관계를 공유하지 못함.
     ㉰ 가족 해체 현상 증가
   - 제목: 개체화 현상에 대한 벡과 바우만의 관점의 공통점
3 4 전개 문단: 현대의 위기와 관련해서 개체화를 바라보는 벡과 바우만의 차이점
   - 대조 기준: 현대의 위기와 대응 방식
   - 차이점: 벡 - 위험사회: 핵무기 등 예측불가능한 위험 - 개체화로 해결 가능함
4 바우만 - 액체 사회: 삶의 불확실성 - 개체화 자체가 위험 요인임

문항 풀이

21. 윗글의 논지 전개 방식으로 가장 적절한 것은?

① 개체화 현상의 다양한 양상들을 하나의 기준에 따라 분류하였다.
② 개체화 현상에 대한 통념을 비판하며 그 개념을 새롭게 규정하였다.
③ 개체화 현상에 대한 서로 다른 두 견해의 공통점과 차이점을 설명하였다.
④ 개체화 현상의 역사적 기원에 대한 다양한 가설들의 한계와 의의를 평가하였다.
⑤ 개체화 현상에 대한 정의를 바탕으로 이와 유사한 사회적 개념들을 비교하였다.

유형 논지 전개 방식
접근 방식 논지는 주로 도입 문단에 나와 있다. 전개 방식은 논지를 구체화하기 위해 사용한 방식이므로 문단의 중심 문장에 서술되는 경우가 많다.
③ 이 글은 개체화 현상과 현대 위기와 관련하여 두 학자의 공통점과 차이점을 서술하고 있다. **정답** ③

22. 현대의 개체화 현상에 대해 추론한 내용으로 적절하지 <u>않은</u> 것은? [3점]

① 노동자들이 계급적 동질성을 갖지 못하게 한다.
② 국가의 통제력 강화를 통해 개인의 자율성 약화를 초래한다.
③ 개인의 거주 공간이 가족 공동의 거주 공간에서 분리되는 추세도 포함한다.
④ 벡의 관점에서는 현대인들로 하여금 새로운 방식의 유대를 모색하게 하는 조건이다.
⑤ 바우만의 관점에서는 현대인들로 하여금 서로 연대하기 어렵게 하는 위험 요인이다.

유형 추론
접근 방식 이미 알고 있는 지식으로부터 새로운 지식을 미루어 알아내는 사고 과정이다. 즉, 지문의 내용으로부터 선택지의 내용이 도출되지 않는 것을 선택하면 된다.
① 노동시장의 유연화 경향으로부터 나타나는 현상이다.
② 국가의 통제력이 약화되었다.
③ 가족해체 현상도 증가하고 있다.
④ 개체화를 유대의 계기로 보고 있다.
⑤ 개체화 자체가 위험 요인이 된 것이다. **정답** ②

23. ㉠과 ㉡에 대한 이해로 적절하지 <u>않은</u> 것은?

① ㉠은 위험 요소의 성격이 과거와 달라진 현대 사회의 특성을 드러내기 위한 개념이다.
② ㉡은 현대 사회의 불확실성을 강조하기 위해 물체의 속성에서 유추하여 사회에 적용한 개념이다.

③ ㉠과 ㉡은 모두 인간관계의 유연한 확장 가능성을 비관적으로 보는 개념이다.

④ ㉠과 ㉡은 모두 재난의 현실화 가능성이 일상화되어 있다는 점을 전제로 하는 개념이다.

⑤ ㉠과 ㉡은 모두 위험의 공간적 범위가 전 지구적으로 확장되어 있음을 내포하는 개념이다.

유형 관점 이해

접근 방식 관점이 대조로 전개된 글이므로, 그 차이점을 중심으로 점검한다.

③ 인간 관계의 유연한 확장 가능성을 비관적으로 보는 개념은 ㉡이다. ㉠은 낙관적이다. **정답 ③**

24. ⓐ~ⓔ의 사전적 의미로 적절하지 <u>않은</u> 것은?

① ⓐ: 쫓아내거나 몰아냄.

② ⓑ: 여럿이 함께 무슨 일을 하거나 함께 책임을 짐.

③ ⓒ: 겉으로 나타냄.

④ ⓓ: 나쁜 상태나 타락한 상태에 빠짐.

⑤ ⓔ: 어떤 일에 온 정신을 다 기울여 열중함.

유형 사전적 의미

접근 방식 명사의 경우 한자어가 대부분이므로, 한자를 익히기를 권한다.

① 방치: 내버려 두어서는 안 될 대상을 내버려 둠의 뜻이다. 쫓아내거나 몰아냄은 축출의 뜻이다. **정답 ①**

적용 연습

※ 다음 글을 비교의 절차에 따라 정리한 다음, 주어진 문항을 푸시오.

1 고전 역학에 ⓐ따르면, 물체의 크기에 관계없이 초기 운동 상태를 정확히 알 수 있다면 일정한 시간 후의 물체의 상태는 정확히 측정될 수 있으며, 배타적인 두 개의 상태가 공존할 수 없다. 하지만 20세기에 등장한 양자 역학에 의해 미시 세계에서는 상호 배타적인 상태들이 공존할 수 있음이 알려졌다.

2 미시 세계에서의 상호 배타적인 상태의 공존을 이해하기 위해, 거시 세계에서 회전하고 있는 반지름 5㎝의 팽이를 생각해 보자. 그 팽이는 시계 방향 또는 반시계 방향 중 한쪽으로 회전하고 있을 것이다. 팽이의 회전 방향은 관찰하기 이전에 이미 정해져 있으며, 다만 관찰을 통해 ⓑ알게 되는 것뿐이다. 이와 달리 미시 세계에서 전자만큼 작은 팽이 하나가 회전하고 있다고

상상해 보자. 이 팽이의 회전 방향은 시계 방향과 반시계 방향의 두 상태가 공존하고 있다. 하나의 팽이에 공존하고 있는 두 상태는 관찰을 통해서 한 가지 회전 방향으로 결정된다. 두 개의 방향 중 어떤 쪽이 결정될지는 관찰하기 이전에는 알 수 없다. 거시 세계와 달리 양자 역학이 지배하는 미시 세계에서는, 우리가 관찰하기 이전에는 상호 배타적인 상태가 공존하는 것이다. 배타적인 상태의 공존과 관찰 자체가 물체의 상태를 결정한다는 개념을 받아들이기 힘들었기 때문에, 아인슈타인은 ⊙"당신이 달을 보기 전에는 달이 존재하지 않는 것인가?"라는 말로 양자 역학의 해석에 회의적인 태도를 취하였다.

❸ 최근에는 상호 배타적인 상태의 공존을 적용함으로써 초고속 연산을 수행하는 양자 컴퓨터에 대한 연구가 진행되고 있다. 이는 양자 역학에서 말하는 상호 배타적인 상태의 공존이 현실에서 실제로 구현될 수 있음을 잘 보여 주는 예라 할 수 있다. 미시 세계에 대한 이러한 연구 성과는 거시 세계에 대해 우리가 자연스럽게 ⓒ지니게 된 상식적인 생각들에 근본적인 의문을 ⓓ던진다. 이와 비슷한 의문은 논리학에서도 볼 수 있다.

❹ 고전 논리는 '참'과 '거짓'이라는 두 개의 진리치만 있는 이치 논리이다. 그리고 고전 논리에서는 어떠한 진술이든 '참' 또는 '거짓'이다. 이는 우리의 상식적인 생각과 잘 ⓔ들어맞는다. 그러나 프리스트에 따르면, '참'인 진술과 '거짓'인 진술 이외에 '참인 동시에 '거짓'인 진술이 있다. 이를 설명하기 위해 그는 '거짓말쟁이 문장'을 제시한다. 거짓말쟁이 문장을 이해하기 위해 자기 지시적 문장과 자기 지시적이지 않은 문장을 구분해 보자. 자기 지시적 문장은 말 그대로 자기 자신을 가리키는 문장을 말한다. 예를 들어 "이 문장은 모두 열여덟 음절로 이루어져 있다."라는 '참'인 문장은 자기 자신을 가리키며 그것이 몇 음절로 이루어져 있는지 말하고 있다. 반면 "페루의 수도는 리마이다."라는 '참'인 문장은 페루의 수도가 어디인지 말할 뿐 자기 자신을 가리키는 문장은 아니다.

❺ "이 문장은 거짓이다."는 거짓말쟁이 문장이다. 이는 '이 문장'이라는 표현이 문장 자체를 가리키며 그것이 '거짓'이라고 말하는 자기 지시적 문장이다. 그렇다면 프리스트는 왜 거짓말쟁이 문장에 '참인 동시에 거짓'을 부여해야 한다고 생각할까? 이에 답하기 위해 우선 거짓말쟁이 문장이 '참'이라고 가정해 보자. 그렇다면 거짓말쟁이 문장은 '거짓'이다. 왜냐하면 거짓말쟁이 문장은 자기 자신을 가리키며 그것이 '거짓'이라고 말하는 문장이기 때문이다. 반면 거짓말쟁이 문장이 '거짓'이라고 가정해 보자. 그렇다면 거짓말쟁이 문장은 '참'이다. 왜냐하면 그것이 바로 그 문장이 말하는 바이기 때문이다. 프리스트에 따르면 어떤 경우에도 거짓말쟁이 문장은 '참인 동시에 거짓'인 문장이다. 따라서 그는 거짓말쟁이 문장에 '참인 동시에 거짓'을 부여해야 한다고 본다. 그는 거짓말쟁이 문장 이외에 '참인 동시에 거짓'인 진리치가 존재함을 뒷받침하는 다양한 사례를 제시한다. 특히 그는 양자 역학에서 상호 배타적인 상태의 공존은 이 점을 시사하고 있다고 본다.

❻ 고전 논리에서는 '참인 동시에 거짓'인 진리치를 지닌 문장을 다룰 수 없기 때문에 프리스트는 그것도 다룰 수 있는 비고전 논리 중 하나인 LP*를 제시하였다. 그런데 LP에서는 직관적으

로 호소력 있는 몇몇 추론 규칙이 성립하지 않는다. 전건 긍정 규칙을 예로 들어 생각해 보자. 고전 논리에서는 전건 긍정 규칙이 성립한다. 이는 ⓒ"P이면 Q이다."라는 조건문과 그것의 전건인 P가 '참'이라면 그것의 후건인 Q도 반드시 '참'이 된다는 것이다. 이와 비슷한 방식으로 LP에서 전건 긍정 규칙이 성립하려면, 조건문과 그것의 전건인 P가 모두 '참' 또는 '참인 동시에 거짓'이라면 그것의 후건인 Q도 반드시 '참' 또는 '참인 동시에 거짓'이어야 한다. 그러나 LP에서 조건문의 전건은 '참인 동시에 거짓'이고 후건은 '거짓'인 경우, 조건문과 전건은 모두 '참인 동시에 거짓'이지만 후건은 '거짓'이 된다. 비록 전건 긍정 규칙이 성립하지는 않지만, LP는 고전 논리에 대한 근본적인 의문들에 답하기 위한 하나의 시도로서 의의가 있다.

* LP: '역설의 논리(Logic of Paradox)'의 약자

지문 읽기

이 글은 양자 역학의 원리인 '상호 배타적 상태의 공존'이 양자 컴퓨터나 논리에서도 적용되고 있음을 설명하고 있다.

■ 도입 문단: 양자 역학의 원리인 '상호 배타적 상태의 공존' 소개
② 전개 문단: 양자 역학에서의 '상호 배타적 상태의 공존' 예시 – 회전 방향
③ 전개 문단: 양자 컴퓨터에서 '상호 배타적 상태의 공존' 소개
④~⑤ 전개 문단: 논리학에서 '상호 배타적 상태의 공존' 예시 – 참이면서 동시에 거짓
⑥ 전개 문단: 전건 긍정의 고전 논리 형식에서 '상호 배타적 상태의 공존' 소개

문항 풀이

27. 문맥을 고려할 때 ⊙의 의미를 추론한 내용으로 가장 적절한 것은?

① 많은 사람들이 항상 달을 관찰하고 있으므로 달이 존재한다.
② 달은 질량이 매우 큰 거시 세계의 물체이므로 관찰 여부와 상관없이 존재한다.
③ 달은 관찰 여부와 상관없이 존재하므로 누군가 달을 관찰하기 이전에도 존재한다.
④ 달은 원래부터 있었지만 우리가 관찰하지 않으면 존재 여부에 대해 말할 수 없다.
⑤ 달이 있을 가능성과 없을 가능성이 반반이므로 관찰 이후에 달이 있을 가능성은 반이다.

유형 추론
접근 방식 "당신이 달을 보기 전에는 달이 존재하지 않는 것인가?"라는 반문 표현의 의도를 직서법으로 바꾸면 "당신이 달을 보기(관찰하기) 전에도 달은 존재한다."라고 표현할 수 있다. 정답 ③

28. 윗글을 바탕으로, 〈보기〉의 '양자 컴퓨터'와 '일반 컴퓨터'에 대해 이해한 내용으로 적절한 것은?

> **보 기**
>
> 양자 컴퓨터는 여러 개의 이진수들을 단 한 번에 처리함으로써 일반 컴퓨터보다 훨씬 빠른 속도로 연산을 수행한다. 연산 속도에 영향을 미치는 다른 요소들을 배제하면, 이진 수를 처리하는 횟수가 적어질수록 연산 결과를 빨리 얻을 수 있기 때문이다.
>
> n자리 이진수를 나타내기 위해서는 n비트*가 필요하고 n자리 이진수는 모두 2^n개 존재 한다. 일반 컴퓨터는 한 개의 비트에 0과 1 중 하나만을 담을 수 있어, 두 자리 이진수인 00, 01, 10, 11을 2비트를 이용하여 연산할 때 네 번에 걸쳐 처리한다. 하지만 공존의 원리 를 이용하는 양자 컴퓨터는 0과 1을 하나의 비트에 동시에 담아 정보를 처리할 수 있어 두 자리 이진수를 2비트를 이용하여 연산할 때 단 한 번에 처리가 가능하다. 양자 컴퓨터는 처리할 이진수의 자릿수가 커질수록 연산 속도에서 압도적인 위력을 발휘한다.
>
> * 비트(bit): 컴퓨터가 0과 1을 이용하는 이진법으로 연산을 수행하기 위해 사용하는 최소 의 정보 저장 단위.

① 양자 컴퓨터는 상태의 공존을 이용함으로써 연산에 필요한 비트의 수를 늘릴 수 있다.

② 3비트를 사용하여 세 자리 이진수를 모두 처리하려고 할 때 양자 컴퓨터는 일반 컴퓨터보 다 속도가 6배 빠르다.

③ 한 자리 이진수를 모두 처리하기 위해 1비트를 사용한다고 할 때, 일반 컴퓨터와 양자 컴퓨 터의 정보 처리 횟수는 같다.

④ 양자 컴퓨터의 각각의 비트에는 0과 1이 공존하고 있어 4비트로 한 번에 처리할 수 있는 네 자리 이진수의 개수는 모두 16개이다.

⑤ 3비트의 양자 컴퓨터가 세 자리 이진수를 모두 처리하는 속도는 6비트의 양자 컴퓨터가 여 섯 자리 이진수를 모두 처리하는 속도보다 2배 빠르다.

유형 개념 적용

접근 방식 양자 컴퓨터의 '상호 배타적 상태의 공존'은 일반 컴퓨터에서 0과 1을 분리해서 연산하는 것과 달리, 0과 1을 동시에 담아서 연산하는 것을 뜻한다.

① 양자컴퓨터에서는 비트 수를 줄여서 연산한다.

② $2 \times 2 \times 2 = 8$배 빠르다.

③ 양자 컴퓨터는 1회, 일반 컴퓨터는 2회에 걸쳐 연산한다.

④ $2 \times 2 \times 2 \times 2 = 16$이다.

⑤ 3비트 양자컴퓨터 처리 속도 $2 \times 2 \times 2 = 8$, 6비트 양자컴퓨터 처리속도 $2 \times 2 \times 2 \times 2 \times 2 \times 2 = 64$ 64/16=4배 빠르다. **정답** ④

29. [자기 지시적 문장]에 대해 이해한 내용으로 적절한 것은?

① "붕어빵에는 붕어가 없다."는 자기 지시적 문장이다.
② "이 문장은 자기 지시적이다."라는 자기 지시적 문장은 '거짓'이 아니다.
③ "이 문장은 거짓이다."는 이치 논리에서 자기 지시적인 문장이 될 수 없다.
④ 고전 논리에서는 어떠한 자기 지시적 문장에도 진리치를 부여하지 못한다.
⑤ 비고전 논리에서는 모든 자기 지시적 문장에 '참인 동시에 거짓'을 부여한다.

유형 개념 이해
접근 방식 자기 지시적 문장은 문장의 의미가 문장을 가리키는 경우를 말한다. **정답** ②

30. 윗글을 통해 ⓛ에 대해 적절하게 추론한 것은?

① LP에서 P가 '참인 동시에 거짓'이고 Q가 '거짓'이면, ⓛ은 '거짓'이다.
② LP에서 ⓛ과 P가 '참인 동시에 거짓'이면, Q도 반드시 '참인 동시에 거짓'이다.
③ LP에서 ⓛ과 P가 '참' 또는 '참인 동시에 거짓'이면, Q도 반드시 '참' 또는 '참인 동시에 거짓'이다.
④ 고전 논리에서 ⓛ과 P가 각각 '거짓'이 아닐 때, Q는 '거짓'이다.
⑤ 고전 논리에서 ⓛ과 P가 '참'이면서 Q가 '거짓'인 것은 불가능하다.

유형 개념 적용
접근 방식 고전 논리와 LP에서 전건 긍정에 대해 말하고 있다. **정답** ⑤

31. 윗글을 바탕으로 〈보기〉를 이해한 내용으로 적절하지 <u>않은</u> 것은? [3점]

> **보 기**
>
> A는 고전 논리를 받아들이고, B는 LP를 받아들일 뿐 아니라 양자 역학에서 상호 배타적인 상태의 공존이 시사하는 바에 대한 프리스트의 입장도 받아들인다.
> A와 B는 아래의 (ㄱ)~(ㄹ)에 대하여 토론을 하고 있다.
>
> (ㄱ) 전자 e는 관찰하기 이전에 S라는 상태에 있다.
> (ㄴ) 전자 e는 관찰하기 이전에 S와 배타적인 상태에 있다.
> (ㄷ) 반지름 5cm의 팽이가 시계방향으로 회전한다.
> (ㄹ) 반지름 5cm의 팽이가 반시계 방향으로 회전한다.
>
> (단, (ㄱ)과 (ㄴ)의 전자 e는 동일한 전자이고 (ㄷ)과 (ㄹ)의 팽이는 동일한 팽이이다.)

① A는 (ㄱ)이 '참'이 아니라면 '거짓'이고, '참', '거짓' 외에 다른 진리치를 가질 수 없다고 주장할 것이다.

② B는 (ㄱ)은 '참인 동시에 거짓'일 수 있다고 주장하지만, (ㄷ)은 '참'이 아니라면 '거짓'이라고 주장할 것이다.

③ A와 B는 모두 (ㄷ)이 '참'일 때 (ㄹ)도 '참'이 되는 것은 불가능하다고 주장할 것이다.

④ A는 B와 달리 (ㄴ)이 '참인 동시에 거짓'이 될 수 없다고 주장할 것이다.

⑤ B는 A와 달리 (ㄹ)이 '참'이 아니라면 '참인 동시에 거짓'이라고 주장할 것이다.

유형 관점 적용

접근 방식 고전 논리와 LP의 관점에서 역학을 바라보는 것에 대해 물었다. 여기서 LP의 관점이 곧 양자 역학의 관점이고, 고전 논리의 관점과 고전 역학의 관점과 같다. 정답 ⑤

32. 문맥상 ⓐ~ⓔ와 바꾸어 쓸 수 있는 말로 적절하지 <u>않은</u> 것은?

① ⓐ: 의거(依據)하면　　② ⓑ: 인지(認知)하게

③ ⓒ: 소지(所持)하게　　④ ⓓ: 제기(提起)한다

⑤ ⓔ: 부합(符合)한다

유형 문맥적 의미

접근 방식 문맥적 의미를 한자어로 표현하는 문항이다. 한자어는 유의어가 많아 그 쓰임에 유의할 필요가 있다. ⓒ 소지하다: 물건일 때 사용하는 말이다. 정답 ③

CHAPTER 10

인과로 전개되는 글 읽기

인과란 어떤 현상의 원인이나 결과를 설명하는 전개 방식이다. 어떤 현상의 원인을 밝히는 인과에서는 원인의 원인까지 심화시키면서 설명하는 방식이 있고, 결과를 밝히는 인과에서는 결과의 결과까지 심화시키면서 설명하는 방식이 있다.

인과는 자연 과학이나 사회 과학에 속하는 경제학에서 주로 사용되는 전개 방식이다. 인과로 전개되는 글은 인과의 대상, 원인 및 결과 등으로 나누어 이해한다.

1절 인과 문장 읽기

다음 <보기>의 인과는 어떤 현상의 원인이 서술된 문장이다.

> **보 기**
>
> 오늘 아침 수도계량기가 동파된 원인은 어제 밤 기온이 영하 10도 이하로 하강한 데 있다.

이 <보기>는 현상인 '수도계량기가 동파'를, 원인인 '어제 밤 기온이 영하 10도 이하로 하강'으로 설명한, 인과로 전개한 문장이다.

2절 앞 문장이 구체화되면서 원리가 드러난다.

앞 문장에서 어떤 현상을 소개하고, 뒤 문장에서 그 원인을 설명하면서 구체화된다. 혹은 앞 문장의 현상에 대한 결과가 뒤 문장에 드러나면서 구체화된다.

> **보기**
>
> ① 광고가 특정한 상품에 대한 독점적 경쟁 시장을 넘어서 경제와 사회 전반에 영향을 주기도 한다. ② 개별 광고가 구매자의 내면에 잠재된 필요나 욕구를 환기하여 대상 상품에 대한 소비를 촉진하는 효과가 합쳐지면 경제 전반에 선순환을 기대할 수 있다. ③ 경제에 광고가 없는 상태를 가정할 때와 비교하면 광고는 쓰던 상품을 새 상품으로 대체하고 싶은 소비자의 욕구를 강화하고, 신상품이 인기를 누리는 유행 주기를 단축하여 소비를 증가시킬 수 있다. ④ 촉진된 소비는 생산 활동을 자극한다. 상품의 생산에는 근로자의 노동, 기계나 설비 같은 생산 요소가 들어가므로, 생산 활동이 증가하면 결과적으로 고용이나 투자가 증가한다.
>
> 2022.9

①에는 인과의 대상인 '광고'와 인과의 결과인 '경제와 사회 전반에 영향'을 소개한다. ②에서는 광고의 영향으로 '경제 전반의 선순환'을 인과로 설명한다. ③에서도 광고의 영향으로 '소비 증가'를 인과로 설명하고 있다. ④에서도 '고용이나 투자가 증가'라는 광고의 영향을 소개하고 있다.

정리

① 핵심어: 경제와 사회 전반에 영향(그 인과관계가 무엇일까?)
② 인과의 대상: 광고의 영향
③ 인과의 결과: '경제 전반의 선순환', '소비 증가', '고용이나 투자가 증가'
④ 제목: 광고가 경제와 사회 전반에 미치는 영향

유형 문제

※ 다음 첫 문장에서 핵심어를 찾아서, 인과로 이어짐을 설명하시오.

> ① 광고는 광고주인 판매자의 이윤 추구 수단으로 기획되지만, 그러한 광고가 광고주의 의도와 상관없이 시장에 영향을 끼치기도 한다. ② 우선 광고가 독점적 경쟁 시장의 판매자 간 경쟁을 촉진할 수 있다. ③ 이러한 효과는 광고를 통해 상품 정보에 노출된 구매자가 상품의 품질이나 가격에 민감해질 때 발생한다.
>
> 2022.9

해설 및 예시답

①에는 인과의 대상인 '광고의 영향'을, 인과의 결과인 '시장의 영향'을 제시하고 있다. ②에는 '시장의 영향'을 구체화하고 있다. '독점적 경쟁 시장의 판매자 간 경쟁 촉진'이 바로 그것이다. ③에서는 ②의 효과가 나타날 조건(원인)을 설명하고 있다.

① 핵심어: 시장에 영향(어떤 영향을 끼치고, 그 이유는 무엇일까?)

② 인과의 대상: 광고의 영향

③ 영향(결과): 독점적 경쟁 시장의 판매자 간 경쟁을 촉진

④ 원인: 광고를 통해 상품 정보에 노출된 구매자가 상품의 품질이나 가격에 민감해질 때

⑤ 제목: 광고가 시장에 미치는 영향

※ 다음 글을 읽고 인과로 이어짐을 설명하시오.

> 환율이 올라도 단기적으로는 경상 수지가 오히려 악화되었다가 점차 개선되는 현상이 있는데, 이를 그래프로 표현하면 J자 형태가 되므로 'J커브 현상'이라 한다. J커브 현상에서 경상 수지가 악화되는 원인 중 하나로, 환율이 오른 비율만큼 수입 상품의 가격이 오르지 않는 것을 꼽을 수 있다.
>
> 2011.9

① 핵심어: 환율이 올라도 단기적으로는 경상 수지가 오히려 악화되었다가 점차 개선되는 현상
   (이 현상이 나타나는 원인은 무엇일까?)

② 인과의 대상: 'J커브 현상'

③ 인과의 원인: 환율이 오른 비율만큼 수입 상품의 가격이 오르지 않는 것을 꼽을 수 있다.

④ 제목: 'J커브 현상'의 원인

3절 인과로 전개되는 문단 읽기

인과로 전개되는 문단에서는 중심 문장에서 인과의 대상인 현상이 소개되고, 뒷받침 문장에서 원인이 설명된다. 특히 인과의 원인은 추상적인 개념어이므로 개념을 정리하고, 주어진 예시를 활용하여 이해할 필요가 있다. 인과의 표지어로는 '원인으로, 까닭으로, 기인하다, 비

롯되다, 결과적으로' 등이 있다.

※ 다음 〈보기〉의 인과 문단을 읽고, 절차에 따라 정리해 보자.

> **보기**
>
> 　이 같은 유서 편찬 경향이 지속되는 가운데 17세기부터 실학의 학풍이 하나의 조류를 형성하면서 유서 편찬에 변화가 나타났다. 실학자들의 유서는 현실 개혁의 뜻을 담았고, 편찬 의도를 지식의 제공과 확산에 두었다. 또한 단순 정리를 넘어 지식을 재분류하여 범주화하고 평가를 더하는 등 저술의 성격을 드러냈다. 독서와 견문을 통해 주자학에서 중시되지 않았던 지식을 집적했고, 증거를 세워 이론적으로 밝히는 고증과 이에 대한 의견 등 '안설'을 덧붙이는 경우가 많았다. 주자학의 지식을 이어받는 한편, 주자학이 아닌 새로운 지식을 수용하는 유연성과 개방성을 보였다. 광범위하게 정리한 지식을 식자층이 쉽게 접할 수 있어야 한다고 생각했고, 객관적 사실 탐구를 중시하여 박물학과 자연 과학에 관심을 기울였다. 조선 후기 실학자들이 편찬한 유서가 주자학의 관념적 사유에 국한되지 않고 새로운 지식의 축적과 확산을 촉진한 것은 지식의 역사에서 적지 않은 의미를 지닌다.
>
> 2023

① 인과의 대상: 17세기 유서 편찬의 변화

② 인과의 결과: 변화의 경향─㉠ 실학자들의 유서는 현실 개혁의 뜻을 담았고, 편찬 의도를 지식의 제공과 확산에 두었다. ㉡ 단순 정리를 넘어 지식을 재분류하여 범주화하고 평가를 더하는 등 저술의 성격을 드러냈다. ㉢ 조선 후기 실학자들이 편찬한 유서가 주자학의 관념적 사유에 국한되지 않고 새로운 지식의 축적과 확산을 촉진한 것이다.

③ 제목: 17세기 실학 학풍에 의한 유서 편찬 경향의 변화

유형 문제

※ 다음 인과 문단을 읽고, 인과의 절차에 따라 정리해 보시오.

　그러나 이러한 연주의 개념은 19세기에 들어 영향미학이 작품미학으로 전환되면서 바뀌게 된다. 작품 그 자체가 지니는 의미와 가치에 관심을 갖는 작품미학의 영향에 따라 작곡자들은 음악이 내용을 지시하거나 표상하도록 할 필요가 없게 되었고, 오로지 음악 그 자체로서 고유한 가치를 갖는 절대음악을 탄생시켰다. 작곡자들은 어떤 내용이나 감정을 표현하는 대신 동기, 악구, 악절, 주제의 발전과 반복 등을 조화롭게 구성하여 작곡함으로써 형식에 의한 음악의 아

름다움을 추구하게 된 것이다. 이렇게 음악에서 지시하는 내용이나 감정이 없어지자 연주자는 작품을 구성하는 형식에 의한 아름다움의 의미들을 재구성하여 표현하려 했고, 이에 따라 연주는 해석으로 이해되었다. 실례로, 당시 베토벤 교향곡의 관현악 편성을 변형시켜 연주했던 바그너나 말러 등의 연주는 청중들에게 연주자가 해석한 작품을 감상하게 한 것이었다.   2012.6

예시답

① 중심 문장: 그러나 이러한 연주의 개념은 19세기에 들어 영향미학이 작품미학으로 전환되면서 바뀌게 된다.
② 핵심어: 작품 미학으로 전환되면서 변함.(작품 미학으로 변하면서 연주의 개념이 어떻게 변했을까?)
③ 인과 문단 읽기
   ㉮ 인과의 대상: 연주의 개념
   ㉯ 원인: 작품 미학으로 전환
   ㉰ 결과: 절대음악의 탄생으로 연주는 해석으로 이해되기 시작함.
④ 제목: 연주 개념의 변화

적용 연습

※ 다음 문단을 인과의 절차에 따라 정리하시오.

과거제는 여러 가지 사회적 효과를 가져왔는데, 특히 학습에 강력한 동기를 제공함으로써 교육의 확대와 지식의 보급에 크게 기여했다. 그 결과 통치에 참여할 능력을 갖춘 지식인 집단이 폭넓게 형성되었다. 시험에 필요한 고전과 유교 경전이 주가 되는 학습의 내용은 도덕적인 가치 기준에 대한 광범위한 공유를 이끌어 냈다. 또한 최종 단계까지 통과하지 못한 사람들에게도 국가가 여러 특권을 부여하고 그들이 지방 사회에 기여하도록 하여 경쟁적 선발 제도가 가져올 수 있는 부작용을 완화하고자 노력했다.   2021.6

예시답

① 인과의 대상: 과거제
② 결과: 사회적 효과－학습에 동기 제공, 학습내용의 도덕적인 가치 기준의 공유, 경쟁적 선발제도의 부작용 완화
③ 제목: 과거제의 사회적 효과

4절 인과로 전개되는 문단은 원리를 명료화한다.

인과는 어떤 현상의 원인이나 결과를 설명하는 전개 방식이다. 인과로 전개되는 문단은 주로 앞 문단과 대등 관계를 이룬다. 때로 원인의 원인을 설명하는 문단일 경우 심화 관계를 이룬다. 원인이 보편성을 가질 때 그것은 원리가 된다.

보 기

그것은 사적 연금이나 공공 부조가 낳는 부작용 때문이다. 사적 연금에는 역선택 현상이 발생한다. 안정된 노후 생활을 기대하기 어려운 사람들이 주로 가입하고 그렇지 않은 사람들은 피하므로, 납입되는 보험료 총액에 비해 지급해야 할 연금 총액이 자꾸 커지는 것이다. 이렇게 되면 보험 회사는 계속 보험료를 인상하지 않는 한 사적 연금을 유지할 수 없다. 한편 공공 부조는 도덕적 해이를 야기할 수 있다. 무상으로 부조가 이루어지므로, 젊은 시절에는 소득을 모두 써 버리고 노년에는 공공 부조에 의존하려는 경향이 생길 수 있기 때문이다. 이와 같은 부작용에 대응하기 위해 공적 연금 제도는 소득이 있는 국민들을 강제 가입시켜 보험료를 징수한 뒤, 적립된 연금 기금을 국가의 책임으로 운용하다가, 가입자가 은퇴한 후 연금으로 지급하는 방식을 취하고 있다.

2013

---

① 인과의 대상: 그것(사적 연금이나 공공부조가 있는데 공적연금제도를 실시하는 까닭)
② 인과의 원인: 사적 연금 제도의 역선택 현상, 공공부조의 도덕적 해이
③ 제목: 공적 연금 제도를 실시하는 까닭

유형 문제

※ 다음 인과 문단을 인과의 절차에 따라 정리하시오.

과거제의 부작용에 대한 인식은 과거제를 통해 임용된 관리들의 활동에 대한 비판적 시각으로 연결되었다. 능력주의적 태도는 시험뿐 아니라 관리의 업무에 대한 평가에도 적용되었다. 세습적이지 않으면서 몇 년의 임기마다 다른 지역으로 이동하는 관리들은 승진을 위해서 빨리 성과를 낼 필요가 있었기에, 지역 사회를 위해 장기적인 전망을 가지고 정책을 추진하기보다 가시적이고 단기적인 결과만을 중시하는 부작용을 가져왔다. 개인적 동기가 공공성과 상충되는 현상이 나타났던 것이다. 공동체 의식의 약화 역시 과거제의 부정적 결과로 인식되었다. 과거제

출신의 관리들이 공동체에 대한 소속감이 낮고 출세 지향적이기 때문에 세습 엘리트나 지역에서 천거된 관리에 비해 공동체에 대한 충성심이 약했던 것이다.

예시답

① 인과의 대상: 과거제에 대한 부정적 인식
② 인과의 결과: 과거제를 통해 임용된 관리들에 비판적 시각 − 가시적이고 단기적인 결과만을 중시하는 부작용, 공동체 의식의 약화
③ 과거제로 임용된 관리들의 문제점

적용 연습

※ 다음 인과 문단을 인과의 절차에 따라 정리하시오.

1 광고는 광고주인 판매자의 이윤 추구 수단으로 기획되지만, 그러한 광고가 광고주의와 상관없이 시장에 영향을 끼치기도 한다. 우선 광고가 독점적 경쟁 시장의 판매자 간 경쟁을 촉진할 수 있다. 이러한 효과는 광고를 통해 상품 정보에 노출된 구매자가 상품의 품질이나 가격에 예민해질 때 발생한다. 특히 구매자가 가격에 민감하게 수요량을 바꾼다면, 판매자는 경쟁 상품의 가격을 더욱 고려하게 되어 가격 경쟁에 돌입하게 된다. 또한 경쟁은 신규 판매자가 광고를 통해 신상품을 쉽게 홍보하고 시장에 진입할 수 있게 됨으로써 촉진된다. 더 많은 판매자가 시장에서 경쟁하게 되면 각 판매자의 독점적 지위는 약화되고, 구매자는 더 다양한 상품을 높지 않은 가격에 구매할 수 있게 된다.

2 개별 광고가 구매자의 내면에 잠재된 필요나 욕구를 환기하여 대상 상품에 대한 소비를 촉진하는 효과가 합쳐지면 경제 전반에 선순환을 기대할 수 있다. 경제에 광고가 없는 상황을 가정할 때와 비교하면 광고는 쓰던 상품을 새 상품으로 대체하고 싶은 소비자의 욕구를 강화하고, 신상품이 인기를 누리는 유행 주기를 단축하여 소비를 증가시킬 수 있다. 촉진된 소비는 생산 활동을 자극한다. 상품의 생산에는 근로자의 노동, 기계나 설비 같은 생산 요소가 들어가므로, 생산 활동이 증가하면 결과적으로 고용이나 투자가 증가한다. 고용 및 투자의 증가는 근로자이거나 투자자인 구매자의 소득을 증가시킬 수 있다. 경제 전반의 소득이 증가할 때 소비가 증가하는 정도를 한계 소비 성향이라고 하는데, 한계 소비 성향은 양(+)의 값이어서, 경제 전반의 소득 수준이 향상되면 소비가 증가하게 된다.

예시답

① 중심 문장: **1** 광고는 광고주인 판매자의 이윤 추구 수단으로 기획되지만, 그러한 광고가 광고주의 의도와 상관없이 시장에 영향을 끼치기도 한다. **2** 광고가 특정한 상품에 대한 독점적 경쟁 시장을 넘어서 경제와 사회 전반에 영향을 주기도 한다.

② 핵심어: **1** 판매자의 이윤 추구 수단, 시장에 영향 **2** 경제와 사회 전반에 영향

③ 인과 읽기

　　㉮ 인과의 대상: 광고의 영향

　　㉯ 인과의 결과: ㉠ 판매자와 시장의 영향 ㉡ 경제 전반과 사회에 영향

④ 제목: 광고의 영향

이 문단들은 인과로 전개된다. 즉 광고의 영향에 대해 설명하는데, **1** 에서는 판매자(개인)와 시장에 미치는 영향이라면, **2** 에서는 범위를 넓혀 사회에 영향을 예측해 볼 수 있다.

5절 인과로 전개된 글 읽기 및 문항 풀이

인과로 전개된 글은 도입 문단의 중심 화제에서 인과의 대상인 현상과 현상의 원인을 소개하고, 전개 문단에서 현상의 원인의 원인을 설명하면서 심화된다. 원인의 원인은 추상적인 개념어로 서술되므로 독자는 개념을 정확하게 정리하고 주어진 예시를 활용하여 이해할 필요가 있다. 자연 법칙처럼 어떤 원인이 보편적으로 적용될 때 그것을 가리켜 '원리'라 함도 기억해 두자.

※ 다음 인과로 전개된 글을 정리하고, 주어진 문항을 푸시오.

---

1 우리는 가끔 평소보다 큰 보름달인 '슈퍼문(supermoon)'을 보게 된다. 실제 달의 크기는 일정한데 이러한 현상이 발생하는 까닭은 무엇일까? 이 현상은 달의 공전 궤도가 타원 궤도라는 점과 관련이 있다.

2 타원은 두 개의 초점이 있고 두 초점으로부터의 거리를 합한 값이 일정한 점들의 집합이다. 두 초점이 가까울수록 원 모양에 가까워진다. 타원에서 두 초점을 지나는 긴 지름을 가리켜 장축이라 하는데, 두 초점 사이의 거리를 장축의 길이로 나눈 값을 이심률이라 한다. 두 초점이 가까울수록 이심률은 작아진다.

3 달은 지구를 한 초점으로 하면서 이심률이 약 0.055인 타원 궤도를 돌고 있다. 이 궤도의 장

축 상에서 지구로부터 가장 먼 지점을 '원지점', 가장 가까운 지점을 '근지점'이라 한다. 지구에서 보름달은 약 29.5일 주기로 세 천체가 '태양–지구–달'의 순서로 배열될 때 볼 수 있는데, 이때 보름달이 근지점이나 그 근처에 위치하면 슈퍼문이 관측된다. 슈퍼문은 보름달 중 크기가 가장 작게 보이는 것보다 14%정도 크게 보인다. 이는 지구에서 본 달의 겉보기 지름이 달라졌기 때문이다. 지구에서 본 천체의 겉보기 지름을 각도로 나타낸 것을 각지름이라 하는데, 관측되는 천체까지의 거리가 가까워지면 각지름이 커진다. 예를 들어, 달과 태양의 경우 평균적인 각지름은 각각 0.5°정도이다.

4 지구의 공전 궤도에서도 이와 같은 현상이 나타난다. 지구 역시 태양을 한 초점으로 하는 타원 궤도로 공전하고 있으므로, 궤도 상의 지구의 위치에 따라 태양과의 거리가 다르다. 달과 마찬가지로 지구도 공전 궤도의 장축 상에서 태양으로부터 가장 먼 지점과 가장 가까운 지점을 갖는데, 이를 각각 원일점과 근일점이라 한다. 지구와 태양 사이의 이러한 거리 차이에 따라 일식 현상이 다르게 나타난다. 세 천체가 '태양–달–지구'의 순서로 늘어서고, 달이 태양을 가릴 수 있는 특정한 위치에 있을 때, 일식 현상이 일어난다. 이때 달이 근지점이나 그 근처에 위치하면 대부분의 경우 태양 면의 전체 면적이 달에 의해 완전히 가려지는 개기 일식이 관측된다. 하지만 일식이 일어나는 같은 조건에서 달이 원지점이나 그 근처에 위치하면 대부분의 경우 태양 면이 달에 의해 완전히 가려지지 않아 태양 면의 가장자리가 빛나는 고리처럼 보이는 금환 일식이 관측될 수 있다.

5 이러한 원일점, 근일점, 원지점, 근지점의 위치는 태양, 행성 등 다른 천체들의 인력에 의해 영향을 받아 미세하게 변한다. 현재 지구 공전 궤도의 이심률은 약 0.017인데, 일정한 주기로 이심률이 변한다. 천체의 다른 조건들을 고려하지 않을 때 지구 공전 궤도의 이심률만이 현재보다 더 작아지면 근일점은 현재보다 더 멀어지며 원일점은 현재보다 더 가까워지게 된다. 이는 달의 공전 궤도 상에 있는 근지점과 원지점도 마찬가지이다. 천체의 다른 조건들을 고려하지 않을 때 천체의 공전 궤도의 이심률만이 현재보다 커지면 반대의 현상이 일어난다. 2015B

지문읽기

이 글은 슈퍼문 현상의 원인을 설명하는 글이다. 달의 공전 궤도가 타원 궤도라는 점을 원인으로 설명하였다. 비슷한 원리로 지구의 공전 궤도가 타원 궤도여서 일식이 생긴다는 점도 인과로 설명했다. 끝으로 이심률 변화의 원인도 인과로 설명하고 있다.

1 도입 문단:
 – 이 현상은 달의 공전 궤도가 타원 궤도라는 점과 관련이 있다.
  (달의 공전 궤도가 타원 궤도라는 점이 슈퍼문 현상이 되는 원인이 무엇일까?)
2 전개 문단: 이심률의 특성
 – 두 초점이 가까울수록 이심률은 작아진다.
3 전개 문단: 슈퍼문 현상의 원인

   – 인과의 원인: 타원 궤도(근지점, 원지점, 각지름 등)
4 전개 문단: 일식 현상의 원인
   – 인과의 원인: 지구의 타원 공전 궤도(근일점, 원일점, 개기 일식, 금환 일식)
5 정리 문단: 이심률 변화의 원인과 의미

지문 정리

   슈퍼문 현상의 원인이 달의 공전 궤도가 타원 궤도이기 때문이라고 설명하였다. 타원 궤도는 이심률로 설명되는데, 이심률이 클수록 근지점이 가깝고 원지점은 멀어져서 슈퍼문의 각지름이 더 커진다. 또한 지구의 공전 궤도가 타원 궤도여서 일식 현상이 나타나는 점도 설명하였다. 달이 원지점에 위치하면 태양의 가장자리가 보이는 금환일식이 나타난다. 끝으로 이심률은 태양의 인력으로 변화하여 근지점과 원지점, 근일점과 원일점도 변화하게 된다는 점도 소개했다.

문항 풀이

25. 윗글을 통해 알 수 있는 내용으로 적절하지 <u>않은</u> 것은?

   ① 태양의 인력으로 달 공전 궤도의 이심률이 약간씩 변화될 수 있다.
   ② 현재의 달 공전 궤도는 현재의 지구 공전 궤도보다 원 모양에 더 가깝다.
   ③ 금환 일식이 일어날 때 지구에서 관측되는 태양의 각지름은 달의 각지름보다 크다.
   ④ 지구에서 보이는 보름달의 크기는 달 공전 궤도 상의 근지점일 때보다 원지점일 때 더 작게 보인다.
   ⑤ 지구 공전 궤도 상의 근일점에서 관측한 태양의 각지름은 원일점에서 관측한 태양의 각지름보다 더 크다.

유형 원리 이해
접근 방식 지문에서 학습한 원리에 바탕해서 선택지를 읽어서 설명해 본다.
① 이심률 변화의 원인은 태양의 인력이다.
② 두 초점 거리가 가까워서 이심률이 작을수록 원모양에 가깝다. 달의 공전궤도의 이심률은 0.055이고 지구 공전 궤도의 이심률은 0.017이다. 따라서 원에 가까운 것은 지구의 공전 궤도이다.
③ 태양의 각지름이 큰 만큼 금환으로 나타난다.
④ 근지점일 때 슈퍼문 현상이 일어난다.
⑤ 근일점은 태양과 가까운 지점이고 원일점은 먼 지점이다. **정답** ②

26. 윗글을 바탕으로 할 때, 〈보기〉의 ㉠에 들어갈 말로 가장 적절한 것은? [3점]

> **보기**
>
> 　　북반구의 A지점에서는 약 12시간 25분 주기로 해수면이 높아졌다 낮아졌다 하는 현상이 관측된다. 이 현상에서 해수면이 가장 높은 때와 가장 낮은 때의 해수면의 높이 차이를 '조차'라고 한다. 이 조차에 영향을 미치는 한 요인이 지구와 달, 지구와 태양 사이의 '거리'인데, 그 거리가 가까울수록 조차가 커진다. 지구와 태양 사이의 거리가 조차에 미치는 영향만을 고려하면, 조차는 북반구의 겨울인 1월에 가장 크고 7월에 가장 작다.
>
> 　　천체의 다른 모든 조건들은 고정되어 있고, 다만 지구 공전궤도의 이심률과 지구와 달, 지구와 태양 사이의 거리만이 조차에 영향을 준다고 가정하자. 이 경우에 (　　㉠　　)

① 지구 공전 궤도의 이심률에 변화가 없다면, 1월에 슈퍼문이 관측되었을 때보다 7월에 슈퍼문이 관측되었을 때, A지점에서의 조차가 더 크다.

② 지구 공전 궤도의 이심률에 변화가 없다면, 보름달이 관측된 1월에 달이 근지점에 있을 때보다 원지점에 있을 때, A지점에서의 조차가 더 크다.

③ 지구 공전 궤도의 이심률에 변화가 없다면, 7월에 슈퍼문이 관측될 때보다 7월에 원지점에 위치한 보름달이 관측될 때, A지점에서의 조차가 더 크다.

④ 지구 공전 궤도의 이심률만이 더 커지면, 달이 근지점에 있을 때 A지점에서 1월에 나타나는 조차가 이심률 변화 전의 1월의 조차보다 더 커진다.

⑤ 지구 공전 궤도의 이심률만이 더 커지면, 달이 원지점에 있을 때 A지점에서 7월에 나타나는 조차가 이심률 변화 전의 7월의 조차보다 더 커진다.

유형 원리 적용

접근 방식 조차라는 새로운 현상을 제시하고, 조차 현상을 슈퍼문 현상의 설명한 원리로 설명하는 문항이다. 조차 현상이나 슈퍼문 현상은 같은 원리로 일어나는 여러 현상 중에 하나이다. 또한 이심률의 의미를 묻고 있다. 이심률이 커진다는 말은 타원의 초점 사이의 거리가 멀어져서 근지점은 가깝고 원지점은 멀어진다는 뜻이다. ④ 이심률이 커지면 근지점일 때 조차가 더 커지고, 슈퍼문도 더 크게 보인다. **정답 ④**

문항 풀이 정리

　　25번 문항은 원리 이해를, 26번 문항은 원리 적용 능력을 각각 평가하였다. 특히 26번 문항은 같은 원리에 의한 새로운 조차 현상을 제시하여, 슈퍼문 현상을 이해하도록 하였다. 근지점일 때 조차가 높은 점을 고려하면, 조차 현상과 슈퍼문 현상은 동시에 일어나는 현상이라고 할 수 있다. 원리 이해, 즉 원인 이해가 중요한 문항이다.

유형 문제

※ 다음 인과로 전개된 글을 읽고, 인과의 절차에 따라 정리하시오.

1 정부는 국민 생활에 영향을 미치는 활동의 총체인 정책의 목표를 효과적으로 달성하기 위해 정책 수단의 특성을 고려하여 정책을 수행한다. 정책 수단은 강제성, 직접성, 자동성, 가시성의 ㉮네 가지 측면에서 다양한 특성을 갖는다. 강제성은 정부가 개인이나 집단의 행위를 제한하는 정도로서, 유해 식품 판매 규제는 강제성이 높다. 직접성은 정부가 공공 활동의 수행과 재원 조달에 직접 관여하는 정도를 의미한다. 정부가 정책을 직접 수행하지 않고 민간에 위탁하여 수행하게 하는 것은 직접성이 낮다. 자동성은 정책을 수행하기 위해 별도의 행정 기구를 설립하지 않고 기존의 조직을 활용하는 정도를 말한다. 전기 자동차 보조금 제도를 기존의 시청 환경과에서 시행하는 것은 자동성이 높다. 가시성은 예산 수립 과정에서 정책을 수행하기 위한 재원이 명시적으로 드러나는 정도이다. 일반적으로 사회 규제의 정도를 조절하는 것은 예산 지출을 수반하지 않으므로 가시성이 낮다.

2 정책 수단 선택의 사례로 환율과 관련된 경제 현상을 살펴보자. 외국 통화에 대한 자국 통화의 교환 비율을 의미하는 환율은 장기적으로 한 국가의 생산성과 물가 등 기초 경제 여건을 반영하는 수준으로 수렴된다. 그러나 단기적으로 환율은 이와 @괴리되어 움직이는 경우가 있다. 만약 환율이 예상과는 다른 방향으로 움직이거나 또는 비록 예상과 같은 방향으로 움직이더라도 변동 폭이 예상보다 크게 나타날 경우 경제 주체들은 과도한 위험에 ⓑ노출될 수 있다. 환율이나 주가 등 경제 변수가 단기에 지나치게 상승 또는 하락하는 현상을 오버슈팅(overshooting)이라고 한다. 이러한 오버슈팅은 물가 경직성 또는 금융 시장 변동에 따른 불안 심리 등에 의해 촉발되는 것으로 알려져 있다. 여기서 물가 경직성은 시장에서 가격이 조정되기 어려운 정도를 의미한다.

3 물가 경직성에 따른 환율의 오버슈팅을 이해하기 위해 통화를 금융 자산의 일종으로 보고 경제 충격에 대해 장기와 단기에 환율이 어떻게 조정되는지 알아보자. 경제에 충격이 발생할 때 물가나 환율은 충격을 흡수하는 조정 과정을 거치게 된다. 물가는 단기에는 장기 계약 및 공공요금 규제 등으로 인해 경직적이지만 장기에는 신축적으로 조정된다. 반면 환율은 단기에서도 신축적인 조정이 가능하다. 이러한 물가와 환율의 조정 속도 차이가 오버슈팅을 초래한다. 물가와 환율이 모두 신축적으로 조정되는 장기에서의 환율은 구매력 평가설에 의해 설명되는데, 이에 의하면 장기의 환율은 자국 물가 수준을 외국 물가 수준으로 나눈 비율로 나타나며, 이를 균형 환율로 본다. 가령 국내 통화량이 증가하여 유지될 경우 장기에서는 자국 물가도 높아져 장기의 환율은 상승한다. 이때 통화량을 물가로 나눈 실질 통화량은 변하지 않는다.

4 그런데 단기에는 물가의 경직성으로 인해 구매력 평가설에 기초한 환율과는 다른 움직임이 나타나면서 오버슈팅이 발생할 수 있다. 가령 국내 통화량이 증가하여 유지될 경우, 물가가 경

직적이어서 ㉠실질 통화량은 증가하고 이에 따라 시장 금리는 하락한다. 국가 간 자본 이동이 자유로운 상황에서, ㉡시장 금리 하락은 투자의 기대 수익률 하락으로 이어져, 단기성 외국인 투자 자금이 해외로 빠져나가거나 신규 해외 투자 자금 유입을 위축시키는 결과를 ⓒ초래한다. 이 과정에서 자국 통화의 가치는 하락하고 ㉢환율은 상승한다. 통화량의 증가로 인한 효과는 물가가 신축적인 경우에 예상되는 환율 상승에, 금리 하락에 따른 자금의 해외 유출이 유발하는 추가적인 환율 상승이 더해진 것으로 나타난다. 이러한 추가적인 상승 현상이 환율의 오버슈팅인데, 오버슈팅의 정도 및 지속성은 물가 경직성이 클수록 더 크게 나타난다. 시간이 경과함에 따라 물가가 상승하여 실질 통화량이 원래 수준으로 돌아오고 해외로 유출되었던 자금이 시장 금리의 반등으로 국내로 ⓓ복귀하면서, 단기에 과도하게 상승했던 환율은 장기에는 구매력 평가설에 기초한 환율로 수렴된다.

5 단기의 환율이 기초 경제 여건과 괴리되어 과도하게 급등락하거나 균형 환율 수준으로부터 장기간 이탈하는 등의 문제가 심화되는 경우를 예방하고 이에 대처하기 위해 정부는 다양한 정책 수단을 동원한다. 오버슈팅의 원인인 물가 경직성을 완화하기 위한 정책 수단 중 강제성이 낮은 사례로는 외환의 수급 불균형 해소를 위해 관련 정보를 신속하고 정확하게 공개하거나, 불필요한 가격 규제를 축소하는 것을 들 수 있다. 한편 오버슈팅에 따른 부정적 파급 효과를 완화하기 위해 정부는 환율 변동으로 가격이 급등한 수입 필수 품목에 대한 세금을 조정함으로써 내수가 급격히 위축되는 것을 방지하려고 하기도 한다. 또한 환율 급등락으로 인한 피해에 대비하여 수출입 기업에 환율 변동 보험을 제공하거나, 외화 차입 시 지급 보증을 제공하기도 한다. 이러한 정책 수단은 직접성이 높은 특성을 가진다. 이와 같이 정부는 기초 경제 여건을 반영한 환율의 추세는 용인하되, 사전적 또는 사후적인 미세 조정 정책 수단을 활용하여 환율의 단기 급등락에 따른 위험으로부터 실물 경제와 금융 시장의 안정을 ⓔ도모하는 정책을 수행한다. 2018

지문 읽기

1 전개 문단: 정책 수단의 네 요소의 개념
- 정의 대상(개념어)과 정의 내용(개념):
  강제성 – 정부가 개인이나 집단의 행위를 제한하는 정도
  직접성 – 정부가 공공 활동의 수행과 재원 조달에 직접 관여하는 정도
  자동성 – 정책을 수행하기 위해 별도의 행정 기구를 설립하지 않고 기존의 조직을 활용하는 정도
  가시성 – 예산 수립 과정에서 정책을 수행하기 위한 재원이 명시적으로 드러나는 정도
- 제목: 정책 수단의 특성인 네 요소의 개념
2 전개 문단: 오버슈팅의 원인
- 인과의 원인: 물가 경직성과 금융 시장 변동에 따른 불안 심리
3 전개 문단: 물가 경직성에 의한 오버슈팅
- 인과의 원인: 단기 – 물가 경직성, 장기 – 물가 신축성으로 균형 환율로 조정됨

④ 전개 문단: 시장 금리 하락에 의한 오버슈팅 현상
 - 인과의 원인: 물가 경직성으로 인한 시장 금리 하락
⑤ 전개 문단: 오버슈팅 충격의 정책 수단 해결 방안
 - 미세 조정 정책 수단: 물가의 경직성 – 강제성이 낮은 정책
   환율의 급등락으로 인한 피해 – 직접성이 높은 정책

문항 풀이

27. 윗글에 대한 이해로 적절하지 <u>않은</u> 것은?

① 국내 통화량이 증가하여 유지될 경우 장기에는 실질 통화량이 변하지 않으므로 장기의 환율도 변함이 없을 것이다.
② 물가가 신축적인 경우가 경직적인 경우에 비해 국내 통화량 증가에 따른 국내 시장 금리 하락 폭이 작을 것이다.
③ 물가 경직성에 따른 환율의 오버슈팅은 물가의 조정 속도보다 환율의 조정 속도가 빠르기 때문에 발생하는 것이다.
④ 환율의 오버슈팅이 발생한 상황에서 외국인 투자 자금이 국내 시장 금리에 민감하게 반응할수록 오버슈팅 정도는 커질 것이다.
⑤ 환율의 오버슈팅이 발생한 상황에서 물가 경직성이 클수록 구매력 평가설에 기초한 환율로 수렴되는 데 걸리는 기간이 길어질 것이다

유형 사실 여부
접근 방식 전개 방식으로 다양한 정보를 정리할 필요가 있다.
① 장기의 환율은 상승한다.
② 물가 경직성으로 인하여 시장 금리가 하락하기 때문에, 물가가 신축적인 경우에는 시장 금리 하락 폭이 작을 것이다.
③ 물가와 환율의 조정 속도 차이가 오버슈팅을 야기한다.
④ 외국인 투자 자금이 국내 시장 금리에 민감하다는 말은, 시장 금리가 하락했을 때 그 자금이 우리나라를 빠져나간다는 뜻이다.
⑤ 물가 경직성으로 오버슈팅이 발생하므로, 물가 경직성이 클수록 오버슈팅 현상이 길어질 것이다. **정답** ①

28. ㉮를 바탕으로 정책 수단의 특성을 이해한 것으로 가장 적절한 것은?

① 다자녀 가정에 출산 장려금을 지급하는 것은, 불법 주차 차량에 과태료를 부과하는 것보다 강제성이 높다.
② 전기 제품 안전 규제를 강화하는 것은, 학교 급식을 제공하기 위한 재원을 정부 예산에 편성한 것보다 가시성이 높다.

③ 문화재를 발견하여 신고할 경우 포상금을 주는 것은, 자연 보존 지역에서 개발 행위를 금지하는 것보다 강제성이 높다.

④ 쓰레기 처리를 민간 업체에 맡겨서 수행하게 하는 것은, 정부 기관에서 주민등록 관련 행정 업무를 수행하는 것보다 직접성이 높다.

⑤ 담당 부서에서 문화 소외 계층에 제공하던 복지 카드의 혜택을 늘리는 것은, 전담 부처를 신설하여 상수원 보호 구역을 감독하는 것보다 자동성이 높다.

유형 개념 이해

접근 방식 개념어와 개념을 구별하여 이해한다. 개념은 추상적이어서 이해를 위해서는 예시를 활용하는 것이 효과적이다.

①, ③ 강제성 – 정부가 개인이나 집단의 행동을 금지하는 정도
② 가시성 – 예산 수립 과정에서 정책을 수행하기 위한 재원이 명시적으로 드러나는 정도
④ 직접성 – 정부가 공공생활의 수행과 재원 조달에 직접 관여하는 정도
⑤ 자동성 – 정책을 수행하기 위해 별도의 행정 기구를 설립하지 않고 기존의 조직을 활용하는 정도 **정답 ⑤**

---

29. 윗글을 바탕으로 할 때, 〈보기〉의 'A국' 경제 상황에 대한 '경제학자 갑'의 견해를 추론한 것으로 적절하지 <u>않은</u> 것은?

> **보기**
>
> A국 경제학자 갑은 자국의 최근 경제 상황을 다음과 같이 진단했다.
>
> 금융 시장 불안의 여파로 A국의 주식, 채권 등 금융 자산의 가격 하락에 대한 우려가 확산되면서 안전 자산으로 인식되는 B국의 채권에 대한 수요가 증가하고 있다. 이로 인해 외환시장에서는 A국에 투자되고 있던 단기성 외국인 자금이 B국으로 유출되면서 A국의 환율이 급등하고 있다.
>
> B국에서는 해외 자금 유입에 따른 통화량 증가로 B국의 시장 금리가 변동할 것으로 예상된다. 이에 따라 A국의 환율 급등은 향후 다소 진정될 것이다. 또한 양국 간 교역 및 금융의존도가 높은 현실을 감안할 때, A국의 환율 상승은 수입품의 가격 상승 등에 따른 부작용을 초래할 것으로 예상되지만 한편으로는 수출이 증대되는 효과도 있다. 그러므로 정부는 시장 개입을 가능한 한 자제하고 환율이 시장 원리에 따라 자율적으로 균형 환율 수준으로 수렴되도록 두어야 한다.

① A국에 환율의 오버슈팅이 발생한 상황에서 B국의 시장 금리가 하락한다면 오버슈팅의 정도는 커질 것이다.

② A국에 환율의 오버슈팅이 발생하였다면 이는 금융 시장 변동에 따른 불안 심리에 의해 촉발된 것으로 볼 수 있다.

③ A국에 환율의 오버슈팅이 발생할지라도 시장의 조정을 통해 환율이 장기에는 균형 환율 수준에 도달할 수 있을 것이다.

④ A국의 환율 상승이 수출을 증대시키는 긍정적인 효과도 동반하므로 A국의 정책 당국은 외환 시장 개입에 신중해야 한다.

⑤ A국의 환율 상승은 B국으로부터 수입하는 상품의 가격을 인상시킴으로써 A국의 내수를 위축시키는 결과를 초래할 수 있다.

유형 원리 적용
접근 방식 <보기>의 현상을 지문의 원리로 설명하는 능력을 평가하는 문항이다. A국의 오버슈팅은 금융시장 불안의 여파로 발생하고 있다. 즉, 시장 금리 하락으로 단기성 외국인 자금이 B국으로 빠져나가는 상황이다. ① B국의 시장 금리가 하락한다면 단기성 외국인 자금이 B국으로 유출이 완화될 수 있어 오버슈팅의 정도도 완화될 것이다. 정답 ①

30. <보기>에 제시된 그래프의 세로축 a, b, c는 [가]의 ㉠~㉢과 하나씩 대응된다. 이를 바르게 짝지은 것은? [3점]

> 보기
>
> 다음 그래프들은 [가]에서 국내 통화량이 t시점에서 증가하여 유지된 경우 예상되는 ㉠~㉢의 시간에 따른 변화를 순서 없이 나열한 것이다.
>
>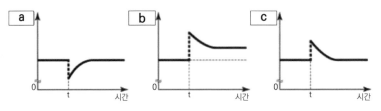
>
> (단, t시점 근처에서 그래프의 형태는 개략적으로 표현하였으며, t시점 이전에는 모든 경제 변수들의 값이 일정한 수준에서 유지되어 왔다고 가정한다. 장기 균형으로 수렴되는 기간은 변수마다 상이하다.)

	㉠	㉡	㉢
①	a	c	b
②	b	a	c
③	b	c	a
④	c	a	b
⑤	c	b	a

접근 방식 지문에서 이해한 원리를 수치 자료로 표현하는 능력을 평가하는 문항이다. 시간 변수에 따른 종속 변수의 변화를 읽도록 하자. a는 급속히 하락했다가 장기에는 원상태로 회복되는 변수이다. b는 급상승했다가 장기에는 어느 정도 오른 상태를 회복하는 변수이다. c는 급상승했다가 장기에는 원상태로 회복되는 변수이다. ④ a는 시장 금리, b는 환율, c는 실질 통화량을 각각 나타낸다. **정답 ④**

31. 미세 조정 정책 수단의 사례로 적절하지 <u>않은</u> 것은?

① 예기치 못한 외환 손실에 대비한 환율 변동 보험을 수출 주력 중소기업에 제공한다.
② 원유와 같이 수입 의존도가 높은 상품의 경우 해당 상품에 적용하는 세율을 환율 변동에 따라 조정한다.
③ 환율의 급등락으로 금융 시장이 불안정할 경우 해외 자금 유출과 유입을 통제하여 환율의 추세를 바꾼다.
④ 환율 급등으로 수입 물가가 가파르게 상승했을 때, 수입 대금 지급을 위해 외화를 빌리는 수입 업체에 지급 보증을 제공한다.
⑤ 수출입 기업을 대상으로 국내외 금리 변동, 해외 투자 자금 동향 등 환율 변동에 영향을 주는 요인들에 대한 정보를 제공한다.

유형 개념 이해
접근 방식 미세조정 정책 수단이란 강제성이 낮고, 직접성이 높은 정책을 말한다. 강제성이 낮은 정책은 외환의 수급 불균형 해소를 위해 관련 정보를 신속하고 정확하게 공개하거나, 불필요한 가격 규제를 축소하는 것을 들 수 있다. 환율 변동으로 가격이 급등한 수입 필수 품목에 대한 세금을 조절함으로써 내수가 급격히 위축되는 것을 방지하려고 하기도 한다. 그리고 직접성이 높은 정책으로는 환율 급등락으로 인한 피해에 대비하여 수출입 기업에 환율 변동 보험을 제공하거나, 외화 차입 시 지급 보증을 제공하는 방식이 있다.
①, ④, ⑤는 직접성이 높은 정책이고, ②는 강제성이 낮은 정책이다. ③은 강제성이 높은 정책이다. **정답 ③**

32. 문맥상 ⓐ~ⓔ와 바꿔 쓰기에 적절하지 <u>않은</u> 것은?

① ⓐ: 동떨어져　　　　② ⓑ: 드러낼
③ ⓒ: 불러온다　　　　④ ⓓ: 되돌아오면서
⑤ ⓔ: 꾀하는

유형 문맥적 의미
접근 방식 서술어의 문맥이므로 주어와 목적어, 부사어 등 문장 성분과 문법 요소 등도 고려하면 의미가 명료해질 것이다.
② '노출되다'는 피동사이다. '드러내다'는 사동사이다. '드러나다'를 써야 한다. **정답 ②**

적용 연습

※ 다음 인과로 전개된 글을 정리하고, 주어진 문항을 푸시오.

---

1 1950년대 프랑스의 영화 비평계에는 ㉠작가주의라는 비평 이론이 새롭게 등장했다. 작가주의란 감독을 단순한 연출자가 아닌 '작가'로 간주하고, 작품과 감독을 동일시하는 관점을 말한다. 이 이론이 대두될 당시, 프랑스에는 유명한 문학 작품을 별다른 손질 없이 영화화하거나 화려한 의상과 세트, 인기 연극배우에 의존하는 제작 관행이 팽배해 있었다. 작가주의는 이렇듯 프랑스 영화에 만연했던 문학적, 연극적 색채에 대한 반발로 주창되었다.

2 작가주의는 상투적인 영화가 아닌 감독 개인의 영화적 세계와 독창적인 스타일을 일관되게 투영하는 작품들을 옹호한다. 감독의 창의성과 개성은 작품 세계를 관통하는 감독의 세계관 혹은 주제 의식, 그것을 표출하는 나름의 이야기 방식, 고집스럽게 되풀이되는 특정한 상황이나 배경 혹은 표현 기법 같은 일관된 문체상의 특징으로 나타난다는 것이다.

3 한편, 작가주의적 비평은 영화 비평계에 중요한 영향을 끼쳤는데, 그중에서도 주목할 점은 ⓐ할리우드 영화를 재발견한 것이다. 할리우드에서는 일찍이 미국의 대량 생산 기술을 상징하는 포드 시스템과 흡사하게 제작 인력들의 능률을 높일 수 있는 표준화·분업화한 방식으로 영화를 제작했다. 이에 따라 재정과 행정의 총괄자인 제작자가 감독의 작업 과정에도 관여하게 되었고, 감독은 제작자의 생각을 화면에 구현하는 역할에 머물렀다. 이는 계량화가 불가능한 창작자의 재능, 관객의 변덕스런 기호 등의 변수로 야기될 수 있는 흥행의 불안정성을 최소화하면서 일정한 품질의 영화를 생산하기 위함이었다.

4 그러나 ⓑ작가주의적 비평가들은 할리우드라는 가장 산업화된 조건에서 생산된 상업적인 영화에서도 감독 고유의 표지를 찾아낼 수 있다고 보았다. 작가주의적 비평가들은 제한적인 제작 여건이 오히려 감독의 도전 의식과 창의성을 끌어낸 사례들에 주목한 것이다. 그에 따라 B급 영화*와 그 감독들마저 수혜자가 되기도 했다.

5 작가주의적 비평가들에 의해 복권된 대표적인 할리우드 감독이 바로 스릴러 장르의 거장인 히치콕이다. 히치콕은 제작 시스템과 장르의 제약 속에서도 일관된 주제 의식과 스타일을 관철한 감독으로 평가받았다. 히치콕은 관객을 오인에 빠뜨린 뒤 막바지에 진실을 규명하여 충격적인 반전을 이끌어 내는 그만의 이야기 도식을 활용하였다. 또한 그는 관객의 오인을 부추기는 '맥거핀' 기법을 자신만의 이야기 법칙을 만들어 가는 데 하나의 극적 장치로 종종 활용하였다. 즉 특정 소품을 맥거핀으로 활용하여 확실한 단서처럼 보이게 한 다음 일순간 허망한 것으로 만들어 관객을 당혹스럽게 한 것이다.

6 이처럼 할리우드 영화의 재평가에 큰 영향을 끼쳤던 작가주의의 영향력은 오늘날까지도 이어지고 있다. 예컨대 작가주의로 인해 '좋은' 영화 혹은 '위대한' 감독들이 선정되었고, 이들은 지금도 영화 교육 현장에서 활용되고 있다.

2015B

* B급 영화: 적은 예산으로 단시일에 제작되어 완성도가 낮은 상업적인 영화

이 글은 작가주의 비평이 영화에 어떤 영향을 미쳤는지에 대해 인과로 설명하고 있다.

1 작가주의 비평 이론의 등장 배경
2 작가주의 비평 이론의 개념
3 할리우드 영화의 제작 경향
4 작가주의 비평 이론이 할리우드 영화에 끼친 영향
5 작가주의 비평 이론으로 복권된 감독 히치콕
6 작가주의 비평 이론의 의의

문항 풀이

17. 윗글에 대한 설명으로 가장 적절한 것은?

① 작가주의에서 쟁점이 되는 부분을 시간의 흐름에 따라 설명하고 있다.
② 작가주의의 문제점을 제시한 뒤 그것이 해결되는 과정을 설명하고 있다.
③ 작가주의와 그에 대립하는 비평 이론을 구체적인 예를 통해 서로 비교하고 있다.
④ 작가주의의 개념을 설명한 뒤 구체적인 사례와 관련지어 그 의의를 소개하고 있다.
⑤ 작가주의가 영화 비평계에 끼친 영향력을 분석하고 그것을 넘어서는 새로운 관점을 소개하고 있다.

유형 전개 방식
접근 방식 도입 문단에서 중심 화제를 찾아서, 이 중심 화제가 전개 문단에서 어떤 방향으로 구체화되었는지를 파악한다. **정답** ④

18. 윗글의 내용과 일치하지 <u>않는</u> 것은?

① 맥거핀은 관객에게 사건의 배경을 극적으로 제시해 주는 촬영 기법을 말한다.
② 작가주의는 좋은 영화와 위대한 감독을 선정하는 새로운 근거를 제시하였다.
③ 프랑스 영화의 문학적, 연극적 색채에 대한 반발로 작가주의가 등장하게 되었다.
④ 할리우드에서 제작자의 권한을 강화한 것은 흥행의 안정성을 고려했기 때문이다.
⑤ 할리우드에서는 제작의 효율성을 위해 제작 인력들 간의 역할과 임무를 구분하였다.

유형 사실 확인
접근 방식 각 문단의 중심 문장을 활용하여 제목을 붙여 보면, 좀 더 정확하게 사실 관계를 파악할 수 있다. **정답** ⑤

19. ⓐ, ⓑ에 대한 설명으로 적절한 것은?

① ⓐ의 제작에서는 관객의 기호를 흥행의 변수로 보지 않았다.

② ⓑ는 상업적인 영화보다는 상투적인 영화를 옹호하고자 하였다.

③ ⓑ는 히치콕의 작품들에 숨어 있는 흥행의 공식을 영화 제작에 활용하였다.

④ ⓑ는 ⓐ에서도 감독의 개성을 발견할 수 있다고 보았다.

⑤ ⓑ는 ⓐ를 재평가하는 과정에서 B급 영화는 평가 대상에서 제외하였다.

유형 전개 방식 이해
접근 방식 작가주의 비평 관점이 할리우드 영화에 미친 영향을 물은 것이다. **정답 ④**

20. 윗글의 ㉠과 〈보기〉의 ㉡의 입장을 비교하여 설명한 것으로 적절하지 <u>않은</u> 것은?

> **보 기**
>
> ㉡한 편의 영화를 제대로 평가하기 위해서는 영화와 관련된 여러 요소를 모두 고려해야 한다. 예컨대 제작에 참여하는 인력들의 역량이나 예산 같은 제작 여건을 고려해야 한다. 또한 영화의 표현 가능성을 확장시킨 기술의 발달 등도 간과할 수 없는 요인이다. 이런 점에서 감독은 영화의 일부분일 뿐이다.

① ㉠은 ㉡보다 감독의 주제 의식을 중시한다.

② ㉠은 ㉡보다 감독의 표현 기법의 일관성을 중시한다.

③ ㉠은 ㉡보다 영화 창작 과정에서 감독의 권한을 중시한다.

④ ㉡은 ㉠에 비해 영화 제작 과정에서 경제적 여건과 기술적 조건을 중시한다.

⑤ ㉡은 ㉠에 비해 감독의 역량을 영화 제작에 참여하는 인력들의 역량보다 중시한다.

유형 관점 이해
접근 방식 작가주의 비평과 <보기> 관점을 비교하는 문항이다. **정답 ⑤**

CHAPTER 11 과정으로 전개되는 글 읽기

과정이란 어떤 결과가 이루어지는 절차나 단계를 시간적 순서에 따라 설명하는 전개 방식이다. 과정 중에서 시대의 흐름에 따른 변천 과정을 통시적 전개라 하고, 시간 개념이 적은 것을 따른 변동 과정을 공시적 전개로 부르기도 한다. 과정으로 전개한 글은 과정의 대상, 과정의 단계, 단계의 기능이나 특성 등을 나누어서 이해하도록 한다.

1절 과정 문장 읽기

다음 <보기>는 과정으로 전개된 예시 문장이다. '단계'라는 표지어를 사용하고 있어서 문장의 전개 방식이 과정임을 알 수 있다.

> **보 기**
>
> 글쓰기는 계획하기, 글감 생성하기, 글감 조직하기, 집필하기, 퇴고하기의 단계로 이루어진다.

<보기>의 문장은 과정의 대상인 '글쓰기'를, 과정의 단계인 '계획하기, 글감 생성하기, 글감 조직하기, 집필하기, 퇴고하기' 등으로 전개하고 있다.

2절 앞 문장을 구체화하면서 단계가 드러난다.

다음 <보기>는 과정으로 전개되고 있음에도, 과정을 알리는 어떤 표지어도 보이지 않는다. 이런 경우를 대비해서 '과정의 개념'을 이해하고 그 개념으로 글을 읽을 때, 과정으로 전개되고 있음을 알 수 있다.

> **보 기**
>
> ① 논리실증주의자와 포퍼는 과학적 지식은 과학적 방법에 의해 누적된다고 주장한다. ② 가설은 과학적 지식의 후보가 되는 것인데, 그들은 가설로부터 논리적으로 도출된 예측을 관찰이나 실험 등의 경험을 통해 맞는지 틀리는지 판단함으로써 그 가설을 시험하는 과학적 방법을 제시한다. ③ 논리실증주의자는 예측이 맞을 경우에, 포퍼는 예측이 틀리지 않는 한, 그 예측을 도출한 가설이 하나씩 새로운 지식으로 추가 된다고 주장한다.
>
> 2017

① 핵심어: 과학적 방법에 의해 누적(과학적 방법과 누적은 각각 어떤 단계를 거칠까?)

② 과정의 대상: 과학적 방법, 누적

③ 과정의 단계: 가설 설정 → 가설로부터 논리적으로 도출된 예측 → 관찰이나 실험 등 경험을 통해 맞는지 틀리는지 판단함으로써 가설 시험 → 누적: 논리실증주의자는 '맞을 경우'에, 포퍼는 '틀리지 않는 한', '예측을 도출한 가설이 하나씩 새로운 지식으로 추가'

④ 제목: 과학적 지식의 형성 과정에 대한 논리실증주의자와 포퍼의 관점

유형 문제

※ 다음 과정 문단의 첫 문장에서 핵심어를 찾아서, 과정으로 이어짐을 설명하시오.

> ① 건반의 움직임은 일반적으로 각 건반마다 설치된 3개의 센서가 감지한다. ② 각 센서는 정해진 순서대로 작동하는데, 가장 먼저 작동하는 센서는 건반의 눌림 동작을 감지하고, 나머지 둘은 건반을 누르는 세기를 감지한다.
>
> 2012.9

①에서는 '건반의 움직임'에 대한 설명으로 '건반마다 설치된 3개의 센서가 감지'한다는 핵심어를 소개하고 있다. ②에서는 '3개의 센서가 감지하는 과정'을 설명하고 있다.

예시답

① 핵심어: 각 건반마다 설치된 3개의 센서가 감지(3개의 센서가 어떤 순서로 무엇을 감지할까?)

② 과정의 대상: 건반의 움직임

③ 과정의 단계: 가장 먼저 작동하는 센서는 건반의 눌림 동작을 감지하고, 나머지 둘은 건반을 누르는 세기를 감지한다.

④ 제목: 건반의 작동 과정

※ 다음의 과정 문단을 절차에 따라 정리해보자.

프리스트레스트 콘크리트는 다음과 같이 제작된다. 먼저, 거푸집에 철근을 넣고 철근을 당긴 상태에서 콘크리트 반죽을 붓는다. 콘크리트가 굳은 뒤에 당기는 힘을 제거하면, 철근이 줄어들면서 콘크리트에 압축력이 작용하여 외부의 인장력에 대한 저항성이 높아진 프리스트레스트 콘크리트가 만들어진다.

2017.9

예시답

① 핵심어: 제작 과정(어떤 과정으로 제작될까?)
② 과정의 대상: 프리스트레스트 콘크리트 제작 과정
③ 과정의 단계:
⑦ 거푸집에 철근을 넣고 철근을 당긴 상태에서 콘크리트 반죽을 붓는다.
㉯ 콘크리트가 굳은 뒤에 당기는 힘을 제거한다.
㉰ 철근이 줄어들면서 콘크리트에 압축력이 작용하여 외부의 인장력에 대한 저항성이 높아진다.
④ 제목: 프리스트레스트 콘크리트 제작 과정

3절 과정으로 전개되는 문단 읽기

과정으로 전개되는 문단의 중심 문장에서는 과정의 대상, 과정의 단계가 소개되고, 이어지는 전개 문단에서는 단계의 기능이 소개된다. 과정으로 전개하는 문단은 과정의 대상, 과정의 단계, 단계의 기능을 나누어서 이해하도록 하자. 과정의 표지어로는 '순서로, 절차로, 단계로' 등이 있다.

※ 다음 〈보기〉의 과정 문단을 읽고, 절차에 따라 정리해 보자.

보기

인공 신경망의 작동은 크게 학습 단계와 판정 단계로 나뉜다. 학습 단계는 학습 데이터를 입력층의 입력 단자에 넣어 주고 출력층의 출력값을 구한 후, 이 출력값과 정답에 해당하는 값의 차이가 줄어들도록 가중치를 갱신하는 과정이다. 어떤 학습 데이터가 주어지면 이때의 출력값을 구하고 학습 데이터와 함께 제공된 정답에 해당하는 값에서 출력값을 뺀 값 즉 오차 값을 구한다. 이 오차 값의 일부가 출력층의 출력 단자에서 입력층의 입력 단자 방향으로 되돌아가면서 각 계층의 퍼셉트론별로 출력 신호를 만드는 데 관여한 모든 가중치들에 더해지는 방식으로 가중치들이 갱신된다. 이러한 과정을 다양한 학습 데이터에 대하여 반복하면 출력값들이 각각의 정답 값에 수렴하게 되고 판정 성능이 좋아진다. 오차 값이 0에 근접하게 되거나 가중치의 갱신이 더 이상 이루어지지 않게 되면 학습 단계를 마치고 판정 단계로 전환한다. 이때 판정의 오류를 줄이기 위해서는 학습 단계에서 대상들의 변별적 특징이 잘 반영되어 있는 서로 다른 학습 데이터를 사용하는 것이 좋다.

2017.6

① 중심 문장: 학습 단계는 학습 데이터를 입력층의 입력 단자에 넣어 주고 출력층의 출력값을 구한 후, 이 출력값과 정답에 해당하는 값의 차이가 줄어들도록 가중치를 갱신하는 과정이다.

② 핵심어: 학습 데이터를 입력층의 입력 단자에 넣어 주고 출력층의 출력값을 구한 후, 이 출력값과 정답에 해당하는 값의 차이가 줄어들도록 가중치를 갱신(이것의 구체적인 과정은 무엇일까?)

③ 과정 읽기: 과정의 대상, 과정의 단계, 단계의 특성을 구별해서 이해한다.

　㉮ 과정의 대상: 인공 신경망의 학습 과정

　㉯ 과정의 단계: ㉠ 오차값 구하기 ㉡ 가중치 갱신하기 ㉢ 오차값의 변화가 없으면 학습 단계 종료

　㉰ 단계의 특성:

　　㉠ 어떤 학습 데이터가 주어지면 이때의 출력값을 구하고 학습 데이터와 함께 제공된 정답에 해당하는 값에서 출력값을 뺀 값, 즉 오차 값을 구한다.

　　㉡ 이 오차 값의 일부가 출력층의 출력 단자에서 입력층의 입력 단자 방향으로 되돌아가면서 각 계층의 퍼셉트론별로 출력 신호를 만드는 데 관여한 모든 가중치들에 더해지는 방식으로 가중치들이 갱신된다.

　　㉢ 오차 값이 0에 근접하게 되거나 가중치의 갱신이 더 이상 이루어지지 않게 되면 학습 단계를 마치고 판정 단계로 전환한다.

④ 제목: 인공 신경망의 학습 과정

※ 다음 과정 문단을 읽고 과정의 대상, 과정의 단계, 단계의 특성을 구별하여 정리하시오.

엔진의 동력은 흡기, 압축, 폭발, 배기의 4행정을 순차적으로 거쳐 생산된다. 흡기 행정에서는 흡기 밸브를 열고 피스톤을 상사점에서 하사점으로 이동시킨다. 이때 실린더 내부 압력이 대기압보다 낮아져 공기가 유입되는데, 흡입되는 공기에 연료를 분사하여 공기와 함께 연료를 섞어 넣는다. 압축 행정에서는 실린더를 밀폐시키고 피스톤을 다시 상사점으로 밀어 공기와 연료의 혼합 기체를 압축한다. 폭발 행정에서는 피스톤이 상사점에 이를 즈음에 점화 플러그에 불꽃을 일으켜 압축된 혼합 기체를 연소시킨다. 압축된 혼합 기체가 폭발적으로 연소되면서 실린더 내부 압력이 급격히 높아지고, 외부 대기압과의 압력 차이에 의해 피스톤이 하사점으로 밀리면서 동력이 발생한다. 배기 행정에서는 배기 밸브가 열리고 남아 있는 압력에 의해 연소 가스가 외부로 급격히 빠져나간다. 피스톤이 다시 상사점으로 움직이면 흡기 때와는 반대로 부피가 줄면서 대기압보다 내부 압력이 높아지므로 잔류 가스가 모두 배출된다.

2011.6

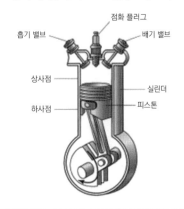

예시답

① 중심 문장: 엔진의 동력은 흡기, 압축, 폭발, 배기의 4행정을 순차적으로 거쳐 생산된다.
② 핵심어: 흡기, 압축, 폭발, 배기의 4행정(각 행정의 기능은 무엇일까?)
③ 과정 읽기
   ㉮ 과정의 대상: 엔진의 동력 발생 과정
   ㉯ 과정의 단계: 흡기, 압축, 폭발, 배기
   ㉰ 단계의 기능:
      흡기 행정–흡기 밸브를 열고 피스톤을 상사점에서 하사점으로 이동시킨다. 이때 실린더 내부 압력이 대기압보다 낮아져 공기가 유입되는데, 흡입되는 공기에 연료를 분사하여 공기와 함께 연료를 섞어 넣는다.

압축 행정—실린더를 밀폐시키고 피스톤을 다시 상사점으로 밀어 공기와 연료의 혼합 기체를 압축한다

폭발 행정—피스톤이 상사점에 이를 즈음에 점화 플러그에 불꽃을 일으켜 압축된 혼합 기체를 연소시킨다. 압축된 혼합 기체가 폭발적으로 연소되면서 실린더 내부 압력이 급격히 높아지고, 외부 대기압과의 압력 차이에 의해 피스톤이 하사점으로 밀리면서 동력이 발생한다.

배기 행정—배기 밸브가 열리고 남아 있는 압력에 의해 연소 가스가 외부로 급격히 빠져나간다. 피스톤이 다시 상사점으로 움직이면 흡기 때와는 반대로 부피가 줄면서 대기압보다 내부 압력이 높아지므로 잔류 가스가 모두 배출된다.

④ 제목: 엔진의 동력 생산 과정

적용 연습

※ 다음 문단을 과정의 원리에 따라 정리하시오.

> 대기 중의 수분 농도는 잎의 수분 농도보다 낮기 때문에 물이 잎의 표피에 있는 기공을 통하여 대기 중으로 확산되는데, 이를 증산 작용이라고 한다. 기공을 통해 물이 빠져나가면 물의 통로가 되는 조직인 물관부 내부에 물을 끌어올리는 장력이 생기며, 이에 따라 물관부의 물기둥이 위로 끌려 올라가게 된다. 이때 물기둥이 끊어지지 않고 끌려 올라갈 수 있는 것은 물의 강한 응집력 때문이다. 물의 응집력이 물관부에서 발생하는 장력보다 크기 때문에 물기둥이 뿌리에서부터 잎까지 끊어지지 않고 마치 끈처럼 연결되어 올라가는 것이다. 물관부에서 물 수송이 이루어지도록 하는 이러한 작용을 '증산—장력—응집력' 메커니즘이라 한다.
>
> 2013.6

예시답

① 중심 문장: 물관부에서 물 수송이 이루어지도록 하는 이러한 작용을 '증산—장력—응집력' 메커니즘이라 한다.

② 핵심어: 물관부에서 물 수송이 이루어지도록 하는 작용(구체적으로 어떤 과정을 거칠까?)

③ 과정 읽기:
  ㉮ 과정의 대상: 물관부에서 물 수송이 이루어지는 과정
  ㉯ 과정의 단계: 증산 작용, 장력, 응집력
  ㉰ 단계의 특성:
     증산 작용—대기 중의 수분 농도는 잎의 수분 농도보다 낮기 때문에 물이 잎의 표피에 있는 기공을 통하여 대기 중으로 확산되는 현상
     장력—기공을 통해 물이 빠져나가면 물의 통로가 되는 조직인 물관부 내부에 물을 끌어올리

는 힘에 따라 물관부의 물기둥이 위로 끌려 올라가게 된다.

응집력—이때 물기둥이 끊어지지 않고 끌려 올라갈 수 있는 것은 물의 강한 응집력 때문이다. 물의 응집력이 물관부에서 발생하는 장력보다 크기 때문에 물기둥이 뿌리에서부터 잎까지 끊어지지 않고 마치 끈처럼 연결되어 올라가는 것이다.

④ 제목: '증산—장력—응집력' 메커니즘

4절 과정으로 전개되는 문단은 단계가 분명하다.

과정이란 어떤 일이 순서에 따라 이루어지는 절차나 단계로 전개하는 방식이다. 앞 문단에서 과정의 대상과 과정의 단계가 소개되고, 이어지는 문단에서 단계의 기능을 설명하면서 점차 결과에 접근하게 되는 점층 관계를 이룬다.

> **보기**
>
> ❶ 건반의 움직임은 일반적으로 각 건반마다 설치된 3개의 센서가 감지한다. 각 센서는 정해진 순서대로 작동하는데, 가장 먼저 작동하는 센서는 건반의 눌림 동작을 감지하고, 나머지 둘은 건반을 누르는 세기를 감지한다. 첫 센서에 의해 건반의 움직임이 감지되면 내장 컴퓨터의 중앙 처리 장치(CPU)가 해당 건반에 대응하는 소리 데이터를 저장 장치로부터 읽어 온다.
> ❷ 건반을 누르는 세기에 따라 음의 크기가 달라지도록 해 주어야 하는데, 이를 위해서는 나머지 두 센서를 이용한다. 강하게 누르면 건반이 움직이는 속도가 빨라져 두 번째와 세 번째 센서가 작동하는 시간 간격이 줄어든다. CPU는 두 센서가 작동하는 시간의 차이가 줄어드는 만큼 음의 크기가 커지도록 소리 데이터를 처리한다. 이렇게 처리가 끝난 소리 데이터는 디지털—아날로그 신호 변환 장치(DAC)를 거쳐 아날로그 신호로 바뀌고 앰프와 스피커를 통해 피아노 소리로 재현된다.
>
> 2012.9

이 글은 디지털 피아노의 작동 원리를 과정으로 전개한 글이다. 이 글을 과정의 전개 방식에 따라 뒤 문장의 내용을 예측하며 읽어 보자.

❶ ① 중심 문장: 각 센서는 정해진 순서대로 작동하는데, 가장 먼저 작동하는 센서는 건반의 눌림 동작을 감지하고, 나머지 둘은 건반을 누르는 세기를 감지한다.

② 핵심어: 먼저 작동하는 센서는 건반의 눌림 동작을 감지하고, 나머지 둘은 건반을 누르는 세기를 감지(이 센서들은 어떤 과정을 거쳐서 피아노 소리를 재현할까?)

③ 과정 읽기

㉮ 과정의 대상: 각 건반마다 설치된 3개의 센서가 감지 과정

㉯ 과정의 절차나 단계: 각 센서는 정해진 순서대로 작동하는데, ㉠ 가장 먼저 작동하는 센서는 건반의 눌림 동작을 감지하고, ㉡ 나머지 둘은 건반을 누르는 세기를 감지한다.

㉰ 절차나 단계의 기능: ㉠ 첫 센서에 의해 건반의 움직임이 감지되면 내장 컴퓨터의 중앙 처리장치(CPU)가 해당 건반에 대응하는 소리 데이터를 저장 장치로부터 읽어 온다.

④ 제목: 디지털 피아노 첫 센서의 기능

2 ① 중심 문장: 건반을 누르는 세기에 따라 음의 크기가 달라지도록 해 주어야 하는데, 이를 위해서는 나머지 두 센서를 이용한다.

② 핵심어: 두 센서 이용

③ 과정 읽기

㉮ 과정의 대상: 디지털 피아노 작동 과정

㉯ 과정의 절차나 단계: ㉡ 건반을 누르는 세기에 따라 음의 크기가 달라지도록 해 주어야 하는데, 이를 위해서는 나머지 두 센서를 이용한다.

㉰ 절차나 단계의 기능: 강하게 누르면 건반이 움직이는 속도가 빨라져 두 번째와 세 번째 센서가 작동하는 시간 간격이 줄어든다. CPU는 두 센서가 작동하는 시간의 차이가 줄어드는 만큼 음의 크기가 커지도록 소리 데이터를 처리한다. 이렇게 처리가 끝난 소리 데이터는 디지털−아날로그 신호 변환 장치(DAC)를 거쳐 아날로그 신호로 바뀌고 앰프와 스피커를 통해 피아노 소리로 재현된다.

④ 제목: 디지털 피아노 건반의 두 센서의 기능

1에서 중심 문장 '먼저 작동하는 센서는 건반의 눌림 동작을 감지하고, 나머지 둘은 건반을 누르는 세기를 감지'에서 과정으로 전개됨을 알 수 있다. 앞 문단에서 '먼저 작동하는 센서는 건반의 눌림 동작을 감지'에 대해서 설명했으므로, **2**에서는 '나머지 둘은 건반을 누르는 세기를 감지'에 대해서 설명할 것을 예측할 수 있다.

※ 다음 과정으로 이어지는 문단을 읽고 정리하시오.

---

1 사용자가 어떤 사이트에 정상적으로 접속하는 과정을 살펴보자. 웹 사이트에 접속하려고 하는 컴퓨터를 클라이언트라 한다. 사용자가 방문하고자 하는 사이트의 도메인 네임을 주소창에 직접 입력하거나 포털 사이트에서 그 사이트를 검색해 클릭하면 클라이언트는 기록되어 있는 네임서버에 도메인 네임에 해당하는 IP주소를 물어보는 질의 패킷을 보낸다. 네임서버는 해당 IP주소가 자신의 목록에 있으면 클라이언트에 이 IP주소를 알려 주는 응답 패킷을 보낸다. 응답 패킷에는 어느 질의 패킷에 대한 응답인지가 적혀 있다. 만일 해당 IP주소가 목록에 없으면 네임서버는 다른 네임서버의 IP주소를 알려 주는 응답 패킷을 보내고, 클라이언트는 다시 그 네임서버에 질의 패킷을 보내는 단계로 돌아가 같은 과정을 반복한다. 클라이언트는 이렇게 알아낸 IP주소로 사이트를 찾아간다. 네임서버와 클라이언트는 UDP라는 프로토콜에 맞추어 패킷을 주고받는다. UDP는 패킷의 빠른 전송 속도를 확보하기 위해 상대에게 패킷을 보내기만 할 뿐 도착 여부는 확인하지 않으며, 특정 질의 패킷에 대해 처음 도착한 응답 패킷을 신뢰하고 다음에 도착한 패킷은 확인하지 않고 버린다. DNS 스푸핑은 UDP의 이런 허점들을 이용한다.

2 DNS 스푸핑이 이루어지는 과정을 알아보자. 악성 코드에 감염되어 DNS 스푸핑을 행하는 컴퓨터를 공격자라 한다. 클라이언트가 네임서버에 특정 IP주소를 묻는 질의 패킷을 보낼 때, 공격자에도 패킷이 전달되고 공격자는 위조 사이트의 IP주소가 적힌 응답 패킷을 클라이언트에 보낸다. 공격자가 보낸 응답 패킷이 네임서버가 보낸 응답 패킷보다 클라이언트에 먼저 도착하고 클라이언트는 공격자가 보낸 응답 패킷을 옳은 패킷으로 인식하여 위조 사이트로 연결된다.

2018.6

예시답

이 글은 과정으로 전개된 문단이 이어지고 있다. 앞의 과정은 뒤의 과정을 이해시키기 위해 설명하는 것이다.

1 클라이언트가 사이트에 정상적으로 접속하는 과정

① 과정의 대상: 클라이언트가 사이트에 정상적으로 접속하는 과정

② 과정의 단계: 사용자가 방문하려는 사이트의 도메인 네임을 주소창에 직접 입력하거나 포털 사이트에서 그 사이트를 검색하면 클라이언트는 기록되어 있는 네임서버에 도메인 네임에 해당하는 IP주소를 물어보는 질의 패킷을 보냄 → 네임서버는 해당 IP주소가 자신의 목록에 있으면 클라이언트에 IP주소를 알려주는 응답 패킷을 보냄(응답 패킷에는 어느 질의 패킷에 대한 응답인지 적혀 있다.) → 만일 해당 IP주소가 목록에 없으면 네임서버는 다른 네임서버의 IP주소를 알려주는 응답 패킷을 보냄 → 클라이언트는 다시 그 네임서버에 질의 패킷을

수능 국어, 혼자 할 수 있는 수능 독서

보내는 단계로 돌아가 같은 과정을 반복함 → 클라이언트는 이렇게 알아낸 IP주소로 사이트를 찾아감

네임서버와 클라이언트는 UDP라는 프로토콜에 맞추어 패킷을 주고받는다. UDP는 패킷의 빠른 전송 속도를 확보하기 위해 상대에게 패킷을 보내기만 할 뿐 도착 여부는 확인하지 않는다. 특정 질의 패킷에 대해 처음 도착한 패킷을 신뢰하고, 다음에 도착한 패킷은 확인하지 않고 버린다.(DNS 스푸핑은 UDP의 이런 허점들을 이용한다.)

2 DNS 스푸핑이 이루어지는 과정
　① 과정의 대상: DNS 스푸핑이 이루어지는 과정
　② 과정의 단계: 클라이언트－특정 IP주소를 묻는 질의 패킷을 네임서버에 보냄(이때 공격자에게도 보내짐) → 공격자는 위조 사이트의 IP주소가 적힌 응답 패킷을 클라이언트에 보냄 → 공격자가 보낸 응답 패킷이 네임서버가 보낸 응답 패킷보다 클라이언트에 먼저 도착함 → 클라이언트는 공격자가 보낸 응답 패킷을 옳은 패킷으로 인식하여 위조 사이트에 연결됨

적용 연습

※ 다음 과정으로 전개되는 문단을 읽고 정리하시오.

1 이 심사는 기업 결합의 성립 여부를 확인하는 것부터 시작한다. 여기서는 해당 기업 간에 단일 지배 관계가 형성되었는지가 관건이다. 예컨대 주식 취득을 통한 결합의 경우, 취득 기업이 피취득 기업을 경제적으로 지배할 정도의 지분을 확보하지 못하면, 결합의 성립이 인정되지 않고 심사도 종료된다.

2 반면에 결합이 성립된다면 정부는 그것이 영향을 줄 시장의 범위를 획정함으로써, 그 결합이 동일 시장 내 경쟁자 간에 이루어진 수평 결합인지, 거래 단계를 달리하는 기업 간의 수직 결합인지, 이 두 결합 형태가 아니면서 특별한 관련이 없는 기업 간의 혼합 결합인지를 규명하게 된다. 문제는 어떻게 시장을 획정할 것인지인데, 대개는 한 상품의 가격이 오른다고 가정할 때 소비자들이 이에 얼마나 민감하게 반응하여 다른 상품으로 옮겨 가는지를 기준으로 한다. 그 민감도가 높을수록 그 상품들은 서로에 대해 대체재, 즉 소비자에게 같은 효용을 줄 수 있는 상품에 가까워진다. 이 경우 생산자들이 동일 시장 내의 경쟁자일 가능성도 커진다.

3 이런 분석에 따라 시장의 범위가 정해지면, 그 결합이 시장의 경쟁을 제한하는지를 판단하게 된다. 하지만 설령 그럴 우려가 있는 것으로 판명되더라도 곧바로 위법으로 보지는 않는다. 정부가 당사자들에게 결합의 장점이나 불가피성에 관해 항변할 기회를 부여하여 그 타성을 검토한 후에, 비로소 시정 조치 부과 여부를 최종 결정하게 된다. 　2010

예시답

① 과정의 대상: 기업 결합의 심사 과정

② 과정의 단계: 기업 결합의 성립 여부 확인 → 시장의 범위 획정 → 시장의 경쟁 제한 판단 → 항변할 기회 부여 → 시정 조치 부과 여부 결정

③ 단계의 특징: 기업 결합의 성립 여부 확인 → 해당 기업 간에 단일 지배 관계가 형성 → 시장의 범위 획정 – 대체재 관계

④ 제목: 기업 결합의 심사 과정

5절 과정으로 전개되는 글 읽기 및 문항 풀이

과정이란 어떤 결과에 이르는 단계나 절차를 시간적 순서에 따라 설명하는 전개 방식이다. 과정으로 전개되는 글은 도입 문단의 중심 화제에서 과정의 대상과 과정의 단계를 소개하고, 이어지는 전개 문단에서 단계나 절차의 기능을 설명한다.

과정 중에서 긴 시간에 걸친 시대에 따른 변천 과정을 통시적 전개라 하고, 상대적으로 짧은 시간에 따르는 변동 과정을 공시적 전개라고 한다. 통시적 전개는 주로 사회과학에서 볼 수 있는데, '토지 제도의 변천 과정'을 예로 들 수 있다. 공시적 전개는 주로 자연과학에서 볼 수 있는데, '지각 변동 과정'을 예로 들 수 있다.

과정으로 전개되는 글은 과정의 대상, 과정의 단계나 절차, 단계나 절차의 기능 등으로 나누어서 이해하도록 하자.

※ 다음 과정으로 전개된 글을 읽고서, 주어진 문항을 푸시오.

> **1** 디지털 통신 시스템은 송신기, 채널, 수신기로 구성되며, ⓐ전송할 데이터를 빠르고 정확하게 전달하기 위해 부호화 과정을 거쳐 전송한다. 영상, 문자 등인 데이터는 ⓑ기호 집합에 있는 기호들의 조합이다. 예를 들어 기호 집합 {a, b, c, d, e, f}에서 기호들을 조합한 add, cab, beef 등이 데이터이다. 정보량은 어떤 기호가 발생했다는 것을 알았을 때 얻는 정보의 크기이다. 기호 집합에서 특정 기호의 발생 확률이 높으면 그 기호의 정보량은 적고, 발생 확률이 낮으면 그 기호의 정보량은 많다. 기호 집합의 평균 정보량*을 기호 집합의 엔트로피라고 하는데 모든 기호들이 동일한 발생 확률을 가질 때 그 기호 집합의 엔트로피는 최댓값을 갖는다.
>
> **2** 송신기에서는 소스 부호화, 채널 부호화, 선 부호화를 거쳐 기호를 ⓒ부호로 변환한다. 소스 부호화는 데이터를 압축하기 위해 기호를 0과 1로 이루어진 부호로 변환하는 과정이다. 어떤

기호가 110과 같은 부호로 변환되었을 때 0 또는 1을 비트라고 하며 이 부호의 비트 수는 3이다. 이때 기호 집합의 엔트로피는 기호 집합에 있는 기호를 부호로 표현하는 데 필요한 평균 비트 수의 최솟값이다. 전송된 부호를 수신기에서 원래의 기호로 ⓓ복원하려면 부호들의 평균 비트 수가 기호 집합의 엔트로피보다 크거나 같아야 한다. 기호 집합을 엔트로피에 최대한 가까운 평균 비트 수를 갖는 부호들로 변환하는 것을 엔트로피 부호화라 한다. 그중 하나인 '허프만 부호화'에서는 발생 확률이 높은 기호에는 비트 수가 적은 부호를, 발생 확률이 낮은 기호에는 비트 수가 많은 부호를 할당한다.

③ 채널 부호화는 오류를 검출하고 정정하기 위하여 부호에 잉여 정보를 추가하는 과정이다. 송신기에서 부호를 전송하면 채널의 잡음으로 인해 오류가 발생하는데 이 문제를 해결하기 위해 잉여 정보를 덧붙여 전송한다. 채널 부호화 중 하나인 '삼중 반복 부호화'는 0과 1을 각각 000과 111로 부호화한다. 이때 수신기에서는 수신한 부호에 0이 과반수인 경우에는 0으로 판단하고, 1이 과반수인 경우에는 1로 판단한다. 즉 수신기에서 수신된 부호가 000, 001, 010, 100 중 하나라면 0으로 판단하고, 그 이외에는 1로 판단한다. 이렇게 하면 000을 전송했을 때 하나의 비트에서 오류가 생겨 001을 수신해도 0으로 판단하므로 오류는 정정된다. 채널 부호화를 하기 전 부호의 비트 수를, 채널 부호화를 한 후 부호의 비트 수로 나눈 것을 부호율이라 한다. 삼중 반복 부호화의 부호율은 약 0.33이다.

④ 채널 부호화를 거친 부호들을 채널을 통해 전송하려면 부호들을 전기 신호로 변환해야 한다. 0 또는 1에 해당하는 전기 신호의 전압을 결정하는 과정이 선 부호화이다. 전압의 ⓔ결정 방법은 선 부호화 방식에 따라 다르다. 선 부호화 중 하나인 '차동 부호화'는 부호의 비트가 0이면 전압을 유지하고 1이면 전압을 변화시킨다. 차동 부호화를 시작할 때는 기준 신호가 필요하다. 예를 들어 차동 부호화 직전의 기준 신호가 양(+)의 전압이라면 부호 0110은 '양, 음, 양, 양'의 전압을 갖는 전기 신호로 변환된다. 수신기에서는 송신기와 동일한 기준 신호를 사용하여, 전압의 변화가 있으면 1로 판단하고 변화가 없으면 0으로 판단한다.

2018

* 평균 정보량: 각 기호의 발생 확률과 정보량을 서로 곱하여 모두 더한 것

지문 읽기

① 도입 문단: 디지털 통신 시스템의 구성 및 전송 과정
 – 어떤 단계의 부호화 과정을 거쳐서 전송될까?

②~④ 전개 문단: ① 과정의 대상: 송신기에서의 부호화 과정
  – 소스 부호화, 채널 부호화, 선 부호화를 거쳐 기호를 부호로 변환

 ② 과정의 단계: 소스 부호화 → 채널 부호화 → 선 부호화

 ③ 단계의 기능:
  소스 부호화 – 데이터를 압축하기 위해 기호를 0과 1로 이루어진 부호로 변환하는 과정이다.
  채널 부호화 – 오류를 검출하고 정정하기 위하여 부호에 잉여 정보를 추가하는 과정이다.
  선 부호화 – 0 또는 1에 해당하는 전기 신호의 전압을 결정하는 과정이다.

이 글은 디지털 통신 시스템의 부호화 과정을 설명하고 있다. 송신기에서 소스 부호화, 채널 부호화, 선 부호화 과정을 거친다. 소스 부호화는 데이터를 압축하기 위해 0과 1의 부호로 변환하는 단계이다. 채널 부호화는 오류를 검출하고 정정하기 위해 잉여 정보를 추가하는 과정이다. 선 부호화는 채널을 통해 부호들을 전송하기 위해 전기 신호의 전압을 결정하는 과정이다. 한편 기호 집합의 엔트로피와 확률 간의 관계에 대해서도 설명하였다.

문항 풀이

38. 윗글에서 알 수 있는 내용으로 적절한 것은?

① 영상 데이터는 채널 부호화 과정에서 압축된다.
② 수신기에는 부호를 기호로 복원하는 기능이 있다.
③ 잉여 정보는 데이터를 압축하기 위해 추가한 정보이다.
④ 영상을 전송할 때는 잡음으로 인한 오류가 발생하지 않는다.
⑤ 소스 부호화는 전송할 기호에 정보를 추가하여 오류에 대비하는 과정이다.

유형 기능 이해
접근 방식 과정으로 전개한 글에서 각 단계의 기능을 묻는 문항이다.
① 소스 부호화 과정에서 압축한다.
② 수신기에서 원래의 기호로 복원하려면 평균 비트 수가 기호 집합의 엔트로피보다 크거나 같아야 한다.
③ 잉여 정보는 데이터의 오류를 정정하기 위해서이다.
④ 채널의 잡음으로 오류가 발생할 수 있다.
⑤ 채널 부호화 과정의 기능이다. 정답 ②

39. 윗글을 바탕으로, 2가지 기호로 이루어진 기호 집합에 대해 이해한 내용으로 적절하지 <u>않은</u> 것은?

① 기호들의 발생 확률이 모두 1/2인 경우, 각 기호의 정보량은 동일하다.
② 기호들의 발생 확률이 각각 1/4, 3/4인 경우의 평균 정보량이 최댓값이다.
③ 기호들의 발생 확률이 각각 1/4, 3/4인 경우, 기호의 정보량이더 많은 것은 발생 확률이 1/4인 기호이다.
④ 기호들의 발생 확률이 모두 1/2인 경우, 기호를 부호화하는 데 필요한 평균 비트 수의 최솟값이 최대가 된다.
⑤ 기호들의 발생 확률이 각각 1/4, 3/4인 기호 집합의 엔트로피는 발생 확률이 각각 3/4, 1/4인 기호 집합의 엔트로피와 같다.

유형 기능 이해

접근 방식 기호 집합에서는 기호의 발생 확률에 정보량이 반비례한다. 기호들이 동일한 발생 확률을 가질 때 정보량이 최대가 된다.

① 기호의 발생 확률에 정보량을 곱하면 각 기호의 정보량이 된다.

② 기호들의 발생 확률이 같을 때, 평균 정보량이 최대가 된다.

③ 기호의 발생 확률이 낮을 때, 기호의 정보량이 많다.

④ 기호들의 발생 확률이 동일할 경우, 기호를 부호화하는데 평균 비트수의 최솟값이 최대가 된다.

⑤ 기호 집합의 발생 확률은 같으므로, 엔트로피도 같다. **정답 ②**

40. 윗글의 '부호화'에 대한 내용으로 적절한 것은?

① 선 부호화에서는 수신기에서 부호를 전기 신호로 변환한다.

② 허프만 부호화에서는 정보량이 많은 기호에 상대적으로 비트 수가 적은 부호를 할당한다.

③ 채널 부호화를 거친 부호들은 채널로 전송하기 전에 잉여 정보를 제거한 후 선 부호화한다.

④ 채널 부호화 과정에서 부호에 일정 수준 이상의 잉여 정보를 추가하면 부호율은 1보다 커진다.

⑤ 삼중 반복 부호화를 이용하여 0을 부호화한 경우, 수신된 부호에서 두 개의 비트에 오류가 있으면 오류는 정정되지 않는다.

유형 기능 이해

접근 방식 각 단계의 기능을 묻고 있다.

① 선 부호화에서는 수신기에서 전기 신호를 부호로 변환한다.

② 허프만 부호화에서는 발생 확률이 낮은 기호에 비트 수가 많은 부호를 할당한다. 그런데 발생 확률이 낮은 기호는 정보량이 많다.

③ 채널 정보화에서는 부호들을 채널로 전송하기 전에 잉여 정보를 추가한다.

④ 채널 부호화에서 부호율은 채널 부호화 이전의 비트 수를 채널 부호화 이후의 비트 수로 나눈 값이므로, 항상 1보다 작다.

⑤ 삼중 반복 부호화는 과반수인 두 개로 판단하므로, 두 개에 오류가 있으면 오류는 정정되지 않는다. **정답 ⑤**

41. 윗글을 바탕으로 〈보기〉를 이해한 내용으로 적절한 것은? [3점]

> **보 기**
>
> 날씨 데이터를 전송하려고 한다. 날씨는 '맑음', '흐림', '비', '눈'으로만 분류하며, 각 날씨의 발생 확률은 모두 같다. 엔트로피 부호화를 통해 '맑음', '흐림', '비', '눈'을 각각 00, 01, 10, 11의 부호로 바꾼다.

① 기호 집합 {맑음, 흐림, 비, 눈}의 엔트로피는 2보다 크겠군.

② 엔트로피 부호화를 통해 4일 동안의 날씨 데이터 '흐림비맑음흐림'은 '01001001'로 바뀌겠군.

③ 삼중 반복 부호화를 이용하여 전송한 특정 날씨의 부호를 '110001'과 '101100'으로 각각 수신하였다면 서로 다른 날씨로 판단하겠군.

④ 날씨 '비'를 삼중 반복 부호화와 차동 부호화를 이용하여 부호화하는 경우, 기준 신호가 양(+)의 전압이면 '음, 양, 음, 음, 음, 음'의 전압을 갖는 전기 신호로 변환되겠군.

⑤ 삼중 반복 부호화와 차동 부호화를 이용하여 특정 날씨의 부호를 전송할 경우, 수신기에서 '음, 음, 음, 양, 양, 양'을 수신했다면 기준 신호가 양(+)의 전압일 때 '흐림'으로 판단하겠군.

유형 기능 적용
접근 방식 각 단계의 기능을 새로운 상황에 적용하여 설명하는 문항이다.
① 기호 집합의 엔트로피는 각 기호의 발생 확률에 정보량을 곱하여 모두 합한 것이다. 그러므로 $1/4 \times 2 \times 4 = 2$ 가 된다.
② '흐림비맑음흐림'은 '01100001'로 바뀐다.
③ 삼중 반복 부호화이므로, 3비트 단위로 나눠서 과반수인 것을 선택한다. 110001은 110, 001로 나누어서 판단하면 10이 된다. 101100은 101, 100으로 나누어 판단하면 10이 되어 같은 날씨인 '비'를 나타낸다.
④ '비'를 삼중 반복 부호화하면, 111000이고, 이를 차동 부호화하면 1이면 전압이 바뀌고, 0이면 전압을 유지하므로, 음양음, 음음음의 전기 신호로 변환된다.
⑤ 전기 신호를 삼중 반복 부호화로 변환하면, 100100이 되고 이는 '00'이 되어 '맑음'이 된다. **정답 ④**

42. 문맥을 고려할 때, 밑줄 친 말이 ⓐ~ⓔ의 동음이의어가 <u>아닌</u> 것은?

① ⓐ: 공항에서 해외로 떠나는 친구를 전송(餞送)할 계획이다.

② ⓑ: 대중의 기호(嗜好)에 맞추어 상품을 개발한다.

③ ⓒ: 나는 가난하지만 귀족이나 부호(富豪)가 부럽지 않다.

④ ⓓ: 한번 금이 간 인간관계를 복원(復原)하기는 어렵다.

⑤ ⓔ: 이 작품은 그 화가의 오랜 노력의 결정(結晶)이다.

유형 문맥적 의미, 동음이의어
접근 방식 동음이의어는 음성은 같으나 의미가 서로 다른 단어 관계를 말한다.
① a: 전송(電送)
② b: 기호(記號)
③ c: 부호(符號)
④ d: 복원(復原)
⑤ 결정(決定)
④는 음성과 의미가 같으므로, 동의어이다. **정답 ④**

유형 문제

※ 다음 과정으로 전개한 글을 읽고, 주어진 문항을 푸시오.

1 인간의 신경 조직을 수학적으로 모델링하여 컴퓨터가 인간처럼 기억·학습·판단할 수 있도록 구현한 것이 인공 신경망 기술이다. 신경 조직의 기본 단위는 뉴런인데, ⓐ인공 신경망에서는 뉴런의 기능을 수학적으로 모델링한 퍼셉트론을 기본 단위로 사용한다.

2 ⓑ퍼셉트론은 입력값들을 받아들이는 여러 개의 ⓒ입력 단자와 이 값을 처리하는 부분, 처리된 값을 내보내는 한 개의 출력 단자로 구성되어 있다. 퍼셉트론은 각각의 입력 단자에 할당된 ⓓ가중치를 입력값에 곱한 값들을 모두 합하여 가중합을 구한 후 고정된 ⓔ임계치보다 가중합이 작으면 0, 그렇지 않으면 1과 같은 방식으로 ⓕ출력값을 내보낸다.

3 이러한 퍼셉트론은 출력값에 따라 두 가지로만 구분하여 입력값들을 판정할 수 있을 뿐이다. 이에 비해 복잡한 판정을 할 수 있는 인공 신경망은 다수의 퍼셉트론을 여러 계층으로 배열하여 한 계층에서 출력된 신호가 다음 계층에 있는 모든 퍼셉트론의 입력 단자에 입력값으로 입력되는 구조로 이루어진다. 이러한 인공 신경망에서 가장 처음에 입력값을 받아들이는 퍼셉트론들을 입력층, 가장 마지막에 있는 퍼셉트론들을 출력층이라고 한다.

4 ㉠어떤 사진 속 물체의 색깔과 형태로부터 그 물체가 사과인지 아닌지를 구별할 수 있도록 인공 신경망을 학습시키는 경우를 생각해 보자. 먼저 학습을 위한 입력값들 즉 학습 데이터를 만들어야 한다. 학습 데이터를 만들기 위해서는 사과 사진을 준비하고 사진에 나타난 특징인 색깔과 형태를 수치화해야 한다. 이 경우 색깔과 형태라는 두 범주를 수치화하여 하나의 학습 데이터로 묶은 다음, '정답'에 해당하는 값과 함께 학습 데이터를 인공 신경망에 제공한다. 이때 같은 범주에 속하는 입력값은 동일한 입력 단자를 통해 들어가도록 해야 한다. 그리고 사과 사진에 대한 학습 데이터를 만들 때에 정답인 '사과이다'에 해당하는 값을 '1'로 설정하였다면 출력값 '0'은 '사과가 아니다'를 의미하게 된다.

5 인공 신경망의 작동은 크게 학습 단계와 판정 단계로 나뉜다. 학습 단계는 학습 데이터를 입력층의 입력 단자에 넣어 주고 출력층의 출력값을 구한 후, 이 출력값과 정답에 해당하는 값의 차이가 줄어들도록 가중치를 갱신하는 과정이다. 어떤 학습 데이터가 주어지면 이때의 출력값을 구하고 학습 데이터와 함께 제공된 정답에 해당하는 값에서 출력값을 뺀 값 즉 오차 값을 구한다. 이 오차 값의 일부가 출력층의 출력 단자에서 입력층의 입력 단자 방향으로 되돌아가면서 각 계층의 퍼셉트론별로 출력 신호를 만드는 데 관여한 모든 가중치들에 더해지는 방식으로 가중치들이 갱신된다. 이러한 과정을 다양한 학습 데이터에 대하여 반복하면 출력값들이 각각의 정답 값에 수렴하게 되고 판정 성능이 좋아진다. 오차 값이 0에 근접하게 되거나 가중치의 갱신이 더 이상 이루어지지 않게 되면 학습 단계를 마치고 판정 단계로 전환한다. 이때 판정의 오류를 줄이기 위해서는 학습 단계에서 대상들의 변별적 특징이 잘 반영되어 있는 서로 다른 학습 데이터를 사용하는 것이 좋다.

2017.6

1. 도입 문단: 인공 신경망의 기본 단위 퍼셉트론
   - (퍼셉트론이 어떤 기능으로 뉴런의 기능을 대신할까?)

2. 전개 문단: 퍼셉트론의 구조
   - 구성 요소: 입력 단자, 값을 처리하는 부분, 출력 단자
   - 구성 요소의 기능 및 작용:

     입력 단자－각각의 입력 단자에 할당된 가중치를 입력값에 곱한 값들을 모두 합하여 가중합을 구한다.

     출력 단자－고정된 임계치보다 가중합이 작으면 0, 그렇지 않으면 1과 같은 방식으로 출력값을 내보낸다.
   - 제목: 퍼셉트론의 구성(구조)

3. 전개 문단: 복잡한 판정을 할 수 있는 퍼셉트론의 구조
   - 구성 요소: 입력층, 출력층
   - 구성 요소의 기능: 입력층－가장 처음에 입력값을 받아들이는 퍼셉트론들

     출력층－ 마지막에 있는 퍼셉트론들

4. 전개 문단: 인공 신경망에서 사과 학습 과정의 예시
   - 색깔과 형태라는 두 범주를 수치화하여 하나의 학습 데이터로 묶은 다음, 정답에 해당하는 값과 함께 인공 신경망에 제공한다.

5. ① 과정의 대상: 인공 신경망의 학습 과정
   ② 과정의 단계: 입력층 → 출력층 → 오차값 갱신 과정
   ③ 단계의 기능: 입력층－입력 단자에 학습데이터를 넣어준다.

     출력층－출력값을 구한다.

     오차값 갱신 과정－출력값과 정답에 해당하는 값의 차이·오차 값의 일부가 입력층의 입력 단자 방향으로 되돌아가서 모든 가중치들이 더해지는 방식으로 갱신된다. 오차 값이 0이거나 가중치의 갱신이 더 이상 갱신되지 않으면 학습이 종료된다.

문항 풀이

16. 윗글에 따를 때, ⓐ~ⓕ에 대한 설명으로 적절하지 <u>않은</u> 것은?

   ① ⓑ는 ⓐ의 기본 단위이다.
   ② ⓒ는 ⓑ를 구성하는 요소 중 하나이다.
   ③ ⓓ가 변하면 ⓔ도 따라서 변한다.
   ④ ⓔ는 ⓕ를 결정하는 기준이 된다.
   ⑤ ⓐ가 학습하는 과정에서 ⓕ는 ⓓ의 변화에 영향을 미친다.

유형 구조 이해

접근 방식 퍼셉트론의 구조를 묻는 문항이다.

③ 임계치는 고정된 값이다. **정답 ③**

17. 윗글에 대한 이해로 적절하지 <u>않은</u> 것은?

① 퍼셉트론의 출력 단자는 하나이다.

② 출력층의 출력값이 정답에 해당하는 값과 같으면 오차 값은 0이다.

③ 입력층 퍼셉트론에서 출력된 신호는 다음 계층 퍼셉트론의 입력값이 된다.

④ 퍼셉트론은 인간의 신경 조직의 기본 단위의 기능을 수학적으로 모델링한 것이다.

⑤ 가중치의 갱신은 입력층의 입력 단자에서 출력층의 출력 단자 방향으로 진행된다.

유형 기능 이해

접근 방식

① 처리된 값을 내보내는 한 개의 출력 단자로 구성되어 있다.

② 오차값은 '출력값 − 정답에 해당하는 값'이다.

③ 복잡한 판정을 할 수 있는 인공 신경망은 다수의 퍼셉트론을 여러 계층으로 배열하여 한 계층에서 출력된 신호가 다음 계층에 있는 모든 퍼셉트론의 입력단자에 입력값으로 입력되는 구조로 이루어진다.

④ 신경 조직의 기본 단위는 뉴런인데, 인공 신경망에서는 뉴런의 기능을 수학적으로 모델링한 퍼셉트론을 기본 단위로 사용한다.

⑤ 가중치의 갱신은 출력층의 출력단자에서 입력층의 입력 단자 방향으로 진행된다. **정답 ⑤**

18. 윗글을 바탕으로 ㉠에 대해 추론한 것으로 적절하지 <u>않은</u> 것은?

① 학습 데이터를 만들 때는 색깔이나 형태가 다른 사과의 사진을 선택하는 것이 좋겠군.

② 학습 데이터에 두 가지 범주가 제시되었으므로 입력층의 퍼셉트론은 두 개의 입력 단자를 사용하겠군.

③ 색깔에 해당하는 범주와 형태에 해당하는 범주를 분리하여 각각 서로 다른 학습 데이터로 만들어야 하겠군.

④ 가중치가 더 이상 변하지 않는 단계에 이르면 '사과'인지 아닌지를 구별하는 학습 단계가 끝났다고 볼 수 있겠군.

⑤ 학습 데이터를 만들 때 사과 사진의 정답에 해당하는 값을 0으로 설정하였다면, 출력층의 출력 단자에서 0 신호가 출력되면 '사과이다'로, 1 신호가 출력되면 '사과가 아니다'로 해석해야 되겠군.

① 사진에 나타난 특징인 색깔과 형태가 나타나야 한다.
② 같은 범주에 속하는 입력값은 동일한 입력 단자에 들어가야 한다.
③ 색깔에 해당하는 범주와 형태에 해당하는 범주는 묶어서 하나의 학습데이터로 만들어야 한다.
④ 가중치가 0이거나 더 변하지 않는 단계에는 학습 과정이 끝난 것이다.
⑤ 정답값에 따라서 '사과이다'와 '사과가 아니다'의 구분이 된다. **정답** ③

19. 윗글을 바탕으로 〈보기〉를 이해한 내용으로 가장 적절한 것은? [3점]

> **보기**
>
> 아래의 [A]와 같은 하나의 퍼셉트론을 [B]를 이용해 학습시키고자 한다.
>
> [A]
> ○ 입력 단자는 세 개(a, b, c)
> ○ a, b, c의 현재의 가중치는 각각 $W_a=0.5$, $W_b=0.5$, $W_c=0.1$
> ○ 가중합이 임계치 1보다 작으면 0을, 그렇지 않으면 1을 출력
>
> [B]
> ○ a, b, c로 입력되는 학습 데이터는 각각 $I_a=1$, $I_b=0$, $I_c=1$
> ○ 학습 데이터와 함께 제공되는 정답=1

① [B]로 학습시키기 위해서는 판정 단계를 먼저 거쳐야 하겠군.
② 이 퍼셉트론이 1을 출력한다면, 가중합이 1보다 작았기 때문이겠군.
③ [B]로 한 번 학습시키고 나면 가중치 W_a, W_b, W_c가 모두 늘어나 있겠군.
④ [B]로 여러 차례 반복해서 학습시키면 퍼셉트론의 출력값은 0에 수렴하겠군.
⑤ [B]의 학습 데이터를 한 번 입력했을 때 그에 대한 퍼셉트론의 출력값은 1이겠군.

① 학습 단계의 결과로 판정 단계에 들어간다.
② 1보다 작을 때, 0을 출력한다.
③ 오차 1을 더한 값인 $W_a=1.5$, $W_b=1.5$, $W_c=1.1$로 각각 증가해 있다.
④ 오차값이 0에 수렴한다.
⑤ 0이다. **정답** ③

적용 연습

※ 다음 과정으로 전개된 글을 읽고, 주어진 문항을 푸시오.

---

1 주차하거나 좁은 길을 지날 때 운전자를 돕는 장치들이 있다. 이 중 차량 전후좌우에 장착된 카메라로 촬영한 영상을 이용하여 차량 주위 360°의 상황을 위에서 내려다본 것 같은 영상을 만들어 차 안의 모니터를 통해 운전자에게 제공하는 장치가 있다. 운전자에게 제공되는 영상이 어떻게 만들어지는지 알아보자.

2 먼저 차량 주위 바닥에 바둑판 모양의 격자판을 펴 놓고 카메라로 촬영한다. 이 장치에서 사용하는 광각 카메라는 큰 시야각을 갖고 있어 사각지대가 줄지만 빛이 렌즈를 ⓐ지날 때 렌즈 고유의 곡률로 인해 영상이 중심부는 볼록하고 중심부에서 멀수록 더 휘어지는 현상, 즉 렌즈에 의한 상의 왜곡이 발생한다. 이 왜곡에 영향을 주는 카메라 자체의 특징을 내부 변수라고 하며 왜곡 계수로 나타낸다. 이를 알 수 있다면 왜곡 모델을 설정하여 왜곡을 보정할 수 있다. 한편 차량에 장착된 카메라의 기울어짐 등으로 인해 발생하는 왜곡의 원인을 외부 변수라고 한다. ㉠촬영된 영상과 실세계 격자판을 비교하면 영상에서 격자판이 회전한 각도나 격자판의 위치 변화를 통해 카메라의 기울어진 각도 등을 알 수 있으므로 왜곡을 보정할 수 있다.

3 왜곡 보정이 끝나면 영상의 점들에 대응하는 3차원 실세계의 점들을 추정하여 이로부터 원근 효과가 제거된 영상을 얻는 시점 변환이 필요하다. 카메라가 3차원 실세계를 2차원 영상으로 투영하면 크기가 동일한 물체라도 카메라로부터 멀리 있을수록 더 작게 나타나는데, 위에서 내려다보는 시점의 영상에서는 거리에 따른 물체의 크기 변화가 없어야 하기 때문이다.

4 ㉡왜곡이 보정된 영상에서의 몇 개의 점과 그에 대응하는 실세계 격자판의 점들의 위치를 알고 있다면, 영상의 모든 점들과 격자판의 점들 간의 대응 관계를 가상의 좌표계를 이용하여 기술할 수 있다. 이 대응 관계를 이용해서 영상의 점들을 격자의 모양과 격자 간의 상대적인 크기가 실세계에서와 동일하게 유지되도록 한 평면에 놓으면 2차원 영상으로 나타난다. 이때 얻은 영상이 ㉢위에서 내려다보는 시점의 영상이 된다. 이와 같은 방법으로 구한 각 방향의 영상을 합성하면 차량 주위를 위에서 내려다본 것 같은 영상이 만들어진다.

2022

이 글은 운전자에게 제공되는 영상의 제작 과정을 설명하고 있다. 순서와 단계에 따라 특성을 정리해 보자.

1 도입 문단: 중심 화제 소개
  - 운전자에게 제공되는 영상이 어떤 과정으로 만들어질까?

2 전개 문단: 왜곡 보정 과정
  - 카메라의 내부 변수 → 왜곡 모델로 보정, 외부 변수 → 실세계 격자판으로 보정

3 전개 문단: 왜곡 보정 과정
  - 시점 전환: 원근 효과가 제거된 영상

4 전개 문단: 2차원 영상 변환 과정
 – 영상의 점들을 실세계와 동일하게 평면 위에 위치시킴.

문항 풀이

14. 윗글의 내용과 일치하는 것은?

① 차량 주위를 위에서 내려다본 것 같은 영상은 360°를 촬영하는 카메라 하나를 이용하여 만들어진다.
② 외부 변수로 인한 왜곡은 카메라 자체의 특징을 알 수 있으면 쉽게 해결할 수 있다.
③ 차량의 전후좌우 카메라에서 촬영된 영상을 하나의 영상으로 합성한 후 왜곡을 보정한다.
④ 영상이 중심부로부터 멀수록 크게 휘는 것은 왜곡 모델을 설정하여 보정할 수 있다.
⑤ 위에서 내려다보는 시점의 영상에 있는 점들은 카메라 시점의 영상과는 달리 3차원 좌표로 표시된다.

유형 사실 확인
접근 방식
① 차량의 전후좌우에 장착된 카메라로 촬영한다.
② 카메라 자체의 특징은 내부 변수이다.
③ 각각 촬영된 영상은 왜곡 보정 후 합성한다.
④ 카메라 내부 변수는 왜곡 모델로 보정한다.
⑤ 위에서 내려다보는 시점의 영상은 시점 전환을 통하여 2차원 좌표로 표현된다. 정답 ④

15. ㉠~㉢을 이해한 내용으로 가장 적절한 것은?

① ㉠에서 광각 카메라를 이용하여 확보한 시야각은 ㉡에서는 작아지겠군.
② ㉡에서는 ㉠과 마찬가지로 렌즈와 격자판 사이의 거리가 멀어질수록 격자판이 작아 보이겠군.
③ ㉡에서는 ㉠에서 렌즈와 격자판 사이의 거리에 따른 렌즈의 곡률 변화로 생긴 휘어짐이 보정되었겠군.
④ ㉡과 실세계 격자판을 비교하여 격자판의 위치 변화를 보정한 ㉢은 카메라의 기울어짐에 의한 왜곡을 바로잡은 것이겠군.
⑤ ㉡에서 렌즈에 의한 상의 왜곡 때문에 격자판의 윗부분으로 갈수록 격자 크기가 더 작아보이던 것이 ㉢에서 보정되었겠군.

유형 과정 단계의 기능
접근 방식
① 광각 카메라를 이용하여 확보한 시야각은 보정의 대상이 아니다.

② 시점 전환이 이행되기 이전이기 때문이다.

③ '렌즈와 격자판의 거리에 따른' 왜곡이 나타나는 것이 아니고, 렌즈의 중심부에서 멀수록 더 휘어지는 현상, 즉 내부 변수를 보정하는 것이다.

④ 카메라의 기울어짐은 외부 변수라서 이미 보정된 후이다.

⑤ 렌즈에 의한 상의 왜곡은 내부 변수로 이미 보정된 후이다. 원근에 따른 크기의 차이는 3차원 영상에 나타나는 현상이다. **정답 ②**

16. 윗글을 바탕으로 〈보기〉를 탐구한 내용으로 가장 적절한 것은? [3점]

> **보 기**
>
> 그림은 │ 장치 │ 가 장착된 차량의 운전자에게 제공된 영상에서 전방부 분만 보여 준 것이다. 차량 전방의 바닥에 그려진 네 개의 도형이 영상에서 각각 A, B, C, D로 나타나있고, C와 D는 직사각형이고 크기는 같다. p와 q는 각각 영상 속 임의의 한 점이다.
>
>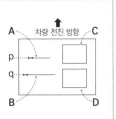

① 원근 효과가 제거되기 전의 영상에서 C는 윗변이 아랫변보다 긴 사다리꼴 모양이다.

② 시점 변환 전의 영상에서 D는 C보다 더 작은 크기로 영상의 더 아래쪽에 위치한다.

③ A와 B는 p와 q 간의 대응 관계를 이용하여 바닥에 그려진 도형을 크기가 유지되도록 한 평면에 놓은 것이다.

④ B에 대한 A의 상대적 크기는 가상의 좌표계를 이용하여 시점을 변환하기 전의 영상에서 보다 더 커진 것이다.

⑤ p가 A위의 한 점이라면 A는 p에 대응하는 실세계의 점이 시점 변환을 통해 선으로 나타난 것이다.

유형 원리 적용

접근 방식

① 원근 관계에 따라 가까운 아랫변이 긴 사다리꼴이다.

② 원근 관계에 따라 가까이 위치한 D가 더 크게 아래쪽에 위치한다.

③ p, q는 이 두 점을 이용하여 가상의 좌표계를 만들 때, 2차원 평면으로의 기준점의 역할을 한 것으로 추정할 수 있다.

④ 원근 관계를 조정하는 과정에서 멀리 위치한 사물이 이전보다 더 크게 그려진다.

⑤ 점은 시점 전환이 일어나도 크기가 다를 뿐 점으로 나타난다. **정답 ④**

17. 문맥상 ⓐ의 의미와 가장 가까운 것은?

① 그때 동생이 탄 버스는 교차로를 <u>지나고</u> 있었다.

② 그것은 슬픈 감정을 <u>지나서</u> 아픔으로 남아 있다.

③ 어느새 정오가 훌쩍 <u>지나</u> 식사할 시간이 되었다.

④ 물의 온도가 어는점을 <u>지나</u> 계속 내려가고 있다.

⑤ 가장 힘든 고비를 <u>지나고</u> 나니 마음이 가뿐하다.

유형 문맥적 의미

접근 방식 서술어와 밀접한 주어와 목적어의 관계를 추론하는 문항이다.

① 통과하고 ② 변해서 ③ 경과해서 ④ 넘어 ⑤ 넘기고 **정답** ①

CHAPTER 12

문제와 해결로 전개되는 글 읽기

역사는 문제와 해결의 연속이라는 말이 있다. 우리의 삶도 그렇다. 이처럼 문제와 해결이라는 단어는 일반적으로 사용되는 만큼 의미도 다양하다. 그렇지만 이 장에서는 좁은 의미로 사용하려고 한다. 문제란 필자가 글을 통해서 해결하려는, 그러나 아직 해결되지 못한 부정적 상황을 가리킨다.

문제와 해결로 전개되는 글은 '문제'에 따라 '해결' 방향이 결정된다. '문제'가 예리하고 명료할수록 '해결'도 명료하다.

1절 문제와 해결 문장 읽기

다음 <보기>에는 '문제와 해결'을 알리는 표지어로서 '문제'가 사용되었다.

> **보기**
>
> 노예제의 문제가 자본제에서 극복되었다.

이 <보기>는 문제의 대상인 '노예제'와 해결의 대상인 '자본제'로 구성된, '문제와 해결'로 전개된 문장이다.

2절 앞 문장이 구체화되면서 완결성이 드러난다.

> **보기**
>
> ① 그러나 적발 가능성이 매우 낮은 불법 행위의 경우에는 과징금을 올리는 방법만으로는 억제

력을 유지하는 데 한계가 있다. ② 또한 피해자에게 귀속되는 손해 배상금과는 달리 벌금과 과징금은 국가에 귀속되므로 과징금을 올려도 피해자에게는 직접적인 도움이 되지 못한다. ③ 이 때문에 적발 가능성이 매우 낮은 불법 행위에 대해 억제력을 높이면서도 손해 배상을 더욱 충실히 할 수 있는 방안이 요구되는데 그 방안 중 하나가 '징벌적 손해 배상 제도'이다.   2016.6

앞의 두 문장에서는 '문제'를, 그리고 이어지는 문장에서는 그 '해결'을 제시하며 '문제와 해결'로 구체화되고 있다.

①~②는 '문제'를, ③에서는 '해결'을 설명하고 있다.

① 문제의 대상: 억제력을 유지하는 데 한계/피해자에게 직접적인 도움이 안 됨(두 가지 문제를 어떻게 해결할 수 있을까?)

② 해결의 대상: 징벌적 손해 배상 제도

③ 제목: 징벌적 손해 배상 제도가 필요한 이유

유형 문제

※ 다음 문단을 읽고, 문제와 해결로 이어짐을 설명하시오.

채권은 정부나 기업이 자금을 조달하기 위해 발행하며 그 가격은 채권이 매매되는 채권 시장에서 결정된다. 채권의 발행자는 정해진 날에 일정한 이자와 원금을 투자자에게 지급할 것을 약속한다. 채권을 매입한 투자자는 이를 다시 매도하거나 이자를 받아 수익을 얻는다. 그런데 채권 투자에는 발행자의 지급 능력 부족 등의 사유로 이자와 원금이 지급되지 않을 가능성인 신용 위험이 수반된다. 이에 따라 각국은 채권의 신용 위험을 평가해 신용 등급으로 공시하는 신용 평가 제도를 도입하여 투자자를 보호하고 있다.   2019.9

① 문제의 대상: 채권 투자에는 발행자의 지급 능력 부족 등의 사유로 이자와 원금이 지급되지 않을 가능성인 신용 위험이 수반

② 해결의 대상: 각국은 채권의 신용 위험을 평가해 신용 등급으로 공시하는 신용 평가 제도를 도입하여 투자자를 보호

③ 제목: 채권의 신용 위험에서 투자자 보호 제도

적용 연습

※ 다음 문제와 해결로 전개된 문장을 읽고 정리하시오.

그러나 전통적인 경제학은 모든 시장 거래와 정부 개입에 시간과 노력, 즉 비용이 든다는 점을 간과하고 있다. 외부성은 이익이나 손해에 관한 협상이 너무 어려워 거래가 일어나지 못하는 경우이므로, 보조금이나 벌금뿐만 아니라 협상을 쉽게 해 주는 법과 규제도 해결책이 될 수 있다.

2012

예시답

① 문제의 대상: 시간과 노력, 즉 비용(이 문제를 해결해 주는 방법은 무엇일까?)
② 해결의 대상: 보조금이나 벌금 외에 협상을 쉽게 해 주는 법적 규제
③ 제목: 외부성 문제에 대한 해결책

3절 문제와 해결로 전개되는 문단 읽기

문제와 해결로 전개된 문단에서는 중심 문장에서 '문제와 해결'의 대상과 '문제'의 대상이 소개되고, 뒷받침 문장에서 '해결'의 대상이 소개된다. 문제와 해결로 전개되는 문단은 문제와 해결의 대상, 문제의 대상, 해결의 대상으로 구별하여 이해한다. 문제와 해결 표지어로는 '문제를 해결하기 위해서는, 한계를 극복하기 위해서는' 등이 있다.

※ 다음 〈보기〉의 문제와 해결 문단을 읽고 정리해 보시오.

보 기

미생물의 종 구분에는 외양과 생리적 특성을 이용한 방법이 사용되기도 한다. 하지만 이러한 특성들은 미생물이 어떻게 배양되는지에 따라 변할 수 있으며, 모든 미생물에 적용될 만한 공통적 요소가 되기도 어렵다. 이런 문제를 극복하기 위해 오늘날 미생물 종의 구분에는 주로 유전적 특성을 이용하고 있다. 미생물의 유전체는 DNA로 이루어진 많은 유전자로 구성되는데, 특정 유전자를 비교함으로써 미생물들 간의 유전적 관계를 알 수 있다. 종의 구분에는 서로 간의 차이를 잘 나타내 주는 유전자를 이용한다. 유전자 비교를 통해 미생물들이 유전적으로 얼

마나 가깝고 먼지를 확인할 수 있는데, 이를 '유전 거리'라 한다. 유전 거리가 가까울수록 같은 종으로 묶일 가능성이 커진다.

2010

① 문제와 해결의 대상: 미생물의 종 구분법
② 문제의 대상: 외양과 생리적 특성을 이용한 종 구분법
③ 해결의 대상: 유전적 특성을 이용한 종 구분법
④ 제목: 유전적 특성을 이용한 미생물 종 구분법

유형 문제

※ 다음 문제와 해결 문단에서 문제와 해결의 대상, 문제의 대상, 해결의 대상으로 구별하여 정리해 보시오.

그러나 전통적인 경제학은 모든 시장 거래와 정부 개입에 시간과 노력, 즉 비용이 든다는 점을 간과하고 있다. 외부성은 이익이나 손해에 관한 협상이 너무 어려워 거래가 일어나지 못하는 경우이므로, 보조금이나 벌금뿐만 아니라 협상을 쉽게 해 주는 법과 규제도 해결책이 될 수 있다. 어떤 방식이든, 정부개입은 비효율성을 줄이는 측면도 있지만 개입에 드는 비용으로 인해 비효율성을 늘리는 측면도 있다.

2012

예시답

① 문제와 해결의 대상: 외부성의 문제 해결 방법
② 문제의 대상: 보조금이나 벌금의 한계
③ 해결의 대상: 법적 규제
④ 제목: 법적 규제로 보완한 외부성 문제 해결

적용 연습

※ 다음 문제와 해결로 이어지는 문단을 읽고 정리해 보시오.

> 이때 채무 불이행은 갑이나 을의 의사 표시가 작용한 것이 아니라, 매매 목적물의 소실에 따른 이행 불능으로 말미암은 것이다. 이러한 사건을 통해서도 법률 효과가 발생한다. 채무 불이행에 대한 책임은 갑으로 하여금 계약을 해제할 수 있는 권리를 갖게 한다. 갑이 계약 해제권을 행사하면 그때까지 유효했던 계약이 처음부터 효력이 없는 것으로 된다. 이때의 계약 해제는 일방의 의사 표시만으로 성립한다. 따라서 갑이 해제권을 행사하는 데에 을의 승낙은 요건이 되지 않는다. 이러한 법률 행위를 단독 행위라 한다.
>
> 갑은 계약을 해제하였다. 이로써 그 계약으로 발생한 채권과 채무는 없던 것이 된다. 당연히 계약의 양 당사자는 자신의 채무를 이행할 필요가 없다. 이미 이행된 것이 있다면 계약이 체결되기 전의 상태로 돌려놓아야 한다. 이를 청구할 수 있는 권리가 원상회복 청구권이다. 계약의 해제로 갑은 원상회복 청구권을 행사할 수 있으며, 이러한 갑의 채권은 결국 을에게 매매 대금을 반환해 달라고 청구할 수 있는 권리가 된다.

예시답

① 문제와 해결의 대상: 채무 불이행의 해결 방안
② 문제의 대상: 채무자의 채무 불이행으로 계약 해제
③ 해결의 대상: 채권자의 원상 회복 청구권
④ 제목: 채무 불이행에 대한 채권자의 법적 권리

4절 문제와 해결로 전개되는 문단은 완결성을 이룬다.

문제와 해결이란 어떤 대상의 문제나 한계를 파악하고 이를 극복하는 전개 방식이다. 이 방식으로 전개할 때는 문제와 해결의 대상과 문제의 대상, 문제 대상의 원인, 문제 해결 등으로 구성되어 완결성이 이루어진다.

■ 행정 담당자 주도로 이루어지는 정책 결정의 문제점을 극복하기 위해 그동안 지방 자치 단체 자체의 개선 노력이 없었던 것은 아니다. 지역 주민의 요구를 수용하기 위해 도입한 '민간화'와 '경영화'가 대표적인 사례이다. 이 둘은 모두 행정 담당자 주도의 정책 결정을 보완하기 위해 시장 경제의 원리를 부분적으로 받아들였다는 점에서는 공통되지만, 운영 방식에는 차이가 있다. 민간화는 지방 자치 단체가 담당하는 특정 업무의 운영권을 민간 기업에 위탁하는 것으로, 기업 선정을 위한 공청회에 주민들이 참여하는 등의 방식으로 주민들의 요구를 반영하는 것이다. 하지만 민간화를 통해 수용되는 주민들의 요구는 제한적이므로 전체 주민의 이익이 반영되지 못하는 경우가 많고, 민간 기업의 특성상 공익의 추구보다는 기업의 이익을 우선한다는 한계가 있다. 경영화는 민간화와는 달리, 지방 자치 단체가 자체적으로 민간 기업의 운영 방식을 도입하는 것을 말한다. 주민들을 고객으로 대하며 주민들의 요구를 충족하고자 하는 것이다. 그러나 주민 감시나 주민자치위원회 등을 통한 외부의 적극적인 견제가 없으면 행정 담당자들이 기존의 관행에 따라 업무를 처리하는 경향이 나타나기도 한다.

② 이러한 한계를 해소하고 지방 자치 단체의 정책 결정 과정에서 지역 주민 전체의 의견을 보다 적극적으로 반영하기 위해서는 주민 참여 제도의 활성화가 요구된다. 현재 우리나라의 지방 자치 단체가 채택하고 있는 간담회, 설명회 등의 주민 참여 제도는 주민들의 의사를 간접적으로 수렴하여 정책에 반영하는 방식인데, 주민들의 의사를 더욱 직접적으로 반영하기 위해서는 주민 투표, 주민 소환, 주민 발안 등의 직접 민주주의 제도를 활성화하는 방향으로 주민 참여 제도가 전환될 필요가 있다.

2015.9B

이 글은 '민간화'와 '경영화'의 한계를 극복하는 방안을 문제와 해결 방식으로 전개하고 있다. 이 글처럼 문제와 해결이 거듭되는 경우가 있음을 기억해 두자.

① 문제와 해결의 대상: 지방 자치 단체의 정책 결정 과정에서 지역 주민 전체 의견 반영 방안

② 문제의 대상1: 행정 담당자 주도로 이루어지는 정책 결정의 문제점

③ 해결의 대상1: 민간화와 경영화

④ 문제의 대상2: 민간화와 경영화의 한계

⑤ 해결의 대상2: 직접 민주주의 제도를 활성화 방안

⑥ 제목: 지방 자치 단체의 정책 결정 과정에서 지역 주민 전체 의견 반영 방안

유형 문제

※ 다음 문제와 해결로 전개된 문단을 이어지는 문단을 예측하며 읽어 보시오.

1 위에서 설명한 일반 재화와 마찬가지로 수도, 전기, 철도와 같은 공익 서비스도 자원 배분의 효율성을 생각하면 한계 비용 수준으로 가격(=공공요금)을 결정하는 것이 바람직하다. 대부분의 공익 서비스는 초기 시설 투자 비용은 막대한 반면 한계 비용은 매우 적다. 이러한 경우, 한계 비용으로 공공요금 결정하면 공익 서비스를 제공하는 기업은 손실을 볼 수 있다. 예컨대 초기 시설 투자 비용이 6억 달러이고, 톤당 1달러의 한계 비용으로 수돗물을 생산하는 상수도 서비스를 가정해 보자. 이때 수돗물 생산량을 '1톤, 2톤, 3톤, …'으로 늘리면 총비용은 '6억 1달러, 6억 2달러, 6억 3달러, …'로 늘어나고, 톤당 평균 비용은 '6억 1달러, 3억 1달러, 2억 1달러, …'로 지속적으로 줄어든다. 그렇지만 평균 비용이 계속 줄어들더라도 한계 비용 아래로는 결코 내려가지 않는다. 따라서 한계 비용으로 수도 요금을 결정하면 총비용보다 총수입이 적으므로 수도 사업자는 손실을 보게 된다.

2 이를 해결하는 방법에는 크게 두 가지가 있다. 하나는 정부가 공익 서비스 제공 기업에 손실분만큼 보조금을 주는 것이고, 다른 하나는 공공요금을 평균 비용 수준으로 정하는 것이다. 전자의 경우 보조금을 세금으로 충당한다면 다른 부문에 들어갈 재원이 줄어드는 문제가 있다. 평균 비용 곡선과 수요 곡선이 교차하는 점에서 요금을 정하는 후자의 경우에는 총수입과 총비용이 같아져 기업이 손실을 보지는 않는다. 그러나 요금이 한계 비용보다 높기 때문에 사회 전체의 관점에서 자원의 효율적 배분에 문제가 생긴다.

2012.9

예시답

① 문제와 해결의 대상: 공익 서비스의 요금을 책정하는 방안
② 문제의 대상: **1** 한계 비용으로 요금을 책정하면 공익 서비스업자가 손실을 입음.
③ 해결의 대상: **2** 정부가 공익 서비스 제공 기업에 손실분만큼 보조금을 지급하거나 공공요금을 평균 비용 수준으로 정함.
④ 제목: 합리적인 공익 서비스의 요금 책정 방안

※ 다음 문제와 해결 문단을 원리에 따라 정리하시오.

1 미생물의 종 구분에는 외양과 생리적 특성을 이용한 방법이 사용되기도 한다. 하지만 이러한 특성들은 미생물이 어떻게 배양되는지에 따라 변할 수 있으며, 모든 미생물에 적용될 만한 공통적 요소가 되기도 어렵다. 이런 문제를 극복하기 위해 오늘날 미생물 종의 구분에는 주로 유전적 특성을 이용하고 있다. 미생물의 유전체는 DNA로 이루어진 많은 유전자로 구성되는데, 특정 유전자를 비교함으로써 미생물들 간의 유전적 관계를 알 수 있다. 종의 구분에는 서로 간의 차이를 잘 나타내 주는 유전자를 이용한다. 유전자 비교를 통해 미생물들이 유전적으로 얼마나 가깝고 먼지를 확인할 수 있는데, 이를 '유전 거리'라 한다. 유전 거리가 가까울수록 같은 종으로 묶일 가능성이 커진다.

2 하지만 유전자 비교로 확인한 유전 거리만으로는 두 미생물이 같은 종에 속하는지를 명확히 판별하기 어렵다. 특정 유전자가 해당 미생물의 전체적인 유전적 특성을 대변하지는 못하기 때문이다.

3 이러한 문제를 보완하기 위한 것이 미생물들 간의 유전체 유사도를 측정하는 방법이다. 유전체 유사도를 정확히 측정하기 위해서는 모든 유전자를 대상으로 유전적 관계를 살펴야 하지만, 수많은 유전자를 모두 비교하는 것은 현실적으로 어렵다. 따라서 유전체의 특성을 화학적으로 비교하는 방법이 주로 사용되고 있다. 이렇게 얻어진 유전체 유사도는 종의 경계를 확정하는 데 유용한 기준을 제공한다.

2010

예시답

① 문제와 해결의 대상: 미생물의 종 구분 방법
② 문제 대상1: 외양과 생리적 특성들은 배양 조건에 따라 변하며, 공통적 요소도 아님
③ 해결 대상1: 특정 유전자 비교 방법에 의한 유전 거리에 의함
④ 문제 대상2: 유전 거리만으로는 두 미생물이 같은 종에 속하는지 판별하기 어려움이 있음
⑤ 해결 대상2: 유전체 유사도 측정 방법은 종의 경계를 확정하는 기준 제공
⑥ 제목: 유전 거리와 유전체 유사도에 의한 미생물 종 구분 방법

5절 문제와 해결로 전개되는 글 읽기 및 문항 풀이

문제와 해결로 전개되는 글에서는 도입 문단의 중심 화제에서 문제와 해결의 대상과 문제의 대상이 소개되고, 이어지는 전개 문단에서 해결 대상이 소개된다. 문제와 해결로 전개되는 글은 문제와 해결의 대상, 문제 대상, 문제 대상의 원인, 해결 대상 등으로 구분하면서 이해한다.

---

1 논증은 크게 연역과 귀납으로 나뉜다. 전제가 참이면 결론이 확실히 참인 연역 논증은 결론에서 지식이 확장되는 것처럼 보이지만, 실제로는 전제에 이미 포함된 결론을 다른 방식으로 확인하는 것일 뿐이다. 반면 귀납 논증은 전제들이 모두 참이라고 해도 결론이 확실히 참이 되는 것은 아니지만 우리의 지식을 확장해 준다는 장점이 있다. 여러 귀납 논증 중에서 가장 널리 ⓐ쓰이는 것은 수많은 사례들을 관찰한 다음에 그것을 일반화하는 것이다. ㉠우리는 수많은 까마귀를 관찰한 후에 우리가 관찰하지 않은 까마귀까지 포함하는 '모든 까마귀는 검다.'라는 새로운 지식을 얻게 되는 것이다.

2 철학자들은 과학자들이 귀납을 이용하기 때문에 과학적 지식에 신뢰를 보낼 수 있다고 생각했다. 그러나 모든 귀납에는 논리적인 문제가 있다. 수많은 까마귀를 관찰한 사례에 근거해서 '모든 까마귀는 검다.'라는 지식을 정당화하는 것은 합리적으로 보이지만, 아무리 치밀하게 관찰하여도 아직 관찰되지 않은 까마귀 중에서 검지 않은 까마귀가 ⓑ있을 수 있기 때문이다.

3 포퍼는 귀납의 논리적 문제는 도저히 해결할 수 없지만, 귀납이 아닌 연역만으로 과학을 할 수 있는 방법이 있으므로 과학적 지식은 정당화될 수 있다고 주장한다. 어떤 지식이 반증 사례 때문에 거짓이 된다고 추론하는 것은 순전히 연역적인데, 과학은 이 반증에 의해 발전하기 때문이다. 다음 논증을 보자.

(ㄱ) 모든 까마귀가 검다면 어떤 까마귀는 검어야 한다.

(ㄴ) 어떤 까마귀는 검지 않다.

(ㄷ) 따라서 모든 까마귀가 다 검은 것은 아니다.

'모든 까마귀는 검다.'라는 지식은 귀납에 의해서 참임을 ⓒ보여 줄 수는 없지만, 이 논증에서처럼 전제 (ㄴ)이 참임이 밝혀진다면 확실히 거짓임을 보여 줄 수 있다. 그러나 아직 (ㄴ)이 참임이 밝혀지지 않았다면 그 지식을 거짓이라고 말할 수 없다.

4 포퍼에 따르면, 지금 우리가 받아들이는 과학적 지식들은 이런 반증의 시도로부터 잘 ⓓ견뎌 온 것들이다. 참신하고 대담한 가설을 제시하고 그것이 거짓이라는 증거를 제시하려는 노력을 진행해서, 실제로 반증이 되면 실패한 과학적 지식이 되지만 수많은 반증의 시도로부터 끝

까지 살아남으면 성공적인 과학적 지식이 되는 것이다. 그런데 포퍼는 반증 가능성이 ⓔ없는 지식, 곧 아무리 반증을 해 보려 해도 경험적인 반증이 아예 불가능한 지식은 과학적 지식이 될 수 없다고 비판한다. 가령 '관찰할 수 없고 찾아낼 수 없는 힘이 항상 존재한다.'처럼 경험적으로 반박할 수 있는 사례를 생각할 수 없는 주장이 그것이다.

2013

지문 읽기

1️⃣ 전개 문단: 연역 논증과 귀납 논증의 차이
　– 대조 기준: 전제와 결론의 관계
　– 차이점: 연역법 – 전제가 참이면 결론이 확실히 참이지만, 지식이 확장되지 않음.
　　　　　　 귀납법 – 전제들이 모두 참이라고 해도 결론이 확실히 참이 되는 것은 아니지만, 지식이 확장됨.

2️⃣ 전개 문단: 귀납의 논리적 문제
　– 부분적인 관찰로 결론이 정당화되지 않는다.

3️⃣ 전개 문단: 귀납의 논리적 문제를 연역으로 해결
　– 연역으로 과학하는 방법은 정당화된다.

4️⃣ 전개 문단: 과학적 지식들에 대한 포퍼의 관점
　– 우리가 받아들이는 과학적 지식들은 이런 반증의 시도로부터 잘 견뎌 온 것들이다.
　– 대조 기준: 반증의 시도로부터 견디는지 여부
　– 차이점: 과학적 지식 – 반증의 시도로부터 견딤
　　　　　　 실패한 과학적 지식 – 반증의 시도로부터 실패함.

문항 풀이

21. 윗글을 통해 알 수 있는 것은?

　① 연역 논증은 결론에서 지식의 확장이 일어난다.
　② 귀납 논증은 전제가 참이면 결론은 항상 참이다.
　③ 치밀하게 관찰한 후 도출된 귀납의 결론은 확실히 참이다.
　④ 과학적 지식은 새로운 지식이라는 점에서 연역의 결과이다.
　⑤ 전제에 없는 새로운 지식이 귀납의 논리적인 문제를 낳는다.

유형 개념 이해
접근 방식 귀납의 논리적 문제를 귀납법의 정의에서 이해할 수 있다.
⑤ 전제가 확실히 참이어도 결론이 참이 되는 것은 아니라는 말과 같다. **정답 ⑤**

22. 윗글로 미루어 볼 때, 포퍼의 견해를 표현한 것으로 가장 적절한 것은?

① 충분한 관찰에 근거한 지식은 반증 없이 정당화할 수 있음을 인정하라.

② 과감하게 가설을 세우고 그것이 거짓임을 증명하려고 시도하라.

③ 실패한 지식이 곧 성공적인 지식임을 명심하라.

④ 수많은 반증의 시도에 일일이 대응하지 말라.

⑤ 과학적 지식을 귀납 논증으로 정당화하라.

유형 관점의 이해

접근 방식 포퍼의 연역법을 다른 관점으로 설명하면, 반증의 시도를 견디는 것이 과학적 지식이다.

② 가설의 반증이 성공하면 실패한 과학적 지식이, 실패하면 성공적인 과학적 지식이 된다고 했다. **정답** ②

23. 윗글의 (ㄱ)~(ㄷ)과 〈보기〉에 대한 설명으로 적절하지 않은 것은? [3점]

> 보 기
>
> ㉠은 다음과 같은 논증으로 표현할 수 있다.
>
>   ┌ 내가 오늘 관찰한 까마귀는 모두 검다.
> (가) 내가 어제 관찰한 까마귀는 모두 검다.
>   └ 내가 그저께 관찰한 까마귀는 모두 검다.
>   ⋮
>   ─────────────────────
> (나) 따라서 모든 까마귀는 검다.

① (가)가 확실히 참이어도 검지 않은 까마귀가 내일 관찰된다면 (나)는 거짓이 된다.

② (ㄴ)과 (가)가 참임을 밝히는 작업은 모두 경험적이다.

③ '모든 까마귀는 검다.'는 (ㄴ)만으로 거짓임이 밝혀지지만 (가)만으로는 참임을 밝힐 수 없다.

④ (ㄱ), (ㄴ)에서 (ㄷ)이 도출되는 것이나 (가)에서 (나)가 도출되는 것은 모두 지식이 확장되는 것이다.

⑤ 포퍼에 따르면 ㉠의 '모든 까마귀가 검다.'가 과학적 지식임은 (가)~(나)의 논증이 아니라 (ㄱ)~(ㄷ)의 논증을 통해 증명된다.

유형 원리 적용

접근 방식 귀납 논증과 연역 논증의 원리를 이해하고 적용할 수 있는지를 평가하는 문항이다. 원리 이해는 개념으로 예시를 설명할 수 있어야 한다.

① (가)는 귀납의 전제라서 결론의 참이 보장되지 않는다.

② (ㄴ)은 연역의 소전제와 귀납의 전제를 모두 관찰함으로써 참과 거짓을 판별할 수 있다.

③ 연역은 전제가 참이면 결론이 필연적으로 참이지만, 귀납은 전제가 참이어도 결론의 참은 보장되지 않는다.

④ 지식이 확장되는 것은 (가)에서 (나)가 도출되는 귀납논증뿐이다.

⑤ 포퍼는 (ㄱ)~(ㄷ)의 연역 논증을 통해 과학 지식이 정당화된다고 했다. **정답 ④**

24. 문맥상 ⓐ~ⓔ를 바꿔 쓰기에 적절하지 **않은** 것은?

① ⓐ: 사용(使用)되는

② ⓑ: 실재(實在)할

③ ⓒ: 입증(立證)할

④ ⓓ: 인내(忍耐)해

⑤ ⓔ: 전무(全無)한

유형 문맥적 의미

접근 방식 주어와 목적어, 부사어 등 문맥을 형성하는 성분과 관련지어서 의미를 파악한다.

④ '견뎌'의 주어는 '과학적 지식들'이므로, 의지를 가진 명사가 아니어서 '인내할'로 바꿔 쓰기에 적절하지 않다.

정답 ④

> **유형 문제**

※ 다음 문제와 해결로 전개된 글을 읽고 절차에 따라 정리하시오.

> **1** 전통적인 통화 정책은 정책 금리를 활용하여 물가를 안정시키고 경제 안정을 도모하는 것을 목표로 한다. 중앙은행은 경기가 과열되었을 때 정책 금리 인상을 통해 경기를 진정시키고자 한다. 정책 금리 인상으로 시장 금리도 높아지면 가계 및 기업에 대한 대출 감소로 신용 공급이 축소된다. 신용 공급의 축소는 경제 내 수요를 줄여 물가를 안정시키고 경기를 진정시킨다. 반면 경기가 침체되었을 때는 반대의 과정을 통해 경기를 부양시키고자 한다.
>
> **2** 금융을 통화 정책의 전달 경로로만 보는 전통적인 경제학에서는 금융감독 정책이 개별 금융 회사의 건전성 확보를 통해 금융 안정을 달성하고자 하는 ㉠미시 건전성 정책에 집중해야 한다고 보았다. 이러한 관점은 금융이 직접적인 생산 수단이 아니므로 단기적일 때와는 달리 장기적으로는 경제 성장에 영향을 미치지 못한다는 인식과, 자산 시장에서는 가격이 본질적 가치를 초과하여 폭등하는 버블이 존재하지 않는다는 효율적 시장 가설에 기인한다. 미시 건전성 정책은 개별 금융 회사의 건전성에 대한 예방적 규제 성격을 가진 정책 수단을 활용하는데, 그 예로는 향후 손실에 대비하여 금융 회사의 자기자본 하한을 설정하는 최저 자기자본 규제를 들 수 있다.

③ 이처럼 전통적인 경제학에서는 금융감독 정책을 통해 금융 안정을, 통화 정책을 통해 물가 안정을 달성할 수 있다고 보는 이원적인 접근 방식이 지배적인 견해였다. 그러나 글로벌 금융 위기 이후 금융 시스템이 와해되어 경제 불안이 확산되면서 기존의 접근 방식에 대한 자성이 일어났다. 이 당시 경기 부양을 목적으로 한 중앙은행의 저금리 정책이 자산 가격 버블에 따른 금융 불안을 야기하여 경제 안정이 훼손될 수 있다는 데 공감대가 형성되었다. 또한 금융 회사가 대형화되면서 개별 금융 회사의 부실이 금융 시스템의 붕괴를 야기할 수 있게 됨에 따라 금융 회사 규모가 금융 안정의 새로운 위험 요인으로 등장하였다. 이에 기존의 정책으로는 금융 안정을 확보할 수 없고, 경제 안정을 위해서는 물가 안정뿐만 아니라 금융 안정도 필수적인 요건임이 밝혀졌다. 그 결과 미시 건전성 정책에 ⓛ거시 건전성 정책이 추가된 금융감독 정책과 물가 안정을 위한 통화 정책 간의 상호 보완을 통해 경제 안정을 달성해야 한다는 견해가 주류를 형성하게 되었다.

④ 거시 건전성이란 개별 금융 회사 차원이 아니라 금융 시스템 차원의 위기 가능성이 낮아 건전한 상태를 말하고, 거시 건전성 정책은 금융 시스템의 건전성을 추구하는 규제 및 감독 등을 포괄하는 활동을 의미한다. 이때, 거시 건전성 정책은 미시 건전성이 거시 건전성을 담보할 수 있는 충분조건이 되지 못한다는 '구성의 오류'에 논리적 기반을 두고 있다. 거시 건전성 정책은 금융 시스템 위험 요인에 대한 예방적 규제를 통해 금융 시스템의 건전성을 추구한다는 점에서, 미시 건전성 정책과는 차별화된다.

⑤ 거시 건전성 정책의 목표를 효과적으로 달성하기 위해서는 경기 변동과 금융 시스템 위험 요인 간의 상관관계를 감안한 정책 수단의 도입이 필요하다. 금융 시스템 위험 요인은 경기 순응성을 가진다. 즉 경기가 호황일 때는 금융 회사들이 대출을 늘려 신용 공급을 팽창시킴에 따라 자산 가격이 급등하고, 이는 다시 경기를 더 과열시키는 반면 불황일 때는 그 반대의 상황이 일어난다. 이를 완화할 수 있는 정책 수단으로는 경기 대응 완충자본 제도를 ⓐ들 수 있다. 이 제도는 정책 당국이 경기 과열기에 금융 회사로 하여금 최저 자기자본에 추가적인 자기자본, 즉 완충자본을 쌓도록 하여 과도한 신용 팽창을 억제시킨다. 한편 적립된 완충자본은 경기 침체기에 대출 재원으로 쓰도록 함으로써 신용이 충분히 공급되도록 한다.

2020.6

지문 읽기

① 도입 문단: 전통적인 통화 정책의 특징
  - 전통적인 통화 정책의 목표가 오늘날에는 달성되지 않는 이유는 무엇일까?

② 도입 문단: 전통적인 경제학에서 미시 건전성 정책의 특징
  - 전통적인 경제학에서 금융감독 정책이 미시 건전성 정책으로 성공하지 못했던 이유는 무엇일까?

③ 전개 문단: 전통 경제학에서 미시 건전정 정책의 문제를 거시 건전성으로 해결
  - 문제의 대상: 기존의 접근 방식 – 전통적인 경제학에서는 금융감독 정책을 통해 금융 안정

을, 통화 정책을 통해 물가 안정을 달성할 수 있다고 보는 이원적인 접근 방식
- 해결의 대상: 미시적 금융정책에 거시적 금융정책 추가하고, 물가 안정을 위한 통화 정책 간의 상호 보완을 통해 경제 안정을 달성해야 한다는 견해
4 전개 문단: 거시 건전성 및 거시 건전성 정책의 의미
- 거시 건전성이란 개별 금융 회사 차원이 아니라 금융 시스템 차원의 위기 가능성이 낮아 건전한 상태를 말하고
- 거시 건전성 정책은 금융 시스템의 건전성을 추구하는 규제 및 감독 등을 포괄하는 활동을 의미한다.
5 전개 문단: 거시 건전성 정책의 목표 달성의 필요 요건
- 거시 건전성 정책의 목표를 효과적으로 달성하기 위해서는 경기 변동과 금융 시스템 위험요인 간의 상관관계를 감안한 정책 수단의 도입이 필요하다.
- 문제의 대상: 금융시스템 위험 요인의 경기순응성
- 해결의 대상: 경기 대응 완충자본 제도

문항 풀이

27. 윗글을 통해 알 수 있는 것은?

① 글로벌 금융 위기 이전에는, 금융이 단기적으로 경제 성장에 영향을 미치지 못한다고 보았다.
② 글로벌 금융 위기 이전에는, 개별 금융 회사가 건전하다고 해서 금융 안정이 달성되는 것은 아니라고 보았다.
③ 글로벌 금융 위기 이전에는, 경기 침체기에는 통화 정책과 더불어 금융감독 정책을 통해 경기를 부양시켜야 한다고 보았다.
④ 글로벌 금융 위기 이후에는, 정책 금리 인하가 경제 안정을 훼손하는 요인이 될 수 있다고 보았다.
⑤ 글로벌 금융 위기 이후에는, 경기 변동이 자산 가격 변동을 유발하나 자산 가격 변동은 경기 변동을 유발하지 않는다고 보았다.

유형 사실 여부
접근 방식 전개 방식인 문제와 해결을 중심으로 사실을 정리한다.
① 금융이 장기적으로 경제 성장에 영향을 미치지 못한다고 보았다.
② 개별 금융 회사가 건전하면 금융 안정이 달성된다고 보았다.
③ 통화 정책으로 경기부양시켜야 한다고 보았다.
④ 정책 금리 인하가 버블 현상을 일으킬 수 있다고 보았다.
⑤ 경기변동시 저금리 정책이 자산가격 버블을 일으킬 수 있다고 보았다. 정답 ④

28. ㉠과 ㉡에 대한 설명으로 적절하지 **않은** 것은?

① ㉠에서는 물가 안정을 위한 정책 수단과는 별개의 정책 수단을 통해 금융 안정을 달성하고 자 한다.

② ㉡에서는 신용 공급의 경기 순응성을 완화시키는 정책 수단이 필요하다.

③ ㉠은 ㉡과 달리 예방적 규제 성격의 정책 수단을 사용하여 금융 안정을 달성하고자 한다.

④ ㉡은 ㉠과 달리 금융 시스템 위험 요인을 감독하는 정책 수단을 사용한다.

⑤ ㉠과 ㉡은 모두 금융 안정을 달성하기 위해 금융 회사의 자기자본을 이용한 정책 수단을 사용한다.

유형 관점의 이해

접근 방식 미시 건전성 정책의 한계를 거시 건전성 정책으로 해결하려는 관계에 있다.

① 금융정책 수단으로 금융안정을 달성하고자 한다.

② 경기 대응 완충자본 제도가 필요하다.

③ 두 정책 모두 예방적 규제 성격의 정책 수단으로 금융안정을 달성하고자 한다.

④ 거시 건전성 정책은 금융시스템의 건전성을 추구하는 규제 및 감독 등을 포괄하는 활동을 의미한다.

③과 ⑤는 모순 관계이다. **정답 ③**

29. 윗글을 바탕으로 할 때, 〈보기〉의 A~D에 들어갈 말을 바르게 짝지은 것은?

> 보 기
>
> 미시 건전성 정책과 거시 건전성 정책 간에는 정책 수단 운용에서 입장 차이가 존재한다. 경기가 (A)일 때 (B)건전성 정책에서는 완충자본을 (C)하도록 하고, (D)건전성 정 책에서는 최소 수준 이상의 자기자본을 유지하도록 하여 개별 금융 회사의 건전성을 확보 하려 한다.

	A	B	C	D
①	불황	거시	사용	미시
②	호황	거시	사용	미시
③	불황	거시	적립	미시
④	호황	미시	적립	거시
⑤	불황	미시	사용	거시

유형 관점 이해

접근 방식 두 정책이 금융 건전성 정책에서 차이를 보이고 있다.

D는 개별 금융 회사의 건전성 확보와 관련된 '미시' 건전성 정책이 적절하다. **정답 ①**

30. 윗글과 〈보기〉에 대한 이해로 적절하지 <u>않은</u> 것은? [3점]

> **보기**
>
> 　현실에서의 통화 정책 효과는 경기에 대해 비대칭적인 것으로 알려져 있다. 통화 정책은 경기 과열을 억제하는 데는 효과적이지만 경기 침체를 벗어나는 데는 효과가 미미하기 때문이다. 경기 침체를 극복하기 위해 중앙은행의 정책 금리 인하로 은행이 대출을 늘려 신용 공급을 확대하려 해도, 가계의 소비 심리가 위축되었거나 기업이 투자할 대상이 마땅치 않을 경우 전통적인 통화 정책에서 기대되는 효과는 나타나지 않게 된다. 오히려 확대된 신용 공급이 주식이나 부동산 등 자산 시장으로 과도하게 유입되어 의도치 않은 문제를 일으킬 수 있다.
>
> 　경제학자들은 경제 주체들이 경기 상황에 대해 비대칭적으로 반응하기 때문에 나타나는 이러한 현상을 '끈 밀어올리기(pushing on a string)'라고 부른다. 이는 끈을 당겨서 아래로 내리는 것은 쉽지만, 밀어서 위로 올리는 것은 어렵다는 것에 빗댄 것이다.

① '끈 밀어올리기'를 통해 경기 침체기에 자산 가격 버블이 발생하는 경우를 설명할 수 있겠군.

② 현실에서 경기가 침체되었을 경우 정책 금리 인하에 따른 경기 부양 효과는 경제 주체의 심리에 따라 달라질 수 있겠군.

③ '끈 밀어올리기'가 있을 경우 경기 침체기에 금융 안정을 달성하려면 경기 대응 완충자본 제도의 도입이 필요하겠군.

④ 통화 정책 효과가 경기에 대해 비대칭적이라면 경기 침체기에는 정책 금리 조정 이외의 방안을 도입할 필요가 있겠군.

⑤ 통화 정책 효과가 경기에 대해 비대칭적이라면 정책 금리 인상은 신용 공급을 축소시킴으로써 경기를 진정시킬 수 있겠군.

유형 관점 적용

접근 방식

② 소비심리의 위축이 완화되면 소비가 활성화되어 경기부양의 효과가 나타날 수 있다.

③ '끈 밀어올리기'는 미시 건전성 정책의 한계로 나타나므로, 거시 건전성 정책으로 보완해야 한다.

④ 금융감독 정책과 물가 안정을 위한 통화 정책 간의 상호보완이 필요하다.

⑤ '끈 당겨 내리기'에 해당한다. **정답** ③

31. 문맥상 의미가 ⓐ와 가장 가까운 것은?

① 나는 그 사람에게 친근감이 <u>든다</u>.

② 그는 목격자의 진술을 증거로 <u>들고</u> 있다.

③ 그분은 이미 대가의 경지에 든 학자이다.

④ 하반기에 들자 수출이 서서히 증가하기 시작했다.

⑤ 젊은 부부는 집을 마련하기 위해 적금을 들기로 했다.

유형 문맥적 의미

접근 방식 서술어와 문맥을 형성하는 주어, 목적어, 부사어와 연관지어 파악한다.

① 주어인 '친근감'이 '느껴진다'의 의미

② 부사어인 '증거로', '제시하고'의 의미

③ 부사어 '경지에', '오른'의 의미

④ 부사어 '하반기에', '시작되자'의 의미

⑤ 목적어인 '적금을', '가입하기로'의 의미 **정답 ②**

적용 연습

※ 다음 문제와 해결로 전개된 글을 읽고, 주어진 문항을 푸시오.

1 '왜?'라는 질문에 대한 답으로 제시되는 '설명'이 무엇인지를 분명히 하고자 과학철학에서는 여러 가지 설명 이론을 제시해 왔다.

2 처음으로 체계적인 설명 이론을 제시한 헴펠에 따르면 설명은 몇 가지 요건을 충족하는 논증이어야 한다. 기본적으로 논증은 전제로부터 결론이 논리적으로 도출되는 형식을 띤다. 따라서 설명을 하는 부분인 설명항은 전제에 해당하며 설명되어야 하는 부분인 피설명항은 결론에 해당한다. 헴펠에 따르면 설명은 세 가지 조건을 모두 충족해야 한다. 첫째, 설명항에는 '모든 사람은 죽는다.'처럼 보편 법칙 또는 보편 법칙의 역할을 하는 명제가 하나 이상 있어야 한다. 둘째, 보편 법칙이 구체적으로 적용되는 맥락을 나타내는 '소크라테스는 사람이다.'와 같은 선행 조건이 설명항에 하나 이상 있어야 한다. 셋째, 피설명항은 설명항으로부터 '건전한 논증'을 통해 도출되어야 한다. 이때 건전한 논증은 '논증의 전제가 모두 참'이라는 조건과 '논증의 전제가 모두 참이라면 결론도 반드시 참'이라는 조건을 모두 만족하는 논증이다. 이처럼 헴펠의 설명 이론은 피설명항이 보편 법칙의 개별 사례로서 마땅히 일어날 만한 일이었음을 보여 주기 위한 설명의 요건을 제시했다는 점에서 의의가 있다.

3 하지만 헴펠의 설명 이론은 설명에 대한 우리의 일상적 직관, 즉 경험적으로 파악할 수 없는 추상적 문제에 대해 대부분의 사람들이 공유하는 상식적 판단과 충돌하기도 하는 문제가 있다. 먼저 일상적 직관에 따르면 설명으로 인정되지만, 헴펠에 따르면 설명이 아니라고 판단해야 하

는 경우가 있다. 또 일상적 직관에 따르면 설명이 되지 못하지만, 헴펠에 따르면 설명으로 분류해야 하는 경우가 있다. 이는 헴펠의 이론이 설명을 몇 가지 요건을 충족하는 논증으로 국한했기 때문에 이들 요건을 충족하는 논증이기만 하면 모두 설명으로 인정해야 하는 동시에, 그렇지 않으면 모두 설명에서 배제해야 하는 데서 비롯된 것이다.

4 헴펠과 달리 샐먼은 설명이 논증은 아니라고 판단하여 인과 개념에 주목했다. 피설명항을 결과로 보고 이를 일으키는 원인을 밝히는 것이 설명이라는 샐먼의 인과적 설명 이론은 헴펠의 이론보다 우리의 일상적 직관에 더 부합한다는 장점이 있다. 하지만 어떤 설명 이론이라도 인과 개념을 도입하는 순간 ㉠원인과 결과 사이의 관계가 분명하지 않다는 철학적 문제를 해결해야 한다. 왜냐하면 결과를 일으키는 원인은 무수히 많고 연쇄적으로 서로 얽혀 있기 때문이다. 예를 들어 소크라테스가 죽게 된 원인은 독을 마신 것이지만, 독을 마시게 된 원인은 사형 선고를 받은 것이고, 사형 선고를 받게 된 원인도 여러 가지를 떠올릴 수 있다. 이에 결과를 일으킨 원인을 골라내는 문제는 결국 원인과 결과가 시공간적으로 어떻게 연결되는가에 대한 철학적 분석을 필요로 한다. 그것이 없다면, 설명을 인과로 이해하려는 시도는 설명이라는 불명료한 개념을 인과라는 또 하나의 불명료한 개념으로 대체하는 것에 불과할 수 있기 때문이다. 이에 현대 철학자들은 현대 과학의 성과를 반영하는 철학적 탐구를 통해 새로운 설명 이론을 제시하기 위한 고민을 계속하고 있다.

2016.9B

이 글은 과학에서 설명의 개념을 밝힌 두 이론의 의의와 문제점을 소개하고 있다.

1 도입 문단: 설명 이론에는 어떤 것들이 있을까?
2 전개 문단: 헴펠의 설명 이론의 의의
　　- 몇 가지 이론을 충족하는 논증
3 전개 문단: 헴펠 설명 이론의 문제점
　　- 일상적 직관과 충돌함
4 전개 문단: 샐먼의 설명 이론의 의의와 문제점
　　- 인과 이론
　　- 일상적 직관에 부합하는 장점
　　- 원인과 결과 사이가 분명하지 않은 문제점

문항 풀이

17. 윗글에서 다룬 내용이 아닌 것은?

① 헴펠의 설명 이론이 지니는 의의
② 헴펠의 설명 이론이 지니는 문제점
③ 헴펠의 설명 이론에서의 설명과 논증의 관계
④ 샐먼의 설명 이론이 헴펠 이론에 비해 지니는 장점
⑤ 샐먼의 설명 이론이 현대 과학의 성과를 받아들인 결과

유형 제목 붙이기(일반화)
접근 방식 제목은 설명 대상에 설명 내용을 일반화해서 종합하면 된다. **정답** ⑤

18. 윗글에 따를 때, 헴펠의 설명 이론에 관한 이해로 적절하지 않은 것은?

① 어떤 것이 건전한 논증이면 그것은 반드시 설명이다.
② 일상적 직관에서 설명으로 인정된다고 해서 모두 설명은 아니다.
③ 어떤 것이 설명이라면 설명항에 포함되는 명제들은 반드시 참이다.
④ 피설명항은 특정한 맥락에서 보편 법칙에 따라 발생한 개별 사례이다.
⑤ 어떤 것이 설명이라면 피설명항은 반드시 설명항에서 논리적으로 도출된다.

유형 관점 이해
접근 방식 헴펠의 설명 이론 관점의 이해 여부를 평가하는 문항이다. 헴펠은 설명을 몇 가지 요건을 충족하는 논증으로 규정하였다. **정답** ①

19. 윗글로 미루어 볼 때 ㉠에 대한 이해로 가장 적절한 것은?

① 설명 개념이 인과 개념보다 불명료하다는 문제
② 원인과 결과의 시공간적 연결은 불필요하다는 문제
③ 인과 개념이 설명의 형식을 제시하지 못한다는 문제
④ 결과를 야기한 정확한 원인을 확정하기 어렵다는 문제
⑤ 피설명항에 원인을 제시하는 명제가 들어갈 수 없다는 문제

유형 논증 이해
접근 방식 주장의 이해는 근거를 통해서 드러난다. ㉠에 대해서는 '왜냐하면' 이하가 근거이다. **정답** ④

20. 〈보기〉의 [물음]에 대해 헴펠의 이론에 따라 [설명]을 한다고 할 때, (가)~(다)에 들어갈 [명제]를 바르게 고른 것은? [3점]

> **보기**
>
> [물음] 평면거울 A에 대한 광선 B의 반사각은 왜 30°일까?
>
>
>
> [설명]
>
> 설명항 ┌ 보편 법칙: _____ (가) _____
>   └ 선행 조건: _____ (나) _____
> 피설명항   : _____ (다) _____
>
> [명제]
> ㄱ. A는 광선을 잘 반사하는 평면거울이다.
> ㄴ. 평면거울 A에 대한 광선 B의 입사각은 30°이다.
> ㄷ. 평면거울 A에 대한 광선 B의 반사각은 30°이다.
> ㄹ. 광선을 반사하는 평면에 대한 광선의 반사각은 입사각과 같다.

	(가)	(나)	(다)
①	ㄱ, ㄴ	ㄷ	ㄹ
②	ㄱ, ㄹ	ㄴ	ㄷ
③	ㄴ, ㄷ	ㄱ	ㄹ
④	ㄹ	ㄱ, ㄴ	ㄷ
⑤	ㄹ	ㄱ, ㄷ	ㄴ

유형 논증의 적용
접근 방식 보편적이라는 개념어의 개념을 알아야 한다. <보기>의 명제 중에서 가장 보편적인 것은 ㄹ이다. 또한 피설명항은 알고자 하는 현상을 나타낸다. [물음] 속에 있는 것(반사각은 30°)이 곧 피설명항이 된다. **정답 ④**

CHAPTER 13

논증으로 전개되는 글 읽기

논증이란 어떤 쟁점에 대하여 자신의 주장이 참임을 입증하기 위해 근거와 이유를 제시하여 전개하는 방식이다. 논증으로 전개한 글은 쟁점, 주장, 근거와 이유 등을 구별해서 이해하도록 한다. 여기서 논증은 연역 논증을 가리킨다.

1절 논증 문장 읽기

다음 문장은 논증임을 알리는 표지어로 '정당하다'를 사용하고 있다. 또한 '-으므로'는 근거임을 알려주는 표지어이다.

> **보 기**
>
> 국회의원이 공익과 정의를 위해 행동하지 않으므로, 유권자의 국회의원 후보자 낙선 운동은 정당하다.

이 <보기>는 논증이다. 따라서 쟁점, 주장, 근거 등으로 나누어 보자. 쟁점은 '유권자의 국회의원 후보자 낙선 운동은 정당한가?'이고, 주장은 '유권자의 낙선 운동은 정당하다.'이다. 근거는 '국회의원이 공익과 정의를 위해 행동하지 않는다.'이다. 근거가 주장을 뒷받침하는 이유는 생략되어 있다.

2절 앞 문장이 구체화되면서 정당화된다.

어떤 문장의 핵심어의 정당화가 필요할 때는 논증을 사용한다. 논증을 사용한 문장을 읽을 때에는 쟁점을 주장과 근거로 정리한 다음, 논증의 타당성을 검토해 보기로 한다.

① 뮤지컬은 여러 가지 형식적 요소로 구성되는데, 이것들은 내용, 즉 작품의 줄거리나 주제를 실질적으로 구현하는 역할을 한다. ② 전통적인 철학적 미학에 따르면 참된 예술은 훌륭한 내용과 훌륭한 형식이 유기적으로 조화될 때 달성된다. ③ 이러한 고전적 기준을 수용할 때, 훌륭한 뮤지컬 작품은 어느 한 요소라도 소홀히 한다면 만들어지기 어렵다.

2011

① 쟁점: 뮤지컬의 조건은 무엇인가?

② 주장: 훌륭한 뮤지컬 작품은 어느 한 요소라도 소홀히 한다면 만들어지기 어렵다.

③ 근거: 뮤지컬은 여러 가지 형식적 요소로 구성되는데, 이것들은 내용, 즉 작품의 줄거리나 주제를 실질적으로 구현하는 역할을 한다.

④ 이유: 전통적인 철학적 미학에 따르면 참된 예술은 훌륭한 내용과 훌륭한 형식이 유기적으로 조화될 때 달성된다.

유형 문제

※ 다음 글에서 핵심어를 찾아서, 논증으로 이어짐을 설명하시오.

만약 어떤 명제가 실재하지 않는 대상이나 사태가 아닌 것에 대해 언급하면 그것은 '의미 없는 명제'가 되며, 그것에 대해서는 참, 거짓을 따질 수 없다. 따라서 경험적 세계에 대해 언급하는 명제만이 의미 있는 것이 된다.

2012

① 쟁점: 의미 있는 명제란 무엇인가?

② 주장: 경험적 세계에 대해 언급하는 명제만이 의미 있는 명제가 된다.

③ 근거: 만약 어떤 명제가 실재하지 않는 대상이나 사태가 아닌 것에 대해 언급하면 그것은 '의미 없는 명제'가 되며, 그것에 대해서는 참, 거짓을 따질 수 없다.

적용 연습

※ 다음 문장을 읽고, 문장이 논증으로 이어짐을 보이시오.

> 과거에는 '귀의 소리'를 외부 소리에 대한 '달팽이관의 메아리'로 여겼다. 하지만 주어진 외부 자극 소리로 발생하는 메아리보다 음압이 더 큰 경우가 있기 때문에, '귀의 소리'를 단순한 메아리로 설명하기는 어렵다. 오른쪽 귀에만 외부 소리 자극을 가했는데 왼쪽 귀에서도 '귀의 소리'가 발생한다는 점 역시 마찬가지이다.
>
> 2010.6

예시답

① 쟁점: '달팽이관의 메아리'가 귀의 소리라고 볼 수 있는가?

② 전개 방식: 논증

③ 주장: '귀의 소리'는 '달팽이관의 메아리'가 아니라, 내부에서 나오는 소리이다.

④ 근거1: 외부 자극 소리로 발생하는 메아리보다 음압이 더 큰 경우

근거2: 오른쪽 귀에만 외부 소리 자극을 가했는데 왼쪽 귀에서도 '귀의 소리'가 발생한다는 점

⑤ 제목: '귀의 소리'가 '달팽이관의 메아리'라는 입장에 대한 반증

3절 논증으로 전개되는 문단 읽기

논증으로 전개되는 문단에서는 중심 문장에서 쟁점과 논증의 주장이 제시되고, 뒷받침 문장에서 근거와 이유가 제시된다. 논증에서 이유란 근거가 주장을 뒷받침하는 까닭을 가리키는 말이다. 논증의 표지어로는 '논증하다, 정당화하다, 증명하다. 입증하다, 반증하다' 등이 있다.

※ 다음 〈보기〉의 논증 문단을 읽고, 절차에 따라 정리해 보자.

> **보 기**
>
> 또한 유명인의 중복 출연 광고는 광고 메시지에 대한 신뢰를 얻기 힘들다. 유명인 광고 모델이 여러 광고에 중복하여 출연하면, 그 모델이 경제적인 이익만을 추구한다는 이미지가 소비자에게 강하게 각인된다. 그러면 소비자들은 유명인 광고 모델의 진실성을 의심하게 되어 광고 메시지가 객관성을 결여하고 있다고 생각하게 될 것이다.
>
> 2011.6

① 쟁점: 유명인의 중복 출연 광고는 광고 메시지에 대한 신뢰를 얻을 수 있는가?

② 주장: 유명인의 중복 출연 광고는 광고 메시지에 대한 신뢰를 얻기 어렵다.

③ 근거: 유명인 광고 모델이 여러 광고에 중복하여 출연하면, 그 모델이 경제적인 이익만을 추구한다는 이미지가 소비자에게 강하게 각인된다.

④ 이유: 그러면 소비자들은 유명인 광고 모델의 진실성을 의심하게 되어 광고 메시지가 객관성을 결여하고 있다고 생각하게 될 것이다.

⑤ 제목: 유명인의 중복 출연 광고의 효과

유형 문제

※ 다음 논증 문단에서 쟁점, 논증의 주장, 근거, 이유로 구별해서 정리해 보시오.

> '본질'이 존재론적 개념이라면 거기에 언어적으로 상관하는 것은 '정의'이다. 그런데 어떤 대상에 대해서 약정적이지 않으면서 완벽하고 정확한 정의를 내리기 어렵다는 사실은 반본질주의의 주장에 힘을 실어 준다. 사람을 예로 들어 보자. 이성적 동물은 사람에 대한 정의로 널리 알려져 있다. 그러면 이성적이지 않은 갓난아이를 사람의 본질에 반례로 제시할 수 있다. 이번에는 '사람은 사회적 동물이다.'라고 정의를 제시할 수도 있다. 그러나 사회를 이루고 산다고 해서 모두 사람인 것은 아니다. 개미나 벌도 사회를 이루고 살지만 사람은 아니다.   2014.6B

예시답

① 쟁점: 본질이란 무엇인가?

② 주장: 반본질주의에 힘을 실어 준다.(본질이란 대상에 인간의 가치를 투영한 것일 뿐이다.)

③ 근거: 어떤 대상에 대해서 약정적이지 않으면서 완벽하고 정확한 정의를 내리기 어렵다.

④ 이유: 이성적 동물은 사람에 대한 정의로 널리 알려져 있다. 그러면 이성적이지 않은 갓난아이를 사람의 본질에 반례로 제시할 수 있다. 이번에는 '사람은 사회적 동물이다.'라고 정의를 제시할 수도 있다. 그러나 사회를 이루고 산다고 해서 모두 사람인 것은 아니다. 개미나 벌도 사회를 이루고 살지만 사람은 아니다.

⑤ 제목: 본질에 대한 반본질주의의 주장

적용 연습

※ 다음 논증으로 전개된 글을 읽고, 논증의 구조로 정리하시오.

> 따라서 공정한 보험에서는 구성원 각자가 납부하는 보험료와 그가 지급받을 보험금에 대한 기댓값이 일치해야 하며 구성원 전체의 보험료 총액과 보험금 총액이 일치해야 한다. 이때 보험금에 대한 기댓값은 사고가 발생할 확률에 사고 발생 시 수령할 보험금을 곱한 값이다. 보험금에 대한 보험료의 비율(보험료/보험금)을 보험료율이라 하는데, 보험료율이 사고 발생 확률보다 높으면 구성원 전체의 보험료 총액이 보험금 총액보다 더 많고, 그 반대의 경우에는 구성원 전체의 보험료 총액이 보험금 총액보다 더 적게 된다. 따라서 공정한 보험에서는 보험료율과 사고 발생 확률이 같아야 한다.
>
> 2017

예시답

① 쟁점: 공정한 보험의 조건은 무엇인가?

② 논증의 주장: 공정한 보험에서는 보험료율과 사고 발생 확률이 같아야 한다.

③ 근거: 공정한 보험에서는 구성원 각자가 납부하는 보험료와 그가 지급받을 보험금에 대한 기댓값이 일치해야 하며 구성원 전체의 보험료 총액과 보험금 총액이 일치해야 한다.

④ 이유: 이때 보험금에 대한 기댓값은 사고가 발생할 확률에 사고 발생 시 수령할 보험금을 곱한 값이다. 보험금에 대한 보험료의 비율(보험료/보험금)을 보험료율이라 하는데, 보험료율이 사고 발생 확률보다 높으면 구성원 전체의 보험료 총액이 보험금 총액보다 더 많고, 그 반대의 경우에는 구성원 전체의 보험료 총액이 보험금 총액보다 더 적게 된다.

⑤ 제목: 공정한 보험의 조건

4절 논증으로 전개되는 문단은 주장을 입증한다.

다음 <보기>의 첫째 문단에서는 논증의 쟁점과 주장이 제시되고, 둘째 문단에서는 근거와 이유가 제시되어 필자의 주장이 정당함을 입증하고 있다. 이런 문단을 읽을 때는 첫째 문단에서 쟁점을 찾는 것이 중요하다. 쟁점은 두 주장이 엇갈리는 지점에 존재하므로, 이를 고려하여 대립되는 주장으로 추론하면 된다. 그 다음에는 주장을 찾는다. 둘째 문단에서는 근거를 찾고, 근거가 어떤 점에서 주장을 뒷받침하는지 그 이유도 찾는다.

1 그들의 주장에 따라 도덕적 운의 존재를 인정하면 불공평한 평가만 할 수 있을 뿐인데, 이는 결국 도덕적 평가 자체가 불가능해짐을 의미한다. 도덕적 평가가 불가능한 대상은 강제나 무지와 같이 스스로가 통제할 수 없는 요인에 의해 결정되는 것에만 국한되어야 한다. 그런데 도덕적 운의 존재를 인정하면 그동안 도덕적 평가의 대상이었던 성품이나 행위에 대해 도덕적 평가를 내릴 수 없는 난점에 직면하게 되는 것이다.

2 하지만 관점을 바꾸어 도덕적 운의 존재를 부정하고 도덕적 평가가 불가능한 경우를 강제나 무지에 의한 행위에 국한한다면 이와 같은 난점에서 벗어날 수 있다. 도덕적 운의 존재를 부정하기 위해서는 도덕적 운이라고 생각되는 예들이 실제로는 도덕적 운이 아님을 보여 주면 된다. 우선 행위는 성품과는 별개의 것이므로 태생적 운의 존재가 부정된다. 또한 나쁜 상황에서 나쁜 행위를 할 것이라는 추측만으로 어떤 사람을 폄하하는 일은 정당하지 못하므로 상황적 운의 존재도 부정된다. 끝으로 어떤 화가가 결과적으로 성공을 했든 안 했든 무책임함에 대해서는 똑같이 비난받아야 하므로 결과적 운의 존재도 부정된다. 실패한 화가를 더 비난하는 '상식'이 통용되는 것은 화가의 무책임한 행위가 그가 실패했을 때보다 성공했을 때 덜 부각되기 때문이다.

2016B

1 ① 쟁점: 도덕적 운은 존재하는가?

② 주장: 도덕적 운은 존재하지 않는다.

③ 근거: 도덕적 운의 존재를 인정하면 그동안 도덕적 평가의 대상이었던 성품이나 행위에 대해 도덕적 평가를 내릴 수 없는 난점에 직면하게 된다.

④ 이유: 도덕적 평가가 필요하다.

⑤ 제목: 도덕적 운이 존재하지 않는다는 입장

2 ① 쟁점: 도덕적 운은 존재하는가?

② 주장: 도덕적 운은 존재하지 않는다.

③ 근거: ㉠ 관점을 바꾸어 도덕적 운의 존재는 부정된다. ㉡ 도덕적 평가가 불가능한 경우를 강제나 무지에 의한 행위에 국한한다.

④ 이유: 도덕적 운이라고 생각했던 것들이 실제로는 도덕적 운이 아니다.

　　㉠ 태생적 운의 존재가 부정 – 행위는 성품과는 별개의 것이다.

　　㉡ 상황적 운의 존재 부정 – 나쁜 상황에서 나쁜 행위를 할 것이라는 추측만으로 어떤 사람을 폄하하는 일은 정당하지 못하다.

　　㉢ 결과적 운의 존재 부정 – 어떤 화가가 결과적으로 성공을 했든 안 했든 무책임함에 대해서는 똑같이 비난받아야 한다.

⑤ 제목: 도덕적 운이 존재하지 않는다는 입장

> **유형 문제**

※ 다음 논증 문단을 읽고 논증의 구조로 정리하시오.

▌1▐ 일부 현대 학자들은, 근대 사상가들이 당시 과학에 기초한 기계론적 모형이 더 설득력을 갖는다는 일종의 교조적 믿음에 의존했을 뿐, 아리스토텔레스의 목적론을 거부할 충분한 근거를 제시하지 못했다고 비판한다. 이런 맥락에서 볼로틴은 근대 과학이 자연에 목적이 없음을 보이지도 못했고 그렇게 하려는 시도조차 하지 않았다고 지적한다. 또한 우드필드는 목적론적 설명이 과학적 설명은 아니지만, 목적론의 옳고 그름을 확인할 수 없기 때문에 목적론이 거짓이라 할 수도 없다고 지적한다.

▌2▐ 17세기의 과학은 실험을 통해 과학적 설명의 참·거짓을 확인할 것을 요구했고, 그런 경향은 생명체를 비롯한 세상의 모든 것이 물질로만 구성된다는 물질론으로 이어졌으며, 물질론 가운데 일부는 모든 생물학적 과정이 물리·화학 법칙으로 설명된다는 환원론으로 이어졌다. 이런 환원론은 살아 있는 생명체가 죽은 물질과 다르지 않음을 함축한다. 하지만 아리스토텔레스는 자연물의 물질적 구성 요소를 알면 그것의 본성을 모두 설명할 수 있다는 엠페도클레스의 견해를 반박했다. 이 반박은 자연물이 단순히 물질로만 이루어진 것이 아니며, 또한 그것의 본성이 단순히 물리·화학적으로 환원되지도 않는다는 주장을 내포한다.

2018

예시답

▌1▐ 일부 현대학자들의 근대 사상들 비판 논증
 ① 쟁점: 아리스토텔레스의 목적론은 비과학적인가?
 ② 근대 사상가들의 주장: 아리스토텔레스의 목적론은 비과학적이다.
 ③ 근대 사상가들의 근거: 과학은 기계론적 모형에 기초해야 한다.
 ④ 일부 현대 학자들의 주장: 아리스토텔레스의 목적론이 비과학적인지는 아직 밝혀지지 않았다.
 ⑤ 일부 현대 학자들의 근거: 아리스토텔레스의 목적론을 거부할 만한 근거가 제시되지 않았다.
  • 볼로틴: 자연에 목적이 있는지 밝히지 않았다.
  • 우드필드: 목적론이 과학적 설명은 아니지만, 목적론의 옳고 그름이 밝혀지지 않았다.

▌2▐ 아리스토텔레스와 환원론자·엠페도클레스의 논증
 ① 쟁점: 자연이란 무엇인가?
 ② 아리스토텔레스의 주장: 자연물이 물질적 구성 요소로만 이루어진 것이 아니며, 자연의 본성이 물리·화학적 요소로 환원되지도 않는다.
 ③ 환원론자와 엠페도클레스의 주장: 자연물은 물질적 구성 요소로 이루어졌고, 구성 요소를 알면 자연의 본성을 모두 설명할 수 있다.

※ 다음 논증으로 전개된 글을 읽고, 논증 구조로 정리하시오.

> 논리실증주의자와 포퍼는 수학적 지식이나 논리학 지식처럼 경험과 무관하게 참으로 판별되는 분석 명제와, 과학적 지식처럼 경험을 통해 참으로 판별되는 종합 명제를 서로 다른 종류라고 구분한다. 그러나 콰인은 총체주의를 정당화하기 위해 이 구분을 부정하는 논증을 다음과 같이 제시한다. 논리실증주의자와 포퍼의 구분에 따르면 "총각은 총각이다."와 같은 동어 반복 명제와, "총각은 미혼의 성인 남성이다."처럼 동어 반복 명제로 환원할 수 있는 것은 모두 분석 명제이다. 그런데 후자가 분석 명제인 까닭은 전자로 환원할 수 있기 때문이다. 이러한 환원이 가능한 것은 '총각'과 '미혼의 성인 남성'이 동의적 표현이기 때문인데 그게 왜 동의적 표현인지 물어보면, 이 둘을 서로 대체하더라도 명제의 참 또는 거짓이 바뀌지 않기 때문이라고 할 것이다. 하지만 이것만으로는 두 표현의 의미가 같다는 것을 보장하지 못해서, 동의적 표현은 언제나 반드시 대체 가능해야 한다는 필연성 개념에 다시 의존하게 된다. 이렇게 되면 동의적 표현이 동어 반복 명제로 환원 가능하게 하는 것이 되어, 필연성 개념은 다시 분석 명제 개념에 의존하게 되는 순환론에 빠진다. 따라서 콰인은 종합 명제와 구분되는 분석 명제가 존재한다는 주장은 근거가 없다는 결론에 도달한다.
>
> 2017

예시답

① 쟁점: 경험과 무관한 지식이 존재하는가?
② 논리실증주의자와 포퍼의 논증: 주장 — 경험과 무관한 지식이 존재한다.
　근거: 수학적 지식이나 논리학의 지식처럼 경험과 무관하게 참으로 판별되는 분석 명제가 존재한다.
③ 콰인의 논증: 주장 — 경험과 무관한 지식은 존재하지 않는다.
　근거: 분석 명제인 '총각은 총각이다'는 동어반복 명제로 환원할 수 있어야 하는데, 이는 증명되지 않고 순환론에 빠진다. 그러므로 경험과 무관하다는 분석 명제는 참이 아니다.

5절　논증으로 전개되는 글 읽기 및 문항 풀이

　논증으로 전개되는 글에서는 도입 문단의 중심 화제에서 쟁점과 주장이 제시되고, 이어지는 전개 문단에서 근거와 이유가 제시된다. 논증으로 전개되는 글은 도입 문단에서 파악한 쟁점과 주장에 대해, 전개 문단에서는 근거와 이유를 찾으면서 능동적으로 읽을 필요가 있다.

※ 다음 논증 문단을 읽고 주어진 문항을 푸시오.

1 근대 초기의 합리론은 이성에 의한 확실한 지식만을 중시하여 미적 감수성의 문제를 거의 논외로 하였다. 미적 감수성은 이성과는 달리 어떤 원리도 없는 자의적인 것이어서 '세계의 신비'를 푸는 데 거의 기여하지 못한다고 ㉠여겼기 때문이다. 이러한 근대 초기의 합리론에 맞서 칸트는 미적 감수성을 '미감적 판단력'이라 부르면서, 이 또한 어떤 원리에 의거하며 결코 이성에 못지않은 위상과 가치를 지닌다는 주장을 ㉡펼친다. 이러한 작업에서 핵심 역할을 하는 것이 그의 취미 판단 이론이다.

2 [A] [취미 판단이란, 대상의 미·추를 판정하는, 미감적 판단력의 행위이다. 모든 판단은 'S는 P이다.'라는 명제 형식으로 환원되는데, 그 가운데 이성이 개념을 통해 지식이나 도덕 준칙을 구성하는 '규정적 판단'에서는 술어 P가 보편적 개념에 따라 객관적 성질로서 주어 S에 부여된다. 이와 유사하게 취미 판단에서도 P, 즉 '미' 또는 '추'가 마치 객관적 성질인 것처럼 S에 부여된다. 하지만 실제로 취미 판단에서의 P는 오로지 판단 주체의 또는 불쾌라는 주관적 감정에 의거한다. 또한 규정적 판단은 명제의 객관적이고 보편적인 타당성을 지향하므로 하나의 개별 대상뿐 아니라 여러 대상이나 모든 대상을 묶은 하나의 단위에 대해서도 이루어진다. 이와 달리, 취미 판단은 오로지 하나의 개별 대상에 대해서만 이루어진다. 즉 복수의 대상을 한 부류로 묶어 말하는 것은 이미 개념적 일반화가 되기 때문에 취미 판단이 될 수 없는 것이다. 한편 취미 판단은 오로지 대상의 형식적 국면을 관조하여 그것이 일으키는 감정에 따라 미·추를 판정하는 것 이외의 어떤 다른 목적도 배제하는 순수한 태도, 즉 미감적 태도를 전제로 한다. 취미 판단에는 대상에 대한 지식뿐 아니라, 실용적 유익성, 교훈적 내용 등 일체의 다른 맥락이 ㉢끼어들지 않아야 하는 것이다.]

3 중요한 것은 취미 판단이 기본적으로 공동체적 차원의 것이라는 점이다. 순수한 미감적 태도를 취할 때, 취미 판단의 주체들은 미감적 공동체를 이루고 있다고 할 수 있다. 왜냐하면 그 구성원들 간에는 '공통감'이라 불리는 공통의 미적 감수성이 전제로 작용하고 있기 때문이다. 이때 공통감은 취미 판단의 미적 규범 역할을 한다. 즉 공통감으로 인해 취미 판단은 규정적 판단의 객관적 보편성과 구별되는 '주관적 보편성'을 ㉣지니는 것으로 설명된다. 따라서 어떤 주체가 내리는 취미 판단은 그가 속한 공동체의 공통감을 예시한다.

4 이러한 분석을 통해 칸트가 궁극적으로 지향한 것은 인간의 총체적인 자기 이해이다. 그에 따르면 '인간은 무엇인가?'라는 물음에 대한 충실한 답변을 얻고자 한다면, 이성뿐 아니라 미적 감수성에 대해서도 그 고유한 원리를 설명해야 한다. 게다가 객관적 타당성은 이성의 미덕인 동시에 한계가 되기도 한다. '세계'는 개념으로는 낱낱이 밝힐 수 없는 무한한 것이기 때문이다. 반면 미적 감수성은 대상을 개념적으로 규정할 수는 없지만 역으로 개념으로부터의 자유를 통

해 세계라는 무한의 영역에 더 가까이 다가갈 수 있다. 오늘날에는 미적 감수성을 심오한 지혜의 하나로 보는 견해가 ⓜ퍼져 있는데, 많은 학자들이 그 이론적 단초를 칸트에게서 찾는 것은 그의 이러한 논변 때문이다.

2015B

지문 읽기

1 도입 문단: 근대 초기의 합리론의 미적 감수성에 대한 칸트의 반론

　　쟁점: 미감적 판단력에 어떤 원리와 이성에 못지않은 위상과 가치가 있는가?

　　주장: 근대 초기의 합리론자 – 없다, 칸트 – 있다.

　　근거: 2 – 어떤 원리에 의거함, 3 – 이성 못지않게 세계의 신비를 설명함.

2 전개 문단: '어떤 원리에 근거하는' 미감적 판단력

　　공통점: 'S는 P이다.'라는 명제 형식

　　대조 기준: P, S의 성격

　　차이점: 규정적 판단 – P: 객관적 성질, S: 개별 대상, 여러 대상, 모든 대상

　　　　　　　취미 판단 – P: 주관적 감정, S: 개별 대상, 형식적 국면

3 전개 문단: '이성 못지않게 세계의 신비를 설명하는' 미감적 판단력

　　– 중요한 것은 취미 판단이 기본적으로 공동체적 차원의 것이라는 점이다.

　　　　인과의 원인: 구성원들 간에는 '공통감'이라 불리는 공통의 미적 감수성이 전제로 작용하고 있기 때문이다.

4 정리 문단: 요약 및 칸트 논변의 의의

문항 풀이

27. 윗글에 대한 이해로 가장 적절한 것은?

　① 칸트는 미감적 판단력과 규정적 판단력이 동일하다고 보았다.

　② 칸트는 이성에 의한 지식이 개념의 한계로 인해 객관적 타당성을 결여한다고 보았다.

　③ 칸트는 미적 감수성이 비개념적 방식으로 세계에 대한 객관적 지식을 창출한다고 보았다.

　④ 칸트는 미감적 판단력을 본격적으로 규명하여 근대 초기의 합리론을 선구적으로 이끌었다.

　⑤ 칸트는 미적 감수성의 원리에 대한 설명이 인간의 총체적 자기 이해에 기여한다고 보았다.

유형 관점 이해

접근 방식 논증으로 전개된 글이므로 쟁점을 먼저 파악하고 주장과 근거를 파악한다.

⑤ 칸트의 관점을 요약한 것이다. 정답 ⑤

28. [A]에 제시된 '취미 판단'에 대한 이해로 적절하지 않은 것은?

   ① '이 장미는 아름답다.'는 취미 판단에 해당한다.

   ② '유용하다'는 취미 판단 명제의 술어가 될 수 없다.

   ③ '모든 예술'은 취미 판단 명제의 주어가 될 수 없다.

   ④ '이 영화의 주제는 권선징악이어서 아름답다.'는 취미 판단에 해당한다.

   ⑤ '이 소설은 액자식 구조로 이루어져 있다.'는 취미 판단에 해당하지 않는다.

유형 관점 이해

접근 방식 칸트의 주장에 대한 첫 번째 근거로 취미 판단이 어떤 원리에 의거함을 제시했다.

① '이 장미'는 개별 대상이고, '아름답다'는 형식적 국면이므로 취미판단이다.

② '유용하다'는 형식적 국면이 아니므로 취미 판단 명제의 술어가 될 수 없다.

③ 취미 판단 명제의 주어는 개별 대상만이 가능하다.

④ '권선징악'은 교훈적 내용이어서 취미 판단이 될 수 없다.

⑤ '액자식 구조'는 지식에 해당하므로 취미 판단이 될 수 없다. **정답 ④**

29. 윗글을 통해 추론한 내용으로 적절하지 않은 것은? [3점]

   ① 개념적 규정은 예술 작품에 대한 취미 판단을 가능하게 한다.

   ② 공통감은 미감적 공동체에서 예술 작품의 미를 판정할 보편적 규범이 될 수 있다.

   ③ 특정 예술 작품에 대한 사람들의 취미 판단이 일치하는 것은 우연으로 볼 수 없다.

   ④ 예술 작품에 대한 나의 취미 판단은 내가 속한 미감적 공동체의 미적 감수성을 보여 준다.

   ⑤ 예술 작품에 대해 순수한 미감적 태도를 취하지 못하면 그 작품에 대한 취미 판단이 가능하지 않다.

유형 추론

접근 방식 칸트의 주장에 대한 근거들을 바탕으로 추론한다.

① 개념적 규정은 규정적 판단에 속한다. **정답 ①**

30. 문맥상 ㉠~㉤과 바꿔 쓰기에 적절하지 않은 것은?

   ① ㉠: 간주했기   ② ㉡: 피력한다

   ③ ㉢: 개입하지   ④ ㉣: 소지하는

   ⑤ ㉤: 확산되어

유형 문맥적 의미

접근 방식 서술어의 문맥은 부사어, 주어, 목적어 등과 연관지어 판단한다.

④ 목적어인 '주관적 보편성'과 연관되므로, '띠는' 정도가 적절하다. '소지하다'는 의지적인 존재가 주어가 되어야 하고, 구체적인 도구가 목적어일 때 적절하다. **정답 ④**

유형 문제

※ 다음 논증으로 전개한 글을 읽고 주어진 문항을 푸시오.

1 인간의 본성에 관한 서로 다른 두 관점이 있다. 종교적 인간관에 따르면, 인간에게는 물리적 실체인 몸 이외에 비물리적 실체인 영혼이 있다. 영혼은 물리적 몸과 완전히 구별되며 인간의 결정의 원천이다. 반면 유물론적 인간관에 따르면, 인간은 물리적 몸에 지나지 않는다. 물리적 몸 이외에 영혼은 존재하지 않는다. 따라서 인간의 결정은 단지 뇌에서 일어나는 신경 사건이다. 이러한 두 관점 중 유물론적 인간관을 가정할 때, 인간은 자유롭게 선택할 수 있을까? 즉 인간에게 자유의지가 있을까? 가령 갑이 냉장고 문을 여니 딸기 우유와 초코 우유만 있다고 해보자. 갑은 이것들 중 하나를 자유의지로 선택할 수 있을까?

2 이러한 질문과 관련하여 반자유의지 논증은 갑에게 자유의지가 없다고 결론 내린다. 우선 임의의 선택은 이전 사건들에 의해 선결정되거나 무작위로 일어난다. 여기서 무작위로 일어난다는 것은 선결정되지 않는다는 것을 의미한다. 이러한 전제하에 반자유의지 논증은 선결정 가정과 무작위 가정을 모두 고려한다. 첫 번째로 임의의 선택이 그 이전 사건들에 의해 선결정된다고 가정해 보자. 반자유의지 논증에서는 이 경우 우리에게 자유의지가 없다고 결론 내린다. 가령 갑의 딸기 우유 선택이 심지어 갑이 태어나기도 전에 선결정된 것이라면 갑이 자유의지로 그것을 선택한 것이라고 보기 어려울 것이다. 두 번째로 임의의 선택이 무작위로 일어난 것이라 가정해 보자. 반자유의지 논증에서는 이 경우에도 우리에게 자유의지가 없다고 결론 내린다. 가령 갑의 딸기 우유 선택이 단지 갑의 뇌에서 무작위로 일어난 신경 사건이라고 한다면, 그것은 자유의지의 산물이라고 보기 어려울 것이다.

3 그러나 이 논증에 관한 다양한 비판이 가능하다. ㉠반자유의지 논증을 비판하는 한 입장에 따르면 반자유의지 논증의 선결정 가정을 고려할 때의 결론은 받아들여야 하지만, 무작위 가정을 고려할 때의 결론은 받아들일 필요가 없다. 따라서 반자유의지 논증의 결론도 받아들일 필요가 없다고 주장한다. 그 이유는 아래와 같다.

4 임의의 선택이 나의 자유의지의 산물이 되기 위해서는 다음 두 가지 조건을 모두 충족해야 한다. 첫째, 내가 그 선택의 주체여야 한다. 둘째, 나의 선택은 그 이전 사건들에 의해 선결정되지 않아야 한다. 그런데 어떤 선택이 그 이전 사건들에 의해 선결정되어 있다면, 이것은 자유의

지를 위한 둘째 조건과 충돌한다. 따라서 반자유의지 논증의 선결정 가정을 고려할 때의 결론인 우리에게 자유의지가 없다는 점을 받아들여야 한다. 물론 이러한 자유의지와 다른 의미를 지닌 자유의지가 있을 수 있다. 만약 '내가 자유롭게 선택했다'는 말이 단지 '내가 하고자 원했던 것을 했다'는 ⓐ욕구 충족적 자유의지를 의미한다면, 나의 선택이 그 이전 사건들에 의해 선결정되어 있든 그렇지 않든 그것은 내 자유의지의 산물일 수 있다. 그러나 이러한 자유의지는 ⓑ여기서 염두에 두는 두 가지 조건을 모두 충족하는 자유의지와 다르다.

⑤ 다음으로, 어떤 선택이 무작위로 일어난 것이라고 하더라도 그 선택의 주체는 나일 수 있다. 유물론적 인간관에 따르면 '갑이 딸기 우유를 선택했다'는 것은 '선택 시점에 갑의 뇌에서 신경 사건이 발생했다'는 것을 의미한다. 갑의 이러한 신경사건이 이전 사건들에 의해 선결정되지 않은 것으로 가정해 보자. 이러한 가정 아래에서도 갑은 그 선택의 주체일 수 있다. 왜냐하면 이 가정은 선택 시점에 발생한 뇌의 신경 사건으로서 '갑이 딸기 우유를 선택했다'는 사실을 바꾸지 않기 때문이다. 결국 ⓒ반자유의지 논증의 무작위 가정을 고려할 때의 결론은 받아들일 필요가 없다.

2022.9

지문 읽기

① 도입 문단: 유물론적 인간관과 인간의 자유의지
   - 유물론적 인간관을 가정할 때, 인간은 자유의지가 있을까?

② 전개 문단: 반자유의지 논증
   쟁점: 인간에게 자유의지가 있는가?
   주장: 존재하지 않는다.
   근거: 선결정 가정, 무작위 가정

③ 전개 문단: 반자유의지에 대한 다양한 비판
   쟁점: 선결정 가정과 무작위 가정에 대한 논증은 모두 정당한가?
   주장: 선결정 가정에 대한 논증은 받아들일 수 있지만, 무작위 가정에 대한 논증은 받아들일 수 없다.
   근거: ④

④ 전개 문단: 반자유의지 논증 비판
   쟁점: 자유의지가 존재하는가?
   주장: 선결정 가정에 대한 논증을 수용한다.
   근거: 자유의지 논증의 두 번째 근거와 충돌하기 때문이다.

⑤ 전개 문단: 반자유의지 논증 비판
   쟁점: 무작위 가정 논증은 자유의지가 없다는 것을 입증하는가?
   주장: 인간은 자유의지가 없다는 것을 입증하지 못한다.
   근거: 1. 주체의 신경 사건이 이전 사건들에 의해 선결정되지 않았다고 가정한다.

2. 이 가정은 선택 시점의 뇌의 신경 사건으로서의 사실을 바꾸지 않기 때문이다.

제목: 반자유의지 논증에 대한 반론

문항 풀이

10. 윗글에 대한 설명으로 적절하지 <u>않은</u> 것은?

① 유물론적 인간관은 영혼의 존재를 인정하지 않는다.
② 유물론적 인간관은 인간의 선택을 물리적 사건으로 본다.
③ 종교적 인간관은 인간이 물리적 실체로만 구성된다고 보지 않는다.
④ 종교적 인간관은 인간의 선택에서 비물리적 실체가 하는 역할을 인정한다.
⑤ 반자유의지 논증은 임의의 선택이 선결정되지 않을 가능성을 고려하지 않는다.

유형 관점 이해
접근 방식 유물론, 종교적 인간관은 개념어이고, 이들의 관점이 개념이다.
① 유물론적 인간관은 인간은 물리적 몸에 지나지 않는다.
② 유물론적 인간관은 인간의 선택을 물리적 사건(＝신체적 사건)으로 본다.
③ 종교적 인간관은 영혼도 있다고 본다.
④ 종교적 인간관은 인간의 선택에서 비물리적 실체(＝자유의지)의 역할을 인정한다.
⑤ 무작위로 일어난다는 것은 선결정되지 않았음을 의미한다. 정답 ⑤

11. ⓐ, ⓑ를 이해한 내용으로 적절한 것은?

① 어떤 선택을 원해서 한다면 그 선택을 한 사람에게 ⓐ가 있을 수 없다.
② 어떤 선택을 원해서 한다면 그 선택을 한 사람에게 ⓑ가 있을 수 없다.
③ 어떤 선택이 선결정되어 있다면 그 선택을 한 사람에게 ⓐ가 있을 수 없다.
④ 어떤 선택이 선결정되어 있다면 그 선택을 한 사람에게 ⓑ가 있을 수 없다.
⑤ 어떤 선택을 원해서 하고 그 선택이 선결정되어 있지 않다면 그 선택을 한 사람에게
ⓐ와 ⓑ 중 어느 것도 있을 수 없다.

유형 개념 이해
접근 방식 두 개념의 차이를 이해한다. 특히 지문의 필자가 사용하는 개념을 이해하는 것이 중요하다.
이 논증에서 필자가 사용하는 개념은 ⓑ이다. 선결정과 관련해서 부정되는 개념은 ⓐ가 아니라 ⓑ이다. 정답 ④

12. ⓛ의 이유로 가장 적절한 것은?

① 비물리적 실체인 영혼은 존재하지 않기 때문이다.
② 어떤 선택은 무작위로 일어난 것이 아니기 때문이다.
③ 어떤 선택은 선결정되어 있지만 욕구 충족적 자유의지의 산물이기 때문이다.
④ 반자유의지 논증의 선결정 가정을 고려할 때의 결론이 받아들여져야 하기 때문이다.
⑤ 어떤 선택은 자유의지의 산물이 되기 위한 두 가지 조건을 모두 충족할 수 있기 때문이다.

유형 논증의 이해
접근 방식 논증의 쟁점과 주장, 근거 등을 파악한다.
자유의지의 산물이 되기 위한 두 가지 조건을 모두 충족하는 논증을 전개했다. **정답** ⑤

13. 윗글의 ㉠에 입각하여 학생이 〈보기〉와 같은 탐구 활동을 한다고 할 때, [A]에 들어갈 내용으로 적절한 것은? [3점]

> **보 기**
>
> 자유의지와 관련된 H의 가설과 실험을 보고, 반자유의지 논증에 대해 논의해 보자.
>
> 〈H의 가설〉
> 인간이 결정을 내릴 때 발생하는 신경 사건이 있기 전에 그가 어떤 선택을 할지 알게 해 주는 다른 신경 사건이 그의 뇌에서 매번 발생한다.
>
> 〈H의 실험〉
> 피실험자의 왼손과 오른손에 각각 버튼 하나가 주어진다. 피실험자는 두 버튼 중 어떤 버튼을 누를지 특정 시점에 결정한다. 그 결정의 시점과 그 이전에 발생하는 뇌의 신경 사건을 동일한 피실험자에게서 100차례 관측한다.
>
> ○ 논의: [A]

① H의 가설이 실험 결과에 의해 입증된다면, 선결정 가정을 고려할 때의 결론을 거부해야 한다.
② H의 가설이 실험 결과에 의해 입증된다면, 무작위 가정은 참일 수밖에 없다.
③ H의 가설이 실험 결과에 의해 입증되지 않는다면, 선결정 가정은 참일 수밖에 없다.
④ H의 가설이 실험 결과에 의해 입증되지 않는다면, 무작위 가정을 고려할 때의 결론을 받아들여야 하는 것은 아니다.
⑤ H의 가설의 실험 결과에 의한 입증 여부와 상관없이, 반자유의지 논증의 결론을 받아들여야 한다.

CHAPTER 14

유추, 일반화로 전개되는 글 읽기

유추와 일반화는 귀납 추론에 속한다. 유추는 유비 추리를 줄인 말이다. 일반화는 특수한 사실을 전제로 일반적인 사실을 결론으로 이끌어내는 귀납 추리이다. 이에 대해서 자세히 알아보자.

1절 유추로 전개되는 글 읽기

1. 유추의 개념

유추는 대상 사이의 공통점을 설명하는 방식이다. 그러나 대상 간의 공통점을 설명하는 비교와 유추는 다르다. 유추와 비교의 차이점은 두 대상 간의 관계이다. 비교가 동일 범주에 속하는 대상들의 공통점을 설명하는 것이라면, 유추는 서로 다른 범주에 속하는 대상들의 공통점을 설명하는 것이다. 다음 <보기>에서 이를 확인해 보자.

보 기

(가) 인생은 마라톤이다.
(나) 희곡과 시나리오는 공통점이 많다.

위의 예에서 (가)는 유추이다. 인생과 마라톤은 같은 범주가 아니다. 그럼에도 필자는 인생을 마라톤에 비유했다. 마라톤이 '수많은 역경을 인내심으로 극복하는 과정'이듯, 인생도 그렇다는 것이다. 이와 달리 (나)는 비교이다. 희곡과 시나리오는 '극 갈래'에 속하는 동일 범주에 속하기 때문이다.

2. 유추와 문항 풀이

유추(비유)는 주로 문항에서 유추적 사고를 묻는 유형으로 출제된다. 아래 문항을 보자.

> 부수 현상론은 모든 정신적 사건은 육체적 사건에 의해서 일어나지만 그 역은 성립하지 않는다고 주장하여 두 가지 상식 사이의 조화를 설명하는 이원론이다. 이에 따르면 ⊙육체적 사건은 ⓒ정신적 사건을 일으키고 또 다른 육체적 사건의 원인도 된다. 하지만 정신적 사건은 육체적 사건에 동반되는 부수 현상일 뿐, 정신적 사건이든 육체적 사건이든 어떠한 사건에도 영향을 미치지 못한다. 그러나 정신적 사건이 아무 일도 못하면서 따라 나올 뿐이라는 주장은, 아무 일도 하지 못한다면 도대체 정신적 사건이 왜 존재해야 하는가 하는 의문을 불러 일으킨다. **2014B**

21. 〈보기〉는 '부수 현상론'을 설명하기 위한 비유이다. ⊙과 ⓒ에 대응하는 것을 @~ⓒ에서 골라 바르게 짝지은 것은? [3점]

> **보기**
>
> @지구, 달, 태양의 상대적인 위치에 의해 ⓑ조수 간만이 나타나기도 하고 보름달, 초승달과 같이 ⓒ달의 모양이 달리 보이기도 한다. 이때 조수 간만은 다시 개펄의 형성 등과 같은 또 다른 일의 원인이 된다. 반면에 달의 모양은 세 천체의 상대적인 위치로 인해서 생겨난 결과일 뿐, 어떠한 인과적 역할도 하지 않는다.

	⊙ '육체적 사건'	ⓒ '정신적 사건'
①	@	ⓑ
②	@	ⓒ
③	ⓑ	@
④	ⓒ	@
⑤	ⓒ	ⓑ

유형 개념 이해
접근 방식 이 문항은 '부수 현상론'의 개념 이해를 평가하기 위한 것이다. 그러므로 부수 현상론의 개념을 간단히 정리해 보자. 부수 현상론이란 '정신적 사건은 육체적 사건에 부수되어 나타나고, 아무 역할도 하지 못한다'는 입장이다. 그러므로 <보기>의 @, ⓑ, ⓒ 중에서 '아무 역할도 하지 못하는 것'이 바로 정신적 사건을 비유하는 것이다. ⓒ가 '어떤 인과적 역할도 하지 못하는 '정신적 사건과 대응하는 것이다. **정답 ②**

※ 다음 글을 읽고 문항을 푸시오.

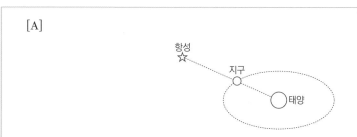

[A]

항성년은 위의 그림처럼 태양과 지구와 어떤 항성이 일직선에 놓였다가 다시 그렇게 될 때까지의 시간이다. 그러나 릴리우스는 교회의 요구에 따라 절기에 부합하는 역법을 창출하고자 했기에 항성년을 1년의 길이로 삼을 수 없었다. 그는 춘분과 다음 춘분 사이의 시간 간격인 회귀년이 항성년보다 짧다는 것을 알고 있었기 때문이었다.

항성년과 회귀년의 차이는 춘분 때의 지구 위치가 공전 궤도상에서 매년 조금씩 달라지는 현상 때문에 생긴다.

2011

35. [A]를 이해하기 위해 〈보기〉를 활용할 때 ㉮~㉰에 해당하는 것은?

보 기

○○시에 있는 원형 전망대 식당은 그 식당의 중심을 축으로 조금씩 회전한다. ㉮철수는 창밖의 폭포에 가장 가까운 창가 식탁에서 일어나 전망대의 회전 방향과 반대 방향으로 창가를 따라 걸었다. 철수가 한 바퀴를 돌아 그 식탁으로 돌아오는 데 ㉯57초가 걸렸는데, 폭포에 가장 가까운 창가 위치까지 돌아오는 데에는 ㉰60초가 걸렸다.

	㉮	㉯	㉰
①	항성	항성년	회귀년
②	항성	회귀년	항성년
③	지구	회귀년	회귀년
④	지구	항성년	회귀년
⑤	지구	회귀년	항성년

유형 개념 이해

접근 방식 이 문항은 지구, 회귀년, 항성년의 개념을 유추의 방식으로 묻고 있다. ㉮철수는 원을 그리면서 돌고 있으므로 '지구', 회귀년이 항성년보다 짧으므로 회귀년이 ㉣, 항성년이 ㉤와 각각 대응한다. **정답 ⑤**

적용 연습

※ 다음 유추에 대한 글을 읽고, 문항을 푸시오.

> 유추에 의해 단어가 형성되는 과정은 보통 네 가지 단계로 이루어진다. 첫째, 새로운 개념을 나타내는 어떤 단어가 필요한 경우 그것을 만들겠다고 결정한다. 둘째, 머릿속에 들어 있는 수많은 단어 가운데 근거로 이용할 만한 단어들을 찾는다. 셋째, 수집한 단어들과 만들려는 단어의 개념과 형식을 비교하여 공통성을 포착한다. 이 단계에서 근거로 삼을 단어를 확정한다. 넷째, 근거로 삼은 단어의 개념과 형식 관계를 적용해서 단어 형성을 완료한다. 이렇게 형성된 단어는 처음에는 신어(新語)로 다루어지지만 이후에 널리 쓰이게 되면 국어사전에 등재된다.
>
> 2013.9

25. 유추에 의한 단어 형성 과정에서 '근거로 삼은 단어'로 알맞은 것은?

	만들려는 단어의 개념	떠올린 단어	근거로 삼은 단어	만든 단어
①	수정으로 만든 반지	결혼반지, 금반지	금반지	수정반지
②	인삼 가루를 탄 물	바닷물, 설탕물	바닷물	인삼물
③	회갑을 기념하는 떡	생일떡, 호박떡	호박떡	회갑떡
④	비닐로 만든 옷	겨울옷, 비단옷	겨울옷	비닐옷
⑤	돌로 만든 잔	유리잔, 우유잔	우유잔	돌잔

유형 유추적 사고
접근 방식 '만들려는 단어의 개념'과 '근거로 삼은 단어'의 속성이 유사해야 한다는 유추의 원리를 적용한다.
① '수정으로 만든 반지'는 '재료'의 속성이므로, 근거로 삼은 단어도 '재료'의 속성이 적용된 '금반지'가 적절하다.
② '용질(용매에 녹는 물질)'이 속성이므로, '설탕물'이 적절하다.
③ '기념'이 속성이므로, '생일떡'이 적절하다.
④ '재료'가 속성이므로, '비단옷'이 적절하다.
⑤ '재료'가 속성이므로, '유리잔'이 적절하다. **정답 ①**

2절 일반화(Generalization)로 전개되는 글 읽기

1. 일반화의 개념

일반화는 어떤 대상의 부분적인 사실을 전체에 대한 일반적인 결론으로 이끌어 내는 사고 방식이다. 일반화는 우리가 어떤 사실을 이해하고자 할 때 늘상 사용하는 사고 방식이라서 대수롭지 않게 생각한다. 하지만 수능 문항의 대부분이 일반화를 바탕으로 출제됨을 알게 된다면 사정은 달라질 것이다.

2. 일반화의 방법

어떤 대상의 부분적인 사실을 A라 할 때, A와 동위 관계에 있는 B를 떠올린 후, A와 B의 공통점을 개념으로 나타내는 것이 일반화의 방법이다. 즉, '사과'를 먹어본 어린이가 사과와 유사한 '배'를 떠올린 후, '사과'와 '배'의 공통점인 '과일' 혹은 '가을에 수확하는 과일' 등으로 일반화하는 것이다. 다시 말하면 일반화란 어떤 개념을 상위 개념으로 확대하여 표현하는 것을 말한다. 따라서 일반화가 가능하기 위해서는 개념 체계도가 독자의 머릿속에 배경 지식으로 준비되어 있어야 한다.

3. 일반화와 문항 풀이

일반화는 귀납 추론의 일종으로 아래의 지문처럼 추상적 원리를 설명할 때 사용된다. 즉, 독자의 경험과 배경 지식에서 출발하여 점차 추상적 원리로 발전하면서 독자의 이해를 돕는 방식이다.

> ■ '전자를 보는 것'은 '책을 보는 것'과 큰 차이가 있다. 우리가 어떤 입자의 운동 상태를 알려면 운동량과 위치를 알아야 한다. 여기에서 운동량은 물체의 질량과 속도의 곱으로 정의되는 양이다. 특정한 시점에서 특정한 전자의 운동량과 위치를 알려면, 되도록 전자에 교란을 적게 일으키면서 동시에 두 가지 물리량을 측정해야 한다.
>
> ② 이상적 상황에서 전자를 '보기' 위해 빛을 쏘아 전자와 충돌시킨 후 튕겨 나오는 광양자를 관측한다고 해 보자. 운동량이 작은 광양자를 충돌시키면 전자의 운동량을 적게 교란시켜 운동

31. 윗글을 바탕으로 〈보기〉에 대해 탐구할 때, 적절한 것은? [3점]

> **보기**
>
> 종류가 다른 실제 기체 A, B와 이상 기체 C 각 1몰에 대해, 같은 온도에서의 부피와 압력 사이의 관계를 그래프로 나타내었다.
>
>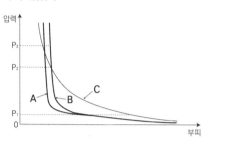

① 압력이 P_1에서 0에 가까워질수록 A와 B 모두 분자 간 상호 작용이 증가되고 있음을 알 수 있군.

② 압력이 P_1과 P_2 사이일 때, A가 B에 비해 반발력보다 인력의 영향을 더 크게 받는다고 볼 수 있군.

③ 압력이 P_2와 P_3 사이일 때, A와 B 모두 반발력보다 인력의 영향을 더 크게 받는다고 볼 수 있군.

④ 압력이 P_3보다 높을 때, A가 B에 비해 인력보다 반발력의 영향을 더 크게 받는다고 볼 수 있군.

⑤ 압력을 P_3 이상에서 계속 높이면 A, B, C 모두 부피가 0이 되겠군.

유형 원리 적용

접근 방식

① P_1~O: 세 그래프의 간격이 줄어들고 있는 점으로 볼 때, 분자 간 상호작용이 감소하고 있음을 알 수 있다.

② P_1~P_2: A가 B보다 부피가 작은 이유는 인력이 크기 때문으로 볼 수 있다.

③ P_2~P_3: A와 B 사이에 C가 지나고 있는 것을 참고하면 A는 인력의 영향을, B는 반발력의 영향을 받는다고 볼 수 있다.

④ P_3 이상: A, B가 C보다 오른쪽에 있으므로 두 기체 모두 반발력의 영향을 더 받는 것으로 볼 수 있다.

⑤ P_3 이상: 실제 기체에서는 기체 분자 간의 반발력 때문에 부피가 0이 되는 경우는 없다. **정답** ②

※ 다음 [A]의 예시를 일반화한 문항을 푸시오.

[A] 예컨대 초기 시설 투자 비용이 6억 달러이고, 톤당 1달러의 한계 비용으로 수돗물을 생산하는 상수도 서비스를 가정해 보자. 이때 수돗물 생산량을 '1톤, 2톤, 3톤, …'으로 늘리면 총비용은 '6억 1달러, 6억 2달러, 6억 3달러, …'로 늘어나고, 톤당 평균 비용은 '6억 1달러, 3억 1달러, 2억 1달러, …'로 지속적으로 줄어든다. 그렇지만 평균 비용이 계속 줄어들더라도 한계 비용 아래로는 결코 내려가지 않는다. 따라서 한계 비용으로 수도 요금을 결정하면 총비용보다 총수입이 적으므로 수도 사업자는 손실을 보게 된다.

2012.9

36. 〈보기〉는 [A]의 내용을 그래프로 나타낸 것이다. 위 글과 관련지어 이해한 내용으로 옳지 않은 것은?

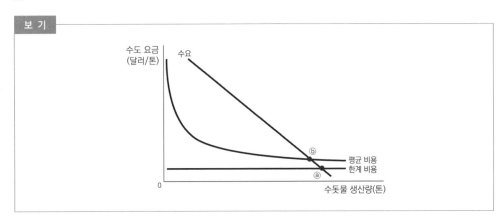

① ⓐ에서 수도 요금을 결정하면 수도 사업자는 손실을 본다.
② ⓐ에서 수도 요금을 결정하면 수도 요금은 톤당 1달러이다.
③ ⓑ에서 수도 요금을 결정하면 수도 사업자의 총수입과 총비용은 같다.
④ 수돗물 생산량이 증가함에 따라 평균 비용과 한계 비용의 격차가 줄어든다.
⑤ 요금 결정 지점이 ⓐ에서 ⓑ로 이동하면 사회 전체의 만족도는 증가한다.

유형 개념의 이해
접근 방식 지문에서는 '한계 비용'과 '평균 비용'의 개념을 예시하고 있다. 수도 요금이 한계 비용에서 평균 비용으로 인상되면 사용자들(사회 전체)의 불만이 증가할 것이다. **정답 ⑤**

PART 03

신유형 독해

독서의 궁극적 목적은 새로운 지식 창조이다. 새로운 지식을 창조하기 위해서는 주제가 같은 여러 편의 글을 함께 읽을 수 있어야 한다. 즉 통합적 독서(Syntopical Reading)가 필요하다. 통합적 독서란 여러 편의 글에서 공통 질문을 추론하고, 그 질문에 대한 답변을 구하기 위해 각 글을 비판적으로 읽는 것이다. 통합적 독서를 수행하는 독자는 각 글의 의의와 한계를 이해한 다음, 한계에 대해 대안을 제시할 수 있다. 정보화 사회에서 필수적으로 요청되는 능력인 통합적 독서는 수능 독서에서도 신유형으로 출제되기 시작했다.

제3부에서는 신유형 문항을 해결하기 위한 주제 통합독서의 기초를 학습하고자 한다.

15 주제 통합 독서(Syntopical Reading)

CHAPTER 15 주제 통합 독서(Syntopical Reading)

주제 통합적 읽기는 주어진 자료의 공통 주제를 바탕으로, 중심 화제와 전개 방식을 활용하여 필자의 관점을 파악하고, 그 관점들을 비판적으로 통합하여 독자 자신의 관점을 생산하는 과정이다.

주제 통합적 읽기를 위해서는 중심 화제 파악하기, 전개 방식 파악하기, 관점 파악하기, 관점으로 현상 설명하기, 하나의 관점으로 다른 관점 비판하기, 자료들의 공통 주제 파악하기 등의 과정을 거치게 된다.

1절 중심 화제 제시 방법 파악하기

1. 중심 화제

중심 화제(＝화제, 주제)는 글을 처음 대하는 독자에게 글의 윤곽을 이해하는 중요한 단서가 된다. 제목이 주어지지 않는 수능 독서의 지문에서는 이러한 중요한 단서를 파악하는 능력이 직접 또는 간접적인 평가의 대상이 된다.

중심 화제는 도입 문단에 직접적으로 혹은 간접적으로 제시된다. 글의 첫 문단을 주의 깊게 읽어서 필자의 목소리에 공감의 자세를 갖도록 하자. 필자는 그 글에서 무엇에 대해(중심 화제), 어떤 방식으로 전개할 것인지(전개 방식) 등을 독자에게 안내한다.

2. 중심 화제 제시 방법

중심 화제는 필자와 중심 화제에 따라 다양하게 제시된다. 그중에서 핵심적인 것만을 소개하면 다음과 같다.

용을 일반화해서 파악한다. 다음 <보기>를 살펴보자.

중심 화제	구체화 목적	전개 방식
교육의 문제	교육의 개념	정의
	교육 문제의 현실	예시
	교육 문제의 유형	분류
	교육 문제의 구조	분석
	교육과 훈련의 공통점	비교
	교육과 훈련의 차이점	대조
	교육 문제의 원인	인과
	교육 문제의 해결 과정	과정
	교육 문제의 해결 방안	문제와 해결
	교육 문제의 해결의 필요성	논증

이 <보기>에서는 '중심 화제'와 '구체화의 목적'을 통하여 전개 방식을 파악하는 방법을 예시하고 있다. 가령, 어떤 글의 중심 화제가 '교육의 문제'이고, 구체화된 내용이 '교육 문제의 유형'이라면, 그 글의 전개 방식은 '분류'가 된다. 다른 전개 방식도 이와 같은 방법으로 시도해 보자.

3절 관점 파악하기

관점이란 어떤 대상을 바라보는 관찰자의 목적과 태도를 말한다. 이러한 태도나 목적은 서술되지 않는 추상적인 개념이라서 독자의 일반화 능력으로 파악할 수 있다.

모든 글에는 관점이 전제되어 있다. 이런 관점은 두 편 이상의 글을 서로 견줄 때 사용하게 된다.

다음 <보기>를 통하여 관점을 구체적으로 알아보자.

보기

집필 목적	집필 관점
참, 거짓	논리적 관점

선함, 악함	윤리적 관점
아름다움, 추함	미학적 관점
성스러움, 속됨	종교적 관점
손해, 이익	경제적 관점

이 <보기>에서 '참과 거짓'을 밝히기 위해 집필한다면, 필자의 관점은 논리적 관점이 된다는 뜻이다. 이 예시 외에도 '도구적 관점, 본질적 관점, 목적적 관점, 상호보완적 관점, 모순−배타적 관점, 존재론적 관점, 인식론적 관점, 가치론적 관점…' 등 분야에 따라 다양한 관점이 있다.

다음 <보기>에서는 태도에 대한 관점을 살펴보자.

보 기

태도	관점
대상을 희망적으로 바라봄	낙관적 관점
대상을 찬양함	예찬적 관점
대상을 좋은 것으로 여김	우호적 관점
대상을 바람직하다고 봄	긍정적 관점
대상을 공정하게 바라봄	중립적 관점
대상을 바람직하지 않게 봄	부정적 관점
대상의 옳고 그름을 따짐	비판적 관점
대상의 가치를 의심함	회의적 관점
대상을 절망스럽게 바라봄	비관적 관점
세상을 싫어함	염세적 관점

이 외에도 주체의 목적과 태도에 대한 다양한 관점이 있다.

6절 관점 통합하기

어떤 현상을 설명하는 여러 가설이 한계가 있을 경우, 이를 통합하여 새로운 가설을 만드는 과정이 필요하다. 다음 <보기>를 통해서 관점의 비판과 통합 과정을 알아보자.

보 기

(가) 역사는 창조적 소수에 의해 발전한다.

(나) 역사는 다수의 민중에 의해 발전한다.

(다) 미국의 마이크로소프트사를 창업한 빌 게이츠나 애플을 창업한 스티브 잡스는 세계적인 IT 산업을 이끌었던 대표적 인물이다. 여기에 두 회사에서 근무하는 몇 만 명에 이르는 노동자들의 노력이 한데 모여 미국을 IT 산업의 강국으로 만들었다.

가설 (가)에 의하면 (다)의 미국의 IT 산업의 성과는 '창조적 소수'인 빌 게이츠와 스티브 잡스의 전적인 노력에 의해서 이루어진 것이다. 그러나 (가)로는 '다수의 노동자'의 노력을 설명하기 어렵다. 물론 빌 게이츠와 스티브 잡스는 '창조적 소수'이지만, 이 두 사람의 노력만으로 세계적인 회사가 발전하지는 않았을 것이다. 이를 보완할 수 있는 가설로 (나)를 들 수 있다. 다수의 노동자 민중이 없었다면 오늘의 두 회사는 존재하지 않았을 것이다. 그러므로 역사는 창조적 소수가 이끌고 다수의 민중이 동의하면서 발전한다고 할 수 있다.

7절 주제 통합적 읽기 과정

(1) 각 지문에서 중심 화제 제시 방식 찾기

(2) 각 지문에서 전개 방식 찾기

(3) 각 지문에서 찾은 중심 화제를 바탕으로 공통 화제 정리하기

(4) 공통 화제를 바탕으로 각 자료를 비교하며 읽기

(5) 공통 화제를 바탕으로 두 글을 통합적으로 정리하기

※ 다음 글을 주제 통합적 읽기의 절차에 따라서 읽고, 주어진 문항을 푸시오.

(가)

1 18세기 북학파들은 청에 다녀온 경험을 연행록으로 기록하여 청의 문물제도를 수용하자는 북학론을 구체화하였다. 이들은 개인적인 학문 성향과 관심에 따라 주목한 영역이 서로 달랐기 때문에 이들의 북학론도 차이를 보였다. 이들에게는 동아시아에서 문명의 척도로 여겨진 중화 관념이 청의 현실에 대한 인식에 각각 다르게 반영된 것이다. 1778년 함께 연행길에 올라 동일한 일정을 소화했던 박제가와 이덕무의 연행록에서도 이러한 차이가 확인된다.

2 [A] [북학이라는 목적의식이 강했던 박제가가 인식한 청의 현실은 단순한 현실이 아니라 조선이 지향할 가치 기준이었다. 그가 쓴『북학의』에 묘사된 청의 현실은 특정 관점에 따라 선택 및 추상화된 것이었으며, 그런 청의 현실은 그에게 중화가 손상 없이 ⓐ보존된 것이자 조선의 발전 방향이기도 하였다. 중화 관념의 절대성을 인정하였기 때문에 당시 조선은 나름의 독자성을 유지하기보다 중화와 합치되는 방향으로 나아가야 한다는 생각이 그의 북학론의 밑바탕이 되었다. 명에 대한 의리를 중시하는 당시 주류의 견해에 대해 그는 의리 문제는 청이 천하를 차지한 지 백여 년이 지나며 자연스럽게 소멸된 것으로 여기고, 청 문물제도의 수용이 가져다주는 이익을 논하며 북학론의 당위성을 설파하였다. 대체로 이익 추구에 대해 부정적이었던 주자 학자들과 달리, 이익 추구를 인간의 자연스러운 욕망으로 긍정하고 양반도 이익을 추구하자는 등 실용적인 입장을 보였다.]

3 이덕무는『입연기』를 저술하면서 청의 현실을 객관적 태도로 기록하고자 하였다. 잘 정비된 마을의 모습을 기술하며 그는 황제의 행차에 대비하여 이루어진 일련의 조치가 민생과 무관하다고 지적하였다. 하지만 청 문물의 효용을 ⓑ도외시하지 않고 박제가와 마찬가지로 물질적 삶을 중시하는 이용후생에 관심을 보였다. 스스로 평등견이라 불렀던 인식 태도를 바탕으로 그는 당시 청에 대한 찬반의 이분법에서 벗어나 청과 조선의 현실적 차이뿐만 아니라 양쪽 모두의 가치를 인정하였다. 이런 시각에서 그는 청과 조선은 구분되지만 서로 배타적이지 않다고 보았다. 즉 청을 배우는 것과 조선 사람이 조선 풍토에 맞게 살아가는 것은 서로 모순되지 않는다는 것이다. 하지만 그는 중국인들의 외양이 만주족처럼 변화된 것을 보고 비통한 감정을 토로하며 중화의 중심이라 여겼던 명에 대한 의리를 중시하는 등 자신이 제시한 인식 태도에서 벗어나는 모습을 보이기도 하였다.

(나)

1 18세기 후반의 중국은 명대 이래의 경제 발전이 정점에 달해 있었다. 대부분의 주민들이 접근할 수 있는 향촌의 정기 시장부터 인구 100만의 대도시의 시장에 이르는 여러 단계의 시장들이 그물처럼 연결되어 국내 교역이 활발하게 이루어지고 있었다. 장거리 교역의 상품이 사치품

에 ⓒ한정되지 않고 일상적 물건으로까지 확대되었다. 상인 조직의 발전과 신용 기관의 확대는 교역의 질과 양이 급변하고 있었음을 보여 준다. 대외 무역의 발전과 은의 유입은 중국의 경제적 번영에 영향을 미친 외부적 요인이었다. 은의 유입, 그리고 이를 통해 가능해진 은을 매개로 한 과세는 상품 경제의 발전을 ⓓ자극하였다. 은과 상품의 세계적 순환으로 중국 경제가 세계 경제와 긴밀하게 연결되었다.

2 그러나 청의 번영은 지속되지 않았고, 19세기에 접어들 무렵부터는 심각한 내외의 위기에 직면해 급속한 하락의 시대를 겪게 된다. 북학파들이 연행을 했던 18세기 후반에도 이미 위기의 징후들이 나타나고 있었다. 급격한 인구 증가로 인한 여러 문제는 새로운 작물 재배, 개간, 이주, 농경 집약화 등 민간의 노력에도 불구하고 해결되지 않았다. 인구 증가로 이주 및 도시화가 진행되는 가운데 전통적인 사회적 유대가 약화되거나 단절된 사람들이 상호 부조 관계를 맺는 결사 조직이 ⓔ성행하였다. 이런 결사 조직은 불법적인 활동으로 연결되곤 했고 위기 상황에서는 반란의 조직적 기반이 되었다. 인맥에 기초한 관료 사회의 부정부패가 심화된 것 역시 인구 증가와 무관하지 않았다. 교육받은 지식인들이 늘어났지만 이들을 흡수할 수 있는 관료 조직의 규모는 정체되어 있었고, 경쟁의 심화가 종종 불법적인 행위로 연결되었다. 이와 같이 18세기 후반 청의 화려한 번영의 그늘에는 ㉠심각한 위기의 씨앗들이 뿌려지고 있었다.

3 통치자들도 번영 속에서 불안을 느끼고 있었다. 조정에는 외국과의 접촉으로부터 백성들을 차단하려는 경향이 있었으며, 서양 선교사들의 선교 활동 확대로 인해 이런 경향이 강화되기도 하였다. 이 때문에 18세기 후반 청 조정은 서양에 대한 무역 개방을 축소하는 모습을 보였다. 그러나 그때까지는 위기가 본격화되지는 않았고, 소수의 지식인들만이 사회 변화의 부정적 측면을 염려하거나 개혁 방안을 모색하였다.

2021

(가)

1 도입 문단: 중심 화제의 배경이 서술되고 중심 화제 '박제가와 이덕무의 청의 현실에 대한 인식의 차이가 확인된다.'가 제시되고 있다.

2 전개 문단: 박제가의 청의 현실 인식 - 조선이 지향해야 할 가치(주관적 관점)

3 전개 문단: 이덕무의 청의 현실 인식 - 청과 조선의 평등견(객관적 관점)

(나)

1 도입 문단: '18세기 후반 청의 경제 성장의 정점'이라는 중심 화제를 예시로 제시하였다.

2 전개 문단: '19세기 후반 청의 내부 위기에 따른 급속한 하락'(인과)

3 전개 문단: '19세기 후반 청의 외부 위기에 대한 통치자들의 대응'(인과)

(가)와 (나)의 공통 화제: 18세기 이후 청나라의 현실은 어떠했는가?

(가)는 조선 학자들의 청나라에 대한 인식 차이를 설명했고 (나)는 청나라의 경제와 사회의

쇠퇴하는 현실을 설명하고 있다.

문항 풀이

16. (가), (나)에 대한 설명으로 가장 적절한 것은?

   ① (가)는 18세기 중국에 대한 학자들의 견해를 제시하면서 그러한 견해의 형성 배경 및 견해 간의 차이를 설명하고 있다.
   ② (가)는 18세기 중국을 바라보는 사상적 관점을 제시하면서 각 관점이 지닌 역사적 의의와 한계를 서로 비교하고 있다.
   ③ (나)는 18세기 중국의 사회상을 제시하면서 다양한 사회상을 시대별 기준에 따라 분류하여 서술하고 있다.
   ④ (나)는 18세기 중국의 사상적 변화를 제시하면서 그러한 변화가 지니는 긍정적 측면과 부정적 측면을 분석하고 있다.
   ⑤ (가)와 (나)는 모두 18세기 중국의 현실을 제시하면서 그러한 현실이 다른 나라에 미친 영향을 예를 들어 설명하고 있다.

유형 논지 전개 방식
접근 방식 도입 문단에서 학자들의 견해의 형성 배경을 서술하고, 전개 문단에서 그 견해의 차이를 설명하고 있다. 정답 ①

17. (가)의 '박제가'와 '이덕무'에 대한 이해로 적절하지 <u>않은</u> 것은?

   ① 박제가는 청의 문물을 도입하는 것이 중화를 이루는 방도라고 간주하였다.
   ② 박제가는 자신이 파악한 청의 현실을 조선을 평가하는 기준이라고 생각하였다.
   ③ 이덕무는 청의 현실을 관찰하면서 이면에 있는 민생의 문제를 간과하지 않았다.
   ④ 이덕무는 청 문물의 효용성을 긍정하면서 청이 중화를 보존하고 있음을 인정하였다.
   ⑤ 박제가와 이덕무는 모두 중화 관념 자체에 대해서는 긍정적인 태도를 견지하였다.

유형 전개 방식
접근 방식 박제가와 이덕무의 청의 현실 인식의 차이를 묻고 있다. 청 문물의 효용성을 긍정했지만, 청이 중화를 보존하고 있다고는 보지 않았다. 정답 ④

18. '평등견'에 대한 이해로 가장 적절한 것은?

① 조선의 풍토를 기준으로 삼아 청의 제도를 개선하자는 인식 태도이다.
② 조선의 고유한 삶의 방식을 청의 방식에 따라 개혁해야 한다는 인식 태도이다.
③ 청과 조선의 가치를 평등하게 인정하고 풍토로 인한 차이를 해소하려는 인식 태도이다.
④ 중국인의 외양이 변화된 모습을 명에 대한 의리 문제와 관련지어 파악하려는 인식 태도이다.
⑤ 청에 대한 배타적 태도를 지양하고 청과 구분되는 조선의 독자성을 유지하자는 인식 태도이다.

유형 관점 이해
접근 방식 '청에 대한 찬반 이분법에서 벗어나 청과 조선의 현실적 차이뿐만 아니라, 양쪽 모두의 가치를 인정했다. 이런 시각에서 그는 청과 조선은 구분되지만 서로 배타적이지 않다고 보았다'는 내용을 일반화한다. **정답 ⑤**

19. 문맥을 고려할 때 ㉠의 의미를 파악한 내용으로 가장 적절한 것은?

① 새로운 작물의 보급 증가가 경제적 번영으로 이어지는 상황을 가리키는 것이군.
② 신용 기관이 확대되고 교역의 질과 양이 급변하고 있는 상황을 가리키는 것이군.
③ 반란의 위험성 증가 등 인구 증가로 인한 문제점들이 나타나는 상황을 가리키는 것이군.
④ 이주나 농경 집약화 등 조정에서 추진한 정책들이 실패한 상황을 가리키는 것이군.
⑤ 사회적 유대의 약화로 인하여 관료 사회의 부정부패가 심화되는 상황을 가리키는 것이군.

유형 문맥적 의미
접근 방식 뒷받침 문장의 문맥적 의미는 중심 문장에서 단서를 잡는다. 중심 문장은 첫 문장이고, 핵심어는 '내외의 위기에 직면해서 심각한 하락의 시대'이고, 그 문단에서는 '내적인 위기'가 '급격한 인구 증가'로 구체화되고 있다. 따라서 인구 증가와 관련된 문제가 문맥적 의미가 된다. **정답 ③**

20. 〈보기〉는 (가)에 제시된 『북학의』의 일부이다. [A]와 (나)를 참고하여 〈보기〉에 대해 비판적 읽기를 수행한 학생의 반응으로 적절하지 않은 것은? [3점]

> 보 기
>
> 우리나라에서는 자기가 사는 지역에서 많이 나는 산물을 다른 데서 산출되는 필요한 물건과 교환하여 풍족하게 살려는 백성이 많으나 힘이 미치지 못한다. … 중국 사람은 가난하면 장사를 한다. 그렇더라도 정말 사람만 현명하면 원래 가진 풍류와 명망은 그대로다.

> 그래서 유생이 거리낌 없이 서점을 출입하고, 재상조차도 직접 융복사 앞 시장에 가서 골 동품을 산다. … 우리나라는 해마다 은 수만 냥을 연경에 실어 보내 약재와 비단을 사 오 는 반면, 우리나라 물건을 팔아 저들의 은으로 바꿔 오는 일은 없다. 은이란 천년이 지나 도 없어지지 않는 물건이지만, 약은 사람에게 먹여 반나절이면 사라져 버리고 비단은 시신 을 감싸서 묻으면 반년 만에 썩어 없어진다.

① <보기>에 제시된 중국인들의 상업에 대한 인식은 [A]에서 제시한 실용적인 입장에 부합 하는 것이라 볼 수 있어.
② <보기>에 제시된 조선의 산물 유통에 대한 서술은 [A]에서 제시한 북학론의 당위성을 뒷 받침하는 근거라 볼 수 있어.
③ <보기>에 제시된 중국인들의 상행위에 대한 서술은 (나)에 제시된 중국 국내 교역의 양 상과 상충되지 않는다고 볼 수 있어.
④ <보기>에 제시된 은에 대한 평가는 (나)에 제시된 중국의 경제적 번영에 기여한 요소를 참고할 때, 은의 효용적 측면을 간과한 평가라 볼 수 있어.
⑤ <보기>에 제시된 중국의 관료에 대한 묘사는 (나)에 제시된 관료 사회의 모습을 참고할 때, 지배층의 전체 면모가 드러나지 않는 진술이라 볼 수 있어.

유형 비판적 읽기
접근 방식 <보기>에서 '은은 천년이 지나도 없어지지 않는 물건'으로 은에 대한 평가를 간과하지 않았다. **정답** ④

21. 문맥상 @~@와 바꿔 쓰기에 가장 적절한 것은?

① ⓐ: 드러난
② ⓑ: 생각하지
③ ⓒ: 그치지
④ ⓓ: 따라갔다
⑤ ⓔ: 일어났다

유형 문맥적 의미
접근 방식 한자어와 문맥적 의미가 유사한 고유어를 찾는 문항이다.
ⓐ 남겨진 ⓑ 무시하지 ⓓ 일으켰다 ⓔ 흔하다 **정답** ③

유형 문제

※ 다음 글을 주제 통합적 읽기의 절차에 따라서 읽고, 주어진 문항을 푸시오.

(가)

1 한국, 중국 등 동아시아 사회에서 오랫동안 유지되었던 과거제는 세습적 권리와 무관하게 능력주의적인 시험을 통해 관료를 선발하는 제도라는 점에서 합리성을 갖추고 있었다. 정부의 관직을 ⓐ두고 정기적으로 시행되는 공개 시험인 과거제가 도입되어, 높은 지위를 얻기 위해서는 신분이나 추천보다 시험 성적이 더욱 중요해졌다.

2 명확하고 합리적인 기준에 따른 관료 선발 제도라는 공정성을 바탕으로 과거제는 보다 많은 사람들에게 사회적 지위 획득의 기회를 줌으로써 개방성을 제고하여 사회적 유동성 역시 증대시켰다. 응시 자격에 일부 제한이 있었다 하더라도, 비교적 공정한 제도였음은 부정하기 어렵다. 시험 과정에서 ㉠익명성의 확보를 위한 여러 가지 장치를 도입한 것도 공정성 강화를 위한 노력을 보여 준다.

3 과거제는 여러 가지 사회적 효과를 가져왔는데, 특히 학습에 강력한 동기를 제공함으로써 교육의 확대와 지식의 보급에 크게 기여했다. 그 결과 통치에 참여할 능력을 갖춘 지식인 집단이 폭넓게 형성되었다. 시험에 필요한 고전과 유교 경전이 주가 되는 학습의 내용은 도덕적인 가치 기준에 대한 광범위한 공유를 이끌어 냈다. 또한 최종 단계까지 통과하지 못한 사람들에게도 국가가 여러 특권을 부여하고 그들이 지방 사회에 기여하도록 하여 경쟁적 선발 제도가 가져올 수 있는 부작용을 완화하고자 노력했다.

4 동아시아에서 과거제가 천 년이 넘게 시행된 것은 과거제의 합리성이 사회적 안정에 기여했음을 보여 준다. 과거제는 왕조의 교체와 같은 변화에도 불구하고 동질적인 엘리트층의 연속성을 가져왔다. 그리고 이러한 연속성은 관료 선발 과정뿐 아니라 관료제에 기초한 통치의 안정성에도 기여했다. 과거제를 장기간 유지한 것은 세계적으로 드문 현상이었다. 과거제에 대한 정보는 선교사들을 통해 유럽에 전해져 많은 관심을 불러일으켰다. 일군의 유럽 계몽사상가들은 학자의 지식이 귀족의 세습적 지위보다 우위에 있는 체제를 정치적인 합리성을 갖춘 것으로 보았다. 이러한 관심은 사상적 동향뿐 아니라 실질적인 사회 제도에까지 영향을 미쳐서, 관료 선발에 시험을 통한 경쟁이 도입되기도 했다.

5 과거제를 장기간 유지한 것은 세계적으로 드문 현상이었다. 과거제에 대한 정보는 선교사들을 통해 유럽에 전해져 많은 관심을 불러일으켰다. 일군의 유럽 계몽 사상가들은 학자의 지식이 귀족의 세습적 지위보다 우위에 있는 체제를 정치적인 합리성을 갖춘 것으로 보았다. 이러한 관심은 사상적 동향뿐 아니라 실질적인 사회 제도에까지 영향을 미쳐서, 관료 선발에 시험을 통한 경쟁이 도입되기도 했다.

2021.6

(나)

1 조선 후기의 대표적인 관료 선발 제도 개혁론인 유형원의 공거제 구상은 능력주의적, 결과

주의적 인재 선발의 약점을 극복하려는 의도와 함께 신분적 세습의 문제점도 의식한 것이었다. 중국에서는 17세기 무렵 관료 선발에서 세습과 같은 봉건적인 요소를 부분적으로 재도입하려는 개혁론이 등장했다. 고염무는 관료제의 상층에는 능력주의적 제도를 유지하되, ㉮지방관인 지현들은 어느 정도의 검증 기간을 거친 이후 그 지위를 평생 유지시켜 주고 세습의 길까지 열어 놓는 방안을 제안했다. 황종희는 지방의 관료가 자체적으로 관리를 초빙해서 시험한 후에 추천하는 '벽소'와 같은 옛 제도를 ⓑ되살리는 방법으로 과거제를 보완하자고 주장했다.

② 이러한 개혁론은 갑작스럽게 등장한 것이 아니었다. 과거제를 시행했던 국가들에서는 수백 년에 ⓒ걸쳐 과거제를 개선하라는 압력이 있었다. 시험 방식이 가져오는 부작용들은 과거제의 중요한 문제였다. 치열한 경쟁은 학문에 대한 깊이 있는 학습이 아니라 합격만을 목적으로 하는 형식적 학습을 하게 만들었고, 많은 인재들이 수험 생활에 장기간 ⓓ매달리면서 재능을 낭비하는 현상도 낳았다. 또한 학습 능력 이외의 인성이나 실무 능력을 평가할 수 없다는 이유로 시험의 ㉰익명성에 대한 회의도 있었다.

③ 과거제의 부작용에 대한 인식은 과거제를 통해 임용된 관리들의 활동에 대한 비판적 시각으로 연결되었다. 능력주의적 태도는 시험뿐 아니라 관리의 업무에 대한 평가에도 적용되었다. 세습적이지 않으면서 몇 년의 임기마다 다른 지역으로 이동하는 관리들은 승진을 위해서 빨리 성과를 낼 필요가 있었기에, 지역 사회를 위해 장기적인 전망을 가지고 정책을 추진하기보다 가시적이고 단기적인 결과만을 중시하는 부작용을 가져왔다. 개인적 동기가 공공성과 상충되는 현상이 나타났던 것이다. 공동체 의식의 약화 역시 과거제의 부정적 결과로 인식되었다. 과거제 출신의 관리들이 공동체에 대한 소속감이 낮고 출세 지향적이기 때문에 세습 엘리트나 지역에서 천거된 관리에 비해 공동체에 대한 충성심이 약했던 것이다.

④ 과거제가 지속되는 시기 내내 과거제 이전에 대한 향수가 존재했던 것은 그 외의 정치 체제를 상상하기 ⓔ어려웠던 상황에서, 사적이고 정서적인 관계에서 볼 수 있는 소속감과 충성심을 과거제로 확보하기 어렵다는 판단 때문이었다. 봉건적 요소를 도입하여 과거제를 보완하자는 주장은 단순히 복고적인 것이 아니었다. 합리적인 제도가 가져온 역설적 상황을 역사적 경험과 주어진 사상적 자원을 활용하여 보완하고자 하는 시도였다.

2021.6

예시 답안

(가)

① 도입 문단: 과거제의 특성과 영향은 무엇일까?

② 전개 문단: 과거제의 사회적 영향(인과)
  - 개방성을 높여 사회적 유동성 증대
  - 익명성 확보를 통한 공정성 강화

③ 전개 문단: 과거제의 사회적 효과(인과)
  - 교육의 확대와 지식의 보급
  - 부작용 완화 방법: 최종 시험에 통과하지 못한 사람들에게도 특권 부여

④ 전개 문단: 과거제의 사회적 안정에 기여(인과)
  – 동질적인 엘리트층의 연속성
  – 관료제에 기초한 통치의 안정성
⑤ 전개 문단: 과거제의 세계적 영향(인과)
  – 유럽에 전해져 도입됨
  – 계몽사상가들의 긍정적 평가
    중심 화제: 과거제의 긍정적 영향
    전개 방식: 과거제가 사회에 변화를 일으킨 점을 인과로 전개하였다.
    제목: 과거제의 긍정적 관점

(나)
① 도입 문단: 과거제의 문제점을 극복하려는 어떤 노력이 있었을까?
② 전개 문단: 개혁론의 등장 배경(인과)
  – 시험 방식의 부작용: 형식적 학습, 재능을 낭비, 익명성에 대한 회의 등
③ 전개 문단: 관리들의 활동에 비판적 시각(인과)
  – 가시적이고 단기적인 결과에 치중
  – 공동체 의식의 약화
④ 정리 문단: 과거제 이전의 향수가 존재했던 이유(인과)
  – 소속감과 충성심: 과거제로는 확보하기 어렵다고 판단
    중심 화제: 과거제의 개혁론
    전개 방식: 과거제로 인한 문제점을 인과로 전개하고 있다.
    제목: 과거제의 부정적 관점

통합 정리

(가)는 과거 제도 시행 초기의 긍정적 관점을 서술했고, (나)는 과거 제도 도입 후 기간이 지난 후의 부정적 관점을 서술하고 있다. 따라서 과거 제도의 장점을 살리고, 문제점을 보완하여 새로운 과거 제도를 시행할 필요가 있다는 통합적 관점을 제시할 수 있다.

문항 풀이

16. (가)와 (나)의 서술 방식으로 가장 적절한 것은?

① (가)와 (나) 모두 특정 제도가 사회에 미친 영향을 인과적으로 서술하고 있다.
② (가)와 (나) 모두 특정 제도를 분석하는 두 가지 이론을 구분하여 소개하고 있다.
③ (가)는 (나)와 달리 구체적 사상가들의 견해를 언급하며 특정 제도에 대한 관점을 드러내고 있다.
④ (나)는 (가)와 달리 특정 제도에 대한 선호와 비판의 근거들을 비교하면서 특정 제도의 특징을 제시하고 있다.
⑤ (가)는 특정 제도의 발전을 통시적으로, (나)는 특정 제도에 대한 학자들의 상반된 입장을 공시적으로 언급하고 있다.

유형 서술 방식(전개 방식)
접근 방식 글의 전개 방식은 중심 화제를 어떻게 구체화했는지를 묻는 것이다. 그러므로 중심 화제를 먼저 파악하고, 그 중심 화제가 전개 문단에서 어떻게 구체화되었는지를 파악한다. 정답 ①

17. (가)의 내용과 일치하지 <u>않는</u> 것은?

① 시험을 통한 관료 선발 제도는 동아시아뿐만 아니라 유럽에서도 실시되었다.
② 과거제는 폭넓은 지식인 집단을 형성하여 관료제에 기초한 통치에 기여했다.
③ 과거 시험의 최종 단계까지 통과하지 못한 사람도 국가로부터 혜택을 받을 수 있었다.
④ 경쟁을 바탕으로 한 과거제는 더 많은 사람들이 지방의 관료에 의해 초빙될 기회를 주었다.
⑤ 귀족의 지위보다 학자의 지식이 우위에 있는 체제가 합리적이라고 여긴 계몽사상가들이 있었다.

유형 사실과 일치
접근 방식 전개 방식에 의거하여 많은 사실들을 정리하면 좀더 정확한 읽기가 가능하다. 정답 ④

18. (나)를 참고할 때, ㉮와 같은 제안이 등장하게 된 배경을 추론한 내용으로 적절하지 <u>않은</u> 것은?

① 과거제로 등용된 관리들이 근무지를 자주 바꾸게 되어 근무지에 대한 소속감이 약했기 때문이었을 것이다.
② 과거제로 등용된 관리들의 봉건적 요소에 대한 지향이 공공성과 상충되는 세태로 나타나기 때문이었을 것이다.
③ 과거제로 선발한 관료들은 세습 엘리트에 비해 개인적 동기가 강해서 공동체 의식이 높지 않았기 때문이었을 것이다.
④ 과거제를 통해 배출된 관료들이 출세 지향적이어서 장기적 안목보다는 근시안적인 결과에 치중했기 때문이었을 것이다.
⑤ 과거제가 낳은 능력주의적 태도로 인해 관리들이 승진을 위해 가시적인 성과만을 내려는 경향이 강해졌기 때문이었을 것이다.

유형 관점 이해
접근 방식 (나)의 전개 방식과 관점을 중심으로 선택지를 읽어 본다. (나)는 과거제의 부정적 관점을 인과적으로 서술하고 있다. 정답 ②

19. (가)와 (나)를 참고하여 ㉠과 ㉡을 이해한 내용으로 가장 적절한 것은?

① ㉠은 모든 사람에게 응시 기회를 보장했지만, ㉡은 결과주의의 지나친 확산에서 비롯되었다.

② ㉠은 정치적 변화에도 사회적 안정을 보장했지만, ㉡은 대대로 관직을 물려받는 문제에서 비롯되었다.

③ ㉠은 지역 공동체의 전체 이익을 증진시켰지만, ㉡은 지나친 경쟁이 유발한 국가 전체의 비효율성에서 비롯되었다.

④ ㉠은 사회적 지위 획득의 기회를 확대하는 데 기여했지만, ㉡은 관리 선발 시 됨됨이 검증의 곤란함에서 비롯되었다.

⑤ ㉠은 관료들이 지닌 도덕적 가치 기준의 다양성을 확대했지만, ㉡은 사적이고 정서적인 관계 확보의 어려움에서 비롯되었다.

유형 관점 이해
접근 방식 (가)의 ㉠과 (나)의 ㉡은 관점이 다르다. ㉠은 긍정적 관점에서 ㉡은 부정적 관점에서 사용된 것이다.

정답 ④

20. 〈보기〉는 과거제에 대한 조선 시대 선비들의 견해를 재구성한 것이다. (가)와 (나)를 읽은 학생이 〈보기〉에 대해 보인 반응으로 적절하지 <u>않은</u> 것은? [3점]

> **보 기**
>
> • 갑: 변변치 못한 집안 출신이라 차별 받는 것에 불만이 있는 사람들이 많았는데, 과거를 통해 관직을 얻으면서 불만이 많이 해소되어 사회적 갈등이 완화된 것은 바람직하다.
> • 을: 과거제를 통해 조선 사회에 유교적 가치가 광범위하게 자리를 잡아 좋다. 그런데 많은 선비들이 오랜 시간 과거를 준비하느라 자신의 뛰어난 능력을 펼치지 못한다는 점이 안타깝다.
> • 병: 요즘 과거 시험 준비를 위해 나오는 책들을 보면 시험에 자주 나왔던 내용만 정리되어 있어서 학습의 깊이가 없으니 문제이다. 그래도 과거제 덕분에 더 많은 사람들이 공부를 하려는 생각을 가지게 된 것은 다행이라고 생각한다.

① '갑'이 과거제로 인해 사회적 유동성이 증가했다는 점을 긍정적으로 본 것은, 능력주의에 따른 공정성과 개방성이라는 시험의 성격에 주목한 것이겠군.

② '을'이 과거제로 인해 많은 선비들이 재능을 낭비한다는 점을 부정적으로 본 것은, 치열한 경쟁을 유발하는 시험의 성격에 주목한 것이겠군.

③ '을'이 과거제로 인해 사회의 도덕적 가치 기준에 대한 광범위한 공유가 가능해졌다는 점을

긍정적으로 본 것은, 고전과 유교 경전 위주의 시험 내용에 주목한 것이겠군.

④ '병'이 과거제로 인해 심화된 공부를 하기 어렵다는 점을 부정적으로 본 것은, 형식적인 학습을 유발한 시험 방식에 주목한 것이겠군.

⑤ '병'이 과거제로 인해 교육에 대한 동기가 강화되었다는 점을 긍정적으로 본 것은, 실무능력을 중심으로 평가하는 시험 방식에 주목한 것이겠군.

유형 관점 적용
접근 방식 (가)와 (나)의 관점으로 <보기>의 갑, 을, 병의 견해를 설명해 본다. 갑은 긍정적 관점, 을은 부정적 관점, 병은 양면적 관점을 취하고 있다. **정답** ⑤

21. 문맥상 ⓐ~ⓔ의 단어와 가장 가까운 의미로 쓰인 것은?

① ⓐ: 그가 열쇠를 방 안에 두고 문을 잠가 버렸다.
② ⓑ: 우리는 그 당시의 행복했던 기억을 되살렸다.
③ ⓒ: 협곡 사이에 구름다리가 멋지게 걸쳐 있었다.
④ ⓓ: 사소한 일에만 매달리면 중요한 것을 놓친다.
⑤ ⓔ: 형편이 어려울수록 모두가 힘을 합쳐야 한다.

유형 문맥적 의미
접근 방식 서술어와 밀접한 주어, 목적어, 부사어 등과 관련시켜 본다.
ⓐ 걸고—① 넣고, ⓑ 시행하는—② 회상하다, ⓒ 지나면서—③ 설치되어, ⓓ 집착하면서—④ 집착하면, ⓔ 불가능했던—⑤ 힘들수록 **정답** ④

적용 연습

[1] ※ 다음 글을 주제 통합적 읽기로 읽은 다음, 주어진 문항을 푸시오.

(가)
■ 미학은 예술과 미적 경험에 관한 개념과 이론에 대해 논의하는 철학의 한 분야로서, 미학의 문제들 가운데 하나가 바로 예술의 정의에 대한 문제이다. 예술이 자연에 대한 모방이라는 아리스토텔레스의 말에서 비롯된 모방론은, 대상과 그 대상의 재현이 닮은꼴이어야 한다는 재현의 투명성 이론을 ⓐ전제한다. 그러나 예술가의 독창적인 감정 표현을 중시하는 한편 외부 세

계에 대한 왜곡된 표현을 허용하는 낭만주의 사조가 18세기 말에 등장하면서, 모방론은 많이 쇠퇴했다. 이제 모방을 필수 조건으로 삼지 않는 낭만주의 예술가의 작품을 예술로 인정해 줄 수 있는 새로운 이론이 필요했다.

② 20세기 초에 콜링우드는 진지한 관념이나 감정과 같은 예술가의 마음을 예술의 조건으로 규정하는 표현론을 제시하여 이 문제를 해결하였다. 그에 따르면, 진정한 예술 작품은 물리적 소재를 통해 구성될 필요가 없는 정신적 대상이다. 또한 이와 비슷한 ⓑ시기에 외부 세계나 작가의 내면보다 작품 자체의 고유 형식을 중시하는 형식론도 발전했다. 벨의 [형식론]은 예술 감각이 있는 비평가들만이 직관적으로 식별할 수 있고 정의는 불가능한 어떤 성질을 일컫는 '의미 있는 형식'을 통해 그 비평가들에게 미적 정서를 유발하는 작품을 예술 작품이라고 보았다.

③ 20세기 중반에, 뒤샹이 변기를 가져다 전시한 '샘'이라는 작품은 예술 작품으로 인정되지만 그것과 형식적인 면에서 차이가 없는 일반적인 변기는 예술 작품으로 인정되지 않는 이유를 설명하지 못하게 되자 두 가지 대응 이론이 나타났다. 하나는 우리가 흔히 예술 작품으로 분류하는 미술, 연극, 문학, 음악 등이 서로 이질적이어서 그것들 전체를 아울러 예술이라 정의할 수 있는 공통된 요소를 갖지 않는다는 웨이츠의 예술 정의 불가론이다. 그의 이론은 예술의 정의에 대한 기존의 이론들이 겉보기에는 명제의 형태를 취하고 있으나 사실은 참과 거짓을 판정할 수 없는 사이비 명제이므로, 예술의 정의에 대한 논의 자체가 불필요하다는 견해를 대변한다.

④ 다른 하나는 예술계라는 어떤 사회 제도에 속하는 한 사람 또는 여러 사람에 의해 감상의 후보 자격을 수여받은 인공물을 예술 작품으로 규정하는 디키의 제도론이다. 하나의 작품이 어떤 특정한 기준에서 훌륭하므로 예술 작품이라고 부를 수 있다는 평가적 ⓒ이론들과 달리, 디키의 견해는 일정한 절차와 관례를 거치기만 하면 모두 예술 작품으로 볼 수 있다는 분류적 이론이다. 예술의 정의와 관련된 이 논의들은 예술로 분류할 수 있는 작품들의 공통된 본질을 찾는 시도이자 예술의 필요충분조건을 찾는 시도이다.

2021.9

(나)

① 예술 작품을 어떻게 감상하고 비평해야 하는지에 대해 다양한 논의들이 있다. 예술 작품의 의미와 가치에 대한 해석과 판단은 작품을 비평하는 목적과 태도에 따라 달라진다. 예술 작품에 대한 주요 비평 방법으로는 맥락주의 비평, 형식주의 비평, 인상주의 비평이 있다.

② ㉠맥락주의 비평은 주로 예술 작품이 창작된 사회적·역사적 배경에 관심을 갖는다. 비평가 텐은 예술 작품이 창작된 당시 예술가가 살던 시대의 환경, 정치·경제·문화적 상황, 작품이 사회에 미치는 효과 등을 예술 작품 비평의 중요한 ⓓ근거로 삼는다. 그 이유는 예술 작품이 예술가가 속해 있는 문화의 상징과 믿음을 구체화하며, 예술가가 속한 사회의 특성들을 반영한다고 보기 때문이다. 또한 맥락주의 비평에서는 작품이 창작된 시대적 상황 외에 작가의 심리적 상태와 이념을 포함하여 가급적 많은 자료를 바탕으로 작품을 분석하고 해석한다.

③ 그러나 객관적 자료를 중심으로 작품을 비평하려는 맥락주의는 자칫 작품 외적인 요소에 치중하여 작품의 핵심적 본질을 훼손할 우려가 있다는 비판을 받는다. 이러한 맥락주의 비평의 문제점을 극복하기 위한 방법으로는 형식주의 비평과 인상주의 비평이 있다. 형식주의 비평은 예술 작품의 외적 요인 대신 작품의 형식적 요소와 그 요소들 간 구조적 유기성의 분석을 중요하게 생각한다. 프리드와 같은 형식주의 비평가들은 작품 속에 표현된 사물, 인간, 풍경 같은 내용보다는 선, 색, 형태 등의 조형 요소와 비례, 율동, 강조 등과 같은 조형 원리를 예술 작품의 우수성을 판단하는 기준이라고 주장한다.

④ ⓒ인상주의 비평은 모든 분석적 비평에 대해 회의적인 ⓔ시각을 가지고 있어 예술을 어떤 규칙이나 객관적 자료로 판단할 수 없다고 본다. "훌륭한 비평가는 대작들과 자기 자신의 영혼의 모험들을 관련시킨다."라는 비평가 프랑스의 말처럼, 인상주의 비평은 비평가가 다른 저명한 비평가의 관점과 상관없이 자신의 생각과 느낌에 대하여 자율성과 창의성을 가지고 비평하는 것이다. 즉, 인상주의 비평가는 작가의 의도나 그 밖의 외적인 요인들을 고려할 필요 없이 비평가의 자유 의지로 무한대의 상상력을 가지고 작품을 해석하고 판단한다.   2021.9

(가)

① 도입 문단: 중심 화제인 '모방론의 한계로 어떤 이론이 나왔을까?'가 문제 해결의 필요성 다음에 제시되고 있다.

② 전개 문단: 모방론의 대응 이론으로서의 표현론과 형식론 등장(문제와 해결)
 - 표현론: 정신적 대상－진지한 관념이나 감정과 같은 예술가의 마음
 - 형식론: 작품 자체의 고유한 형식으로 비평가에게 미적 정서를 유발하는 작품

③ 전개 문단: 형식론의 한계와 대응 이론으로서의 예술 정의 불가론(문제와 해결)
 - 예술 정의 불가론: 예술 작품들이 이질적이어서 공통된 요소를 갖지 않음.

④ 전개 문단: 형식론의 대응 이론으로서의 제도론(문제와 해결)
 - 제도론: 예술계라는 어떤 사회 제도에 속하는 사람에 의해 감상의 후보 자격을 얻은 인공물
중심 화제: 예술의 정의
전개 방식: 예술의 정의가 선행 이론은 한계와 대응 이론의 등장을 소개함으로써 '문제와 해결 방식'으로 전개되고 있다.
제목: 예술 개념 변화

(나)

① 도입 문단: 중심 화제인 '맥락주의 비평, 형식주의 비평과 인상주의 비평은 해석과 판단에서 목적과 태도에서 어떤 점이 다를까?'가 분류의 방식으로 제시되고 있다.

② 전개 방식: 맥락주의 비평의 관점(정의)
 - 작품이 창작된 사회적·역사적 배경
 - 작가의 심리적 상태와 이념

③ 전개 방식: 맥락주의 비평의 문제점에 대한 극복 방안으로 형식주의 비평 관점(문제와 해결)
　　- 선, 색, 형태 등의 조형 요소와 비례, 율동, 강조 등과 같은 조형 원리 등의 형식적 요소
　　- 형식적 요소들 간의 유기성의 분석
④ 전개 문단: 맥락주의 비평의 문제점에 대한 극복 방안으로 인상주의 비평 관점(문제와 해결)
　　- 비평가의 생각과 느낌으로 자율성과 창의성으로 중심으로 비평
　　중심 화제: 작품의 비평 방법
　　전개 방식: 맥락주의 비평의 문제점을 극복하기 위해 형식주의 비평과 인상주의 비평이 등장했음을 소개하는 '문제와 해결 방식'으로 전개하고 있다.
　　제목: 예술 비평 방법의 변화

통합 정리

예술의 정의와 비평 방법은 선행 이론의 한계가 드러나면서 새로운 대응 이론이 나타나고 변화하며 발전한다는 점을 밝히고 있다.

문항 풀이

20. (가)와 (나)의 공통적인 내용 전개 방식으로 가장 적절한 것은?

① 대립되는 관점들이 수렴되어 가는 역사적 과정을 밝히고 있다.
② 화제에 대한 이론들을 평가하여 종합적 결론을 도출하고 있다.
③ 화제가 사회에 미치는 영향들을 분석하여 서로 간의 차이를 밝히고 있다.
④ 화제와 관련된 관점의 문제점을 제시하고 대안적 관점을 소개하고 있다.
⑤ 화제와 관련된 하나의 사례를 중심으로 다양한 이론을 시대순으로 나열하고 있다.

유형 내용 전개 방식
접근 방식 이 글은 예술의 정의와 비평에 대한 문제점과 해결 방안을 중심으로 전개하고 있다. **정답** ④

21. (가)의 형식론에 대한 이해로 가장 적절한 것은?

① 미적 정서를 유발할 수 있는 어떤 성질을 근거로 예술 작품의 여부를 판단한다.
② 모든 관람객이 직관적으로 식별할 수 있는 형식을 통해 예술 작품의 여부를 판단한다.
③ 감정을 표현하는 모든 작품은 그 작품이 정신적 대상이더라도 예술 작품이라고 주장한다.
④ 외부 세계의 형식적 요소를 작가 내면의 관념으로 표현하는 것을 예술의 조건이라고 주장한다.
⑤ 특정한 사회 제도에 속하는 모든 예술가와 비평가가 자격을 부여한 작품을 예술 작품으로 판단한다.

접근 방식 '의미 있는 형식'을 통해 그 비평가들에게 미적 정서를 유발하는 작품을 예술 작품으로 보았다. **정답** ①

22. (가)에 등장하는 이론가와 예술가들이 상대의 견해나 작품을 평가할 수 있는 말로 적절하지 <u>않은</u> 것은?

　　① 모방론자가 뒤샹에게: 당신의 작품 '샘'은 변기를 닮은 것이 아니라 변기 그 자체라는 점에서 예술 작품이 되기 위한 필요 충분조건을 갖추고 있습니다.

　　② 낭만주의 예술가가 모방론자에게: 대상을 재현하기만 하면 예술가의 감정을 표현하지 않은 작품도 예술 작품으로 인정하는 당신의 견해는 받아들일 수 없습니다.

　　③ 표현론자가 낭만주의 예술가에게: 당신의 작품은 예술가의 마음을 표현했으니 대상을 있는 그대로 표현하지 않았더라도 예술 작품입니다.

　　④ 뒤샹이 제도론자에게: 예술계에서 일정한 절차와 관례를 거치면 예술 작품이라는 당신의 주장은 저의 작품 샘 외에 다른 변기들도 예술 작품이 될 수 있음을 인정하는 것입니다.

　　⑤ 예술 정의 불가론자가 표현론자에게: 당신이 예술가의 관념을 예술 작품의 조건으로 규정할 때 사용하는 명제는 참과 거짓을 판단할 수 없기 때문에 받아들일 수 없습니다.

접근 방식 각 관점을 이해한 후, 상대방의 관점에 대해 옳고 그름을 밝히는 과정이다. 모방론자는 대상을 모방한(재현한) 것이 투명해야 함을 말한 것이다. **정답** ①

23. 다음은 비평문을 쓰기 위해 미술 전람회에 다녀온 학생이 (가)와 (나)를 읽은 후 작성한 메모의 일부이다. 메모의 내용이 적절하지 <u>않은</u> 것은? [3점]

■ 작품 정보 요약
작품 제목: 「그리움」
팸플릿의 설명
- 화가 A가, 화가였던 자기 아버지가 생전에 신던 낡고 색이 바랜 신발을 보고 그린 작품임.
- 화가 A의 예술가 정신은 궁핍하게 살면서도 예술혼을 잃지 않고 작품 활동을 했던 아버지의 삶에서 영향을 받았음.
- 작품 전체에 따뜻한 계열의 색이 주로 사용됨.

■ 비평문 작성을 위한 착안점
- 콜링우드의 관점을 적용하면, 화가 A가 낡은 신발을 그린 것에서 아버지에 대한 그리움을

갖고 있었으리라는 점을 제시할 수 있겠군. ···①

− 디키의 관점을 적용하면, 평범한 신발이 특별한 이유는 신발의 원래 주인이 화가였다는 사실에 있음을 언급하여 이 그림을 예술 작품으로 평가할 수 있겠군. ·······················②

− 텐의 관점을 적용하면, 이 작품에서 아버지의 낡은 신발은 화가 A가 추구하는 예술가 정신의 상징임을 팸플릿 정보를 근거로 해석할 수 있겠군. ·······································③

− 프리드의 관점을 적용하면, 따뜻한 계열의 색들을 유기적으로 구성한 점에서 이 그림이 우수한 작품임을 언급할 수 있겠군. ···④

− 프랑스의 관점을 적용하면, 그림 속의 낡고 색이 바랜 신발을 보고, 지친 나의 삶에서 편안함과 여유를 느꼈음을 서술할 수 있겠군. ···⑤

유형 관점 비판
접근 방식 제도론에서 제도란 예술계의 비평가들로부터 인정받는 것을 말한다. 정답 ②

24. 피카소의 게르니카에 대해 〈보기〉의 A는 ㉠의 관점, B는 ㉡의 관점에서 비평한 내용이다.
(나)를 바탕으로 A, B를 이해한 내용으로 적절하지 <u>않은</u> 것은?

> 보기

피카소, 「게르니카」

A: 1937년 히틀러가 바스크 산악 마을인 '게르니카'에 30여톤의 폭탄을 퍼부어 수많은 인명을 살상한 비극적 사건의 참상을, 울부짖는 말과 부러진 칼 등의 상징적 이미지를 사용하여 전 세계에 고발한 기념비적인 작품이다.

B: 뿔 달린 동물은 슬퍼 보이고, 아이는 양팔을 뻗어 고통을 호소하고 있다. 우울한 색과 기괴한 형태들이 나를 그속으로 끌어들이는 듯하다. 그러나 빛이 보인다. 고통과 좌절감이 느껴지지만 희망을 갈구하는 훌륭한 작품이다.

① A에서 '1937년'에 '게르니카'에서 발생한 사건을 언급한 것은 역사적 정보를 바탕으로 작품을 해석하기 위한 것이겠군.

② A에서 비극적 참상을 '전 세계에 고발'하였다고 서술한 것은 작품이 사회에 미치는 효과를 드러내고자 한 것이겠군.

③ B에서 '슬퍼 보이고'와 '고통을 호소하고'라고 서술한 것은 작가의 심리적 상태를 표현하려는 것이겠군.

④ B에서 '우울한 색과 기괴한 형태'를 언급한 것은 비평가의 주관적 인상을 반영하기 위한 것이겠군.

⑤ B에서 '희망을 갈구하는'이라고 서술한 것은 비평가의 자유로운 상상력이 반영된 것이겠군.

유형 관점 적용
접근 방식 작가의 심리상태를 표현한 것은 맥락주의인 A에 속한다. 정답 ③

---

25. 문맥을 고려할 때, 밑줄 친 말이 ⓐ~ⓔ의 동음이의어인 것은?

① ⓐ: 모든 인간은 평등하다고 전제(前提)해야 한다.
② ⓑ: 가을은 오곡백과가 무르익는 시기(時期)이다.
③ ⓒ: 이 문제에 대해서는 이론(異論)의 여지가 없다.
④ ⓓ: 이 소설은 사실을 근거(根據)로 하여 쓰였다.
⑤ ⓔ: 청소년의 시각(視角)으로 이 문제를 살펴보자.

유형 문맥적 의미
접근 방식 한자어 동음이의어를 파악하는 능력이다. 이론(理論)과 이론(異論)의 차이가 있다. 이론(理論)은 어떤 현상을 설명하는 원리나 개념을 의미하고, 이론(異論)은 다른 이론을 뜻한다. 정답 ③

---

[2] ※ 다음 글을 주제 통합적 읽기의 절차에 따라서 읽고, 주어진 문항을 푸시오.

(가)

1 근대 이후 서양의 철학자들은 과학적 세계관이 대두하면서 이전과는 달리 인과를 물리적 작용 사이의 관계로 국한하려는 경향을 보였다. 문제는 흄이 지적했듯이 인과 관계 그 자체는 직접 관찰할 수 없다는 것이다. 원인과 결과에 해당하는 사건만을 관찰할 수 있을 뿐이다. 가령 "추위 때문에 강물이 얼었다."는 직접 관찰한 물리적 사실을 진술한 것이 아니다. 그래서 인과가 과학적 개념인지에 대한 의심이 철학자들 사이에 제기되었다. 이에 인과를 과학적 세계관에 입각하여 이해하려는 시도가 새먼의 과정 이론이다.

2 야구공을 던지면 땅 위의 공 그림자도 따라 움직인다. 공이 움직여서 그림자가 움직인 것이지 그림자 자체가 움직여서 그림자의 위치가 변한 것은 아니다. 과정 이론은 이 차이를 다음과 같이 설명한다. 과정은 대상의 시공간적 궤적이다. 날아가는 야구공은 물론이고 땅에 멈추어 있는 공도 시간은 흘러가고 있기에 시공간적 궤적을 그리고 있다. 공이 멈추어 있는 상태도 과정인 것이다. 그런데 모든 과정이 인과적 과정은 아니다. 어떤 과정은 다른 과정과 한 시공간적 지점에서 만난다. 즉, 두 과정이 교차한다. 만약 교차에서 표지, 즉 대상의 변화된 물리적 속성이 도입되면 이후의 모든 지점에서 그 표지를 전달할 수 있는 과정이 인과적 과정이다.

3 [A] [가령 바나나가 a지점에서 b지점까지 이동하는 과정을 과정1이라고 하자. a와 b의 중간 지점에서 바나나를 한 입 베어 내는 과정2가 과정1과 교차했다. 이 교차로 표지가 과정 1에 도입되었고 이 표지는 b까지 전달될 수 있다. 즉, 바나나는 베어 낸 만큼이 없어진 채로 줄곧 b까지 이동할 수 있다. 따라서 과정1은 인과적 과정이다. 바나나가 이동한 것이 바나나가 b에 위치한 결과의 원인인 것이다. 한편, 바나나의 그림자가 스크린에 생긴다고 하자. 바나나의 그림자가 스크린상의 a′ 지점에서 b′ 지점까지 움직이는 과정을 과정3이라 하자. 과정1과 과정2의 교차 이후 스크린상의 그림자 역시 변한다. 그런데 a′ 과 b′ 사이의 스크린 표면의 한 지점에 울퉁불퉁한 스티로폼이 부착되는 과정4가 과정3과 교차했다고 하자. 그림자가 그 지점과 겹치면서 일그러짐이라는 표지가 과정3에 도입되지만, 그 지점을 지나가면 그림자는 다시 원래대로 돌아오고 스티로폼은 그대로이다. 이처럼 과정3은 다른 과정과의 교차로 도입된 표지를 전달할 수 없다.]

4 과정 이론은 규범이나 마음과 같은, 물리적 세계 바깥의 측면을 해명하기 어렵다는 한계를 지닌다. 예컨대 내가 사회 규범을 어긴 것과 내가 벌을 받아야 하는 것 사이에는 인과 관계가 있지만 과정 이론은 이를 잘 다루지 못한다.

2022.6

(나)

1 자연 현상과 인간사를 인과 관계로 설명하는 동아시아의 대표적 논의는 재이론(災異論)이다. 한대(漢代)의 동중서는 하늘이 덕을 잃은 군주에게 재이를 내려 견책한다는 천견설과, 인간과 하늘에 공통된 음양의 기(氣)를 통해 하늘과 인간이 서로 감응한다는 천인감응론을 결합하여 재이론을 체계화하였다. 그에 따르면, 군주가 실정(失政)을 저지르면 그로 말미암아 변화된 음양의 기를 통해 감응한 하늘이 가뭄과 홍수, 일식과 월식 등 재이를 통해 경고를 내린다. 이때 재이는 군주권이 하늘로부터 비롯된 것임을 입증하는 것이자 군주의 실정에 대한 경고였다.

2 양면적 성격의 재이론은 신하가 정치적 논의에 참여할 수 있는 명분을 제공하였고, 재이가 발생하면 군주가 직언을 구하고 신하가 이에 응하는 전통으로 구체화되었다. 하지만 동중서 이후, 원인으로서의 인간사와 결과로서의 재이를 일대일로 대응시켜 설명하는 개별적 대응 방식은 억지가 심하다는 평가를 받았다. 이 방식은 오히려 ㉠예언화 경향으로 이어져 재이를 인간

사의 징조로, 인간사를 재이의 결과로 대응시키는 풍조를 낳기도 하였고, 요망한 말로 백성을 미혹시켰다는 이유로 군주가 직언을 하는 신하를 탄압하는 빌미가 되기도 하였다.

③ 이후 재이에 대한 예언적 해석은 비판의 대상이 되었고, 천인감응론 또한 부정되기도 하였다. 하지만 재이론은 여전히 정치 현장에서 사라지지 않았다. 송대(宋代)에 이르러, 주희는 천문학의 발달로 예측 가능하게 된 일월식을 재이로 간주하지 않는 경향을 수용하였고, 재이를 근본적으로 이치에 의해 설명되기 어려운 자연 현상으로 간주하였다. 하지만 당시까지도 재이에 대해 군주의 적극적인 대응을 유도하며 안전한 언론 활동의 기회를 제공했던 재이론이 폐기되는 것은, 신하의 입장에서 유용한 정치적 기제를 잃는 것이었다. 이 때문에 그는 군주를 경계하는 적절한 방법을 ⓐ찾고자 재이론을 고수하였다. 그는 재이에 대한 개별적 대응 대신 군주에게 허물과 잘못이 쌓이면 이에 하늘이 감응하여 변칙적인 자연 현상이 일어날 것이라는 ⓛ전반적 대응설을 제시하고, 재이를 군주의 심성 수양 문제로 귀결시키며 재이론의 역사적 수명을 연장하였다.

2022.6

예시 답안

(가)

① 도입 문단: 중심 화제가 등장한 배경과 중심 화제인 '새먼의 과정 이론에서 과학적 세계관의 인과란 무엇일까?'가 제시되고 있다.

② 전개 문단: 새먼의 과정 이론에서 인과의 개념(정의)

③ 전개 문단: 새먼의 과정 이론에서 인과의 예(예시)

④ 정리 문단: 새먼의 과정 이론의 한계

중심 화제: 새먼의 과학적 과정 이론

전개 방식: 과정 이론의 개념을 소개하고 예시를 들어 구체화한 후 한계를 제시하였다.

제목: 새먼의 과학적 과정 이론과 그 한계

(나)

① 도입 문단: 중심 화제 '자연 현상과 인간사 간의 인과론인 동중서의 재이론(災異論)' 소개
  - 천견설: 하늘이 덕을 잃은 군주에게 재이를 내려 견책한다.
  - 천인감응설: 인간과 하늘에 공통된 기(氣)를 통해 하늘과 인간이 서로 감응한다.

② 전개 문단: 동중서 이후, 예언화 경향으로 변화
  - 재이를 인간사의 징조로, 인간사를 재이의 결과로 대응시키는 풍조

③ 전개 문단: 송대의 주희의 재이론
  - 과학의 발달로 예측 가능한 일월식은 재이에서 제외함
  - 전반적 대응설: 군주를 경계하기 위해 군주에게 허물이 쌓이면 하늘이 감응하여 변칙적인 자연현상을 일으킨다.

중심 화제: 자연 현상과 인간 간의 인과론인 재이론(災異論)

전개 방식: 재이론이 시대의 흐름에 따라 변화된 양상을 통시적으로 전개함.
제목: 동아시아에서 재이론의 변천 과정

통합 정리

서양의 샐먼의 인과론은 자연 현상 안에서 나타나는 객관적 관점인 반면, 동양의 인과론은 자연 현상과 인간 간에 나타나는 주관적 관점이다.

문항 풀이

4. 다음은 (가)와 (나)를 읽은 학생이 작성한 학습 활동지의 일부이다. ㄱ~ㅁ에 들어갈 내용으로 적절하지 <u>않은</u> 것은?

학습 항목	학습 내용	
	(가)	(나)
도입 문단의 내용 제시 방식 파악하기	ㄱ	ㄴ
⋮	⋮	⋮
글의 내용 전개 방식 이해하기	ㄷ	ㄹ
특정 개념과 관련하여 두 글을 통합적으로 이해하기	ㅁ	

① ㄱ: '인과'에 대한 특정 이론이 등장하게 된 배경을 철학자들의 인식 변화와 관련지어 제시하였음.
② ㄴ: '인과'와 연관된 특정 이론의 배경 사상과 중심 내용을 제시하였음.
③ ㄷ: '인과'에 대한 특정 이론을 정의한 뒤 구체적인 사례와 관련지어 그 이론의 한계와 전망을 제시하였음.
④ ㄹ: '인과'와 연관된 특정 이론을 제시하고 그 이론이 변용되는 양상을 시대의 흐름에 따라 제시하였음.
⑤ ㅁ: '인과'와 관련하여 동서양의 특정 이론들에 나타나는 관점을 비교해 보도록 하였음.

유형 전개 방식
접근 방식 중심 화제, 전개 방식 등을 파악한다. 'ㄷ'에는 한계만 서술되었다. 정답 ③

5. 윗글에 대한 이해로 적절하지 <u>않은</u> 것은?
① 과정 이론은 물리적 세계의 테두리 안에서 인과를 해명하는 이론이다.
② 사회 규범 위반과 처벌 당위성 사이의 인과 관계는 표지의 전달로 설명되기 어렵다.
③ 인과가 과학적 세계관과 부합하지 않는다고 생각하는 철학자가 근대 이후 서양에 나타났다.

④ 한대의 재이론에서 전제된 하늘은 음양의 변화에 반응하지 않지만 경고를 하는 의지를 가진 존재였다.

⑤ 천문학의 발달에 따라 일월식이 예측 가능해지면서 송대에는 이를 설명 가능한 자연 현상으로 보는 경향이 있었다.

유형 사실과 일치
접근 방식 한대의 재이론은 천인감응론이 전제되었다. 정답 ④

6. [A]에 대한 이해로 적절하지 <u>않은</u> 것은?

① 바나나와 그 그림자는 서로 다른 시공간적 궤적을 그린다.

② 과정1이 과정2와 교차하기 이전과 이후에서, 바나나가 지닌 물리적 속성은 다르다.

③ 과정1과 달리 과정3은 인과적 과정이 아니다.

④ 바나나의 일부를 베어 냄으로써 변화된 바나나 그림자의 모양은 과정3이 과정2와 교차함으로써 도입된 표지이다.

⑤ 과정3과 과정4의 교차로 도입된 표지는 과정3으로도 과정4로도 전달되지 않는다.

유형 관점 이해
접근 방식 '바나나를 베어냄으로써 변화된 그림자의 모양'은 과정2이다. 정답 ④

7. ㉠, ㉡에 대한 설명으로 가장 적절한 것은?

① ㉠은 군주의 과거 실정에 대한 경고로서 재이의 의미가 강조되어 신하의 직언을 활성화하는 방향으로 활용되었다.

② ㉠은 이전과 달리 인간사와 재이의 인과 관계를 역전시켜 재이를 인간사의 미래를 알려주는 징조로 삼는 데 활용되었다.

③ ㉡은 개별적인 재이 현상을 물리적 작용이라 보고 정치와 무관하게 재이를 이해하는 기초로 활용되었다.

④ ㉡은 누적된 실정과 특정한 재이 현상을 연결 짓는 방식으로 이어져 군주의 권력을 강화하는 데 활용되었다.

⑤ ㉡은 과학적 인식을 기반으로 군주의 지배력과 변칙적인 자연 현상이 무관하다는 인식을 강화하는 기초로 활용되었다.

유형 관점 이해
접근 방식 예언화 경향은 재이가 인간사의 미래를 예언하는 징조로 여겼다. 정답 ②

8. 〈보기〉는 윗글의 주제와 관련한 동서양 학자들의 견해이다. 윗글을 읽은 학생이 〈보기〉에 대해 보인 반응으로 적절하지 <u>않은</u> 것은? [3점]

> **보 기**
>
> ㉮ 만약 인과 관계가 직접 관찰될 수 없다면, 물리적 속성의 변화와 전달과 같은 관찰 가능한 현상을 탐구하는 것이 인과 개념을 과학적으로 규명하는 올바른 경로이다.
>
> ㉯ 인과 관계란 서로 다른 대상들이 물리적 성질들을 서로 주고받는 관계일 수밖에 없다. 그러한 두 대상은 시공간적으로 연결되어 있어야만 한다.
>
> ㉰ 덕이 잘 닦인 치세에서는 재이를 찾아볼 수 없었고, 세상의 변고는 모두 난세의 때에 출현했으니, 하늘과 인간이 서로 통하는 관계임을 알 수 있다.
>
> ㉱ 홍수가 자주 발생하는 강 하류 지방의 지방관은 반드시 실정을 한 것이고, 홍수가 발생하지 않는 산악 지방의 지방관은 반드시 청렴한가? 실제로는 그렇지 않다.

① 흄의 문제 제기와 ㉮로부터, 과정 이론이 인과 개념을 과학적으로 규명하려는 시도의 하나임을 이끌어낼 수 있겠군.

② 인과 관계를 대상 간의 물리적 상호 작용으로 국한하는 ㉯의 입장은 대상 간의 감응을 기반으로 한 동중서의 재이론이 보여 준 입장과 부합하겠군.

③ 치세와 난세의 차이를 재이의 출현 여부로 설명하는 ㉰에 대해 동중서와 주희는 모두 재이론에 입각하여 수용 가능한 견해라는 입장을 취하겠군.

④ 덕이 물리적 세계 바깥의 현상에 해당한다면, 덕과 세상의 변화 사이에 인과 관계가 있다고 본 ㉰는 새먼의 이론에 입각하여 설명되기 어렵겠군.

⑤ 지방관의 실정에서 도입된 표지가 홍수로 이어지는 과정으로 전달될 수 없다면, 새먼은 실정이 홍수의 원인이 아니라는 점에서 ㉱에 동의하겠군.

유형 관점 적용
접근 방식 〈보기〉의 ㉮~㉱를 지문의 관점으로 설명하는 능력을 평가하는 문항이다. 동중서의 천인감응론은 자연 현상과 인간사 간의 인과 관계를 설명하고 있다. **정답 ②**

9. ⓐ와 문맥상 의미가 가장 가까운 것은?

① 모두가 만족하는 대책을 <u>찾으려</u> 머리를 맞대었다.
② 모르는 단어가 나오면 국어사전을 <u>찾아서</u> 확인해라.
③ 건강을 위해 친환경 농산물을 <u>찾는</u> 사람이 많아졌다.
④ 아직 완전지는 않지만 서서히 건강을 <u>찾는</u> 중이다.
⑤ 선생은 독립을 다시 <u>찾는</u> 것을 일생의 사명으로 여겼다.

접근 방식 ⓐ 방법을 '찾고자'는 탐구하다의 뜻
① 탐구하다 ② 열어서 ③ 구매하는 ④ 회복하는 ⑤ 광복하는 **정답 ①**

[3] ※ 다음 글을 주제 통합적 읽기의 절차에 따라 읽고, 주어진 문항을 푸시오.

(가)

1 아도르노는 문화 산업에 의해 양산되는 대중 예술이 이윤 극대화를 위한 상품으로 전락함으로써 예술의 본질을 상실했을 뿐 아니라 현대 사회의 모순과 부조리를 은폐하고 있다고 지적했다. [아도르노가 보는 대중 예술]은 창작의 구성에서 표현까지 표준화되어 생산되는 상품에 불과하다. 그는 대중 예술의 규격성으로 인해 개인의 감상 능력 역시 표준화되고, 개인의 개성은 다른 개인의 그것과 다르지 않게 된다고 보았다. 특히 모든 것을 상품의 교환 가치로 환원하려는 자본주의 사회에서, 대중 예술은 개인의 정체성마저 상품으로 ⓐ전락시키는 기제로 작용한다는 것이다.

2 아도르노는 서로 다른 가치 체계를 하나의 가치 체계로 통일시키려는 속성을 동일성으로, 하나의 가치 체계로의 환원을 거부하는 속성을 비동일성으로 규정하고, 예술은 이러한 환원을 거부하는 비동일성을 지녀야 한다고 주장한다. 그렇기 때문에 예술은 대중이 원하는 아름다운 상품이 되기를 거부하고, 그 자체로 추하고 불쾌한 것이 되어야 한다는 것이다. 그에게 있어 예술은 예술가가 직시한 세계의 본질을 감상자들에게 체험하게 해야 한다. 예술은 동일화되지 않으려는, 일정한 형식이 없는 비정형화된 모습으로 나타남으로써 현대 사회의 부조리를 체험하게 하는 매개여야 한다는 것이다.

3 아도르노는 쇤베르크의 음악과 같은 전위 예술이 그 자체로 동일화에 저항하면서도, 저항이나 계몽을 직접적으로 드러내지 않는다는 것을 높게 평가한다. 저항이나 계몽을 직접 표현하는 것에는 비동일성을 동일화하려는 폭력적 의도가 내재되어 있다고 보기 때문이다. 불협화음으로 가득 찬 쇤베르크의 음악이 감상자들에게 불쾌함을 느끼게 했던 것처럼 예술은 그것에 드러난 비동일성을 체험하게 함으로써 동일화의 폭력에 저항해야 한다는 것이다.

4 아도르노에게 있어 예술은 사회적 산물이며, 그래서 미학은 작품에 침전된 사회의 고통스러운 상태를 읽기 위해 존재한다. 그는 비동일성 그 자체를 속성으로 하는 전위 예술을 예술이 추구해야 할 바람직한 모습으로 제시했다.

2023.9

(나)

1 아도르노의 미학은 예술과 사회의 관계를 통해 예술의 자율성을 추구했다는 점에서 긍정적으로 평가된다. 예술은 사회적인 것인 동시에 사회에서 떨어져 사회의 본질을 직시하는 것이어

야 한다고 보기 때문이다. 그의 미학은 기존의 예술에 대한 비판적 관점을 제공한다. 가령 사과를 표현한 세잔의 작품을 아도르노의 미학으로 읽어 낸다면, 이 그림은 사회의 본질과 ⓑ유리된 '아름다운 가상'을 표현한 것에 불과할 것이다.

② 하지만 세잔의 작품은 예술가의 주관적 인상을 붉은색과 회색 등의 색채와 기하학적 형태로 표현한 미메시스일 수 있다. 미메시스란 세계를 바라보는 주체의 관념을 재현하는 것, 즉 감각될 수 없는 것을 감각 가능한 것으로 구현하는 것을 의미한다. 다시 말해 세잔의 작품은 눈에 보이는 특정의 사과가아닌 예술가의 시선에 포착된 세계의 참모습, 곧 자연의 생명력과 그에 얽힌 농부의 삶 그리고 이를 ⓒ응시하는 예술가의 사유를 재현한 것이 된다.

③ 아도르노는 예술이 예술가에게 포착된 세계의 본질을 감상자로 하여금 체험하게 하는 것이어야 한다고 본다. 그러나 그는 이러한 미적 체험을 현대 사회의 부조리에 국한시킴으로써, 진정한 예술을 감각적 대상인 형태 그 자체의 비정형성에 대한 체험으로 한정한다. 결국 ㉠아도르노의 미학에서는 주관의 재현이라는 미메시스가 부정되고 있다.

④ 한편 아도르노의 미학은 예술의 영역을 극도로 축소시키고 있다. 즉 그 자신은 동일화의 폭력을 비판하지만, 자신이 추구하는 전위 예술만이 진정한 예술이라고 주장하며 ㉡전위 예술의 관점에서 예술의 동일화를 시도하고 있다. 특히 이는 현실 속 다양한 예술의 가치가 발견될 기회를 ⓓ박탈한다. 실수로 찍혀 작가의 어떠한 주관도 결여된 사진에서조차 새로운 예술 정신을 ⓔ발견하는 것이 가능하다는 베냐민의 지적처럼, 전위 예술이 아닌 예술에서도 미적 가치를 발견할 수 있다. 또한 대중음악이 사회적 저항의 메시지를 전달하는 사례도 있듯이, 자본의 논리에 편승한 대중 예술이라 하더라도 사회에 대한 비판적 기능을 수행하는 경우도 있다.

2023.9

(가)

■ 도입 문단: 중심 화제 '아도르노의 대중 예술론'
  – 대중 예술이 이윤 추구 극대화를 위한 상품으로 전락해서 예술의 본질을 상실하고 인간을 소외시킴.

② 전개 문단: 아도르노의 예술관
  – 예술은 동일성으로의 환원을 거부하고 비동일성을 추구해야 함.

③ 전개 문단: 아도르노 예술관의 예시
  – 쇤베르크의 음악: 전위 예술로서 동일화에 저항하면서도 저항이나 계몽을 직접 드러내지 않음.

④ 정리 문단: 아도르노의 예술관 요약
  중심 화제: 아도르노의 예술관
  전개 방식: 아도르노의 대중 예술론과 진정한 예술관을 대조하고, 예시하면서 중립적 관점에서 서술하고 있다.

(나)

1 도입 문단: 중심 화제 '아도르노 미학의 긍정적인 점'
 — 예술과 사회의 관계를 통해 예술의 자율성 추구

2 전개 문단: 아도르노 미학에 대한 비판적 관점
 — 미메시스의 개념을 오해: 미메시스는 감각될 수 없는 것을 감각가능한 것으로 구현하는 것.
3 전개 문단: 아도르노 미학에 대한 비판적 관점
 — 미적 체험을 현대 사회의 부조리에 국한시킴.
 — 미메시스를 부정함.
4 정리 문단: 아도르노 미학에 대한 비판적 관점 요약
 — 예술의 동일화를 비판하지만, 결과적으로 예술의 동일화를 추구하는 모순을 범함.
 — 다양한 예술의 가치가 발견될 기회를 박탈함.
 중심 화제: 아도르노의 미학
 전개 방식: 아도르노의 미학의 문제점을 비판하고 요약하면서 비판적 관점에서 서술하고 있다.

통합 정리

동일한 화제에 대해 (가)는 중립적 관점으로 소개하는 반면 (나)는 비판적인 관점으로 서술하고 있다.

문항 풀이

4. 다음은 (가)와 (나)를 읽고 수행한 독서 활동지의 일부이다. Ⓐ~Ⓔ 중 적절하지 <u>않은</u> 것은?

	(가)	(나)
글의 화제	아도르노의 예술관 ·· Ⓐ	
서술 방식의 공통점	구체적인 예를 제시하고 그것에 담긴 의미를 설명함. ·························· Ⓑ	
서술 방식의 차이점	(가)는 (나)와 달리 화제와 관련된 개념을 정의하고 개념의 변화 과정을 제시함. ·······························Ⓒ	(나)는 (가)와 달리 논지를 강화하기 위해 다른 이의 견해를 인용함 ···Ⓓ
서술된 내용간의 관계	(가)에서 소개한 이론에 대해 (나)에서 의의를 밝히고 한계를 지적함. ···Ⓔ	

유형 전개 방식
접근 방식 중심 화제와 중심 문장을 구체화하기 위해 동원한 자료를 눈여겨 본다. 예시는 쇤베르크의 음악과 세잔의 그림을, 인용은 다른 이의 견해로 벤야민을 각각 가리킨다. 정답 ③

5. [아도르노가 보는 대중 예술]에 대한 이해로 적절하지 <u>않은</u> 것은?

① 문화 산업을 통해 상품화된 개인의 정체성과 대립적 관계를 형성한다.
② 일정한 규격에 맞춰 생산될 뿐 아니라 대중의 감상 능력을 표준화한다.
③ 자본주의의 교환 가치 체계에 종속된 것으로서 예술로 포장된 상품에 불과하다.
④ 모든 것을 상품의 교환 가치로 환원하려는 자본주의 사회의 속성을 은폐한다.
⑤ 문화 산업의 이윤 극대화 과정에서 개인들이 지닌 개성의 차이를 상실시킨다.

유형 관점 이해
접근 방식 개인의 정체성은 획일화된다고 보았다. **정답** ①

6. ㉠의 이유를 추론한 내용으로 가장 적절한 것은?

① 비정형적 형태뿐 아니라 정형적 형태 역시 재현되기 때문이다.
② 재현의 주체가 예술가로부터 예술 작품의 감상자로 전환되기 때문이다.
③ 미적 체험의 대상이 사회의 부조리에서 세계의 본질로 변화되기 때문이다.
④ 미적 체험의 과정에서 비정형적인 형태가 예술가의 주관으로 왜곡되기 때문이다.
⑤ 예술가의 주관이 가려지고 작품에 나타난 형태에 대한 체험만이 강조되기 때문이다.

유형 추론
접근 방식 글쓴이는 미메시스를 감각할 수 없는 것을 감각 가능하도록 재현하는 것이라고 하였다. **정답** ⑤

7. (가)의 '아도르노'의 관점을 바탕으로 할 때, ㉡에 대해 반박할 수 있는 말로 가장 적절한 것은?

① 동일화는 애초에 예술과 무관하므로 예술의 동일화는 실현 불가능하다.
② 전위 예술의 속성은 부조리 그 자체를 폭로하는 것이므로 비동일성은 결국 동일성으로 귀결된다.
③ 동일성으로 환원된 대중 예술에서도 비동일성을 발견할 수 있으므로 예술의 동일화는 무의미하다.
④ 전위 예술은 동일성과 비동일성의 구분을 거부하므로 전위 예술로의 동일화는 새로운 차원의 비동일성으로 전환된다.
⑤ 동일화를 거부하는 속성이 전위 예술의 본질이므로 전위 예술을 추구하는 것은 동일화가 아니라 비동일화를 지향하는 것이다.

유형 비판적 사고
접근 방식 아도르노는 전위 예술을 비동일화를 지향하는 것이라 하였다. **정답** ⑤

8. 다음은 학생이 미술관에 다녀와서 작성한 감상문이다. 이에 대해 (가)의 '아도르노'의 관점(A)와 (나)의 글쓴이의 관점(B)에서 설명한 내용으로 적절하지 <u>않은</u> 것은? [3점]

> 주말 동안 미술관에서 작품을 관람했다. 기억에 남는 세 작품이 있었다. 첫 번째 작품의 제목은 「자화상」이었지만 얼굴의 형상을 전혀 찾아볼 수 없는 한 모습이었고, 제각각의 형태와 색채들이 이곳저곳 흩어져 있어 불편한 감정만 느껴졌다. 두 번째 작품은 사회에 비판적인 유명 연예인의 얼굴을 묘사한 그림으로, 대량 복제되어 유통되는 작품이었다. 그리고 사용된 색채와 구도가 TV에서 본 상업 광고의 한 장면같이 익숙하게 느껴져서 좋았다. 세 번째 작품은 시골 마을의 서정적인 풍경을 사실적으로 묘사한 그림으로 색감과 조형미가 뛰어나 오랫동안 기억에 잔상으로 남았다.

① A: 첫 번째 작품에서 학생이 기괴함과 불편함을 느낀 것은 부조리한 사회에 대한 예술적 체험의 충격 때문일 수 있습니다.
② A: 두 번째 작품에서 학생이 느낀 익숙함은 현대 사회의 모순에 대한 무감각과 같은 것일 수 있습니다. 이는 문화 산업의 논리에 동일화되어 감각이 무뎌진 결과라 할 수 있습니다.
③ A: 세 번째 작품에 표현된 서정성과 조형미는 부조리에 대한 저항과는 괴리가 있습니다. 사회에 대한 저항을 직접적으로 드러낸 예술이어야 진정한 예술이라고 할 수 있습니다.
④ B: 첫 번째 작품의 흩어져 있는 형태와 색채가 예술가의 표현 의도를 담고 있지 않더라도 그 작품에서 예술적 가치를 발견할 수 있습니다.
⑤ B: 두 번째 작품은 대량 생산을 통해 제작된 것이지만 그 연예인의 사회 비판적 이미지를 이용해 현대 사회의 문제점을 고발하는 것일 수 있습니다.

유형 관점 적용
접근 방식 아도르노는 저항이나 교훈이 간접적인 작품을 평가했다. **정답** ③

9. 문맥상 @~@와 바꿔 쓰기에 적절하지 <u>않은</u> 것은?

① @: 맞바꾸는   ② ⓑ: 동떨어진   ③ ⓒ: 바라보는
④ ⓓ: 빼앗는다   ⑤ ⓔ: 찾아내는

유형 문맥적 의미
접근 방식 @ 폄하시키는 **정답** ①

CHAPTER 15 주제 통합 독서(Syntopical Reading) **301**

저자약력

고병길

전북대학교 사범대학 국어교육과 졸업
현재 고병길국어논술학원장(1996~)

저서
9급 공무원 국어(한국교육출판문화원)

수능 국어, 혼자 할 수 있는 수능 독서

초판발행   2023년 6월 30일

지은이   고병길
펴낸이   안종만·안상준

편 집   배근하·소다인
기획/마케팅   최동인
표지디자인   BEN STORY
제 작   고철민·조영환

펴낸곳   (주) **박영사**
             서울특별시 금천구 가산디지털2로 53, 210호(가산동, 한라시그마밸리)
             등록 1959. 3. 11. 제300-1959-1호(倫)
전 화   02)733-6771
f a x   02)736-4818
e-mail   pys@pybook.co.kr
homepage   www.pybook.co.kr
ISBN   979-11-303-1775-5   53810

정 가   21,000원